ハヤカワ文庫 NV
〈NV1393〉

繊細な真実

ジョン・ル・カレ
加賀山卓朗訳

早川書房
7845

A DELICATE TRUTH

by

John le Carré

Translated by

Takuro Kagayama

Published 2016 in Japan by

HAYAKAWA PUBLISHING, INC.

This book is published in Japan by

arrangement with

CURTIS BROWN GROUP LIMITED

through TUTTLE-MORI AGENCY, INC., TOKYO.

ＶＪＣに

いかなる冬も春の勢いをとどめることはできない。

ダン

真実を語れば、早晩、その者はかならず見出される。

――オスカー・ワイルド

本書に登場する人物はすべて架空のものであり、故人あるいは存命の人物になんらかのかたちで似ていたとしても、まったくの偶然である。

繊細な真実

登場人物

ポール・アンダースン…………外務省職員
ファーガス・クイン……………外務閣外大臣。下院議員
トビー・ベル……………………クインの秘書官。外交官
ジャイルズ・オークリー………トビーの上司。外交官
ジェイ・クリスピン……………民間防衛企業〈倫理的成果〉の創設者
メイジー・スペンサー・
　　　　　　　　　ハーディ……〈倫理的成果〉のＣＥＯ
エリオット………………………〈ワイルドライフ作戦〉の実行部隊員。
　　　　　　　　　　　　　　〈倫理的成果〉のメンバー
ジェブ
ショーティ
　……………………〈ワイルドライフ作戦〉の実行部隊員。元イギリス特殊部隊員
クリストファー
　　　（キット）・プロビン……引退した外交官
スザンナ（スキ）………………キットの妻
エミリー（エム）………………キットの娘。医師

1

イギリス直轄植民地ジブラルタルのどことといった特徴のないホテルの三階で、五十代も終わりの優雅で敏捷《びんしょう》な身ごなしの男が、そわそわと寝室のなかを歩きまわっていた。いかにもイギリス人という面立《おもだ》ちは感じがよく、高潔そのものだが、いまや癇癪《かんしゃく》を起こしかけているのがわかった。読書家らしくうつむいて大股で歩き、額に垂れかかるごま塩の前髪を骨張った手の甲でひっきりなしになでつけるところは、苛立《いらだ》った教師を連想させるかもしれない。しかし多くの人は、もっとも浮き世離れした夢のなかでさえ、その男が外務・英連邦省の平凡な部署から引き抜かれ、きわめて繊細な最高機密の任務を負うことになった中堅クラスの国家公務員だとは思ってもみないだろう。

ときに声に出してまでしつこく自分に言い聞かせている彼の名は、ポールだった。姓のほうはわりに憶えやすいアンダースン。テレビのスイッチを入れたときには、案内文が表示された――〝ようこそ、ミスター・ポール・アンダースン。お食事前に当館の〈ネルソン提督の部屋〉で無料サービスのお飲み物はいかがですか！〟。疑問符がふさわしいところに感嘆符を使われると、彼の学者めいた部分がつねに不快を覚える。ホテルの白いタオル地のバスローブをずっと着ていて、それを脱いだのは、無駄と知りながら眠ろうとしたときと、一度客の少ない時間に屋上のビヤホールまでこっそり上がって、ひとりで食事をとったときだけだった。ビヤホールは、道向かいの建物の四階のプールから立ち昇る塩素の蒸気で浄《きよ》められていた。部屋のほかのものもだいたいそうだが、そのバスローブも彼の長い脚には寸足らずで、煙草とラベンダーの芳香剤の饐《す》えたにおいがした。

男は歩きながら、ふだんの公務員生活の制限を取り払って、決然と感情を外に出していた。ある瞬間には素直に当惑して顔を引きつらせ、次の瞬間にはタータン柄の壁紙にネジ留めされた等身大の姿見を睨《にら》みつけた。そこここで自分を安心させるか励ますためにひとり言を言った。声に出してしまったか？　鹿毛《かげ》の馬に乗った親愛なる若き女王の色つき写真のほかに、聞く者もいない空っぽの部屋に閉じこめられているのだ。かまうものか。

天板がプラスチックのテーブルの上には、来たとたんに萎《しな》びているのがわかったクラブ・サンドイッチの残りと、飲むのをやめた生温いコカ・コーラのボトルがあった。つらいことだが、この部屋に入ってからアルコールは自粛していた。何より嫌いになったベッドは六人でも寝られそうな大きさだが、仰向けになって手足を広げるだけで地獄の気分が味わえた。てかてかした深紅のシルクもどきのベッドカバーがかかっていて、その上にはなんの罪もなさそうな携帯電話がのっていた。最高レベルの暗号化ができるように改造してあると言われた。その手のことを信じる気にはなれないが、黙って受け入れるしかない。そのまえを通りすぎるたびに、男は非難と切望と腹立ちの入り混じった視線をすえた。

〝申しわけないが、ポール、あなたは任務のあいだじゅう、作戦遂行にかかわることを除いて外界との連絡をいっさい絶たれる〟。現地指揮官を自任するエリオットのぎこちない声が警告する。〝あなたの不在中、すばらしいご家族に万一何か不幸な危機が訪れた場合には、職場の福利厚生部に内容が伝わり、そこからあなたに連絡が入ることになっている。わかるかな、ポール？〟

わかってきたよ、エリオット、だんだんと。

彼は部屋のいちばん奥の大きすぎるピクチャーウィンドウまで行くと、顔をしかめ、汚れたレースのカーテン越しに、かの有名なジブラルタルの岩山《ロック》を仰ぎ見た。遠目に黄ばんでしわのような筋の入った岩山が、怒った貴婦人のように見返してきた。いつもの習慣と焦燥からまたしても外国製の腕時計を見て、ベッド脇のラジオ時計の緑の数字と比較した。腕時計は黒い竜頭《りゅうず》のついた使い古しのスチール製で、愛する妻が銀婚式の記念に、大勢いたおばのひとりからの遺産で買ってくれたカルティエの金時計と引き替えに渡されたものだった。

だが待て！　ポールに妻などいない！　ポール・アンダースンには妻も娘もいないのだ。

ポール・アンダースンは世捨て人だ！

「それは身につけられないわ、ポール、ダーリン。そうでしょう？」一生分ほど昔、ヒースロー空港に近い赤煉瓦《れんが》の住宅で、彼と同年代の女性が母親めいた態度で言っている。妹のような同僚といっしょに、役柄に合った服を彼にあてがいながら、「そういう素敵なイニシャルが彫られたようなものは。わかる？　既婚者から盗んだと説明しなきゃならなくなる。でしょう、ポール？」
　決然たる意志でそれまでどおりの好人物でいつづける彼は、その冗談につき合い、相手が粘着ラベルに〝ポール〟と書きこみ、金時計を結婚指輪といっしょに手提げ金庫に入れ、彼女の言う〝期間中〟保管するために鍵をかけるのを見つめる。

　そもそも自分はなぜ、こんな我慢ならない場所にたどり着くことになったのか。みずから飛びこんだのか、それとも押されたのか。あるいは両方が少しずつ？　お願いだから、部屋の家具にぶつからないように気をつけて歩きながら、正確に状況を説明してもらえないか。どうしておまえは恵まれた単調な生活から離れて、イギリス植民地の岩の上の独房で監禁されるという、ただならぬ旅をすることになったのだ？

「お気の毒な愛《いと》しい奥様はどうしてる？」いまや人知の及ばない理由で〝ヒューマン・リソーシーズ〟などという大仰な名前に変えられた人事部の、まだまだ現役といった風情《ふぜい》の氷の女王が尋ねる。善き市民がみな家路を急ぐ金曜の夕方に、彼はなんの説明もされないまま、彼女の高貴な私室に呼び出されたのだ。ふたりは古くからの仇敵《きゅうてき》だった。両者に共通するものがあるとすれば、それはもう職場にほとんど敵は残っていないという思いだった。

「ありがとう、オードリー。家内は気の毒でもなんでもないよ、喜ばしいことに」彼は揺るぎない陽気さで答える。この種の命にかかわる危地では、とにかく明るくふるまうことにしている。「愛しいが、気の毒ではない。すっかり回復しているよ。あなたは？　健康そのものといったところだろうね」

「つまり、置いていけるということね」オードリーが彼の親切な問いかけを無視して言う。

「いや、まさか。どういう意味だい？」あくまで陽気な調子は崩さない。

「こういう意味——極秘の四日間の海外出張はいかが？　とても健康にいい場所に、もしかすると五日になるかもしれないけれど、興味はない？」

「興味を持つ可能性は大いにあるよ、オードリー、偶然にも。いま成人した娘がいっしょに住んでいるから、これほどいいタイミングはない。折よく娘は医師なので」誇りとともにつけ加えずにはいられないが、オードリーは彼の娘の業績に取り立てて感心しない。

「わたしは仕事の内容を知らないし、知る必要もない」彼女は訊かれてもいない質問に答える。「耳に入っているかもしれないけれど、階上《うえ》にクインという若くて元気な閣外大臣がいる。彼がいますぐ会いたいんですって。国防省から移管されたばかりの緊急時兵站部《へいたんぶ》の片隅には話が届いていないかもしれないから言っておくと、クインはやる気満々の新任者。あなたが推薦されたということはまずありえない。でもまあ、こうなったわけ」

何をいまさらくどくどと。話はとっくに届いている。新聞を読まないとでも？　『ニューズナイト』も見ている。下院議員ファーガス・クイン、通称ファーギーは、血気盛んなスコットランド人で、新しい労働党《ニュー・レイバー》の知的猛獣《ベット・アンテレクチュエル》をもって任じている。テレビでは滔々《とうとう》とまくし立て、果敢に論戦を挑んで相手を怯《おび》えさせる。さらに、人民を代表してホワイトホールの官僚を懲らしめる役も誇り高く引き受けている。遠巻きに見る分には称讃すべき行動だが、たまたまホワイトホールの一官吏の身からすると、安心とは言いがたい。

「いま、この瞬間に、ということかな、オードリー？」

「彼がいますぐと言ったら、そういうことだと思うけれど」

大臣の控え室は、スタッフもはるかまえに帰宅して無人だ。大臣執務室の鉄のように堅固なマホガニーのドアがわずかに開いている。ノックして待つべきか。それとも、ノックして押し開ける？　彼はその両方を少しずつして、耳をそばだてる。「そこに突っ立っていないで、入ってドアを閉めてくれ」彼は入る。

若くて元気な大臣の巨体が、濃紺のディナージャケットに押しこめられている。火の代わりに赤いホイルペーパーが詰まった大理石の暖炉のまえで、耳に携帯電話を押し当てている。テレビと同じように、実物の大臣もがっしりして首が太く、生姜色《しょうがいろ》の髪を刈りつめ、拳闘家の顔に、はしこく貪欲《どんよく》な眼がついている。

そのうしろには、タイツ姿の十八世紀の帝国建設者が描かれた十二フィートの肖像画がかかっている。緊張から一瞬生じたいたずら心で、彼はまったく異なるふたりの人物を比較せずにはいられない。クインのほうはたいへんな努力を費やして人民のための政治家という印象を与えようとしているが、どちらにも特権階級ならではの不機嫌な雰囲気がある。どちらも体重を片足にかけ、もう一方の膝を曲げている。若くて元気な大臣は、いましも憎きフランス人に懲罰を加えるところだろうか。ニュー・レイバーの名のもと、反対を叫ぶ愚かな大衆を叱りつけるところだろうか。大臣はどちらもしないが、携帯電話に毅然《きぜん》と「あとでまたかける、ブラッド」と言い渡し、大股でドアに歩いていって鍵をかけ、くるりと振り返る。

「あなたは外務省きってのベテラン職員だと聞いたが、そうかな？」丁寧に育まれたグラスゴー訛《なま》りで、咎《とが》めるように言う。彼の頭のてっぺんから爪先までしっかりと検分し、怖れていた最悪のことが現実になったと思ったようだ。「〝冷静な頭〟の持ち主だという。その意味がなんであれ。ヒューマン・リソーシーズによると、二十年間〝海外を渡り歩き、分別の塊《かたまり》であり、容易なことでは動揺しない〟。ずいぶん立派な評価だ。この省で言われることを額面どおり信じるつもりはないが」

「みなとても親切ですから」彼は答える。

「そして、いまは籠《かご》の鳥だ。兵舎に閉じこめられている。休養中。奥さんの健康のために我慢するしかない。そういう理解でいいかな？」

「それはここ数年のことです、大臣」〝休養中〟とは、ありがたくないことばだ。「ちょうどいまは自由に旅行できます、幸いなことに」

「あなたの現在の仕事は？　教えてもらえるか」

重要な職責の数々を説明しかけるが、大臣は、もういいというようにさえぎる。

「わかった。訊きたいのはこういうことだ。諜報業務に直接たずさわったことがあるかな？

あなた自身が？」　〝あなた自身〟でない彼がもうひとりいるかのように念を押す。

「〝直接〟とはどういう意味でしょう、大臣」

「外套と短剣《クローク・アンド・ダガー》、諜報活動ということだよ。ほかに何がある？」

「残念ながら、情報を使う立場だけです。ときどき成果物を扱うだけで。それを手に入れる業務にはたずさわったことがありません。もしそういうことを訊いておられるのなら、大臣」

「海外を渡り歩いていたときですら？　そのころの業務内容を丁寧に説明してくれた者はいなかったが」

「いかんせん、海外赴任先での業務の大半は、経済的、商業的、もしくは領事的なものでして」嫌な予感がしたときにいつもそうなるように、多少古めかしいことば遣いで答える。

「もちろん、ときには見慣れない機密報告書に接することもありましたが、誤解なきよう申し上げると、どれもハイレベルではありませんでした。要するに、それだけです」

しかし大臣は束の間、彼に秘密任務の経験がないことを喜んでいるように見える。満足らしきものを浮かべた笑みが、広い顔をよぎる。

「だが、あなたは信頼できる。だろう？　まだ経験はないかもしれないが、それにもかかわらず信頼できる」

「そうありたいものですが」遠慮がちに。

「CTに介入されたことは？」

「申しわけありません、いまなんと？」

「テロ対策《カウンター・テロリズム》だよ！　彼らが介入してきたことは？」愚か者を相手にしているかのように。

「ないと思います、大臣」

「だが、あなたは気にする？　だろう？」

「具体的に何をでしょう、大臣」できるだけ協力的に。

「国益に決まってるだろう！　国民の安全だ、彼らがどこにいようと。逆境にあっては、それこそがわれわれの本質的価値だ。なんなら歴史遺産と言ってもいい」反保守のよく使うことばだ。「あなたはたとえば、気に入らない世界を粉々に吹き飛ばすテロリストの権利を心ひそかに擁護《ようご》しているような、女々《めめ》しい隠れリベラルではないね」

「はい、大臣、それはちがうと言えると思います」歯切れ悪く言う。

だが、彼の当惑に配慮する気などさらさらない大臣はたたみかける。

「するとだ。私があなたにどうかと思っているきわめてデリケートな任務に、祖国を計画的に攻撃する手段を敵のテロリストから奪うことが含まれていたとしても、あなたは即座に部屋から出ていったりはしないということだな？」

「むしろ逆です。私は……つまり……」

「つまり、なんだね？」

「感謝します。光栄に思います。誇らしいと。ですが、当然ながら驚いております」

「何に驚くのだ」侮辱《ぶじょく》された男のように。

「その、うかがうべきことではないのかもしれませんが、大臣、どうして私なのですか。大臣が探しておられるような経験を積んだ人員は、省内にそれなりにいるはずですが」

ファーガス・クイン、人民のための政治家は、いきなり出窓のまえまで行くと、荒々しく顎《あご》を正装のタイの上に突き出し——首のうしろの肉のクッションから、タイの留め金が不恰好に飛び出している——夕陽に照らされたホース・ガーズ・パレードの金色の砂利をじっと見つめる。

「こうつけ加えたらどうだろう。あなたは天寿を全《まっと》うするまで、ことばでも、行為でも、ほかのいかなる方法によっても、ある対テロ作戦が実行されたことはおろか、考慮されたという事実すら明かしてはならない」みずからはまったことばの迷路から抜け出す方法を、憤然と探りながら、「それであなたのイエス、ノーの態度は変わるかな?」

「大臣、もし私を適任とお考えなら、その任務がなんであれ、喜んで引き受けさせていただきます。かつ、そのことについては永遠に、いっさい口外しないことを厳粛に誓います」眼のまえで忠誠心を引き出され、つぶさに調べられたことに焦り、少し顔を紅潮させて言い張る。

クインは最高のチャーチルの物まねで背を丸め、写真家が仕事を終えるのを苛々《いらいら》と待つかのように出窓のまえでシルエットになっている。

「いくらか架け橋の交渉はしなければならない」窓に映った自分の姿に厳しく告げる。「あの通りにいる何人かの重要人物から青信号をもらう必要はある」雄牛のような首をダウニング街のほうに突き出す。「それが得られた時点で、改めてあなたに連絡する。そのときから私が適当と見なす期間中、あなたは現地で私の耳目《じもく》となる。薬に砂糖はまぶさないこと。いいね？　外務省流の韜晦《とうかい》も軽口もなしだ。私の監督下でそれはない。そのまま報告してもらう。見たままを、正確に。古参のプロの眼を通した冷静な意見が知りたい。あなたはそういう人物だと信じているが。聞いているかな？」

「はい、大臣、しっかりと聞いて、おっしゃることを完全に理解しております」自分の声が遠い雲から彼に語りかけている。

「家族に〝ポール〟はいる？」

「なんでしょう、大臣？」

「おいどうした、単純な質問だろうが。あなたの家族に〝ポール〟という名前の持ち主はいるかな？　イエスかノーだ。親、兄弟、なんでもいいが」

「おりません。私が知るかぎり、ポールはひとりも」

「〝ポーリーン〟は？　女性バージョンだ。〝ポーレット〟とか、そういうのも？」

「ひとりもいません」

「〝アンダースン〟は？　アンダースンもいないかな？　旧姓のアンダースンも？」

「それも私が知るかぎり、おりません、大臣」

「あなたはそこそこ丈夫だな、体が。荒れ地を延々歩かされても膝がガクガクすることはない？　この省にはそういうのがけっこういるようだが」

「ふだんから長い距離を歩いています。庭仕事も積極的にするほうです」同じ遠い雲からの声。

「エリオットという男からの電話を待つように。エリオットが最初の連絡相手だ」

「エリオットというのは姓ですか、それとも名でしょうか」凶暴な人間をなだめる口調で自分が問いかけているのが聞こえる。

「知るわけがない！　彼は〈倫理的成果〉という名で広く知られた組織にいて、完全に秘密裡に活動している。新しい連中だ。この分野で最高の人員を擁しているから、専門家の助言が得られて私も安心している」

「申しわけありません、大臣。この分野というのは何か、もう少しくわしくうかがってもよろしいでしょうか」

「民間防衛企業だよ。いままでどこにいた？　最近の流行じゃないか。戦争は企業のものになっている、気づいてないなら言っておくが。もはや常備軍などお呼びでない。頭ばかり大きくて装備は足らず、軍靴一ダースごとに准将がいて、莫大な金がかかる。信じられないなら国防省で数年働いてみればいい」

「もちろん信じます、大臣」国軍をまるごと否定するような話しぶりに驚くが、なんとしても大臣の機嫌は損ないたくない。

「あなたは家を売ろうとしてるんだろう？　ハロウかどこかの」

「はい、ハロウです」驚きを通り越してしまう。「ノース・ハロウの家です」

「生活に困っているとか？」

「いいえ、そんなことはまったくありません、ありがたいことに！」一瞬であれ、地に足のついた話に戻れたのがうれしくて叫ぶ。「わずかながら自分の蓄えもありますし、家内は田舎の地所を含むささやかな遺産を相続しています。いまの家は売れるうちに売って、次の手を打つまで慎ましく暮らそうということで」

「エリオットがあなたのハロウの家を買いたいと言うかもしれない。〈倫理的成果〉の社員だとか、その種のことはいっさい言わない。たんに不動産屋のウィンドウのようなところを外からのぞいて気に入ったのだが、話し合いたいことがいくつかある、どこそこで何時に会いたい、と言ってくる。あなたはとにかくその提案にしたがう。それが彼らの仕事のやり方だ。ほかに何か質問は？」

すでに何か質問しただろうか。

「それまであなたはまったく通常どおりにふるまう。誰にも、何も言わない。省内でも、家庭でも。そこははっきりわかったかな？」

わからない。ちっとも。しかし煙《けむ》に巻かれながらも、すべてに心の底から〝イエス〟と答える。その夜、気を取り直そうと、金曜の帰りにいつも立ち寄るペル・メルのクラブを訪ねたあと、どうやって家にたどり着いたのかはよく憶えていない。

隣の部屋で妻と娘が愉しくおしゃべりしているあいだに、ポール・アンダースンはコンピュータ画面に眼を凝らし、〈倫理的成果〉の検索に乗り出す。〝テキサス州ヒューストンの〈倫理的成果〉社ですか？〟。ほかに情報はないから、それなのだろう。

〈倫理的成果〉では、比類なき能力を認められた地政学の専門家からなる新しい国際チームが、大企業や国家機関に、革新的で洞察に富む最先端のリスク分析・評価を提供いたします。〈倫理的成果〉のスタッフは、誠実さ、適切な評価、サイバー技術の最新知識に絶対の自信を持っています。身辺警護および人質交渉にも即時対応可能。あなたの個人的な秘密のお問い合わせに、マーロンがお答えします。

メールのアドレスと、やはりテキサス州ヒューストンの私書箱番号。あなたの個人的な秘密のお問い合わせにマーロンが応じる、フリーダイヤル番号。取締役や幹部や顧問の名前はない。比類なき能力を認められた地政学の専門家の名前も。姓か名かわからないエリオットも見当たらない。〈倫理的成果〉の親会社は〈スペンサー・ハーディ・ホールディングズ〉。石油、小麦、材木、牛肉の取引に加え、不動産開発や非営利事業も手がける多国籍企業だ。この親会社は、キリスト教関連の基金や学校、布教活動にも資金を提供している。〈倫理的成果〉についてさらに知りたいかたは、暗証コードを入力してください。暗証コードなど知らないし、不法侵入しているような感覚に襲われて、彼は調査をあきらめる。

一週間がすぎる。毎朝食事をとるときにも、オフィスですごす日中にも、毎晩仕事を終えて帰宅するときにも〝まったく通常どおりにふるまい〟、かかってくるかどうかもわからないすばらしい電話を待つ。それとも、予想すらしていないときにかかってくるのか。するとまさに、ある朝早く、妻が薬なしで眠っていて、彼がチェックのシャツとコーデュロイのズボン姿で台所をうろつき、前夜の夕食の皿を洗いながら、裏の芝生を本当になんとかしなければならないなと自分に言い聞かせていたときに、電話が鳴る。受話器を取り、陽気に「おはよう」と呼びかけると、相手はエリオットで、まさしく不動産屋のウィンドウの広告を見て真剣に家を買いたいと思っている。

ただ、彼の名前はエリオットではなく、南アフリカ訛りのせいで、イ、イ、イ、イリオットだ。

エリオットは〈倫理的成果〉の〝比類なき能力を認められた地政学の専門家からなる新しい国際チーム〟のひとりなのか。確証はないが、そうかもしれない。ほんの九十分後に彼らが差し向かいで坐った、パディントン通り公園のはずれの狭い脇道にある殺風景なオフィスで、エリオットは日曜向きの落ち着いたスーツを着、小さなパラシュートの柄が散ったストライプのネクタイを締めている。入念に手入れした左手のやたらに太い指三本に、カバラの指輪がはまっている。つるつるの禿頭にオリーブ色の肌、あばた面で、見る者を怯えさせるほど筋骨たくましい。思わせぶりに客をちらちら見るかと思えば、すっと横に流れて汚れた壁を見たりもする眼に、関心はうかがえない。話す英語は丁寧すぎて、正確さと発音の試験でも受けているかのようだ。

エリオットは抽斗《ひきだし》からほとんどまっさらのイギリスのパスポートを取り出し、親指をなめて、もったいぶった仕種でページをめくる。

「マニラ、シンガポール、ドバイ。あなたはこういう大都市で開かれた統計学者の学会に出席した。わかるかな、ポール？」

ポールにはわかる。

「飛行機で隣に詮索好きな人間が坐って、ジブラルタルに何をしにいくのかと訊かれたら、今回も統計学者の学会と答えるのだ。あとは、うだうだ話しかけるなと言えばいい。ジブラルタルはネット上のギャンブルに力を入れていて、そのすべてがまっとうな商売というわけではない。ギャンブルの元締めは、雇った小物が軽々しい口を利くことを好まないのだ。さて、ここで訊いておかなければならない、ポール。正直に答えてほしい。この偽装について不安があるかな、どんなことでも？」

「まあ、ひとつ不安がなくはありませんね、エリオット。そう、ある」彼は然るべく考えたあとで認める。

「話してくれたまえ、ポール。どうか遠慮なく」

「イギリス人として、また多少の経験もある外務省職員として、イギリスの主要な領土に別のイギリス人として入るのは、少々――」ことばを探して、「少々心許ない、正直に言うと」

エリオットの小さな丸い眼がまた彼のほうを向く。見つめているが、まばたきはしない。

「本名で出かけて一か八かやるのではいけないのですか。人目を避けなければならないのはわかるけれど、万全の計画を立てたにもかかわらず、もし私が知っている誰かか、こちらのほうが深刻ですが、私を知っている誰かにうっかり出くわした場合、本名なら少なくとも自然にふるまえる。わざわざ――」

「わざわざ何だね、ポール？」

「わざわざポール・アンダースンなどという偽の統計学者のふりをしなくてもいいということです。つまり、私を完全に知っている人間がこんな作り話を信じるとは思えない、正直なところ、エリオット」顔がかっと熱くなるのがわかり、もう止めようにも止められない。「イギリス政府はジブラルタルに大層な陸海空軍基地を設けている。外務省の確固たる拠点や、キングサイズの盗聴施設は言うに及ばず。そのうえ特殊部隊の訓練所まである。思ってもみなかった誰かが飛び出してきて、久しぶりだねと私を抱きしめたら、私は……終わりだ。もっと言えば、私が統計学の何を知っているのです。これっぽっちも知らない。あなたの専門技能を疑うわけではない、エリオット。もちろん、必要なことはなんでもします。ただ訊いてみただけで」

「心配事はそれですべてかな、ポール？」エリオットが気遣って尋ねる。

「それだけです。本当に。あえて言わせてもらった」言わなければよかったと後悔したが、どうして論理を窓から放り捨てられるだろう。

　エリオットは唇を湿らせ、眉を寄せ、くだけたことばを慎重に並べて答える。

「事実として、ポール、ジブラルタルでは、イギリスのパスポートをちらつかせ、つねに目立たないように行動していれば、誰もあなたの素性などくそほども気にかけない。とはいえ、直接危険にさらされるのはあなたのタマだから、最悪のシナリオを想定しておくべきだろう。それを考えるのは私の職務だ。かりにこの作戦が中止になったとしよう。誇らしいことに私もその一員である専門家チームでも、計画上予見できなかった事情が生じたと仮定してね。その場合、捜査するほうは、内部の人間の仕業だろうかと考えるかもしれない。ホテルの部屋のなかを歩きまわり、四六時中本を読んでいたあのアンダースンとかいうマスかき学者は何者だ？　そう思いはじめる。あのアンダースンは、くそゴルフコースほどの大きさしかない植民地のどこにいる？　万が一そういう状況になったとしたら、あなたも現実にいる人間でなくてよかったと心から感謝するはずだ。満足したかな、ポール？」

　それはもう、エリオット。これ以上ないほど満足した。自分はまったくの門外漢なので、すべてが夢のようだが、最後までついていく。しかし、そこでエリオットが少々気分を害しているのに気づき、すぐに始まる詳細なブリーフィングが嫌な雰囲気になることを怖れて、彼はいくらか相手にすり寄る。

「ところで、あなたほど高い能力の持ち主が、どうしてこの計画に加わることになったのですか。もし立ち入りすぎない範囲で訊いてよければ、エリオット？」

　エリオットの声が説教師の聖人ぶった響きを帯びる。

「その質問をしてくれたことに心から感謝するよ、ポール。私は兵士、それが私の人生だ。

大小さまざまな戦争で戦ってきた。ほとんどはアフリカ大陸だ。その功績のなかで、運よくある人物と知り合うことができた。彼が握る情報源は、正確無比であることは言わずもがな、伝説になるほどすばらしい。世界じゅうにいる彼の連絡者は、誰よりも彼と話したがる。提供する情報が民主主義の原則と自由のために使われることを確信しているからだ。これからあなたに説明する〈ワイルドライフ作戦〉は、その彼の発案によるものだ」

エリオットの誇らしげな発言が必然的に、へつらいにも見える次の質問を引き出す。

「訊いてもかまいませんか、エリオット、その偉大な人物に名前があるのかどうか」

「ポール、いまやあなたは永遠に家族の一員だから、いささかの制限もなく伝えることができる。〈倫理的成果〉の創設者にして原動力であるその紳士の名は、極秘扱いにしてもらいたいが、ミスター・ジェイ・クリスピンだ」

黒塗りのタクシーでハロウに戻る。

いい、いい、いい、いい、いい、いい、

これからは領収書をすべて取っておくように、とエリオットが言う。タクシー代を払い、領収書をもらう。

ジェイ・クリスピンをグーグルで検索。

ジェイは十九歳で、デヴォン州ペイントンに住んでいる。ウェイトレスだ。

J・クリスピン、ベニヤ板製造、一九〇〇年、ショーディッチに生まれる。

ジェイ・クリスピンが、モデル、俳優、音楽家、ダンサーのオーディションを受けている。

しかし〈倫理的成果〉の原動力であり〈ワイルドライフ作戦〉の立案者であるジェイ・クリスピンは、ちらとも出てこない。

ホテルの監房の大きすぎる窓のまえからまた離れられなくなり、みずからをポールと呼ばなければならない男はうんざりして、誰はばかることなく本来の自分より現代ふうに次々と卑語を発した。ファック、そして、ダブル・ファック、さらにベッドの上の携帯電話に向かって、撃ち飽きた連射のように何度も、ファック。最後には懇願したが――鳴れ、この野郎、鳴れよ――驚いたことに、頭の内か外のどこかで同じ携帯電話が沈黙を破り、ディドリ・アー、ディドリ・アー、ディー・ダー・ドーと、腹立たしくさえずり返してきた。

彼は信じられない思いで、凍りついたように窓辺から動けなかった。隣の部屋でひげ面の太ったギリシャ人がシャワーを浴びながら歌っているのだ。階上《うえ》の部屋で恋人たちが発情しているのだ。男がうめき、女がよがり――これは幻聴だ。

この世界に望むのは、ただちに眠って、すべてが終わったあとで目覚めることだけになった。だが彼はそのまえにベッドに坐り、暗号化機能のついた携帯電話を耳に当てていた。そうしながらも、的はずれな保安への配慮から何もしゃべらなかった。

「ポール？　そこにいる、ポール？　わたし、カースティよ。憶えてる？」

カースティ、一度も見たことのないパートタイムの世話人だ。彼女について知っているのは生意気で図々しい声だけで、あとは想像するしかない。ときどき、オーストラリア訛りを隠していると思ったりもした。エリオットの南アフリカ訛りと対《つい》になっている。この声の持ち主はどういう体なのかと思うこともあった。そもそも体などあるのだろうか、とも。

すでに彼女の口調の鋭さに、これから始まるという予兆を感じ取ることができた。

「そちらはまだ元気、ポール？」

「元気そのものだ、カースティ。きみも、だろうね？」

「夜の鳥を観察する準備はできてる？　とくにフクロウだけど」

ポール・アンダースンの不毛な偽装のひとつに、趣味は鳥類学というのがあった。

「では最新情報。すべて発動。今晩。五時間前にジブ行きの〈ローズマリア〉号が港を出た。今晩の船客のために〈アラディン〉が、クイーンズウェイ・マリーナの中華料理店に盛大なパーティの予約を入れてる。そこに客を案内したあと、単独行動に移る。彼と〈パンター〉との密会は二十三時三十分。二十一時ちょうどにあなたのホテルに迎えにいくというのはどう？　午後九時きっかりに。いい？」

「ジェブと合流するのはいつだね？」

「できるだけ早くよ、ポール」カースティは語気鋭く切り返した。ふたりの会話でジェブの名前が出るたびにそうなる。「すべて手配ずみ。あなたの友だちのジェブは待ってる。だから鳥を見にいく服に着替えて。チェックアウトはしない。いい、わかった？」

すべて二日前からわかっていた。

「パスポートと財布を持ってきて。荷物はきちんとまとめるけど、部屋に残しておく。部屋の鍵はフロントに預ける、夜遅く戻ってくるかのようにね。ロビーに長居してツアーの団体にじろじろ見られても困るから、玄関前の階段に立っててくれる?」

「わかった。そうしよう。いい考えだ」

それもすでに合意していた。

「青いトヨタの四輪駆動が迎えにいく。ぴかぴかの新車よ。助手席の窓に〝会議〟という赤いサインを出しておく」

ホテルに到着してから三度目になるが、カースティはもう一度時計を合わせておこうと言い張った。クオーツの時代に余計な手順だろうと思うけれど、それを言えば、彼もずっとベッド脇の時計と腕時計を見比べていた。あと一時間と五十二分。

カースティは電話を切っていた。彼はまたひとりになった。いまここにいるのは本当に自分だろうか。そうだ。信頼できると言われた自分だが、両手は汗ばんでいる。

囚人の当惑顔でまわりを見て、わが家のようになじんだ独房を点検していった。読もうと持ってきて結局一行も読まなかった本の数々。歴史家サイモン・シャーマがフランス革命について書いたもの。モンテフィオーレによるイェルサレムの伝記。もっといい状況にあれば、どちらも貪《むさぼ》るように読み終えていたはずだ。無理やり持たされた地中海の鳥の図鑑。視線は最大の敵へと流れた――〝小便臭い椅子〟へ。前夜はベッドから追放されたあと、半分の時間をそこに坐ってすごした。もう一度坐る? 坐って、また『ダム・バスターズ』をじっくり鑑賞しようか。それとも、戦《いくさ》の神を説得して士気を高めてもらうには、ローレンス・オリヴィエの『ヘンリー五世』のほうがいいだろうか。いっそバチカンの検閲が入ったソフトポルノをまた少し見て、老体に活を入れてはどうだろう。

ぐらぐらする衣装簞笥《だんす》の扉を引き開け、旅行のラベルがいくつも貼られた、ポール・アンダースンのキャスターつきの緑のスーツケースを取り出した。バードウォッチングで世界を飛びまわる統計学者という、架空の人格を表わすがらくたを詰めはじめたが、やがてベッドに坐り、暗号化機能つきの携帯電話が充電されるのを見つめた。ここぞというときに電池切れになるという不安を振り払えなかった。

リフトのなかで、緑のブレザーを着た中年のカップルが、リヴァプールからお越しですかと尋ねた。残念ながらちがいます。団体の一員ですか？　ちがうと思います、なんの団体のことでしょう。しかしそのころにはふたりとも、彼の上流階級のしゃべり方と、異様にアウトドア向きの恰好に怖れをなして、話しかけなくなっていた。

一階に着いて外に足を踏み出すと、人があふれかえって大騒ぎだった。緑のリボンと風船があしらわれた花綱のまんなかに、聖パトリック祭を宣言する派手派手しい看板があった。アコーディオンが甲高い音でアイルランド民謡を奏《かな》で、大きな男たちと、緑の〈ギネス〉の帽子をかぶった女たちが踊っていた。酔って帽子がずり落ちそうな女がいきなり彼の頭をがしっとつかみ、唇にキスをして、わたしの愛しい人と言った。

彼は人を押し分け、謝りながら、ホテルの玄関前の階段まで進んでいった。そこにも車を待つ人が群がっていた。大きく息を吸うと、油のにおいに混じって海と蜂蜜の香りがした。頭上では地中海の夜の星が暗い雲に覆われていた。彼は言われたとおりの恰好をしていた。頑丈なブーツに、アノラックも忘れないで、ポール、地中海の夜は冷えこむから。心臓の上、ジッパーを閉めたアノラックの内ポケットには、誰にも解けない暗号を送る携帯電話。左の乳首にその重みを感じたが、手の指は勝手に動いてまだそこにあることをひそかに確認していた。

輝かしいトヨタの四輪駆動車が、横づけする車の列に加わった。たしかに青く、たしかに助手席の窓に〝会議〟の赤いサインが掲げられていた。まえの席に白人がふたり。運転手は眼鏡をかけた若い男。小柄な若い娘がヨットウーマンのようにきびきびと車から跳びおりて、後部座席のドアを引き開けた。

「アーサーね？」彼女は生粋《きっすい》のオーストラリア英語で呼びかけた。

「いや、ポールだが」

「あ、そうだ、ポールよね！　ごめんなさい。アーサーは次に拾う人だった。わたしはカースティ。初めまして、ポール。さあ入って！」

事前に取り決めた手順。例によって細かすぎだが、まあいい。彼は乗りこみ、後部座席にひとりで坐った。ドアが勢いよく閉まり、四輪駆動車は白い門柱のあいだを抜けて、敷石の道に出た。

「こちらはハンシよ」カースティが座席の背もたれ越しに言った。「ハンシも今回のチームの一員。〝つねに用心深く〟——でしょ、ハンシ？　それが彼のモットーなの。こちらの紳士に挨拶したい、ハンシ？」

「ようこそ、ポール」つねに用心深いハンシが振り返らずに言った。その声はアメリカ人かもしれないし、ドイツ人かもしれない。戦争は企業のものになった。

車は高い石壁に挟まれた道を走り、彼はあらゆる光景と音を同時に取りこんでいた——通りすぎたバーから聞こえる大音量のジャズ、店の外のテーブルで免税の酒をがぶ飲みしている肥満のイギリス人カップル、彩色した上半身にローライズのジーンズの人物の写真を貼り出したタトゥーの店、六〇年代のヘアスタイルを飾った理髪店、屈んでベビーカーを押しているヤムルカをかぶった老人、グレイハウンドや、フラメンコの踊り手や、イエスと弟子たちの小像を売る骨董品《こっとうひん》店。

カースティが振り返り、通りすぎる明かりで彼をじろじろ見ていた。骨張った顔に、いかにもオーストラリア人らしいそばかす。ブッシュハットのなかに押しこんだ短い黒髪。化粧はしておらず、眼の奥には何もない——少なくとも、彼に向けたものは。曲げた肘《ひじ》に顎を埋めて、彼を上から下まで眺めていた。かさばるキルトのブッシュジャケットを着ているので、体型は解読できない。

「すべて部屋に残してきた、ポール？　指示どおり？」

「すべて詰めてある。きみが言ったとおりに」

「鳥の図鑑も含めて?」

「それも含めて」

暗い脇道に入ると、洗濯物が道を横切って干されている。壊れたシャッター、崩れかけた漆喰《しっくい》、〝イギリス人は帰れ!〟と要求する落書き。また街のまばゆい光のなかへ。

「チェックアウトはしなかったわね? ついうっかりしてしまったとか?」

「ロビーが人でごった返してたから、したくてもできなかった」

「部屋の鍵は?」

このくそポケットのなかだ。彼はまぬけになった気分で鍵をカースティの開いた掌《てのひら》に落とし、彼女がそれをハンシに渡すのを見た。

「これからひとまわりするわよ。エリオットが、あなたにしっかり現実を見せて視覚イメージを持たせろって」

「わかった」

「アッパー・ロックに向かってるから、クイーンズウェイ・マリーナが見える。あそこに停泊してるのがローズマリア号。一時間前に到着したの。見える?」

「見える」

「アラディンはいつもあそこに錨《いかり》をおろす。そしてあれが彼の使う埠頭《ふとう》の階段。アラディン専用で、ほかの人は使えない。植民地内の多くの不動産を所有してるの。彼はまだ船にいて、客たちも上陸後の豪華な中華料理のディナーのために身支度を整えてる。ローズマリア号を見ると、誰もが眼をみはる。あなたもそうしていいのよ。ただ緊張せずにね。三千万ドルのスーパーヨットをのんびり眺めてはいけないなんていう法律はないわ」

追跡任務に興奮しているのだろうか。それとも牢獄から出られて安心したのか。あるいはたんに、夢にも思わなかった方法で母国に奉仕できるという期待が高まっているのだろうか。ともかく彼は、何世紀にもわたる大英帝国の征服活動に加わったかのように、愛国心で体がかっと熱くなるのを感じた。偉大な提督や大将の像、大砲、方形堡、稜堡《りょうほ》。反応の鈍いイギリス兵に最寄りの防空壕に避難せよと指示する、傷だらけの空襲注意の看板。総督公邸のまわりに銃剣をたずさえて立っている、グルカ兵を思わせる兵士たちと、イギリスのかさばる制服を着た巡査たち。彼はそれらすべての継承者だった。優雅なスペインふうのファサードの家並みに埋めこまれたように立つ、みすぼらしいフィッシュ・アンド・チップスの店さえ懐かしい感じがした。

並んだ大砲を一瞥して、英米両国の戦争記念碑を見た。オーシャン・ヴィレッジへようこそ。大海原の波を思わせる青いガラスのバルコニーがついた、マンション群の地獄の谷間へ。ゲートと詰所のある私道に入った。詰所に警備員の姿はなかった。見おろすと、白いマストの森、何かの儀式のために絨毯《じゅうたん》を敷いた埠頭、さまざまなブティック、アラディンが豪華なディナーの予約を入れた中華料理店。

そして海ではローズマリア号が妖精の光に包まれて壮麗に輝いていた。ミドルデッキの窓の明かりは消えていた。サロンの窓は半透明。何ものっていないテーブルのあいだをうろつく太った男たち。船体から伸びる金メッキの梯子の下に、流線型のモーターボートが寄り添うように浮かび、白い制服姿のふたりの船員がアラディンと客たちを陸に運ぼうと待ち構えていた。

「アラディンは基本的に人種混交のポーランド人で、国籍はレバノンだ」エリオットがパディントンの小さな部屋で説明している。「アラディンは長い船竿《バージ・ポール》でも触れたくないポーランド人《ポール》だ、しゃれを言えばね。この地上でもっとも節操のない最低の死の商人だよ。国際社会の蛆虫《うじむし》どもに選ばれた朋友でもある。アラディンのおもな販売商品はマンパッズだと聞いている」

マンパッズとは、エリオット？

「現在わかっているところでは、二十発ある。最新型で抜群の耐久性があり、破壊力もすさまじい」

禿頭の下の得意げな笑みと、せわしなく動く視線にしばらく時間を与える。

「マンパッズとは、技術的に言うと携帯式地対空ミサイルシステム《MANPADS》だ、ポール。いわゆる頭字語だな。その頭字語で知られる兵器は非常に軽くて、子供ひとりでも扱える。非武装の旅客機を撃ち落としたいと思うときに選ぶのも、たまたまそれだ。人殺しのくそどもは、そういうことを考える」

「アラディンはそれを持っているのですか、エリオット、マンパッズを？　いま？　その夜に？　ローズマリア号にのせて？」彼は知らないふりをして尋ねる。エリオットはそうされるのがいちばん好きなようだから。

「われわれのリーダーだけがつかんでいる確かな情報によると、問題のマンパッズは、より大きな販売品目の一部だ。ほかに最新鋭の対戦車ミサイル、ロケット推進擲弾《てきだん》、暗黒世界の国の在庫から流れてきた最高級ブランドのアサルト・ライフルがある。かの有名なアラビアのお伽噺《とぎばなし》にあるとおり、アラディンは砂漠に財宝を隠しているのだ。だからその名がついた。取引が成立したとき――成立したときにだけ――落札者に宝の在処《ありか》を教える。今回はパンター本人にだけ知らせるということだ。アラディンとパンターの話し合いの目的は何か？　取引の細かい条件、金《きん》での支払い方法、そして引き渡しまえの最終検品について決めることだ」

トヨタはマリーナから離れて、ヤシの木とパンジーの植わった環状交差点《ラウンドアバウト》をまわっていた。

「ボーイズ・アンド・ガールズ、みんなちゃんと持ち場についてます」カースティが単調な声で携帯電話に報告していた。

ボーイズ、ガールズ？　どこにいる？　私は何を見落とした？　彼は思わずカースティに尋ねたにちがいない。

「四人の監視者が二グループ、中華料理店内に坐って、アラディンの一行が現われるのを待ってるの。それと、アラディンが一行からこっそり離れたときのために、通行人のカップルがふた組と、のろのろ運転のタクシーが一台、自転車に乗った人がふたり」よそ見をしていた子に言い聞かせるように暗唱した。

張りつめた沈黙が流れた。彼女は私をお荷物だと思っている。空から舞いおりてきて厄介事を増やすだけの無知なイギリス外交団員だと思っている。

「それで、ジェブと会うのはいつかな」彼はまたしつこく訊く。

「あなたの友だちのジェブは準備して、予定どおりの時間と場所で待ってるわ、すでに説明したとおり」

「彼こそ私がここにいる理由だ」苛立ちがこみ上げて、声が大きくなりすぎた。「私の同意がなければ、ジェブと部下たちは突入できない。最初からそういう取り決めだった」

「わかってる、ご指摘ありがとう、ポール。エリオットもわかってる。あなたとジェブが会って、ふたつのチームが話しだすのが早ければ早いほど、この仕事を片づけて家に帰るのも早くなる。オーケイ？」

彼にはジェブが必要だった。自分だけの男が。

ほかの車がいなくなっていた。まわりの木々が低くなり、空が広がった。彼は目印になるものを数えていった。聖バーナードの教会。尖塔が白く輝くイブラヒム・アル・イブラヒム・モスク。聖母マリア教会。ホテルのべたつく観光ガイドブックを見るともなく見ていたおかげで、どれも記憶に焼きついていた。沖合には錨をおろして明かりをつけた貨物船の大群。

〝海上の部隊は〈倫理的成果〉の母船から作戦を遂行する〟とエリオットが言っている。

空が消えていた。このトンネルはトンネルではない。使われなくなった坑道だ。防空壕だ。

曲がった桁《けた》に、軽量ブロックを乱暴に積んだ壁。崖がざっくりと削られている。頭上の照明がうしろに飛び、白い路上表示が彼らについてくる。黒い配線の花綱。〝落石注意！〟の表示。道の穴、あふれる泥水の川、どこにつながるのか見当もつかない鉄の扉。パンターも今日ここを通ったのだろうか。二十あるマンパッズのうち一発を持って、どれかの扉の向こうをうろついているのだろうか。〝パンターはたんに価値が高いだけではないよ、ポール。ミスター・ジェイ・クリスピンのことばを借りれば、パンターは成層圏に達する〟。またエリオットだ。

岩の腹のなかから出ると、別世界の入口のような柱が立っていて、崖の切り通しの道に入る。強風が車体をガタガタ鳴らし、フロントガラスのてっぺんに半月が現われ、トヨタは揺れながら崖っぷちの近くを走る。彼らの下には海岸沿いの建物の光。その先にスペインの漆《しっ》黒《こく》の山並み。海には相変わらず動かない貨物船の大群。

「サイドライトだけにして」カースティが命じた。

ハンシがヘッドライトを消した。

「エンジンを切って」

砂利のようなアスファルトを踏むタイヤのひそやかな音だけで、車はゆっくりと進んだ。前方で赤い光の点が二度またたいた。三度目はすぐ近くだった。

「停まって」

停まった。カースティがスライドドアを勢いよく開けると、冷たい風がどっと吹きこみ、海のほうからエンジンのうなりが絶え間なく聞こえてきた。谷の向こう側では、月に照らされた雲が立ち昇り、岩山の峰で硝煙のように渦巻いていた。うしろのトンネルから別の車が飛び出してきてヘッドライトで山肌を掻《か》き、いっそう暗い闇を残した。

「ポール、あなたの友だちよ」

友だちが見えないので、彼は座席の上を移動して開いたドアに近づいた。カースティは、早く出てくれと言わんばかりに前屈みになって助手席の背を倒していた。彼は足を地面におろそうとして、不眠症のカモメの叫びとコオロギの鳴き声を聞いた。手袋をはめたふたつの手が闇のなかから差し出されて、彼を支えた。その手の先に猫背で小柄なジェブがいた。目出し帽のなかの顔は汗で光り、迷彩がほどこされていた。キュクロプスのひとつ眼のように額のまえにランプを掲げていた。

「また会えてうれしいよ、ポール。このサイズを試してみてくれ」柔らかなウェールズ訛りでつぶやいた。

「こちらこそ、ジェブ。いや本当に」彼は熱心に言ってゴーグルを受け取り、ジェブの手を握り返した。憶えているとおりのジェブだった——小粒で、穏やかで、彼だけの男。

「ホテルはまずまずだったかな、ポール」

「完璧なゴミ溜めだ。あなたのほうは？」

「来て自分で確かめるといい。隅々まで最新設備だ。先に歩くからついてきてくれ、ゆっくり、落ち着いて。石が落ちてきたら、ちゃんと見てよけるように。さあ行こう」

冗談だったのだろうか。とにかく彼はにやりとした。トヨタはその夜の任務を終えて、丘をおりていくところだった。ゴーグルをつけると世界が緑に変わった。風に乗った雨粒が虫のようにレンズにぶつかって散った。ジェブは彼のまえに立ち、坑員のライトで前途を照らしながらゆっくりと丘の斜面を登りはじめた。ジェブが通ったところ以外に道はなかった。私はいま父親と赤ライチョウの狩猟地を歩いている。十フィートもあるハリエニシダを掻き分けて。ただこの斜面にハリエニシダはない。足首にしつこくまとわりつく砂草が生えているだけだ。おまえが導く人もいれば、おまえがついていく人もいる、と軍の大将から引退した父親は言っていた。ジェブに関しては、私がついていくほうだ。

地面が平らになった。風が弱まり、また吹いて、登り坂になった。頭上でヘリコプターのローターの音がした。〝ミスター・クリスピンはアメリカ流の完全な掩護《えんご》をつける〟とエリオットは団結したチームの誇りとともに告げた。〝念入りすぎて知る必要もないくらい完全な掩護だ、ポール。あらゆることに最先端の機器が使われるし、プレデター無人機による監視も、当然ながら彼の作戦の予算に組みこまれている〟

坂が険しくなった。地面は岩の破片と風に飛ばされた砂が半々だった。足先が丸太や鋼の棒や大きな錨にぶつかった。一度など金網が立っていて――ジェブが手を伸ばして止め、教えてくれた――乗り越えなければならなかった。

「その調子だ、ポール。トカゲには咬《か》まれない。ジブでそれはない。ここじゃトカゲを〝スキンク〟と呼ぶが、理由は訊かないでくれ。家族はいるんだろう？」〝いる〟と自然に出てきた彼の答えを聞いて、「誰がいる、ポール？　訊くのは失礼かもしれないが」

「妻がひとりと、娘がひとり」彼は息を切らしながら答えた。「娘は医学博士だ」いけない、ポールになっているのを忘れていた。ポールは独身だ。もう知ったことか。「あなたは、ジェブ？」

「立派な妻がひとりと、息子がひとり、来週五歳になる。利口だぞ、あんたの娘さんみたいに、たぶん」

うしろのトンネルから車が一台出てきた。彼は思わずしゃがもうとしたが、ジェブが腕をつかんで引き上げた。その力の強さに彼は息を呑んだ。

「こっちが動かなきゃ誰にも見えない。わかるな」やはり心地よいウェールズ訛りの小声で言う。「ここからかなり険しい登りが百メートル続くが、あんたならやれる。まちがいない。少し山腹を巻いて到着だ。三人の部下とおれしかいない」それだけで充分だというように。

たしかに険しかった。足元は茂みとすべりやすい砂で、また金網も乗り越えなければならず、彼が転びかけたときのためにジェブが手袋の手を伸ばしていたが、その必要はなかった。彼らはふいに目的地に着いた。戦闘用の装備とヘッドセットをつけた三人の男が――ひとりはほかのふたりより背が高い――防水シートの上にのんびり坐り、ブリキのマグカップで何かを飲みながら、土曜の午後のサッカーの試合でも見ているように、おのおのコンピュータ画面に注目していた。

その隠れ場所は金網の枠のなかに作りこまれていた。木の枝や草ですっかりまわりを囲っているので、ジェブの案内がなければ、数フィート先でもわからず通過していただろう。コンピュータはパイプ状のケースの口に固定され、パイプのなかをのぞかなければ見えない。枝葉の天井越しに星がいくつかぼんやりとまたたいていた。月光が幾筋か射し入って、彼が見たこともない兵器らしきものを光らせていた。壁のまえに四組の装備が並べられていた。

「みんな、彼がポールだ。省から来た」ジェブが風のうなりに負けずに言った。

男たちがひとりずつ振り返り、革の手袋を脱いで強すぎる力で握手し、自己紹介した。

「ドンだ。〈リッツ・カールトン〉へようこそ、ポール」

「アンディだ」

「ショーティだ。初めまして、ポール。うまく登れたわけだな？」

残るふたりより頭ひとつ高いからショーティだ。ほかに理由があるだろうか。ジェブが練乳で甘くした紅茶のマグを渡してくれた。枝葉の壁に水平に切られた矢狭間《やはざま》があり、コンピュータのケースはその下なので、山の斜面から海岸、さらに沖まではっきりと見通すことができた。左手には同じスペインの漆黒の山々が、より大きく、近くなっている。ジェブが彼の肩に触れて、左側の画面を見させた。隠しカメラの画像が次々と映し出されていた——マリーナ、中華料理店、妖精の光に包まれたローズマリア号。切り替わった手持ちカメラの揺れる画像が、中華料理店のなかに入っていく。カメラが床に置かれる。出窓のまえの長いテーブルの端から、クルージング・ブレザーと完璧な髪の、横柄そうな太った五十男が、盛んに手ぶりを交えて食事仲間に語りかけている。その右で、彼の半分の歳のブルネットが不機嫌嫌そうにしている。あらわな両肩、これ見よがしの胸、ダイヤモンドの首飾り、への字の口。

「アラディンは落ち着きがないんだ、ポール」ショーティが打ち明けていた。「まずロブスターがないってんで給仕長と英語で喧嘩《けんか》した。で、今度はガールフレンドをアラビア語で叱りつけてる。本人はポーランド人だ。あんな調子で張り合ってあの女が顔を張り倒されないのは驚きだな。しょっちゅうやってるんだな。だろう、ジェブ？」

「ちょっとこっちに来てもらえるか、ポール」

肩に置かれたジェブの手に導かれて、彼は中央の画面へと大きく一歩踏み出した。交互に出てくる空中と地上からの画像。当然ながらミスター・クリスピンの作戦の予算に組みこまれている、プレデター無人機の映像だろうか。あるいは相変わらず上からローター音が聞こえるヘリコプターのものか。崖の上の段丘に、下見板を張った白い家が集まっていて、あいだを断ち切るように石の階段がおりている。おりた先は細い三日月のような砂浜だ。切り立った崖に囲まれた、岩だらけの海岸。オレンジ色の街灯。段丘から海沿いの大きな道まで舗装路が延びている。家々の窓に明かりはない。カーテンも。

矢狭間からも同じ段丘がはっきりと見えた。

「取り壊しだよ、ポール」ジェブが彼の耳元で説明していた。「あるクウェートの会社があそこにカジノとモスクを建てる。だから家には誰もいない。アラディンがそのクウェートの会社の役員だ。彼が客たちにした話によると、今晩あそこの開発業者と秘密会合を持つらしい。完成すれば、莫大な金が入ってくる。しっかり自分たちの利益を吸い上げるそうだ、彼のガールフレンドが聞いた話では。アラディンほどの男がこれほど口が軽いというのは信じられないかもしれないが、実際にそうなのだ」

「自慢したいのさ」ショーティが説明した。「くそポーランド人はみんなそうだ」

「すると、パンターはもう家のなかに？」彼は訊いた。

「もしいるとしても、われわれはまだ見ていない、ポール。そう言っておこう」ジェブは依然として落ち着き、意図的にくだけた口調で答えた。「外からはな。そして家のなかにカメラは入っていない。設置する機会がなかったと言われたよ。一度に二十軒の家に盗聴装置をつけることはできない、だろう？　たとえ今日の機器を使うにしても。ことによるとパンターは一軒の家に身を伏せ、会合がある別の家を見張ってるのかもしれない。そこはなんとも言えない。わかるな？　待って様子を見ることだ。立ち向かう相手が誰かわかるまで、あそこにはおりていかない。ましてアルカイダの中心人物を探しているときにはね」

同じとらえどころのない人物を描写したときの、エリオットの奥歯にものが挟まったような話しぶりが彼の記憶に一気に甦《よみがえ》る。

〝パンターは、基本的に、きわめてすぐれたジハード戦士〈ルリハコベ〉を指す。鬼火のように捕まえにくいことは言うまでもない。携帯電話や害のなさそうなメールも含めて、電子的な連絡手段はいっさい使わないから、パンターとは直接会って話すしかない。しかも仲介者は一度にひとりきりで、一度使ったら二度と使わない〟

「やつはどこから現われてもおかしくないぞ、ポール」ショーティが説明していた。たぶん怖がらせようとしているのだろう。「あそこの山を越えてきても、小舟でスペインの海岸沿いに移動してきても、本人がその気になれば海の上を歩いてきても。な、ジェブ？」

ジェブがぞんざいにうなずいた。ジェブとショーティ、チームでもっとも背の高い男と低い男は好対照でおもしろい。

「あるいは、沿岸警備隊の鼻先でモロッコからこっそりもぐりこんできても。だろう、ジェブ？　それとも、アルマーニのスーツを着て、スイス人のパスポートでクラブに飛んでくるか。いっそ〈リアジェット〉のビジネス機を借りるとか。おれならそうするね、正直なところ。たまらなく魅力的なミニスカートの添乗員に、あらかじめ特別メニューを要求してから。パンターには焼き捨てるほど金があるんだろう、われわれの超一流の情報源によると。な、ジェブ？」

海のほうでは真っ暗な段丘が夜の空をさえぎっていた。浜辺はごつごつした岩と泡立つ波の無人地帯だ。

「船から来るチームは何人いる？」彼は訊いた。「エリオットはよく知らないようだったけど」

「減らして八人にさせた」ショーティがジェフの肩の向こうから答えた。「母船に戻るときにはパンターを連れて九人だ、できればね」と冷ややかにつけ加えた。

〝悪党ふたりは武器を持っていない、ポール〟とエリオットが言っていた。〝あのろくでもない共謀者たちはそこまで信頼し合っている。銃もないし、ボディガードもいない。われわれはそこに忍びこみ、狙った男を捕まえて、静かに出ていく。なんの痕跡も残さない。ジェブたちが地上から押し出し、〈倫理的成果〉が海で引き取る〟

彼はまたジェブと並んで矢狭間から明るい貨物船を見、中央のコンピュータ画面に眼を戻した。一隻の貨物船がほかの船から離れていた。船尾でパナマの国旗が翻《ひるがえ》っている。甲板のクレーンのあいだを人影があわただしく動きまわっていた。ふたりの男が乗ったゴムボートが海におろされるところだった。見ているうちに、彼の暗号化機能つきの携帯電話が馬鹿げたメロディを奏ではじめた。ジェブがそれを奪い取り、音を消して彼に戻した。

「ポールかな？」

「ポールです」

「こちらはナインだ。いいね？　ナインだ。聞こえたら答えてくれ」

〝私は〈ナイン〉になる〟と大臣が聖書の預言のように厳《おごそ》かに告げている。〝アルファではない。アルファは標的のためにとってある。ブラヴォでもない。それは場所に使う。私はナイン、それがあなたの司令官の暗号名だ。お互い連絡をとるときには、特別な暗号化ができる携帯電話を使う。その電話は拡張ＰＲＲ網であなたの作戦チームとつながる。参考までに、ＰＲＲとは、近距離連絡用無線機《パーソナル・ロール・レイディオ》の略だ〟

「はっきり聞こえます、ナイン、問題ありません」

「すでに位置についている？　どうだね？　ここからは短く答えてくれ」

「ついています。あなたの耳目です」

「よろしい。そこから何が見えるか、正確に説明してくれ」

「坂のまっすぐ下に家が見えます。これ以上ないほどはっきりと」

「そこには誰がいる？」

「ジェブと三人の部下と私です」

間。近くでくぐもった男の声。

　また大臣。

「アラディンがまだ中華料理店を出ていない理由がわかる者はいないか？」

「食事の開始が遅れました。いつ出てもおかしくありません。われわれが聞いたのはそれだけです」

「パンターはいない？　ぜったいに確かかね？　まちがいない？」

「まだどこにも見えません。まちがいありません」

「まったくその気配はない？　ほんのわずかでも、たとえば、きわめて小さな手がかりとか、見えそうな可能性のようなものとか？」

間。拡張PRR網が途切れたのだろうか。それともクインが黙ったのか。

「ただちに報告してもらいたい。わかるかな？　そこで見えるものは、こちらでもすべて見えるが、そちらほど明瞭ではない。あなたはじかに見ている。だろう？」すでに遅れに業を煮やしている。「丸見えだろうが！」

「はい、丸見えです。じかに、しっかり見ています」

ドンが手を上げて注意をうながしていた。

夜の町の中心部、ワンボックスカーがほかの車のあいだを縫って走っている。屋根にタクシーの表示があり、後部座席に客がひとり乗っている。よく見るまでもなく、その乗客は活力あふれる肥満のアラディン、エリオットが長い船竿《ふなざお》でも触れたくないポーランド人だ。携帯電話を耳に当て、中華料理店にいたときと同じように、もう一方の手を尊大に振りまわしている。

追っていたカメラの向きが変わって画像が乱れ、消える。ヘリコプターが引き継いで、ワンボックスカーをとらえた映像を送ってくる。地上の追跡カメラが復活する。画面の左上でまたたく電話のアイコン。ジェブがポールにイヤフォンを渡す。ひとりのポーランド人が別のポーランド人と話している。ふたりは交互に笑う。アラディンの左手がワンボックスカーのリアウィンドウで人形劇を演じている。愉《たの》しくて仕方がないポーランド男の声が、非難めいた女性通訳の声に代わる。

「アラディンはワルシャワにいる弟のジョゼフと話しています」女の声が軽蔑《けいべつ》して言う。「品のない会話です。アラディンのガールフレンドについて議論しています。彼女は船に乗っていて、名前はイメルダ。アラディンはイメルダにうんざりしている。生意気な口を利くので。アラディンは彼女を捨てるつもりだ。ジョゼフはベイルートに行かなければならない。アラディンは弟がワルシャワから出てくるときの旅費を支払う。ジョゼフがベイルートにやってきたら、いっしょに寝たいという女をいくらでも紹介する。アラディンはこれから特別な友人を訪ねる。特別な秘密の友人を。アラディンはこの友人が大好きだ。彼女はイメルダの後釜《あとがま》に入る。性格も暗くないし、ひねくれてもいない。胸が本当にすばらしい。ジブラルタルにアパートメントを買ってやってもいい。節税にもなる。そろそろ電話を切るぞ。特別な秘密の友人が待っている。彼女はアラディンが欲しくてたまらない。ドアを開けると全裸になっている。アラディンがそうしろと命じた。おやすみ、ジョゼフ」

一同当惑してできた沈黙を、ドンが破る。

「女とやってる時間なんてないだろうが」腹立たしげにささやいた。「いくらあの男でも」

アンディも同じくらい怒って言った。

「車が別の方向に曲がった。いったい何がどうなってる？」

「女とやる時間はいつだってあるさ」ショーティが言下に訂正した。「ボリス・ベッカーが掃除道具入れかどこかで女を妊娠させるんだったら、アラディンが友人のパンタニーにマンパッズを売りにいく途中で女と寝たってなんの不思議もない。論理的だ」

少なくとも、それは事実だった。ワンボックスカーはトンネルがある右のほうに曲がらず、町の中心部に戻るように左折した。

「こっちの監視に気づいたんだ」アンディが絶望してつぶやいた。「くそっ」

「あるいは、馬鹿な頭で考えて、やめにしたか」とドン。

「あれに頭なんかないさ。平屋みたいなもんだ。二階がない」とショーティ。

画面が灰色、次いで白、そして葬儀の黒になった。

一時的に接続不能。

すべての眼がジェブに注がれた。ジェブは穏やかなウェールズ訛りのリズムで胸のマイクに話しかけていた。

「彼に何をした、エリオット？　アラディンは太りすぎで見失うことはないと思っていたが」

返答が遅れ、ドンの連絡回線から雑音が聞こえる。エリオットの不機嫌な南アフリカ訛りの声は低くて早口だ。

「地下駐車場つきのマンションの一画がある、おそらくそのどれかに入り、別の車に乗り換えて出てきたのだと思う。いま探している」

「つまり、監視を悟られたわけだ」とジェブ。「ありがたくないな。だろう、エリオット？」

「悟られたのかもしれないし、いつもの習慣かもしれない。いちいち責めないでくれ。わかったな？」

「危険なことになるのなら帰らせてもらう、エリオット。こちらの襲撃を知られてるときに、むざむざ罠《わな》にはまりたくはない。そういう経験があるもんでね、ありがたいことに。こっちはだいぶ歳だから、その手のことはもうごめんだ」

雑音。だが答えはない。ジェブがまた言う。

「タクシーに追跡装置をつけようとは思いつきもしなかったんだな、エリオット。たぶんやつは車を替えたんだろう。そういう話は聞いたことがあるよ、一度か二度」

「好きに言ってろ」

怒れるジェブの同志で補佐役のショーティが、自分のヘッドセットをはずした。

「これが終わったら、ぜったいあいつを懲らしめてやる」と世界に宣言した。「礼儀正しく、理性的に、静かにエリオットと話して、あの馬鹿な南アフリカの頭をケツに突っこんでやる。本物の馬鹿だから。いいだろう、ジェブ？」

「いいかもしれない、ショーティ」ジェブは静かに言った。「よくないかもしれない。とにかく黙ってろ、いいな」

画面が生き返っていた。夜の車はまばらになっているが、本来の進路からはずれたワンボックスカーは映っていない。暗号化機能のついた携帯電話がまた震えている。

「こちらで見えないものが何か見えるかね、ポール」まるで非難するように。

「そちらで何が見えているのかわかりません、ナイン。アラディンは弟と話していましたが、その後方向を変えました。理由はここにいる誰にもわかりません」

「われわれにもわからない。忌々《いまいま》しいが、その点は信じてくれ」

「われわれ？　あなたと、ほかに誰がいる、正確なところ？　八人？　十人？　あなたの耳

いい

ゃ、ゃ

にささやいているのは誰です。私と話しているときに、おそらくメモを渡して入れ知恵しているのは？　話題を変えたうえで再開させたのは？　われわれの企業戦士にして情報提供者のミスター・ジェイ・クリスピンですか。

「ポール？」

「はい、ナイン」

「あなたは直接見ている。状況を推測してくれ、いますぐ」

「問題は見たところ、アラディンが目覚めて、追跡されていることに気づいたかどうかです」さらに少し考えて、「それから、彼がパンターとの会合を放棄して、この地にいるらしい新たなガールフレンドのところへ行くかどうか」堂々と話していることに、われながら感心する。

　ガサゴソ。音が消える。またささやく人間。切断。

「ポール？」

「はい、ナイン」

「このまま切らずに待ってくれ。ここにいる人と話さなければならない」

　ポールは切らずに待つ。人は複数、それともひとり？

「オーケイ。解決した」クイン大臣が大声で戻ってくる。「アラディンは誰も裏切らない。くり返す、裏切らない。相手が男だろうと女だろうと。これは事実だ。わかるね？」答えを待たずに、「われわれが聞いた弟との会話は、パンターとの会合を確実なものにするために、傍受可能な回線に張った煙幕だ。話した相手は弟ではなかった。パンターの仲介者だったのだ」また舞台裏で助言を得るための中断。「オーケイ、彼の連絡係《カットアウト》だ。相手はアラディンの連絡係だったのだ」その用語に落ち着く。

また音が消える。まだ助言が必要なのか。それとも、近距離連絡用無線機が期待したほど拡張されていないのか。

「ポール？」

「ナイン？」

「アラディンはパンターに、これから行くと告げていただけだ。注意を喚起するために。そのことは情報源に直接確かめた。すまないが、そのままジェブに伝えてもらえるか」

ジェブにそのまま伝えたそのとき、ドンがまたさっと手を上げた。

「二番の画面を、指揮官《スキッパー》。七番の家だ。海側のカメラ。一階左の窓に光が」

ジェブがドンの横にしゃがんでいる。彼もそのうしろに身を屈め、ふたつの頭のあいだからのぞくが、最初はどの光のことを言っているのかわからない。一階の窓に躍っている光は、投錨《とうびょう》した貨物船の明かりの反射だ。ゴーグルをはずし、できるだけ眼を見開いて、七番の家の一階の窓が拡大されてふたたび映されるのを見る。

怪《あや》しげな細い光が、蠟燭《ろうそく》のように上向きで室内を移動している。それを持っているのは幽霊のように白い前腕だ。陸側のカメラが物語を引き継ぐ。たしかに、また光が見える。舗装路沿いに立つナトリウム灯で、幽霊の前腕がオレンジ色に染まっている。

「やつはなかにいる。だろう？」まずドンが口を開く。「七番の家の一階。くそ懐中電灯をつけてるのは、電気が来てないからだ」しかし、妙に自信がなさそうな声だ。

「オフィーリアだ」と学者のショーティ。「ナイトシャツ姿のオフィーリア。これから地中海に身を投げる」

ジェブが隠れ場所の天井の許すかぎりまっすぐに立っている。目出し帽を引きおろして、襟巻《えりまき》のように首にかけている。怪しい緑の光のなかで、迷彩のほどこされたジェブの顔がふいに三十歳ほど老けて見える。

「ああ、エリオット、こちらも見える。わかった。たしかに人がいる。誰がいるのかは別の問題だがね」

拡張された音声システムは本当に調子が悪いのだろうか。片耳だけのイヤフォンで、彼は交戦モードに入ったエリオットの声を聞く。

「ジェブ？　ジェブ、応答してくれ。聞こえるか」

「聞こえるよ、エリオット」

南アフリカ訛りがきつくなり、うんざりするほど説教口調になっている。

「ちょうど一分前に決まった私の命令を伝える。チーム全員で非常態勢に入り、ただちに行動に移れ。監視部隊を町の中心部から引きあげて〈アルファ〉に集中させろという指示も受けている。アルファに近づく道は、ワゴン車を停めてふさいでいる。そちらのチームは指示どおりに山からおりて配置につくように」

「誰がそうしろと言った、エリオット？」

「そういう戦略だ。海と陸の部隊が合流する。まぬけなことを言うな、ジェブ、くそ大事な命令を忘れたのか」

「おれの受けた命令はよくわかってるだろう、エリオット。最初から決まっている。見つけて、確かめて、終わらせる。われわれはパンターを見つけたわけじゃない。光が見えただけだ。本人を見つけなければ確かめられない。ＰＩＤは何もないんだぞ」

ＰＩＤ？　彼は略語が大嫌いだが、ふと意味がわかる――身元の確認《ポジティブ・アイデンティフィケーション》だ。

「だから終了も合流もなしだ」ジェブが相変わらず落ち着いた口調でエリオットに主張している。「おれが同意するまで、どちらもない。暗闇で互いに撃ち合ったりはしないぞ、当然だが。わかったら言ってくれ、エリオット。いま言ったことが聞こえたか」

答えがない。クインがあわてて戻ってくる。

「ポール？　七番の家の光は見えたか？　直接見た？」

「はい、直接見ました」

「一度だけ？」

「二度だと思いますが、ぼんやりしていました」

「それはパンターだ。パンターがなかにいる。いまこのとき、七番の家に。パンターが懐中電灯を持って部屋のなかを歩いているのだ。彼の腕を見ただろう？　見ただろうが、え？　人の腕だった。われわれはみんな見た」

「腕は見ましたが、誰のものかはわかりません、ナイン。われわれはアラディンが現われるのをまだ待っています。一度彼を見失ったあと、また本人がこちらへ向かっていることは確認できていません」そこでジェブの視線をとらえ、「家のなかにいるのがパンターだという確証も待っています」

「ポール？」

「なんでしょう、ナイン」

「いま計画を立て直している。とにかく家々をしっかり見ていてくれ。とくに七番の家を。これは命令だ。計画を立て直すまでの。わかったね？」

「わかりました」

「カメラでは見落としそうな、通常と異なるなんらかの事態を裸眼で見たら、ただちに知らせてもらいたい」声が遠ざかり、また戻ってくる。「あなたはすばらしい仕事をしている、ポール。あとできちんと認められるだろう。ジェブに伝えてくれ。これは命令だ」

チームを落ち着かせようとしているが、彼は落ち着くどころではない。アラディンが消えてしまったことが、隠れ場所全体に暗い影を投げかけている。エリオットは空中カメラの位置を変えているところかもしれない。しかし、それらはまだ町を映していて、はぐれた車をでたらめに捕らえては見捨てている。地上のカメラもまだマリーナや、トンネルの入口や、空っぽの海沿いの道の画像を送ってくる。

「さあ早く、くそったれ、さっさと姿を見せろ」ドンが、不在のアラディンに。

「女とやるのに忙しいんだろうよ、好き者め」アンディが、自分に。

〝アラディンは防水だ〟。エリオットがパディントンの机越しに主張している。〝われわれはアラディンに指一本触れない。アラディンは防火、防弾でもある。それはミスター・クリスピンがきわめて貴重な情報提供者と交わした厳粛な約束だ。ミスター・クリスピンが情報提供者に与えることばは神聖なのだ〟

「指揮官」またドンが、今度は両手を上げている。

自転車に乗った男がヘッドライトを左右に振りながら舗装路を走っている。ヘルメットはなく、白黒まだらのクーフィーヤが首のまわりではためいているだけだ。右手で自転車を操り、左手で袋のようなものの口を絞って持っている。走りながらその袋を見せびらかすように振りまわす。おれを見ろ。痩《や》せ型で腰も細い。クーフィーヤが顔の下半分を隠している。

段丘の中央まで来ると、右手がハンドルを離し、革命家の敬礼のように持ち上がる。

舗装路が終わるところで、自転車乗りは海沿いの道に入って南に向かうかと思いきや、北に曲がり、頭をハンドルのまえに突き出して、クーフィーヤをうしろにたなびかせ、スペインの国境へどんどん加速していく。

だが、がむしゃらな自転車乗りに誰が気を留めるだろう。舗装路のまんなか、まさに七番の家の玄関前に、彼の黒い袋がプラム・プディングのように落ちているのだから。

カメラが袋に近づいている。カメラが袋を拡大する。さらに拡大。

ごくありふれた黒いビニール袋だ。口を撚《よ》り糸かヤシの繊維で縛っている。ゴミ袋だ。サッカーボールか、人の頭か、爆弾が入ったゴミ袋。鉄道駅にぽつんと置いてあれば、不審物と見なされるような。誰かに報告するかどうかは、発見者がどのくらい心配性かによる。

複数のカメラが競い合って袋を映そうとする。地上のクローズアップに続いて、空中からの画像、そして段丘を映し出す広角の画像が、めまぐるしい速さで出てくる。沖合ではヘリコプターが母船を護るように、すぐ上までおりている。隠れ場所ではジェブが躍起になって、まともな理由を見つけようとしている。

「袋だ、エリオット。まちがいなく」ウェールズ訛りの声は、この上なく穏やかでしつこい。「それしかわからない。なかに何が入っているのかもわからない。音を聞くことも、においを嗅ぐこともできないだろう？　緑の煙は立ち昇っていないし、見たかぎりでは配線もアンテナも外に出ていない。そっちにも見えないはずだ。ガキが母親のためにゴミを不法投棄しただけかもしれない……いや、エリオット、それはやめておく。あそこに置いたままにして、あれがやるはずだったことをやらせたい。許されるならばだが。何か起きるまで待つ。アラディンを待っているのと同じだ」

この沈黙は通信が途絶えたからか、それとも人が黙っているだけか。

「週に一度の洗濯物さ」ショーティが小さくつぶやいた。

「いや、エリオット。それはしない」ジェブがはるかに鋭い声で言った。「おりていって、袋のなかをあらためるなんてことは、断じてしない。あの袋にはいっさいかかわらない、エリオット。そんなことをしたら連中の思うつぼだ。もし近くにわれわれがいたら、おびき出してやろうという狙いなんだから。われわれは近寄らない、だろう？　あの手の餌《えさ》には引っかからない。そういうちゃんとした理由があるから放っておくんだ」

またフェードアウト。先ほどより長い間。

「取り決めていたはずだ、エリオット」ジェブが人知を超えた忍耐力で続けた。「忘れたのか。陸のチームが標的を確認したあとで、われわれはおりていく。まえではない。それからあんたの海のチームが上陸して、いっしょに仕事を終える。そういう取り決めだった。あんたは海を受け持ち、われわれは陸を受け持つ。で、袋は陸にある。ちがうかな？　しかも、われわれはまだ標的を確認してない。それぞれのチームが反対側から暗い建物のなかに入っていくなんて論外だ。いまおりていくと、下で誰が待ってるかわかったもんじゃない。もう一度くり返す必要があるかな、エリオット？」

「ポール？」

「はい、ナイン」

「あなたはあの袋はなんだと思う？　ただちに報告してくれ。ジェブの議論に賛成するか」

「もっと説得力のある意見がないかぎり、ナイン、賛成します」ジェブの話し方に倣《なら》ってきっぱりと、だが敬意を払って。

「逃げろというパンターへの警告かもしれない。どうだね？　そちらでその可能性は考えた？」

「その点については充分検討しました、彼らも、私も。ですが、あの袋がアラディンに安全を知らせて、早く来いと告げている可能性も同じくらいあるのです。あるいは、遠ざかっていろという合図かもしれない。どれもせいぜい推測の域を出ません。あらゆる可能性があります、私見を述べれば」と大胆に締めくくって、こうまでつけ加えた。「いまの状況では、ジェブの判断がすぐれて合理的に思えると言わざるをえません」

「私に講義は不要だ。また連絡するまで全員待機するように」

「もちろんです」

「くそもちろんも不要！」

回線が死んだように静かになる。乱れた息遣いも、うしろの気配もなくなり、彼が携帯電話をますます強く耳に押し当てても、沈黙が流れるばかり。

「ジーザス・ファック！」ドンの腹の底からの声。

五人が矢狭間に並んで見ていると、ヘッドライトを煌々《こうこう》とつけた車高のある車がトンネルから飛び出してきて、段丘へと速度を上げていった。約束の時間に遅れてきたアラディンのワンボックスカーだ。いやちがう。〝会議〟のサインのない青いトヨタの四輪駆動車だ。海沿いの道を離れ、大きく跳ねて舗装路に入ると、まっすぐ黒い袋に向かって走っていく。

袋に近づくうちに車のスライドドアが開き、眼鏡をかけて猫背でハンドルを握っているハンシの姿が見える。もうひとりははっきりしないが、カースティかもしれない。開いたドアの空間に屈み、片手でグリップをしっかりつかみ、もう一方の手をビニール袋のほうに伸ばしている。トヨタのドアがまた閉まる。四輪駆動車はふたたび速度を上げ、北に走りつづけて見えなくなる。プラム・プディングのような袋は消えた。

ジェブが最初に口を開く。相変わらず穏やかな声だ。

「いまのはあんたの部下かな、エリオット？ 袋を拾っていったのは？ エリオット、話さなきゃならない。エリオット、聞こえてるだろう。説明してもらえないか、エリオット」

「ナイン？」

「なんだね、ポール」

「エリオットの部下が袋を拾っていったようです」ジェブのように、できるだけ理性的な声で。「ナイン、聞こえますか」

ようやく戻ってきたナインが耳障りな大声で言う。

「上層部の判断だ、まったく。誰かがあれを取り除かなければならんだろうが。ジェブに伝えてくれたまえ。いますぐ。決定は下され、受け入れられた」

またいなくなる。一方、エリオットが全力で戻ってきて、別回線のオーストラリア訛りの女性と話しながら聴衆に誇らしげに伝える。

「袋には食料が入っていた？ ありがとう、カースティ。袋には魚の燻製が入っているそうだ、聞こえたかね、ジェブ？ パンも。アラブのパンか。ありがとう、カースティ。ほかには何が？ 水。炭酸水。パンターは炭酸水が好きだ。それから、チョコレート。ミルクチョコレ、ト、ト、ト。ちょっと切らずに待ってもらえるか、カースティ。どうだ、いまのが聞こえたかね、ジェブ？　やつはずっとあそこにいて、仲間が食料を運んでやっていたのだ。突入するぞ、ジェブ。私からの命令だ。上の了承も得られた」

「ポール？」

しかしこれはクイン大臣、別称ナインではない。ジェブの半分黒く塗られた顔が話しかけている。炭坑員のように眼だけが白い、というより、茶色だ。依然として落ち着いたジェブの声が彼に訴えている。

「これじゃだめだ、ポール。闇のなかで幽霊を撃つようなことになる。エリオットには半分もわかってないんだ。あんたも同意するだろう」

「ナイン？」

「今度はいったいなんだね。彼らは突入してるぞ！　いまさら何が問題なのだ」

ジェブが彼を見つめている。ショーティもジェブの肩越しに彼を見ている。

「ナイン？」

「なんだ」

「あなたは私に、あなたの耳目になれとおっしゃいました、ナイン。私はジェブに賛成するしかありません。私が見て聞いたかぎりでは、この段階で突入できる要素はありません」

沈黙は意図的なものか、それとも技術的なものか。ジェブがきっぱりとうなずく。ショーティからは、あざ笑うようなゆがんだ笑み。クインに向けたのか、エリオットか、それとも全体の状況に対してかはわからない。大臣がやや遅れて口走る。

「目的の男はあそこにいるんだよ、このわからず屋ども！」またいなくなり、戻ってくる。「ポール、よく聞いてくれ。これは命令だ。われわれは目的の男が完全なアラブの服装でなかにいるのを見た。そっちも見ただろう。あれはパ、ン、タ、ーだ。なかにいる。アラブの少年に食べ物と水を運ばせている。ジェブはこれ以上何を求めるというのだ」

「証拠です、ナイン。証拠不充分なのです。私もほぼ同じ意見だと言うしかありません」

ジェブがまたうなずく。先ほどより勢いよく。それにショーティが続き、残りの仲間も同意する。目出し帽の奥から四人全員の白い眼が彼を見ている。

「ナイン？」

「そこで命令にしたがうやつはいないのか」

「話してもよろしいですか」

「さっさと話すがいい」

彼は記録に残すために話す。すべてのことばの重みを考えてから、口に出す。

「ナイン、いかなる合理的な判断基準をもってしても、いまわれわれが扱っているのは、確証のない一連の仮説です。ジェブとここにいるメンバーはあらゆる経験を積んでいます。その彼らの見解では、いまのところ確実な動きはいっさいありません。私も現場でのあなたの耳目として、同意見であると言わなければなりません」

弱々しい声が消え、深い死の沈黙ができ、クインが不機嫌な金切り声で戻ってくる。

「パンターは武器を持ってないんだぞ。そんなこともわからないのか。それがアラディンとの約束だった。武器を持たず、部下も連れずに一対一で会う。パンターは大金と、引き出し甲斐のあるきわめて貴重な情報を持った、価値の高いテロリストだ。そいつがどうぞ捕まえてくださいとそこに坐っているのだ。ポール？」

「聞いています、ナイン」

聞いてはいるが、ほかの四人といっしょに左手の画面を見ながらだ。母船の船尾を。その左側の影を。水面におろされたゴムボートを。ゴムボートの上で身を屈めている八つの人影を。

「ポール？　ジェブを出してくれ。ジェブ、そこにいるか。聞いてほしい、ふたりとも。ジェブとポール、ふたりとも聞いているか」

聞いている。

「聞いてくれ」そうしていると答えたのだが、大臣には関係ない。「きみらが仲よく丘の上でケツを温めているあいだに、海上チームが彼を捕まえて船に乗せ、領海の外の尋問者に引き渡すことになったら、どれほど無様かわかるかね？　わかるだろう、ジェブ。きみは細いことを気にする男だとは聞いていたが、何を失うことになるか考えてみろ！」

画面のボートが母船の横から消えている。寸詰まりの目出し帽をかぶったジェブの戦闘用の顔は、古代の戦士の仮面のようだ。

「まあ、そちらから言うことはあまりないだろうがね、ポール。もうすべて言ったのだろうから」と静かにつけ加えた。

だが、ポールはすべて言ったわけではない。気がすむほどには。自分でも驚いたことに、ことばが自然と湧いてきて、ためらいもなくすらすらと出ていく。

「失礼ながら申し上げますが、ナイン、私が見るかぎり、陸のチームが介入すべき充分な根拠はありません。それを言えば、どんなチームであれ」

これはわが人生で最長の沈黙だろうか。ジェブは彼に背中を見せて地面にしゃがみ、ナップザックを忙しそうに探っている。ジェブの向こうで部下たちも立っている。ひとりはナッ誰かはわからないが――頭を下げて祈っているようにも見える。ショーティは手袋を脱ぎ、指先を一本ずつなめている。まるで大臣のことばが、もっと神秘的な別の方法で伝わったかのようだ。

「ポール？」

「なんでしょう」

「言っておきたいのだが、いまの状況下で、私は現地指揮官では*な*い。知ってのとおり、軍事的な決定は現地の上級兵士の専権事項だ。ただ、*提案*はできる。したがって、ジェブに伝えてもらいたい。私は手元にある作戦情報にもとづいて〈ワイルドライフ作戦〉をただちに実行に移すことが賢明であると、*命令*ではなく、*提案*する。むろん決定するのはジェブ本人だ」

だが、ジェブはすでに話の流れをつかみ、最後まで聞く時間も惜しんで同志とともに闇のなかに消えている。

暗視ゴーグルをつけたりはずしたりしながら、彼は濃い闇に眼を凝らしたが、ジェブも部下たちも見えなかった。

最初の画面では、ゴムボートが岸に接近していた。カメラに波が当たり、黒い岩が近づいていた。

二番目の画面は死んでいた。

三番目に移ると、カメラが七番の家を拡大していた。

玄関のドアは閉まっており、窓にはやはりカーテンが引かれていないが、明かりはなかった。埋葬布の手が捧げ持つ幽霊の光は見えなかった。マスクをつけた八つの黒い人影が、順に仲間を助けながらゴムボートから出ていた。ふたりがひざまずき、武器でカメラの上空の一点を狙った。さらに三人がカメラの視界にすっと入って、出ていった。

カメラが海沿いの道と段丘に切り替わり、家のドアを横切っていった。七番の家のドアが開いていた。武器を持ったひとりの影が見張りで横に立ち、同じ装備の二番目の影がその脇を通り、もっと上背のある影があとに続いた。ショーティだ。

小柄なジェブがウェールズの炭坑員の重い足取りで、明かりに照らされた石段を浜辺におりていって見えなくなるところを、ちょうどカメラがとらえた。風のざわめきに乗って、ドミノが倒れたようなパチッという音が聞こえた。さらに二回パチッと鳴り、静かになった。

一度叫び声が聞こえた気もしたが、耳に集中しすぎていたので、かえって自信が持てなかった。たぶん風だ。サヨナキドリだ。いや、フクロウだ。

石段の明かりが消え、次いで舗装路に並んだオレンジ色のナトリウム灯が消えた。同じ手がそうしたかのように、まだ映っていた二台のコンピュータ画面も消えた。

まず彼にはこの単純な真実が受け入れられなかった。暗視ゴーグルをつけ、はずし、またつけて、コンピュータのキーボードをあれこれいじって、復活しろと画面に念じた。が、念力は通じなかった。

どこかからエンジン音が聞こえたが、キツネの鳴き声かもしれないし、ゴムボートが岸から離れる音かもしれなかった。彼は暗号化機能つきの携帯電話でクインを呼び出す〝I〟のボタンを押したが、雑音が聞こえるだけだった。隠れ場所から出て、ようやく完全に背筋を伸ばし、夜気に胸を張った。

一台の車がトンネルから飛び出してきて、ヘッドライトを消し、海沿いの道のすぐ手前でタイヤを鳴らして停まった。十分、十二分、何もなし。暗闇からカースティのオーストラリア訛りの声が彼の名を呼んだ。そのあと、カースティ本人が出てきた。

「いったいどうなった？」彼は尋ねた。

カースティは彼をまた隠れ場所に連れていった。

「任務完了。みんな有頂天《うちょうてん》よ。勲章の大放出」彼女は言った。

「パンターは？」

「みんな有頂天だと言ったでしょ？」

「捕まえたということか？　母船に連行した？」

「さっさとここを去るわよ。質問は終わり。わたしはあなたを車に連れていき、車は予定どおりあなたを空港に連れていく。飛行機が待っている。万事抜かりなく最高。さあ、行くわよ」

「ジェブは無事か？　ほかのみんなは？　大丈夫なのか？」

「興奮して喜んでる」

「ここにあるものは？」金属製の箱やコンピュータのことだ。

「あなたをここから連れ出したあと、三秒で消えるわ。さあ早く」

すでにふたりはよろめきながら谷をすべりおりていた。海風が鞭《むち》のように打ちつけ、海からのエンジン音がその風より大きく聞こえはじめた。

巨大な鳥が――鷲《わし》だろうか――足元の低木からいきなり飛び立って、怒りの叫びをあげた。一度彼は転んで、破れた金網に頭から突っこみ、かろうじて藪《やぶ》に助けられた。

突然ふたりは誰もいない海沿いの道に立っていた。息を切らしているが、奇跡的に怪我《けが》はなかった。

風は弱まり、雨もやんでいた。別の車が彼らの横に停まった。ブーツとスポーツウェア姿の男がふたり飛び出してきた。カースティに軽くうなずき、彼のほうは無視して、ふたりともなかば駆け足で丘の斜面に向かった。

「ゴーグルを貸して」カースティが言った。

彼はゴーグルを渡した。

「書類は持ってる？　地図その他、あそこから持ってきたものはある？」

なかった。

「大勝利。でしょう？　死傷者もなし。すばらしい仕事をした、わたしたちみんな。あなたも。そうよね？」

そうだ、と彼は答えただろうか。もはやどうでもいいことだった。その後カースティは彼のほうを見向きもせず、ふたりの男のあとを追った。

2

同じ春の早い時期、晴れた日曜のことだった。前途洋々たる三十一歳のイギリス外交官が、ロンドン、ソーホーにある質素なイタリアン・カフェの舗道のテーブルにひとりで坐り、固い決意でひとつの諜報活動にあたろうとしていた。発覚すれば職業人生も自由な生活も吹き飛んでしまうほど無謀なその活動とは、己《おのれ》の豊かな能力を最大限発揮して仕え、助言すべき大臣の執務室から、彼自身が違法に録音したカセットテープを回収することだった。

彼の名はトビー・ベル。この犯行は完全にひとりで考案したものだった。邪悪な天才に支配されているわけではなく、百ドル札で満杯のアタッシェケースをたずさえた資金提供者や扇動者、腹黒い操《あやつ》り師が角の向こうで待っていることもなく、スキーマスクの活動家もいなかった。その意味で、彼はこの現代世界でもっとも怯《おび》えた存在——孤独な決断者だった。やがてイギリス植民地ジブラルタルでおこなわれる秘密工作については何も知らなかった。というより、興味をあおるこの無知こそが、彼を現在の状況に追いやったのだった。

トビーは見た目も性格も悪人からほど遠かった。犯罪を企《くわだ》てているこのときでさえ、同僚や雇用主の見立てどおりに礼儀正しく、勤勉で、身なりにこだわらず、強迫症かというほど野心的で、知性を感じさせる男だった。体格はがっしりしており、とくにハンサムというわけではない。手に負えないぼさぼさの茶色の髪は、ブラシをかけたとたんに跳ね上がる。内面からにじみ出る生真面目《きまじめ》さは誰の目にも明らかだった。イングランド南岸出身の敬虔《けいけん》な芸術家の両親から生まれたひとり息子で、公立校出身の秀才。両親は政治となると労働党しか知らない人たちだったが——父親は地元の礼拝堂の長老、母親はいつもキリストのことを話している丸々と太った上機嫌の女性だった——トビーは苦学の末、外務・英連邦省に入った。まずは書記として、次に夜学にかよい、語学講座をとり、省内試験と二日間のリーダーシップ試験を受けて、願ってやまなかったいまの地位についたのだ。トビーという名前に関しては、イギリス社会での出世を約束してくれそうな古風な響きだけれど、息子としての美徳が古代の本に記されている聖人トバイアスに、父親が敬意を表して名づけたもので、それ以上の高尚な意味はなかった。

何に意欲をかき立てられたのか——いまもかき立てられているのか——を自問することはめったになかった。学友たちはたんに金儲《もう》けができればいいと思っていた。勝手にやらせておけ。トビーは謙虚な性格からあまり口にすることはなかったが、世の中を変えたかった。あるいは、多少恥ずかしげに試験官に語ったように、ポスト帝国主義、ポスト冷戦の世界で母国が真のアイデンティティを確立することに力を貸したかった。彼の頭脳をもってすれば、とうの昔にイギリスの私学教育制度を廃止し、古い特権の名残《なごり》を一掃し、君主制をこの世から追放していたかもしれない。しかし、そういう物騒な考えを抱きつつも、彼のなかの努力いた。

家は、まず解放したいと夢見る制度のなかで高い地位につかなければならないことを知っていた。

話し方はどうか。もっとも、いまは自分ひとりに話しかけているだけだが。韻律を重んじる父親から受け継いだ生来の言語能力と、息苦しくなるほど英語の銘柄を意識してしまう癖から、トビーがごくわずかなドーセット訛りも慎重に消し去り、社会的出自を決して悟られたくない人々の中英語を使うようになったのは、当然のなりゆきだった。

話し方の変化にともなって、服の趣味も同じくらい微妙に変わっていた。この日はいつ外務省の門をくぐっても管理者らしい落ち着きを見せられるように、チノパンツに開襟のシャツ、非番とはいえだらしなくない、ゆったりした黒のジャケットだった。

さらに傍目《はため》にはわからない出来事として、ほんの二時間前、三カ月同棲していたガールフレンドが、もう二度と会いたくないと彼のイズリントンのフラットから出ていった。ところが、なぜかトビーはこの悲劇に落ちこんでいなかった。イザベルが去ったことと、これから起こす犯罪に何かつながりがあるとしたら、それはおそらく夜な夜なベッドに横たわって眠りもせず、他人には言えない考えに没頭していたことだろう。たしかに前夜は何度か、別れる可能性についてあいまいに話はした。しかし、それも最近よくあることだった。朝になればいつもどおりイザベルの気も変わるだろうと思っていたのだが、今回彼女は銃をおろさなかった。怒りの声も涙もなかった。彼は電話でタクシーを呼び、彼女は荷造りをした。タクシーが来たときには、スーツケースを階下へ運ぶのを手伝った。イザベルはクリーニング店に出したシルクのスーツのことを心配していた。だから引換券を預かって、あとで送ると約束した。彼女は青ざめていた。最後まで振り返らなかったが、ひと言言い残したい欲求には逆らえなかった。

「これは認めるわよね、トビー、あなたはどこかよそよそしい。でしょう?」そのことばとともにタクシーに乗り、去っていった。表向きはサフォーク州の妹のところへ行くことになっていたけれど、ほかにも選択肢があるのではないかと思った。ついこのあいだ彼女が見捨てた夫も含めて。

そしてトビーはイザベルに負けないほどの目的意識を持って、重窃盗の序曲となるコーヒーとクロワッサンのために、ソーホーのカフェへと歩きだしたのだった。いまそこに坐って、朝日を浴びながらカプチーノをすすり、ぼんやりと通行人を眺めている。自分がそれほどよそよそしい人間なら、どうしてこんな怖ろしい状況にみずからを追いこむことができたのだろう。

その質問と、ほかの似たような質問に対する答えを求めて、トビーの心はいつものようにジャイルズ・オークリーを思い浮かべた。彼の謎めいた指導者であり擁護者を自任する男を。

ベ、ル、リ、ン、

新人外交官のベル二等書記官(政務担当)は、初めての海外駐在でイギリス大使館に着任したばかりだ。イラク戦争が不気味に近づいている。イギリスは参戦を約束したが、していないと言い張っている。ドイツは最後の一歩をためらっている。大使館の黒幕《エミナンス・グリーズ》、ジャイルズ・オークリー——ドイツ人に言わせれば、世界じゅうの海に染まったすばしこい小鬼のオークリー——はトビーの部長だ。オークリーの仕事は、あいまいなものも無数にあるなかで、おもにイギリス本国からドイツの連絡員への情報の流れを監督すること。一方トビーの仕事は、彼の槍持《やりもち》であることだ。トビーはすでにドイツ語がかなりできる。いつもながら学ぶのが早い。オークリーは彼を可愛《かわい》がり、ほかのさまざまな省に連れていき、本来トビーほど身分の低い者には閉ざされているドアを開けてやる。トビーとジャイルズはスパイか？　まったくちがう！　ふたりともイギリスの一流の職業外交官であり、ほかの大勢と同じように、ふと気づくと自由世界の広大な諜報市場で取引のテーブルについていたにすぎない。

唯一の問題は、そうした内部の交渉に深入りすればするほど、戦争に対するトビーの嫌悪感が増していくことだ。彼は戦争を違法で不道徳で不毛だと考える。学友のなかでもいちばん無関心だった連中ですら通りにくり出し、怒りの声をあげていることを知り、トビーはますます気鬱《きうつ》になる。彼の両親もデモに参加している。キリスト教社会主義者としての良識から、外交の目的は戦争を防ぐことであって、促進することではないと信じているのだ。母親が絶望して、かつて彼女のアイドルだったトニー・ブレアがみんなを裏切ったというメールを送ってくる。父親は厳格なメソジスト教徒の主張に加えて、傲慢《ごうまん》の罪を犯したブッシュとブレアを責め立て、みずからの姿に酔いしれた二羽のクジャクがハゲワシに変わり果てる寓話を作るつもりでいる。

　自分の声のほかにこれだけ多くの声が耳で鳴り響くのだから、トビーがよりによってドイツ人相手に戦争讃歌を歌い、踊りに加われとまで言わされるのを苦々しく思ったとしても無理はない。彼も心からよかれと思ってトニー・ブレアに投票したが、いまや選んだ首相が公に示す態度は、吐き気を催すほど不誠実だと感じる。さらに〝イラクの自由作戦〟の発動に及んでは、はらわたが煮えくり返る。

　場面はグリューネヴァルトにあるオークリーの外交用の別邸。時刻は真夜中で、またしても長々と続いた、つらい〝ヘレンアーベント〟――退屈な男たちのためのパワーディナー――が終わりに近づいている。トビーもベルリンでそれなりに友人を作っているが、今宵の客はひとりも知らない。連邦政府のつまらない大臣、ルール地方産業の末期的にうぬぼれた大立者、ホーエンツォレルン家の知ったかぶり、そしてただ食いに目のない議員四人組がようやくリムジンを呼んだ。オークリーの外交上手な〝上流妻〟ハーマイオニーは、たっぷりとついだジンのグラスを手に台所から様子をうかがっていたが、すでに寝室に引きあげている。居間ではトビーとジャイルズ・オークリーが、この晩に誰かがついもらした有用な情報はなかったか話し合っている。

　突然、トビーの堪忍袋《かんにんぶくろ》の緒が切れる。

「まったくひどいな。最低最悪のくそですよ」オークリーの年代物のカルヴァドスが入ったグラスをテーブルにたたきつけて宣言する。

「何が最低最悪のくそなんだね、正確に言って」当年五十五歳の小妖精《レプラコーン》が短い脚を心地よさそうにゆっくりと伸ばして尋ねる。危機になるとそうする癖があるのだ。

揺るぎなく洗練された態度で、オークリーはトビーの話を最後まで聞き、無表情のまま、思いやりはあれど厳しい答えを返す。

「遠慮することはない、トビー。辞職しろ。きみの未熟な個人的意見には同意する。わが国のような主権国家が、偽りの大義名分で戦争に駆り出されるべきではない。まして過去になんのつながりもなかった、エゴマニアックなふたりの狂信者が主導しているとなればね。そしてもちろん、われわれの不名誉な例にしたがえと、ほかの主権国家の説得を試みるべきでもなかった。だから、辞めればいい。きみはまさに《ガーディアン》紙向きだ——荒野に泣き言をこぼすが、やはり誰にも届かない声だ。政府の方針に賛同できないなら、変えようと無駄な努力なんかせずに船から逃げ出せよ。いつも夢見ている立派な小説でも書けばいい」

しかし、トビーはそう簡単に引き下がらない。

「あなたはどこにいるんです、ジャイルズ。ぼくと同じくらい反対なのは自分でもわかってるでしょう。わが国の引退した五十二人の大使が、とんでもない政策だという手紙にサインして首相に送りつけているときに、あなたはただ大きなため息をついて、自分も引退してればよかったと言うんですか。六十歳まで待たないと声をあげられない。そう言うつもりですか。爵位を授かって、物価スライド式の年金を受け取り、地元のゴルフクラブの会長になるまで待てと？　それは忠誠心ですか。ただの尻込みじゃありませんか、ジャイルズ」

オークリーのチェシャ猫の笑みが和らぐ。彼は両手の指先を合わせて、丁寧に答えを返す。

「私はどこにいると訊くのかね。会議机についているのだ。つねに会議机についている。相手をおだてて少しずつ攻略し、議論し、説得し、丸めこむ。だが期待はしない。万事においてだ。会議室に入るときには、あらゆる国の凶悪犯罪にそれを適用する、自国も含めて神聖なる基本外交政策にしたがい、自分の感情は入口に置いてきて、特段の指示がないかぎり決して怒って退出することはない。何もかも中途半端で終わらせることを、むしろ誇りに思っている。ときには──まさに今回はそういうときかもしれないが──偉大な主人に注意深く進言することもある。けれども、決してウェストミンスター宮殿の国会を一日で再建しようなどとは思わない。思い上がったことをする危険も冒さない。そうあるべきだろう？」

そして、トビーが答えを探しているうちに、

「もうひとつ、ふたりだけでいるついでに話しておきたいのだが、いいかな。わが愛する妻のハーマイオニーが、ベルリン外交界の不祥事の観察者として教えてくれた。きみはオランダ大使館付武官の夫人と不適切な行為に耽《ふけ》っているそうだな。尻軽で有名な女性らしいが。それは事実かね、でまかせかね？」

国防分野の経験を有する若い職員が急に必要になったマドリッドのイギリス大使館に、トビーが転任になるのは、その一カ月後である。

マ、ド、リ、ッ、ド。

歳も地位も離れているにもかかわらず、トビーとジャイルズの親しいつき合いは続く。裏でどれほどオークリーが糸を引いていたのか、またどれほどがたんなる偶然によるものかは、トビーも推測するしかない。オークリーがトビーに目をかけているのは確かだ。もっと歳上の外交官が、意識してかどうかは別として、気に入りの若い職員を育てたやり方と同じである。当時ほどロンドンとマドリッドとの情報のやりとりが活発で、重要だったことはなかった。主題はもはやサダム・フセインと、どこにあるのかわからない大量破壊兵器ではなく、新世代のジハード戦士たちだ。それまでわりに宗教色の薄かった中東の一国に、西欧が攻撃を仕掛けたことから彼らが生まれた――加害者が受け入れるには苦すぎる真実である。

こうして二重奏は続く。マドリッドでトビーは、好き嫌いはともかく――だいたい好きだ――諜報市場で主要な役割を果たすようになる。毎週ロンドンに戻ると、オークリーがテムズ川の片岸にいる女王のスパイたちと、対岸にある女王の外務省のあいだの中空をすいすい飛びまわっている。

ホワイトホールの密閉された地下室で、部外者には理解できない議論が交わされ、テロリスト容疑の捕虜の扱いに関する新しいルールが慎重に策定される。トビーは身分不相応にもその会議に出席する。オークリーが場を取りしきる。かつては精神的向上を表わすために使われた〝高める《エンハンス》〟ということばが、新しいアメリカ語の辞書に加わっているが、その意味は新人にとって故意に思えるほど不明瞭で、トビーもそう思うひとりだ。それでも彼は疑う。この〝新しい〟ルールとやらはじつのところ、埃《ほこり》を払われて復権した古い野蛮なルールなのではないか。もしその読みが正しいなら——だんだん正しいという気になっているが——人の体に電極を取りつける人間と、机のうしろに坐って、そういうことが起きているのを重々知りながら知らないふりをしている人間との道徳的なちがいは、もしあるとして、何だろう。

己の良心や育ちと矛盾しないように、気高い努力でこうした疑問を抑えこみながらも、トビーは思いきってジャイルズに打ち明けるときもある——純粋に理論上の話です、わかるでしょう。ふたりは、カイロのイギリス大使館への栄転というわくわくする辞令を受けたトビーを祝うために、オークリーのクラブでくつろいだ食事をとっている。あらゆる秘密を嗅《か》ぎ当てるオークリーは、親馬鹿の笑みを浮かべ、愛するラ・ロシュフーコーの裏に隠れて答える。

「偽善は悪徳が美徳に捧げる贈り物だよ、親愛なるきみ。不完全な世界においては、それがいちばんの対処法ではないかな」

トビーはオークリーの機知に感謝の笑みを返し、またもや人生では妥協を学ばなければならないと自分に厳しく言い聞かせる。このころには〝親愛なるきみ〟がオークリーの語彙《ごい》に永遠に加わり、弟子に対する並はずれた愛情の証《あかし》——そんなものがさらに必要ならば——となっている。

カイロ。

トビー・ベルはイギリス大使館の秘蔵っ子だ。なんなら大使以下全員に訊いてみよ！　アラビア語の六カ月集中訓練を受け、驚いたことに、なかば習得している。エジプトの将軍たちと意気投合し、〝未熟な個人的意見〟はおくびにも出さない。その表現は彼の意識に永遠に刻みこまれている。ほとんど偶然に技能を身につけた仕事に日々励み、エジプトの連絡者たちと情報を交換し、指示にもとづいて、ロンドンで体制転覆を企てるエジプト人イスラム教徒の名前を流す。

週末には洗練された軍将校や秘密警察の警官たちとラクダに乗って観光し、大富豪たちが持つ警備つきの砂漠のコンドミニアムで盛大なパーティを愉しむ。富豪の魅力的な娘たちといちゃついたあと、夜明けに車で帰宅する。燃えるプラスチックと腐りかけた食べ物の悪臭を嗅がなくてすむように、車の窓は閉めて。廃物が野放図に捨てられて汚れた、街はずれの何エーカーもの土地では、ぼろ服の幽霊のような子供や、屍衣をまとった母親たちがゴミあさりをしている。

人間の運命の非情なやりとりを指示し、ムバラクの秘密警察の長官に心温まる個人的な感謝状を送って、ロンドンから彼の道の先を照らす光は誰か？　ほかならぬジャイルズ・オークリー、外務省きっての辣腕《らつわん》情報ブローカーで特定任務のない上級官吏である。

だからこそ、ホスニー・ムバラクのムスリム同胞団迫害によってエジプト全土に広がる国民の不安が、四カ月後の地方選挙をまえに暴力沙汰に発展しそうな気配があるなか、トビーがあっという間にロンドンに呼び戻され、またもや年齢から考えられないほど昇進しても、若い本人はおそらく別として、誰ひとり驚かない。彼の新しい職位は、新任の外務閣外大臣、下院議員、先ごろまで国防省の大臣だったファーガス・クインの秘書官、世話人、かつ秘密の相談役である。

「わたしのいるところから見ると、あなたがたふたりは理想の組み合わせね」新しい上司である地域業務局長のダイアナが、現代芸術協会の味気ないセルフサービスの昼食で、オープンツナサンドイッチに男のようにがぶりと嚙みついて言う。小柄で愛らしい英印混血女性で、パンジャブの将校のような時代がかった大げさなしゃべり方だが、内気な笑みの裏には断固たる目的が隠されている。どこかに夫とふたりの子供がいるものの、勤務中家族のことはいっさい口にしない。

「ふたりとも職責のわりには若い。まあたしかに、彼のほうがあなたより十歳上ではあるけれど、ふたりともまったくもって野心的」同じ表現がそのまま自分にも当てはまることを意識せずに宣言する。「外見にだまされないで。あの人は殺し屋よ。労働者階級の太鼓をたたいていても、元カトリックだし、元共産主義者で、ニュー・レイバーでもある——とはいえ、頭《かしら》がもっと緑の多い牧草地に移ってしまったから、あとに取り残された党派ということだけど」

思慮深くもぐもぐするあいだの沈黙。

「ファーガスはイデオロギーが大嫌いで、自分は実用主義《プラグマティズム》の発明者だと思っている。もちろん保守党も嫌っているけれど、活動時間の半分は彼らより右寄りね。ダウニング街に熱烈な後援会があって、それもたんなる大物というだけでなく、王室関係者や政治活動顧問が集まっている。ファーガスは彼らの寵児《ちょうじ》で、政界にいるかぎり、彼らが有り金をつぎこんで支援する。大西洋側を気にしすぎるけれど、ワシントンが彼を最高と思っているなら、文句を垂れるわたしたちは何様？　EU懐疑派であることは論を俟《ま》たない。わたしたち下働きのことは好きではない。でも下働きが好きな政治家なんている？　それから、彼がGWOTについて滔々と語りはじめたら気をつけて」浸透しつつある〝対テロ世界戦争《グローバル・ウオー・オン・テラー》〟の業界用語だ。「流行遅れだし、慎み深いアラブ人がそれに激怒しつつあることは、とりわけあなたに説明する必要はないわね。ファーガスにもそのことは伝わっている。あなたの仕事は通常どおり、彼に糊みたいにぴったりとくっついて、これ以上水たまりを作らせないこと」

「これ以上ですか、ダイアナ？」すでにホワイトホール内を駆けめぐっているあけすけな噂に当惑していたトビーが訊く。

「完全に無視しなさい」ますます激しい咀嚼《そしゃく》でできた間のあとで、ダイアナは厳しく言い渡す。「国防省でやったこと、やらなかったことで政治家を裁いたら、明日の内閣の大臣の半分は絞首刑にしなきゃならない」まだトビーに見つめられているのに気づいて、「大衆のまえで赤っ恥をかいて、手首をぴしりとやられて、一件落着」そして最後に思いついたように、「唯一驚くべきことは、国防省が創設以来初めて、ハリケーン級のスキャンダルをもみ消すのになんとか成功したことね」

そのことばによって、あけすけな噂は正式に死亡宣告され、埋葬される。もっとも、コーヒーを飲みながらの締めくくりで、ダイアナはもう一度それを掘り起こして、また埋め直す。

「万が一ほかの人からちがった話を聞いたときのために言っておくと、国防省に加えて大蔵省も手加減なしの徹底的な内部調査をおこなって、満場一致でファーガスは証拠不充分により無罪と結論づけているの。最悪の場合でも、無能な部下の役人たちのせいで軽率なことをしたという程度だと。わたしにとってはそれで充分だし、あなたにしても充分だと思う。なぜそんな眼で見ているの」

彼はとくに意識して見ていたわけではないが、この人は強く抗議しすぎていると思っていたのは確かだ。


女王の新任の大臣に仕える、新任の秘書官トビー・ベルは、公印の管理者となる。新しいゴードン・ブラウン時代に置き去りにされた下院議員ファーガス・クインは、一見したところ、トビーが主人に選ぶ類《たぐい》の大臣ではないかもしれない。グラスゴーの落ちぶれた技師の旧家に生まれたファーガスは、初期には左翼の学生運動で名をなした。抗議デモを主導し、警察に刃向かって、たいてい新聞に写真が載るはめになった。エディンバラ大学経済学部を卒業したあと、スコットランド労働党の政治の霧のなかに姿を消すが、三年後になぜかハーヴァード大学ジョン・F・ケネディ・スクールに再浮上し、現在の妻である、裕福だが問題を抱えたカナダ女性と知り合い、結婚する。そして当選確実の選挙区が待っているスコットランドに帰ると、党の政治顧問がすぐさま、彼の妻は外向けの活動には向かないと判断する。

噂ではアルコール依存症ということだ。

トビーがホワイトホールの非公式の集まりで訊いてまわった範囲では、ファーガスの評判は、よくて賛否両論だ。「こちらの説明はまたたく間に理解するけど、彼がそれを行動に移すときには、とばっちりを受けないように注意することだな」国防省の傷ついた古参兵が、厳密にオフレコという条件のもとで助言する。ルーシーという元補佐は、「とてもやさしくて、魅力あふれる人よ、そうなる必要があるときには」必要がないときには？　とトビーが尋ねると、「たんにいっしょにいない」と眉をひそめ、彼の視線を避けて主張する。「どこかに出かけて、悪魔と闘ってるの」どんな悪魔と、どうやって闘うのかはルーシーも語りたくない。

そんなことはあっても、最初はすべてうまくいきそうに思える。

たしかにファーガス・クインはつき合いやすい相手ではないが、そこはトビーも期待していない。クインは狡猾《こうかつ》にも、愚鈍にも、短気にもなれるし、汚いことばも吐ければ、半日のあいだ、見事なまでに思いやり深くもなれる。ある瞬間に人を攻撃していたかと思うと、次の瞬間には重いマホガニーのドアの向こうに公文書送達箱といっしょに閉じこもって、物思いに耽る。生来の威張り屋で、前評判どおり公務員に対する軽蔑をあらわに示し、すぐそばで働く者たちでさえ、彼の舌鋒《ぜっぽう》からは逃れられない。とはいえ、クインのもっとも激しい軽蔑は、タコの足のように無秩序に広がるホワイトホールの諜報部門に向けられている。クインに言わせると、彼らは高慢で、エリート主義で、自己愛に浸り、己の神秘性から抜け出せないでいる。チーム・クインに付託された業務に〝あらゆる情報源から入手される諜報資料を評価し、適切な機関による利用開発を進言する〞ことが含まれているので、なおさら都合が悪い。

国防省で存在しなかったスキャンダルについては、トビーが出来心でそこに近づくたびに、トビー自身のためにあえて作られているのではないかという気がしてきた沈黙の壁にぶつかる——すんだことだよ、相棒……悪いね、きみ、それは話せない……。ただ一度、財務部門の自慢好きな事務員からではあるが、金曜夕方に〈シャーロック・ホームズ〉で一杯やりながら、こんな発言はある——白昼堂々強盗を働いて、まんまと逃げおおせたわけだよな？初めてトビーの警報ベルが最大音量で鳴り響くのは、退屈な月曜の人材配属管理委員会の集中会合で、小憎らしいグレゴリーがたまたま隣に坐ったときだ。

グレゴリーは歳より老けて見える太った大男で、まさにこの時期、トビーのライバルと目されているが、ひとつの職階をめぐって争う段になると、いつもトビーが勝つことは誰もが知っている。新しい閣外大臣の秘書官を決める今回の競争も、これにあたるのかもしれない。もっとも、その筋の噂では、最初から公平な勝負ではなかった。グレゴリーは国防省に二年間出向していて、ほとんど毎日クインと連絡をとっていたが、トビーはまっさらな状態、つまり過去の胡散《うさん》臭い荷物を背負っていなかったからだ。

集中会合が長引き、結論が出ないまま終わる。部屋が空っぽになる。トビーとグレゴリーだけが暗黙の了解でまだ机についている。トビーにとっては歓迎すべき関係改善の機会だが、グレゴリーのほうはさほど乗り気ではない。

「お互いファーギー王とはうまくやってるよな？」グレゴリーが訊く。

「やってるよ、おかげさまで、グレゴリー、順調だ。多少の問題はなくはないが、予想されたことだ。このところ当直事務官の仕事はどうだい？　いろいろあって忙しいんだろう」

しかしグレゴリーは、新大臣にとってしょせん秘書官に劣る地位と見なしている当直事務官の仕事について話したくはない。

「まあ、大臣が執務室の家具を裏口から勝手に売り払わないように注意しておくんだな。おれから言えるのはそれだけだ」ユーモアのかけらもない冷笑とともに助言する。

「なぜ？　大臣がそういうことをするのか。家具を売り払う？　あの新しい机を三階下に運んだら、たとえ彼でも腰がどうにかなるだろうよ！」トビーはあくまで立ち上がらずに答える。

「まだきみを、大儲けしている自分の会社のどれかに迎え入れてないのか」

「きみは迎え入れられたのか」

「まさか、それはないよ」ふだんからは考えられない愛想のよさで言う。「ごめんこうむる。そういうことには手を出さない。善人はまれにしかいない。悪人は大勢いる。だから逃げるのさ」

そこでなんの予兆もなくトビーは我慢の限界に達する。グレゴリーといると、よくあることだ。

「いったい何が言いたいんだ、きみは、グレゴリー」と問いつめ、グレゴリーがまたのんびりした大きなせせら笑いしか返さないのを見ると、「警告してるつもりなら——もしぼくが知るべきことだというのなら——さっさとここで言うか、ヒューマン・くそリソーシーズに報告すればいい」

グレゴリーはその提案について考えるふりをする。

「いやきみ、もし知るべきことだったのなら、いつだって守護天使のジャイルズとこっそり相談できたわけだろう？」

陽当たりのいいソーホーの舗道でぐらつくテーブルについたトビーは、あとで考えても完全には納得できない、ひとりよがりの目的意識に突き動かされていた。おそらく、まわりの人々が共有していて、自分にも当然知らされるべき真実が隠されていることに苛立っていたのだ。そういう単純な話かもしれない。もちろん、クインに糊のようにぴったりとくっついて、これ以上水たまりを作らせないようにとダイアナに命じられたのだから、過去に大臣がどんな水たまりを作ったのか確かめる権利はある、と言い張ることもできた。政治家というのは、トビーのかぎられた経験からすると、常習犯だ。もし将来のどこかでファーガス・クインが再犯に及んだ場合、主人を自由に行動させた理由を説明しなければならなくなるのはトビーだ。

守護天使のジャイルズ・オークリーに泣きつけというグレゴリーの嘲《あざけ》り混じりの助言は忘

れろ。ジャイルズがトビーに何かを知らせたいときには、ためらいなくそうする。知らせたくなければ、天変地異が起きようとしゃべらせることはできない。

別のこと、もっと奥深い不穏な何かがトビーを駆り立てていた。それは彼の主人のほとんど病的な孤独好きだった。

あれほど見た目は外向的な人間が、一日じゅう執務室に閉じこもっていったい何をしているのか。クラシック音楽を大音量でかけ、外の世界だけでなく直属のスタッフに対してもドアを閉めきり、鍵までかけて。ダウニング街のどこか奥の間から人の手で続々と届けられる、あの二重に封印された分厚い蠟引きの封筒のなかには、何が入っているのか。〝親展、厳守〟と書かれたそれらの封筒を、クインは受け取ってサインし、読んだあと、追跡不能の同じ配達人にまた渡している。

自分に伏せられているのはクインの過去だけではない。現在もだ。

トビーが最初に立ち寄るのは、たたき上げのスパイで飲み仲間、マドリッドの大使館で同僚だったマッティのところだ。マッティは川向こうのヴォクソールにある情報部内の地位を転々としていて、もどかしく思っている。好きに活動できない鬱憤《うっぷん》を晴らそうと、ふだんより積極的に話してくれるかもしれない。部外者にはわからない理由から――秘密工作にかかわることだろうとトビーは睨んでいるが――マッティはバークリー・スクウェアのはずれにある〈ランズダウン・クラブ〉の会員でもある。ふたりはそこでスカッシュをする。マッティはひょろりと背が高く、禿頭に眼鏡、手首は鋼鉄のように強い。トビーは四対一で負ける。ふたりはシャワーを浴び、プールを見晴らすバーに坐って可愛い娘たちを眺める。しばらくとりとめのない話をしたあと、トビーは本題に入る。

「教えてくれないか、マッティ。ほかの誰も教えてくれないんだ。うちの大臣が国防省にいたあいだに何があった？」

マッティはヤギのように長い顔をゆっくりと何度か振ってうなずく。

「そう、まあ、あまり話せることはないがね」と暗い顔で言う。「きみの大臣が居留地から逃げ出したのを、われわれが救ってやったんだが、本人はだいたいにおいてそれが赦《ゆる》せないようでね。あの愚か者め」

「救ったって、どんなふうに？」

「あれを単独でやろうとしたわけだろう？」マッティが蔑《さげす》んで言う。

「何を？　誰に？」

マッティは禿頭を掻いて、また言う。「そう、まあ、おれの専門分野じゃない、わかるな。専門外だ」

「それはわかる、マッティ。認める。ぼくの専門分野でもない。だが、大臣の世話役だから、だろう？」

「腐ったロビイストだの武器商人だのが、軍需産業と物資調達の境目でせっせと働いてる」マッティは、まるでトビーが事情通であるかのように不平をこぼす。

しかしトビーは事情通ではないので、次のことばを待つ。

「認可はされてるよ、もちろん。問題の半分はそこだ。大蔵省や、賄賂《わいろ》好きの役人から好きなだけ金を巻き上げて、つき合いきれないほどの女を世話して、バリ島での休日を提供することが認可されてるんだから。私企業にやらせて株を公開して、やりたい放題やることが認可されてる。大臣がうんと言うならという条件つきだが、そんなもの言うに決まってる」

「で、クインもほかの連中と同じように飼葉桶に口を突っこんだ、そう言いたいのか？」

「おれは何も言ってないぞ」マッティは鋭く言い返す。

「わかってる。こっちも何も聞いてない。つまりクインは盗んだ。そうなのか？　盗んだというのは正確ではないかもしれないが、みずから出資しているなんらかのプロジェクトに資金を横流しした。いや、出資者は妻かもしれないし、いとこや、おばかもしれないけど。そういうことか？　それが見つかって、金を返し、深く謝罪し、すべては絨毯の下に隠された。真相に近づいている？」

年頃の娘がプールに腹打ちで飛びこみ、甲高い笑い声があがる。

「得体の知れないクリスピンという男がいる」マッティは騒ぎにまぎれてつぶやく。「聞いたことは？」

「ない」

「おれもないがね。おかげで思い出したよ。クリスピン。怪しいやつだ。避けたほうがいい」

「理由は？」

「とくにない。うちも仕事で彼を何度か使ったあと、熱い煉瓦みたいに放り出した。きみの大臣が国防省にいたときには、大臣を意のままに操ってたらしい。それしか知らない。でまかせかもな。さあ、もう解放してくれ」

それを最後にマッティはまた可愛い娘たちの観察に戻って、物思いに沈む。

とかく人生にありがちなことだが、マッティが〝クリスピン〟の名を箱から出すなり、それはトビーにつきまとうようになる。

内閣府のワインとチーズのパーティで、ふたりの上級職がひそひそ話をしている――〝ところで、あのくそクリスピンはどうなった？〟。〝このあいだ、上院をうろうろしてるのを見かけたよ。どうしてあそこまで厚かましくなれるんだ〟。しかし、トビーが近づくと、ふたりの話題は突然クリケットに代わる。

友人かつ敵《フレネミー》である連絡者を招いた、諜報に関する省庁横断の会議の締めくくりで、昨今の流行語の常として、その名はイニシャルで呼ばれる――〝あなたがたがもうわたしたちにJ・クリスピンしないことを祈りましょう〟。内務省の局長が国防省の憎たらしい局長にぴしりと言う。

だが、それは本当にイニシャルのJなのか。それとも、ジェイ・ギャツビーのジェイなのか。

寝室のイザベルが不機嫌になるのにもかまわず、夜の半分を使って検索しても、トビーには一向にわからない。

そこでローラに訊いてみることにする。


ローラは大蔵省の専門家で五十歳、オクスフォード大学オール・ソウルズ・コレッジの元フェロー。騒々しく、頭脳明晰《めいせき》、あたりを圧するほど大柄で、全身から元気があふれ出している。なんの予告もなく、不意打ちの監査チームのリーダーとしてベルリンのイギリス大使館におりてきたときには、ジャイルズ・オークリーがトビーに〝彼女をディナーに誘ってメロメロにしてしまえ〟と命じたものだ。文字どおりではないにせよ、トビーはそれを果たし、以来ふたりはオークリーの指導がなくとも、ときどき食事をともにしている。

運よく今回はトビーが誘う番だ。ローラの好きなキングズ・ロードのそばのレストランを選ぶ。いつものようにローラは威風堂々と現われる。ビーズをあしらった流れるようなカフタンふうのドレスに、腕輪、カップの受け皿ほどもあるカメオのブローチという出で立ちだ。ローラは魚料理が大好きなので、トビーはふたりで分けるシーバスの塩焼きと、それに合う高価なムルソーを注文する。ローラは興奮してテーブル越しにトビーの手を握りしめ、音楽に合わせて踊る子供のように上下に振る。

「すばらしいわ、トビー、ダーリン」思わず叫び、「そろそろ会う時期だったしね」と砲撃さながらの声をレストランじゅうに轟《とどろ》かせて、自分の大声に赤面し、気取ったつぶやきにまで音量を落とす。

「カイロはどうだった？　現地人が大使館を襲撃して、あなたの首を槍の先に突き立てようとした？　わたしなら恐怖に震え上がるけど。すべて聞かせて」

　カイロの話がすんだあと、ローラはイザベルについて訊かずにはいられない。これまでどおり、トビーの身の上相談係になる権利があると信じているのだ。

「とてもやさしくて、素敵で、おつむが弱い」すべて聞いたあとで裁定を下す。「画家なんかと結婚するのはおつむが弱い証拠。あなたについて言えば、知と美の区別がついたためしがない。いまもそうでしょう。完璧に似合いのカップルだわ」結論に達して、また大声で笑う。

「ところで、われらが大国の隠れた鼓動のほうはどうです、ローラ？」トビーは気軽な質問を返す。ローラ自身には、周囲で話題になるような性生活がないからだ。「最近、大蔵省の神聖なる廊下の雰囲気はどうなってます？」

　ローラの寛大な顔に絶望が広がり、声も落ちこむ。

「暗いわ、ダーリン、ぞっとするほど。わたしたちは賢くて善良だけど、人数も給料も少なすぎる。わが国のためにいちばんのことをしようというのは、もう時代遅れね。ニュー・レイバーは強欲な連中が大好き。強欲な連中は、道徳心のない弁護士と、利潤ばかり追求する会計士の大部隊に守られていて、彼らに巨額の金を払い、わたしたちをこてんぱんにやっつける。勝負にならないわ。彼らはつぶすにも闘うにも大きすぎる。がっかりさせたわね。それでけっこう。こちらもがっかりしてるから」と言って、ムルソーを陽気にぐいと飲む。

魚が来る。給仕が身を骨からはずして取り分けるあいだ、ふたりは恭《うやうや》しく黙っている。

「ダーリン、なんてわくわくするの」ローラがつぶやく。

ふたりは満腹になる。もしトビーが運試しをするならここだ。

「ローラ」

「ダーリン」

「J・クリスピンというのは、じつのところ誰なんです？　Jはなんのイニシャルですか。国防省にクインがいたとき、何かのスキャンダルがあった。クリスピンはそこにかかわった。町じゅうで彼の名前を聞くんだけど、ぼくは話の輪に入れてもらえなくて、不安でたまらない。彼はクインの操り師《スヴェンガーリ》だと言う人すらいる」

ローラは明るく輝く眼で彼を見つめ、一度視線をそらして、また戻す。まるでそこに見えたものが気に入らなかったかのように。

「それでわたしを食事に誘ったわけ、トビー？」

「部分的には」

「理由のすべてよ」彼女は訂正し、ほとんどため息に聞こえる息をつく。「それがあなたの怖ろしい目的だと打ち明けることもできた。そのくらいの品位があってもよかったと思う」

ふたりが気持ちを落ち着けるあいだ、沈黙が流れる。ローラがまた話しだす。

「あなたが輪に入れないのには、ちゃんとした理由があるの。あなたはなかに入るべきではない。ファーガス・クインは再出発のチャンスを与えられた。あなたはその一部よ」

「ぼくは彼の番人でもある」トビーは勇気を取り戻し、挑むような答えを返す。

また深い息、厳しい視線。やがて眼が下を向き、そのまま動かなくなる。

「少し話してあげる」ローラはついに決断する。「すべてではないけれど、わたしから本当は話すべきでないことも含めて」

人に嗤《わら》われた子供のように背筋を伸ばし、皿に語りかける。

クインは泥沼に足を踏み入れた、とローラは言う。国防省には彼が入省するはるかまえから集団的な腐敗がはびこっていた。あなたも知ってるわね？　トビーも知っている。職員の半分は国のために働いているのか、軍需産業界のために働いているのかわかっていなかったし、自分たちのパンにバターを塗れるなら、そんなことはどうでもいいと思っていた。それもう知ってるわね？　知っている。すでにマッティから聞いたことだが、黙っている。ローラは、ファーガスの弁護をするつもりはないけれど、クリスピンが彼よりまえに国防省に入りこんでいて、彼が来るのを待ち構えていたのだと言う。

そしてもう一度、ためらいがちにトビーの手を取り、叱責のことばに合わせて厳しい顔でその手をテーブルに打ちつける。

「あなたがしたことを教えてあげるわ、この悪党」まるでトビーがクリスピンであるかのように。「あなたは自分のスパイの店を開いた。あの省のなかに。まわりの全員が武器を売ってるときに、あなたは生《なま》の情報を売り歩いた。棚からおろしたばかりの情報を、仲介なしで、直接買い手に。それは手も加えず、評価もせず、低温殺菌もしていない情報、なかんずく官僚が手を触れていない情報だった。すなわち、ファーガスの耳には心地よい音楽だった。彼はいまも部屋で音楽をかけてる？」

「だいたいバッハを」

「それから、あなたはジェイよ、鳥のカケスと同じ綴《つづ》りの」ローラは、トビーのまえの質問にいまごろ答える。

「クインは実際に彼から買ったのですか。それとも彼の会社が買った？」

ローラはまたムルソーを飲み、首を振る。

トビーは再度訊いてみる。

「その情報は役立ったのですか」

「値段が高かったのだから役立つはずだった。でしょう？」

「彼はどういう男なんです、ローラ」トビーは食い下がる。

「あなたの大臣？」

「ちがう！　ジェイ・クリスピンです、もちろん」

ローラは大きく息を吸う。口調から希望が消え失せ、怒っているようにも聞こえる。

「これから言うことを聞いて。いいわね？　国防省のスキャンダルは終わったの。ジェイ・クリスピンは今後永遠に、いかなる省庁や政府の施設にも立ち入ることができない。背《そむ》けば死刑に処される。そのくらい厳しい公式通知が本人に送られている。彼がホワイトホールやウェストミンスターの廊下に華《はな》を添えることは二度とない」また呼吸。「一方、あなたが光栄にも仕えることになった類まれな大臣は、喧嘩好きかもしれないけれど、誉れ高い職歴の次のステージに上がった。あなたの助けがあればこそだと思う。さあ、わたしのコートを用意してもらえる?」

それから一週間、良心の呵責《かしゃく》にさいなまれたあとも、トビーはまだ同じ疑問につきまとわれている——もし国防省のスキャンダルが終わって、クリスピンがホワイトホールやウェストミンスターの廊下を歩くことがないというのなら、どうしてまぎれもない当人が下院でロビー活動をしている?

六週間がすぎる。表面上は波風の立たない毎日だ。トビーは演説の草稿を書き、クインは説得すべきことなど何もないときでも、説得力抜群でそれを弁じる。歓迎会でトビーはクインの横に立ち、近づいてくる外国の要人の名前を大臣の耳にささやく。クインは彼らを久闊《きゅうかつ》の友人として迎える。

とはいえ、クインの一貫した秘密主義は、トビーのみならず省全体の職員を自棄《やけ》にさせるほどだ。ホワイトホールでの会合——内務省であれ、内閣府やローラの大蔵省であれ——から出てくると、公用車のローヴァーは無視してタクシーを呼び止め、なんの説明もなく翌日まで姿を消す。外交の仕事を勝手にキャンセルして、スケジュール管理の秘書にも特別顧問にも、秘書官にさえ知らせない。机のスケジュール帳に鉛筆で書きこまれた文字はあまりにぐちゃぐちゃで、本人の機嫌を損ねても教えてもらわなければトビーには判読できない。そのスケジュール帳もある日、忽然《こつぜん》と消えてしまう。

トビーの眼にますます怪しく映るのは、外国出張でのクインの秘密主義だ。現地のイギリス大使による接遇をきっぱりと拒否して、〝国民の選択〟クインは高級ホテルに長々と滞在する。外務省の経理部が異議を唱えると、費用はみずから払うと答えてトビーを驚かす。ほかの多くの金持ちと同様、クインもけち臭いことで有名だからだ。

それとも、ことによると秘密の後援者がクインの費用を払っているのだろうか。でなければ、どうして大臣はホテルの会計用に別のクレジットカードを持っていて、トビーがたまま近づきすぎると自分の体で隠そうとする？

かくして、チーム・クインには身内の幽霊が取り憑《つ》く。

ブ、、、、リュ、、ッ、、セル。

NATOの官僚主義との交渉で長い一日をすごしたあと、午後六時に高級ホテルに戻ったクインは、吐き気と頭痛がすると言ってイギリス大使館との夜の会食をキャンセルし、自分のスイートルームに引きあげる。十時、トビーはさんざん自省した末、スイートルームに電話をかけて主人の無事を確かめなければならないと決意する。が、留守番電話につながる。大臣の部屋のドアには〝就寝中〟の札がさがっている。トビーはさらに考えたのち、ロビーにおりていって、コンシエルジュに心配事を相談する。スイートで人が活動している形跡は何かないだろうか。大臣はルームサービスを頼んだり、アスピリンを要求したり――悪名高い心気症だから――医師を呼んでほしいと言ったりしていないだろうか。

コンシエルジュは当惑する。

「しかし大臣閣下は二時間前にリムジンで出ていかれました」と高慢なベルギー・フランス語の大声で答える。

今度はトビーが当惑する。ご自身のリムジン？　大臣はリムジンなど所有していない。考えられる唯一のリムジンは大使のロールス・ロイスだが、それはクインに代わってトビー自身が断りを入れた。

それともクインは結局、大使館の会食に応じたのだろうか。コンシエルジュは、ちがうと言いたいようだ。リムジンはロールス・ロイスではありませんでした、ムシュー。シトロエンで、運転手は私の知り合いです。

だったら何が起きたのか、正確に教えてもらえないか――待っているコンシエルジュの手のなかに二十ユーロ札を押しこみながら。

「けっこうですとも、ムシュー。黒いシトロエンが車寄せに停まると同時に、大臣閣下が中央のリフトから出てこられました。車が到着するところで閣下に電話連絡が入ったのではないかと思われます。おふたりの紳士はこのロビーで互いに挨拶《あいさつ》されて、車に乗りこみ、去っていきました」

「ひとりの紳士が車から大臣を迎えに出てきたというのかい？」

「黒いシトロエンの後部座席からです。明らかに使用人ではなく、乗客でした」

「その紳士の風貌《ふうぼう》は説明できる？」

　コンシエルジュは口ごもる。

「たとえば、白人だった？」トビーは苛立って訊く。

「はい、それはまちがいなく、ムシュー」

「年齢は？」

　大臣と同じくらいだったとコンシエルジュは言う。

「以前にその人を見たことは？　ここをよく利用しているのかな」

「いいえ、ムシュー。外交官、おそらくは同じ外務省のかたなのだろうと思いました」

「大柄、小柄？　見た目はどんな感じだった？」

　コンシエルジュはまたためらう。

「背恰好はお客様ぐらいですが、もう少し年配で、髪は短めでした、ムシュー」

「ふたりは何語をしゃべっていた？　話すことばは聞こえた？」

「英語でした、ムシュー。自然な英語です」

「どこへ行ったか見当はつかないかな。どこへ行くところだと思った？」

　コンシエルジュはベルボーイを呼ぶ。肌の黒い生意気そうなコンゴ人で、赤い制服を着て、ピルボックス帽をかぶっている。ベルボーイはまさしくふたりの行き先を知っている。

「王宮のそばの〈楽園のリンゴ〉《ラ・ポム・デュ・パラディ》レストランです。三つ星の。高級料理《グランド・ガストロノミー》です！」

吐き気と頭痛もこれまでだ、とトビーは思う。

「どうして断言できる？」彼はベルボーイに訊く。相手は助けになりたくてうずうずしている。

「あのかたが運転手に指示したのです、ムシュー！　すべて聞きました！」

「あのかたとは誰だ？　どんな指示だった？」

「そちらの大臣を迎えにきた紳士です！　運転手の横に坐って、私が車のドアを閉めているときに〝〈ラ・ポム・デュ・パラディ〉にやってくれ〟とおっしゃいました。このままのことばで、ムシュー！」

トビーはコンシエルジュのほうを向く。

「大臣を迎えにきた紳士は後部座席に乗っていたと言ったね。いま聞くと、助手席に乗りこんで去ったようだ。迎えにきたその紳士が警備員だったということは考えられないかな」

しかし、発言権を握っているのは若いコンゴ人のベルボーイであり、その権利を手放すつもりはない。

「そうする必要があったのです、ムシュー！　うしろには三人乗っていて、エレガントな女性もひとりいました。そこに入るのは失礼です！」

女性、とトビーは思う。その問題まであると言わないでくれ、と絶望する。

「どういう女性だった？」あくまで愉快そうに訊くが、生きた心地がしない。

「小柄《プティット》でとても魅力的なかたでした、ムシュー。はっと眼を惹《ひ》くような」

「年齢はだいたいどのくらい？」

ベルボーイは怖れ知らずの笑みをもらす。

「どの部分を見るかによります、ムシュー」と答え、コンシエルジュの雷が落ちるまえにさっさと逃げ出す。

しかし翌朝、トビーがインターネットから印刷したお世辞だらけのイギリスの報道記事を届けるという名目で、大臣のスイートルームのドアをたたいたとき、磨りガラスのパーティションの向こうの応接間《サロン》で朝食のテーブルについていたのは、若い娘でも年増の女性でもない。大臣は無愛想にドアを開け、紙束をつかみ取って、またたく間に閉めたけれども、その奥にちらっと見えたのは、男の影だった。細身で背筋を伸ばし、身長は平均程度、ぴしっとしたダークスーツにネクタイという恰好だった。

〝背恰好はお客様ぐらいですが、もう少し年配で、髪は短めでした、ムシュー〟
プ、ラ、ハ。
スタッフがみな驚いたことに、クイン大臣は大いに喜んでプラハのイギリス大使館の接待を受ける。ロンドンの金融街《シティ》から外務省が最近引き抜いた女性大使は、クインのハーヴァード時代以来の朋友だ。彼が大学院ですぐれた統治について学んでいたときに、ステファニーは経営学修士を得るところだった。プラハの誇りである名高い古城で開かれた会議は、カクテル、昼食、夕食を交えて二日にわたる。主題は、かつてソヴィエトに食い荒らされていた

NATO加盟国間の情報のやりとりをいかに改善するか。金曜の夜には参加者は帰途につくが、クインはもうひと晩、旧友のもとにとどまり、ステファニーによれば〝昔の学友ファーガスのためだけに用意した内々のディナーを愉しむ〟。つまり、トビーの同席は必要ないということだ。

トビーは午前中を会議の報告書の下書きに費やし、午後はプラハの丘に歩いていく。夕刻はいつもながら街の美しい風物に魅了されて、ヴルタヴァ川のほとりを散策し、石畳の通りに迷いこみ、ひとりのんびりと食事をとる。大使館に戻るときには、さらに愉しもうと古城のほうに遠まわりをするが、城のまえまで来て二階の会議室の明かりがまだついていることに気づく。

通りからは視界がさえぎられ、どの窓も下半分は曇っているが、丘を少し登って爪先で立つと、壇上の演台から静かに話しかけている男の輪郭《りんかく》を見分けることができる。身長は平均程度。まっすぐな背筋と、おざなりな顎の動き。なぜか物腰からイギリス人であることがはっきりとわかる。おそらく、きびきびして簡潔だが、どことなく抑制された手の動きからだろう。同様に、話しているのは英語にちがいないとトビーは思う。

トビーはその男を誰かと結びつけたか。まだだ。まだはっきりとは。トビーの眼は聴衆を確かめるのに忙しすぎる。総勢十二人が話し手のまわりにおおまかな半円を作り、くつろいだ様子で坐っている。頭しか見えないが、トビーはたやすく六人を特定する。四人はハンガリー、ブルガリア、ルーマニア、チェコの軍情報部の副部長。四人ともほんの六時間前にトビーに永遠の友情を約束して、飛行機か軍用車に乗り、母国に帰ったはずである。

あとふたつの頭はほかから距離を置いて寄り添っているが、わが国のチェコ大使と、彼女のハーヴァードの学友ファーガス・クインにほかならない。彼らのうしろの架台式テーブルには、贅沢《ぜいたく》なビュッフェ料理の残りがのっている。それがファーガスのためだけに用意した内々のディナーに取って代わったのだろう。

五分か、もっと長いあいだ――どのくらいだったかは永遠にわからない――トビーは丘の斜面に立ち、夜の道を行きすぎる車には眼もくれず、城の明かりのついた窓を見上げている。彼の注意は演壇のシルエットに釘づけだ。細身で背筋がまっすぐな体型、ぴしっとしたダークスーツ、人を鼓舞する演説をするときの緊張感と勢いのある身ぶりに。

だが、謎めいた伝道者のメッセージはいったい何だろう。

それになぜ大使館ではなく、ここで伝えなければならない？

なぜこれほどあからさまにわが国の大臣と大使に認められている？

それより何より、ときにブリュッセル、ときにプラハに現われる、あの大臣の秘密の共有者は誰なのだろう。


ベルリン。

トビーが求められて原稿を書いた〝第三の道――社会的正義とヨーロッパにおけるその将来〟と題する空疎な演説をおこなったあと、クインはアドロン・ホテルで無名の客たちとプライベートな食事をとる。その日の仕事が終わったトビーは、カフェ・アインシュタインの庭で、昔なじみのホルストとモニカと、ふたりの四歳の娘のエラと坐って、世間話をする。

知り合って五年のうちにホルストはドイツの外務省で見る見る出世して、トビーとほぼ同等の地位についている。モニカは母親の務めを果たしながらも週に三日、トビーも高く評価する人権擁護団体でなんとか働いている。夕陽が暖かく、ベルリンの空気が清々《すがすが》しい。ホルストとモニカはトビーがいちばん聞き取りやすい北部のドイツ語を話す。

「ところで、トビー」ホルストがさり気なく切り出すが、本人が意図したほどさり気なくはない。「そちらのクイン大臣はカール・マルクスの逆だという話だな。私企業がわれわれの代わりに仕事をしてくれるなら、国家の存在意義はどこにある？　きみたちイギリスの新しい社会主義のもとでは、われわれ官僚は余計なものだ、きみもぼくも」

ホルストが何を根拠に話しているのかわからないので、トビーはことばを濁す。

「それを大臣のスピーチに入れた憶えはないけどな」と笑う。

「だが、閉じられたドアの内側では、そういうことを言ってるだろう？」ホルストは声をさらに低くして主張する。「で、ぼくが訊きたいのは、トビー、ここだけの話、きみもミスター・クインの提案を支持するかどうかだ。たしかに自分の意見を持つのは適切ではないが、一個人として、オフレコで、ある人の提案に意見を持つ資格はある」

エラはクレヨンで恐竜を描き、モニカはそれを手伝っている。

「ホルスト、わけがわからない」トビーはホルストと同じくらい声を落として抗議する。

「なんの提案だい？　誰に対する？　何に関する？」

ホルストは決心がつかない様子で肩をすくめる。

「わかった。だったらうちのボスに、ミスター・クインの秘書官は何も知らないと報告していいんだな？　きみの大臣と、その才能あるビジネスパートナーが、うちのボスにしきりに投資を勧めているのを知らないと？　ある貴重な商品を専門に扱う私企業への非公式な投資だよ。その商品が公開市場に出まわっているどんなものより高品質だと言われていることも知らない？　うちのボスに正式にそう報告していいんだな？　どうだ、トビー？」

「ボスには好きに言えばいい、正式だろうとなんだろうと。その商品とやらが何なのか教えてくれないか」

ハイグレードな情報さ、とホルストが答える。

一般には、秘密情報と呼ばれる。

あくまで秘密の場所で集められ、ばらまかれる。

混じり気のない。

政府の手が触れていない。

その才能あるビジネスパートナー？　彼に名前はあるのか？　トビーが疑いの眼差しで訊く。

クリスピン。

きわめて説得力のある男だ、とホルスト。

いかにもイギリス人らしい男だよ。

「トーブ、ちょっといいかな」

ロンドンに戻ってからトビーはどうしようもない苦境に陥っている。大臣の国防省でのスキャンダルはもちろん、個人のビジネスと公務をひとからげにしている罪科についても、公式には何も知らないことになっているし、その種のことに立ち入ってはいけないと明言した地域業務局長に報告すれば、マッティとローラの信頼を裏切ることになる。

トビー自身もいつもながら矛盾を抱えている。己の野心も重要だ。大臣の秘書官になって三カ月足らず、大臣とのあいだにできたなけなしの絆《きずな》を危険にさらすつもりはない。

そんな考えに頭を悩ませていた同じ週のある午後、四時にいつもの大臣の声で呼び出しの電話がかかってくる。マホガニーのドアは珍しく開いている。トビーはドアをたたき、押して、部屋のなかに入る。

「閉めてくれ。鍵もかけて」

トビーはドアを閉め、鍵をかける。ふだんよりクインの愛想《あいそ》がいいので、居心地が悪くなる。大臣が愉快そうに机から立ち上がり、悪巧みをする小学生よろしくトビーを出窓のほうに連れていくので、なおさらそう感じる。最近設置して気に入っているステレオシステムでは、モーツァルトがかかっている。クインは音量を下げるが、消してしまわないように気をつける。

「調子はどうだね、トーブ？」

「万事順調です、おかげさまで」

「トーブ、またひと晩、きみに苦労をかけてしまいそうなのだが、手伝ってくれる気はあるかね」

「もちろんです、大臣。必要でしたらなんでも」心のなかでは、ああくそ、イザベル、観劇、ディナー、また全部キャンセルかと嘆いている。

「今晩、王族を迎えることになっているのだ」

「文字どおりの意味ですか」

「比喩的に。だが、王族よりはるかに裕福かもしれない」くすっと笑う。「私とともにその栄誉に浴し、名を売って帰宅してもらいたい。どうだね？」

「名を売る、ですか、大臣？」

「ごく内輪の集まりだ、トーブ。秘密の船で外国に招待されるチャンスがあるぞ。これ以上は言わない」

外国？　誰に招待されるというのだ。どんな船で？　誰が船長だ。

「訪ねてくるその王族の名前をうかがってもかまいませんか、大臣」

「それは無理だ」共謀者の満面の笑み。「正面ゲートの守衛には私から話した。七時に大臣にふたりの来訪者があるとね。名前がなければ懲罰もなし。八時半には外に出て、記録には何も残らない」

正面ゲートの守衛に話した？　思いどおりに使える部下が半ダースいて、みな電話に飛びつくようにして守衛に連絡するというのに。

　控え室に戻ると、トビーは嫌がるスタッフを集める。社交担当秘書のジュディは、大臣の公用車で急遽〈フォートナム〉に、ドン・ペリニョン二本、フォアグラひと瓶、スモークサーモンのパテひと瓶、レモン、数種類のクリスプブレッドを買いにいかされる。彼女自身のクレジットカードで払い、あとで大臣が現金を渡す。スケジュール担当秘書のオリヴィアは、省内の食堂に電話をかけて、ボトル二本と瓶ふたつを、中身は言えないがセキュリティの許可がおりれば七時まで氷で冷やせないかとかけ合う。食堂はしぶしぶ納得し、アイスバケットと胡椒《こしょう》を提供することになる。それらがすべて手配されて、ようやく残りのスタッフも家に帰れるようになる。

　トビーは机にひとりでつき、仕事をしているふりをする。六時三十五分、食堂におりていく。六時四十分には控え室に戻って、クリスプブレッドにフォアグラとスモークサーモンのパテを塗っている。六時五十五分、大臣が至聖所から出てきて、並べられたものを確認し、満足して、控え室のドアのまえに立つ。トビーは大臣が挨拶に差し出す右手の邪魔にならないように、その左うしろに立つ。

「彼は時間きっかりに来る。つねにそうだ」クインが約束する。「彼女もね。最愛の女性だ。自分らしくふるまってもいいのだが、彼の心構えを見習っている」

　そのことばどおり、ビッグベンの鐘が鳴りはじめると同時に廊下を歩いてくる足音が聞こえる。ふたりいて、ひとりは力強くゆっくりとした音、もうひとりは軽く跳ねるような音。男が女のまえに出てくる。そしてまさに最後の鐘の音とともに、控え室のドアに有無を言わせぬノックが響く。トビーが開けようと進み出るが、すでに遅く、ドアがさっと開いて、ジェイ・クリスピンが入ってくる。

当人であることはすぐにわかる。あまりにも確実で、想像したとおりの姿なので、拍子抜けがするほどだ。ついに現われた生身のジェイ・クリスピン。頃合いではある。国防省に不名誉なスキャンダルを起こし、ホワイトホールとウェストミンスターの廊下を二度と歩けなくなったジェイ・クリスピン。ブリュッセルの高級ホテルのロビーからクインを連れ去り、シトロエンの助手席に乗って、大臣を〈ラ・ポム・デュ・パラディ〉に案内し、スイートルームで大臣と朝食をとり、プラハの演壇から話していた、幽霊ではない本物のクリスピン。細身、整った顔立ち、いかにも深みのなさそうな好人物。要するに、ひと目で化けの皮がはがれそうな男だ。とすれば、なぜクインはこの男の正体を見破れない？

クリスピンの左腕のなかほどに、宝石で飾った爪を立てるようにして小柄な女性がしがみつき、軽やかに歩いている。ピンクのシフォンドレスと、それに合った帽子、きらきらと輝くバックルがついたハイヒールという姿だ。年齢は？〝どの部分を見るかによります、ムシュー〟

クインが恭しく彼女の手を取り、ヘビー級ボクサーの頭をちょっと引っこめて粗雑なお辞儀をする。だが、クインとクリスピンは再会した旧友だ。見よ、がっしりと握手を交わし、男らしく肩をたたき合うジェイ・アンド・ファーガス・ショーを。

　トビーが認知される番になる。クインが大仰な身ぶりでまえに出る。

「メイジー、私のかけがえのない秘書官のトビー・ベルを紹介させてもらうよ。トーブ、テキサス州ヒューストンのミセス・スペンサー・ハーディに敬意をこめて接するように。世界のエリートたちには、むしろ唯一無二のミス・メイジーとして知られている」

　トビーの掌をなでる薄絹のような感触。「ご機嫌いかが、ミスター・ベル」とアメリカのディープ・サウス訛りでつぶやいたかと思うと、「ねえ聞いて、ファーガス。このあたりじゃ、わたしがただひとりの器量よしね！」と妖婦さながら叫び、へつらうように大声で笑うところに、トビーも親切心で加わる。

「そしてトーブ、こちらがわが旧友のジェイ・クリスピンだ。つき合いはじめたのは――いつだったかな、ジェイ？　思い出せない」

「会えて光栄だよ、トビー」クリスピンがもっとも上流階級の英語で言い、親類のようにトビーの手を握って離さず、恩着せがましく力強い目顔で〝われわれが世界を動かす〟と語りかける。

「こちらこそ光栄です」〝サー〟はつけずに言う。

「ここで何をしているのかな」クリスピンはまだトビーの手を握っている。

「彼は私の秘書官だ、ジェイ！　話しただろう。身も心も私に捧げていて、働きすぎるほどに働き者だ。そうだろう、トーブ？」

「まだこの仕事についたばかりなんだろう、トビー？」ようやく手は離したが、ふつうの親友という態度は崩さない。

「三カ月になります」また興奮した大臣の声が割りこむ。「われわれは双子だ。そうだろう、トーブ？」

「これまでどこに勤務したのかな、訊いてよければ」クリスピンは猫のように物腰が柔らかく、同じくらい信頼できる。

「ベルリン、マドリッド、カイロ」トビーはあえてぶっきらぼうに答える。名を売るべきだということはよくわかっているが、ぜったいに売るものかと決意している。「どこへでも、送られるところに」そんなに近づくな。こっちの空域から出ていけ。

「トーブは、ムバラクのちょっとした国内問題が顕在化するまえに呼び戻されたのだ。ちがうかな、トーブ？」

「そんなところです」

「あの御仁をよく見かけたかね」

「何度か。遠くからですが」こっちのおもな仕事は、彼の抱える拷問者への対応だったんだ。

「これから彼はどうなると思う？　聞くかぎりでは、不安定な王座についている。軍は折れた葦《あし》のように頼りないし、ムスリム同胞団は騒ぎはじめている。私なら気の毒なホスニーの立場になりたいとは思わないね」

トビーが適度に鎮静効果のある答えをまだ考えているうちに、ミス・メイジーが助け船を出す。

「ミスター・ベル、ホスニー・ムバラク大将はわたしの友だちなの。彼はアメリカの友だちで、ユダヤ人と和解し、共産主義やジハード戦士のテロと闘うために、神が地上に遣わした人。このむずかしい時期にホスニー・ムバラクの失脚をもくろむ人たちは、みんな裏切り者《イスカリオテ》でリベラルで負け犬よ、ミスター・ベル」

「ベルリンはどうだった？」彼女の放言などなかったかのように、クリスピンが尋ねる。

「トビーはベルリンにいたのだよ、ダーリン。あそこに赴任していた。ほんの数日前にわれわれがいたところに。憶えているかな」またトビーのほうを向いて、「いつごろのことだった？」

トビーはつっけんどんな態度でベルリンにいた時期を伝える。

「どんな仕事をしていた、あちらで？　それとも話せないとか？」当てこすりだ。

「よろず屋でしたよ、じつのところ。来る者は拒まずです」トビーは気にしていないふりをして答える。

「しかし、きみはストレートだ。連中の仲間ではないね？」トビーに内輪の笑みを向けて、「そのはずだ。でなければテムズ川のこちら側で働いていないだろうから」同意を求めるように、テキサス州ヒューストンの唯一無二のミス・メイジーをちらっと見る。

「政治担当です。一般業務」相変わらずつっけんどんに答える。

「まいったね」うれしそうにミス・メイジーのほうを向いて、「ダーリン、秘密が明るみに出たぞ。この若いトビーは、イラクの自由作戦の準備期間中ベルリンにいた、ジャイルズ・オークリーの賢いお抱えのひとりだ」

「わたし、お抱え？　いいかげんにしろ。いいかい、いいかい、いいかい、いいかい」

「わたし、ミスター・オークリーに会ってる？」ミス・メイジーがトビーをもう一度見ようと近づきながら尋ねる。

「いや、ダーリン。だが聞いたことはあるはずだ。オークリーは外務省内の反乱を主導した勇ましい男だ。サダムを追わないでほしいという請願書をまとめて、われらが外務大臣に送った。きみが彼のために草稿を書いたのかな、トビー、それともオークリーと仲間たちが最初から彼らだけで作った？」

「その種のものはいっさい書いていません。そもそもそんな手紙があったことすら聞いていない。もし本当にあったとしてですが、そこははなはだ疑問ですね」驚いたトビーは真っ正直に即答しながらも、心の別の場所では、もう何度目かになるが、彼にとっての謎、すなわちジャイルズ・オークリーに取り組んでいる。

「まあとにかく、とびきりの幸運を祈るよ」クリスピンがなげやりに言い、クインに話しかける。残されたトビーは時間を持て余して、怪しい相手のまっすぐ伸びた背中を見つめる。ブリュッセルで大臣のスイートルームの磨りガラス越しに見、さらにプラハの古城の窓越しに見たのと同じ背中を。

テキサス州ヒューストンのミセス・スペンサー・ハーディを急いで検索。テキサスに本社を置き、ほぼあらゆるものを売買する多国籍企業〈スペンサー・ハーディ〉社の創設者、故スペンサー・K・ハーディ三世の寡婦であり、唯一の遺産相続人である。彼女の好きな呼び名、ミス・メイジーで共和党の年間最優秀後援者に選ばれる。〈アメリカ人によるキリスト軍団〉議長。妊娠中絶合法化に反対し、家族の価値を高める非営利法人グループの名誉会長。〈イスラム意識のためのアメリカ協会〉議長。そして、そこに最近つけ加わったように見えるのは、社名のほかにはいっさい記述がない〈倫理的成果〉という組織の社長兼CEO。いやはや、とトビーは思う。熱烈な福音伝道者で、おまけに倫理的。かならずしも両立しない。なかなかないことだ。

何日ものあいだ、トビーは眼のまえにある選択肢について思い悩む。ダイアナのところに駆けこんで、すべてを話す？——〝あなたの指示に背きました、ダイアナ。国防省で何があったかわかりました。あれとまったく同じことが、またもやわれわれに起きようとしています〟。だが、ダイアナが力説したとおり、国防省で起きたことはトビーとはなんのかかわりもない。しかも外務省には不満分子と告発者が放りこまれる地獄の穴がいくつもある。

その間にもトビーのまわりの不吉な兆《きざ》しは日々強まっていく。それがクリスピンの仕業かどうかは推測の域を出ないが、大臣がこれ見よがしに冷たい態度をとるようになった理由がほかに考えられるだろうか。執務室に出入りしても、クインはほとんどうなずきもしない。

呼びかけはもはやトービーではなく、昔なら歓迎したはずのトビーになった。いまは歓迎しない。名を売ることにも失敗し、秘密の船で外国に招待されもしなかったいまは。かつて秘書官が取り次ぐのが通例だったホワイトホールの大物からの電話は、新設された直通回線のどれかを通って大臣の机につながる。ダウニング街から送られてくる緊急の注意書きがついた公文書送達箱はクインしか開けられず、それに加えて、アメリカ大使館から封印された黒い容器も届くようになった。ある朝、どうしたわけか、きわめて堅牢な金庫が大臣執務室に持ちこまれる。数字のコンビネーションは大臣しか知らない。

つい先週も、公用車で田舎の邸宅に向かうクインは、目を通すべき重要書類をブリーフケースに詰めてくれとトビーに頼まなかった。自分でやるから気にせず、トビー、と言って、鍵のかかったドアの向こうで詰める。あちらに着けば、政治顧問が公の活動には向いていないと判断した、裕福でアルコール依存症のカナダ人の妻を抱き寄せ、犬と娘をやさしくたたいたあと、またしても鍵のかかった部屋にこもり、運んできた書類を読むのはまちがいないだろう。

したがって、外務大臣宛てにイラク侵攻の狂気に関する請願書を起草したことが明るみに出たジャイルズ・オークリーが、同じ夜に携帯端末《ブラックベリー》でトビーに電話をかけてきて、食事をしようと誘ったのは、天の配剤と言うしかない。

「オークリー城《シュロス》で七時四十五分に。服装は自由、食事のあとはしばらくカルヴァドスにつき合う。どうだね？」

うかがいます、ジャイルズ。たとえまた劇場のチケット二枚をふいにしなければならないとしても。

母国に連れ戻されたイギリスの上級外交官は、自宅を海外赴任地の家のようにしてしまうきらいがある。ジャイルズとハーマイオニーも例外ではない。ジャイルズが断固そう呼ぶ〝オークリー城〟は、ハイゲートのはずれにある一九二〇年代の大邸宅だが、彼らのグリューネヴァルトの別邸と言っても通る。外にあるのは同じ立派な門と、雑草一本生えていない完璧な砂利の前庭。なかに入ると同じように傷のついたチッペンデール様式の家具があり、絨毯が敷きつめられ、ポルトガル人の仕出し屋が出入りしている。

食事会にはトビーのほかにも、ドイツ大使館の参事官夫妻、訪英中の在ウクライナ・スウェーデン大使、フィフィと呼ばれるフランス人ピアニストと、彼女の恋人のジャックらがいる。アルパカに夢中なフィフィは、食卓についた人々をすっかり魅了する。アルパカは地上でもっとも思慮深い動物だ。子作りさえじつに細かい配慮でなされる。フィフィはハーマイオニーに、ぜひつがいを飼うべきだと勧める。ハーマイオニーは、飼ったら彼らに嫉妬《しっと》するだけだわと応じる。

食事が終わり、ハーマイオニーがコーヒーの準備を手伝ってもらうという名目でトビーを台所に連れ出す。彼女はどこか浮き世離れした柳腰のアイルランド人で、表情豊かな息遣いでささやくように話し、呼吸のリズムに合わせて茶色の眼を輝かせる。

「あなたがいちゃついてるイザベルって人」人差し指をトビーのシャツの内側に突っこみ、マニキュアを塗った爪の先で胸毛をいじる。

「彼女がどうしました？」

「人妻なの？　ベルリン時代につき合ったオランダ人の娼婦みたいに」

「イザベルは何カ月もまえに夫と別れています」

「あの人みたいに彼女もブロンド？」

「たまたまですが、ええ、ブロンドです」

「わたしもブロンド。お母様ももしかしてブロンド？」

「いったいなんの話ですか、ハーマイオニー」

「わかってるでしょう。あなたが人妻とつき合う理由はただひとつ、やるだけやったあとで旦那に返してやれるからよ、ちがう？」

トビーにはわからない。彼女も借りて、やるだけやったあとでオークリーに返してやれるとでも言いたいのか。とんでもない。

それともあれは――ソーホーの舗道のテーブルでコーヒーを飲みながら、見るともなく通行人を見つづけていたときにふと思いついた――夫の厳しい尋問に先立って、彼の緊張をほぐしてやろうとしていたのだろうか。

「ハーマイオニーとのおしゃべりは愉しかったかね」ジャイルズが肘かけ椅子に坐り、とりわけ古い年代物のカルヴァドスをトビーにたっぷりつぎながら、愛想よく尋ねる。

最後の客が去り、ハーマイオニーも寝室に引きあげている。しばしふたりはベルリン時代に戻り、トビーが未熟な個人的意見を吐いて、オークリーがそれを撃ち落とそうとする。

「最高です、いつもながら、ジャイルズ」

「夏にモーンに行こうと誘われなかったか」

アイルランドのモーンに彼女の城があり、愛人を連れこんでいるという噂がある。

「誘われませんでした、たぶん」

「言っておくが、誘われたら飛びつきたまえ。手つかずの景観、心地よい家、水もいい。もし興味があれば射撃もできる。私はごめんだが」

「すばらしそうだ」

「恋人はどうしてる？」会うたびに訊かれる永遠の質問だ。

「元気ですよ、おかげさまで」

「まだイザベルかな？」

「かろうじて」

予告なしに話題を変えてトビーに追いつかせるのがオークリーの娯楽だ。このときにもそうする。

「ところで、親愛なるきみ、あのすばらしい新大臣はいったいどこにいる？　いつもあちこち探さなければならんし、このまえなど、われわれのところへ話しにくるはずだったのに、ろくでなしめ、約束をすっぽかしやがった」

われわれとは、オークリーが職権上所属している合同諜報委員会のことだろう、とトビーは思う。どういう立場で入っているのか、トビーは尋ねない。サダムを追わないようにと外務大臣に迫る、反政府的な連名の請願書をまとめた男は、その後省内で極秘の会合に迎え入れられるものだろうか。それとも別の噂で言われているように、オークリーはある種の反逆者として公認され、時と場合によって慎重に受け入れられたり、拒まれたりするのだろうか。トビーはオークリーの人生の矛盾に驚かなくなっている。それはもしかすると、自分の人生の矛盾に驚かなくなったせいかもしれない。

「急用でワシントンに行かなければならなくなったと聞いていますが」トビーは用心深く答える。

用心するのは、外務省の倫理規定がどうあろうと彼はまだ形式上、大臣の秘書官だからだ。

「だが、きみは同行しなかった？」

「ええ、ジャイルズ、そうです。今回は」

「ヨーロッパに行ったときには連れまわしたのに、どうしてワシントンのときには置いていく？」

「あのころはちがった。ぼくに相談せずに、大臣みずから旅行の手配をするようになるまえでしたから。今回はひとりでワシントンに行きました」

「ひとりというのは確実なのか」

「いいえ、ですが、そうだと思います」

「思うのはなぜだね？　彼はきみ抜きで行った。わかってるのはそれだけだろう。ワシントンそのものに行ったのか、それとも〝郊外〟かね」

〝郊外〟とは、ヴァージニア州ラングレー、中央情報局《CIA》本部のことだ。またしてもトビーは、知らないと打ち明けるしかない。

「スコットランド的倹約のよき伝統にしたがって、ブリティッシュ・エアウェイズのファーストクラスで行ったのか。あるいは気の毒に、エコノミーのひとつ上で行ったのか」

トビーは思わず認めそうになって、ひとつ大きく息を吸う。

「プライベートジェットで行ったと思います。以前もそうでしたから」

「以前というのは正確にいつだね？」

「先月です。十六日に出て十八日に戻ってきました。ガルフストリームで。ノーソルトから」

「誰のガルフストリームだ？」

「たんなる推測です」

「だが、情報にもとづいている」

「事実としてわかっているのは、ノーソルトまで個人所有のリムジンで行ったことだけです。省のカープールは信用していませんから。省の車には盗聴器が仕掛けられていると思っているのです、たぶんあなたによって。加えて、運転手も聞いている」

「リムジンの所有者は？」

「ミセス・スペンサー・ハーディという人です」

「テキサスの」

「だと思います」

「大富豪のミス・メイジーという呼び名のほうが知られているな。アメリカの共和党極右派の熱烈な後援者、〈ティーパーティ〉の友人、イスラムや同性愛者や妊娠中絶や、おそらくは避妊の天敵。現住所はロンドンSW地区、ラウンズ・スクウェア、その一辺をまるごと占めている」

「知りませんでした」

「そうだとも。世界じゅうにある彼女の住まいのひとつだ。で、その彼女がきみの立派な主人をノーソルト空港に運ぶリムジンを提供したというのかね。私は女性を取りちがえていないかな？」

「ええ、ジャイルズ、まちがいなく」

「そしてきみの推測では、同じ女性のガルフストリームが彼をワシントンに運んだ？」

「あくまで推測ですが、そうです」

「きみももちろん知っているだろう。ミス・メイジーは、拡大著しい民間軍需産業界の希望の星、ジェイ・クリスピンの庇護者だ」

「だいたい知っています」

「ジェイ・クリスピンとミス・メイジーはつい先日、ファーガス・クインの執務室を表敬訪問した。その祝宴にきみも同席したのかね」

「一部ですが」

「結果は？」

「どうやら気に入られなかったようです」

「クインに？」

「彼ら全員に。ぼくを仲間に加えようという話もあったのですが、実現しなかった」

「むしろ運がよかったな。クリスピンもミス・メイジーのガルフストリームに乗って、クインに同行したと思うかね」

「わかりません」

「彼女自身は？」

「ジャイルズ、本当にわからないんです。すべて推測でしかない」

「ミス・メイジーはボディガードをサヴィル・ロウの〈ハンツマン〉に送って、上品なスーツを仕立てさせるのだ。それも知らなかった？」

「ええ、知りませんでした」

「だったら、そのカルヴァドスをやりながら、たまには知っていることを話してくれたまえ」

生きた人間にこれまで打ち明けることができなかった生半可な情報と疑惑だらけの孤独から解放されて、トビーは肘かけ椅子に沈みこみ、告白の心地よさに浸る。徐々にこみ上げる怒りとともに、プラハとブリュッセルで目にしたことを話し、カフェ・アインシュタインの庭でホルストに探りを入れられたことを説明していると、オークリーがさえぎる。

「ブラッドリー・ヘスターという名前を聞いたことは？」

「ありますとも！」

「どうして喜んでいる？」

「大臣執務室のペットですよ。女性に大人気で。音楽家のブラッドと呼ばれています」

「同じブラッドリー・ヘスターのことを言っているようだな。アメリカ大使館の文化副担当官？」

「そうです。ブラッドとクインは音楽狂同士、仲がよくて、両国の同意した大学間でオーケストラの団員を交換し合うプロジェクトを進めています。いっしょにコンサートに出かけたり」

「クインのスケジュール帳にそう書いてあるのか」

「最後に見たときには。昔はそうでした」トビーは答え、太っちょで赤ら顔のブラッド・ヘスターを思い出して、まだ微笑んでいる。彼の代名詞のようなみすぼらしい楽譜カバンを持って大臣室に呼ばれるのを待つあいだ、なよなよした東海岸の英語で女性たちとおしゃべりしている。

けれども、オークリーはその温和なイメージに共感を覚えない。

「そうして執務室をたびたび訪ねてくる目的は、オーケストラ団員の交換について話し合うことだというのか」

「決定事項ですから。ブラッドは週に一度かならず来て、クインはそれをはずしたことがない」

「彼らの議論から生じた書類作業はきみがするのか」

「いいえ、まさか。ブラッドがすべてやります。彼の部下が。クインにとってこのプロジェクトは完全に部外活動で、勤務時間内にやることはありません。ひとつ彼の肩を持つなら、その点はきちんとけじめをつけています」オークリーの冷たい視線を浴びて、言いよどみながら話し終える。

「で、きみはその馬鹿げた考えを受け入れたわけだ」

「できるだけ。ほかに説明がつきませんから」トビーは言い、ようやくカルヴァドスをゆっくりと口に含む。オークリーは自分の左手の甲を見て、結婚指輪をまわし、ゆるさを確かめるように関節に当てている。

「ミスター・ブラッドリー・ヘスター、文化副担当官が、楽譜カバンだかなんだかを持って部屋に入っていったときに、本当に胡散臭いと思わなかったのか。それとも、思うまいと決めていた？」

「ずっと胡散臭いと思ってましたよ」トビーはむっとして言い返す。「だからって、どういうちがいがあるんです」

オークリーは取り合わない。「トビー、こうして話すことできみが幻滅するのだとしたら、私も心苦しい。ミスター・文化担当・ヘスターは、それほど気のいい道化者ではないのだ。きみはそうだと信じたがっているようだがね。あれは信用ならない極右派のフリーランスの情報屋だ。いまのCIAは血に飢えたイスラム同調者と腰抜けリベラルだらけだと信じこんだ、アメリカの裕福で熱心な保守系派閥の肝煎《きもい》りでもって、本人のためにはならないが生まれ変わってロンドン支局に送りこまれた。きみの新しい主人もCIAに対して同じ見解を持っている。ヘスターは概念上アメリカ政府に雇われているが、実際にはいかがわしい民間防衛企業の社員で、その会社はテキサスだかに拠点を置く〈倫理的成果〉という名で商売している。単独株主かつ最高経営責任者はメイジー・スペンサー・ハーディ。しかし彼女は自分の権限を、お愉しみの相手であるジェイ・クリスピンなる人物に委譲している。ジェイ・クリスピンは腕利きのジゴロであることに加えて、きみの栄《は》えある大臣の親友でもある。どうやら大臣は、彼にとってのかつての偉大なリーダー、ブレア兄の熱烈な軍国主義を超えようと決意しているようだ、ブレアの不運な後継者ではなくね。もしかりに〈倫理的成果〉が、民間資金を注ぎこんだ秘密作戦でわが国の頼りない諜報機関を補うことになったとしたら、きみの友人の音楽家は外国での物資手配を補う仕事につくだろうな」

トビーが言われたことを考えているあいだに、よくあることだがオークリーはまた話題を変える。

「そのどこかにエリオットがいる」と考えこみ、「エリオットという名前に心当たりはないかね？　エリオットだが。つい誰かが口にしたとか、鍵穴から聞こえたとか？」

「鍵穴に耳を当てたりはしません」

「もちろん当てるさ。アルバニア系ギリシャ人の無法者、昔はエグレシアスと名乗っていた、南アフリカの元特殊部隊員。ヨハネスブルグのバーで人を殺したことがあり、療養のためにヨーロッパにやってきた、そういうエリオットだが。本当に聞いたことがない？」

「ありません」

「ストーモント＝テイラーは？」オークリーは同じ夢見るような口調でしつこく訊く。

「もちろん！」トビーはほっとして叫ぶ。「ストーモント＝テイラーは、誰だって知ってますよ。あなただって。国際的な弁護士です」驚くほどハンサムなロイ・ストーモント＝テイラーの顔が難なく浮かぶ。王室顧問弁護士、テレビの人気者、白い髪とひげをたてがみのようになびかせ、タイトすぎるジーンズをはいて、この数カ月で三度――いや、四度だろうか――ブラッドリー・ヘスター同様、クインに温かく迎えられて、マホガニーのドアの向こうに消えていった。

「きみが知っている範囲で、ストーモント＝テイラーはきみの立派な新大臣にどんな用事があったのかな」

「クインは政府の弁護士を信用していませんから、ストーモント＝テイラーに独自の意見を求めるのです」

「具体的にどんな事柄について、クインがあの大胆で見目麗《みめうるわ》しいストーモント＝テイラーに相談しているのかわからないかね？　たまたま彼もまた、ジェイ・クリスピンの親友なんだが」

苦しい沈黙のあいだ、トビーはいま誰が責任を問われているのだろうと思う――クインなのか、それとも自分か。

「どうすりゃぼくにわかるんです、くそっ」と苛立って訊くと、オークリーは憐《あわ》れむようにひと言「どうするんだろうな」と返す。

また沈黙が流れる。

「つまり、ジャイルズ」トビーがついに口を開く。こういう場面で沈黙を破るのはつねにトビーだ。

「つまり、なんだね？　親愛なるきみ」

「ジェイ・クリスピンというのは何者なんですか。全体の計画のなかでどういう役割を果たすんです」

オークリーはため息をつき、肩をすくめる。出てくる答えは不機嫌な断片だ。

「人が何者か、などということがわかるのかね」と広い世界に問いかけ、電文調のことばを吐き捨てる。「裕福なイギリス系アメリカ人家族の三男。最高の学歴。二回の受験で王立陸《サンド》軍士官学校《ハースト》に合格。つらい兵役を十年。四十で除隊。本人の希望だというが、疑問だ。金融《シテ》街《イ》で少々。失敗。スパイを少々。失敗。急成長中のわれらがテロ産業にすり寄る。民間防衛会社の発展を正しく読む。金のにおいを嗅ぎ取る。前進。〈倫理的成果〉とミス・メイジー、こんにちは。クリスピンは人々を魅了する」当惑し、怒って続ける。「ありとあらゆる人々を、つねに魅了する。どうしてそんなことができるのかは神のみぞ知るだ。たしかにベッドはよく使う。おそらく両刀遣いだ、彼に幸いあれ。だが、ベッドだけじゃ長いつき合いにはならんだろう？」

「なりませんね」トビーは同意する。心がイザベルに飛んでいき、落ち着かない気分になる。

「教えてくれないか」オークリーはまた予告なしに話の方向を変えて続ける。「きみは国の貴重な時間を費やして司法省の文書保管庫をあさり、グレナダとディエゴガルシアなどという些末《さまつ》な場所のファイルを取り出している。いったい何に取り憑かれたのだ？」

「大臣の命令です」トビーは言い返す。オークリーがなんでも知っていることや、わざわざ箱の底から質問を掘り出しがちなことには、もう驚くまいと心に決めている。

「きみに直接下った命令だったのか」

「ええ。それらの領土保全に関して文書にまとめてくれということで。司法省や特別顧問に知られることなく、というより、誰にも知られずに」考えてみればそうだった。「極秘扱いで、月曜の朝十時までにかならず大臣に提出してほしいと」

「それで、きみはそういう文書をまとめた？」

「週末を犠牲にして、ええ」

「それはどこにある？」

「没になりました」

「どういうことだ」

「提出したが、賛同が得られず、没になったとクインに言われました」

「内容を簡単に説明してもらえないか」

「ただの概要です。基本的なことをまとめただけで、大学生にもできる」

「その基本的なことを教えてくれ。私は忘れた」

「一九八三年、グレナダの極左の首相が殺されたあと、アメリカがわが国の同意もなく、あの島に侵攻しました。彼らはこれを〈急激な怒り作戦《アージェント・フューリー》〉と呼びましたが、むしろ怒ったのはわが国です」

「なぜ？」

「うちの縄張りだから。かつてはイギリスの植民地で、現在は英連邦王国です」

「そこにアメリカが侵攻した、恥知らずにも。先を続けて」

「アメリカのスパイ――われらが愛する〝隣人〟――たちは、キューバのカストロがいまにもグレナダの空港をミサイル発射台として使うという幻想を抱いていたけれど、そんなのはでたらめだった。イギリスは空港建設を支援したので、それがアメリカの生命線に対する脅威になると言われて、いい気はしなかった」

「で、わが国の対応をひと言で言うと？」

「アメリカ人にこう言った。われわれの縄張りで事前の許可なくああいうことは二度としないでもらいたい。でないと、こちらはもっと腹を立てるぞ」

「彼らの返答は？」

「おとなしく引っこんでろ」

「われわれはそうした？」

「アメリカの言い分を素直に受け入れました」外務省モードの皮肉な調子で言う。「英連邦領土の保全はまったく心許ないので、アメリカ国務省はそれを知らせてやるのがイギリスのためだと思っている。もちろん、自分たちに都合がいいときにだけ知らせるのですが、グレナダの場合には都合が悪かった」

「こちらはまたしても、おとなしく引っこんだわけだ」

「そうでもありません。アメリカは少し考えを変えて、われわれと協定を結んだ」

「どういう協定だったんだね、それは。続けて」

「将来、もしアメリカがわれわれの縄張りで派手に行動するのなら――抑圧された住民を助けるとかいった名目で特別作戦を遂行するのなら――まずわが国の意向を尋ね、書面で同意を得たうえで、イギリスが作戦に加わることを認め、最終的な成果物を分け合わなければならない」

「副産物、つまり情報ということだな」

「そうです、ジャイルズ。そういうことです。言い換えれば、情報を」

「ディエゴガルシアのほうは？」

「ディエゴガルシアは鋳型でした」

「なんの？」

「わかるでしょう、ジャイルズ！」

「先入観を抱かないことにしているのだ。きみの立派な新しい主人に報告したとおり、ここでもう一度話してくれないか」

「一九六〇年代、アメリカに便宜を図るためにわれわれが島民を追い出してから、アメリカは見て見ぬふりをする作戦にあの島を利用しています。当然、われわれが示す条件にはしたがいますが」

「この場合、見て見ぬふりをするのはイギリスだね」

「ええ、ジャイルズ。どんな点も見逃しませんね。ディエゴガルシアの領有権はいまもイギリスが持っていますから、見て見ぬふりをするのはイギリスです。そのへんはわかってるんですね？」

「とはかぎらんが」

交渉中には満足感をいっさい外に表わさないのがジャイルズのやり方だ。トビーはベルリンでそれを見てきた。いまはトビー相手にそうしている。

「クインはきみの文書の細かい点について話し合ったかね」

「いいえ、まったく」

「おいおい、多少なりとも話すのが礼儀じゃないか。グレナダの経験を、より重要なイギリスの領土に生かすことについては？」

トビーは首を振る。

「つまり彼は、イギリスの領土にアメリカが侵攻することの是非について、いかなる意味においても、何ひとつ議論しなかったというんだな？　きみが彼のために調べたことにもとづいて」

「まったく何も」

芝居がかった間。オークリーが演出している。

「きみの文書は道徳的考え方を示したのか」

「もたつきながらも結論には達しました、もしそういうことを訊いているのなら」

「その結論とは？」

「イギリスが所有する領土に対して、アメリカが一方的になんらかの行動をとる場合には、隠蔽《いんぺい》のためにイギリス側のイチジクの葉が必要である。さもなくば、その行動は認められない」

「ありがとう、トビー。さて、きみ自身の判断を尋ねたいのだが、そもそもその調査のきっかけになったのは何、または誰だと思うね？」

「正直なところ、ジャイルズ、わかりません」

オークリーは天を仰ぎ、また眼を戻して、ため息をつく。

「トビー、親愛なるきみ、政府の多忙な大臣が優秀な若い秘書官に指示して、無味乾燥な文書保管庫から前例を掘り出させたというのに、まえもって目的を説明しなかったというのかね」

「このくそ大臣は説明しないんですよ！」

そこで稀代《きたい》のポーカープレーヤー、ジャイルズ・オークリーはさっと腰を上げ、トビーのグラスにカルヴァドスをつぎ足すと、また坐って、よろしいと満足げに言う。

「では教えてくれ」また互いに打ち解け、信頼しきった口ぶりで、「きみの立派な新しい主人が、苦労の絶えないヒューマン・リソーシーズに奇妙奇天烈《きてれつ》な要求をしたのは、いったいなぜかな？」

なんのことかさっぱりわからない、とトビーがまたもや抗議すると――ただし、ふたりともくつろいでいるので今回は気弱に――オークリーから満ち足りた笑いを返される。

「低空飛行の人間だよ、トビー！　おいおい！　クインは昨日まで低空飛行の男を探していた。きみが知らないでどうする。われわれの才能豊かな人間もどきたちの半分をてんてこ舞いさせて、それに該当する男を探していたのだ。みな省じゅうに電話しまくって、誰か推薦してくれと頼んでたぞ」

低空飛行の男？

束の間、消えつつあるイギリス保護領のどれかのレーダーをかいくぐって飛ぶ、命知らずのパイロットの亡霊がトビーの頭に浮かび、押さえこむのに苦労する。ついそんなことを口走ったにちがいない。ジャイルズがほとんど声をあげて笑い、ここ数カ月に聞いたなかで最高の冗談だと断定した。

「〝高い〟の反対の〝低い〟という意味だ、親愛なるきみ。われわれの省にいる大勢のなかから、信頼できる老兵を見つけるのさ。仕事に求められる条件は、適度にわびしい経歴で、将来のない男。真っ正直な外務省の働き馬、気取りがなく、引退前の蓄えはごくわずか。勤務歴二十八年とか、そんな感じで」気を持たせて締めくくる。

つまりそういうことか。トビーはできるだけジャイルズの軽口につき合いながら思う。ファーガス・クインがぼくを蚊帳《かや》の外に出すだけで飽き足らず、積極的に交代要員を探しているということを、ジャイルズはできるだけ遠まわしに教えてくれているのだ。それもただの交代要員ではない。年金をもらえなくなるのが怖いあまり、立派な新しい主人に命じられればなんでも言うことを聞く老兵だ。

ふたりの男は玄関前の階段に並んで立ち、月明かりのなかでトビーのタクシーを待っている。トビーはこれほど真剣なオークリーの顔を見たことがない。あるいは、これほど無防備な顔を。声の軽快な調子も、小さな装飾音も消え、警告するような切迫感だけがある。

「彼らが何を企んでいるにしろ、トビー、そこに加わるべきではない。何か耳に入ったらメモをとって、きみがすでに知っている私の携帯番号にメールを送れ。わずかながら、そちらのほうがふつうの電子メールより安全なのだ。ガールフレンドに振られたから私の肩で泣きたいとか、その手の無意味な内容を送ってこい」そして重要な点を強調し足りなかったかのように、「何があっても加わるんじゃないぞ、トビー。どんなことにも同意しないし、どんなものにもサインしない。断じて従犯者にはなるな」

「といっても、いったい何の従犯者なんです、ジャイルズ？」

「もし知っていたとしても、きみにはぜったいに言わない。クリスピンはきみを調べて、ありがたいことに、気に入らなかった。くり返す。試験に合格しなかったことに感謝すべきだ。運がよかった。もし逆の展開だったら、いまごろどうなっていたか」

　タクシーが到着する。ありえないことだが、オークリーが握手の手を差し出す。トビーはそれを握り、汗で湿っていることに気づく。手を離し、タクシーに乗りこむ。オークリーが窓をたたく。トビーは窓を下げる。

「料金は払ってある」オークリーが出し抜けに言う。「一ポンドのチップだけ渡せばいい。二度払いはしないことだ、何をするにしてもね、親愛なるきみ」

「ちょっといいかな、マスター・トビー、先生、頼みたいことがある」

　どうにか、まる一週間がすぎた。トビーに無視されたイザベルの恨みは暗い怒りとなって爆発している。トビーは一応下手に出て謝ったが、気もそぞろで、かえって彼女を怒らせてしまった。クインは相変わらず対処がむずかしく、わけもなくトビーを見つめて顔を曇らせたかと思うと、わざと無視したり、なんの説明もせずに一日じゅう姿を消して、トビーに後始末をやらせたりしている。

木曜の昼食時には、マッティから押し殺した声で電話があった。

「このまえ、おれたちはスカッシュをしなかった」

「スカッシュがどうした?」

「あれはなかったことだ」

「そのことはもう同意したと思ったけど」

「念のためだ」マッティは言い、電話を切った。

そうしてまた金曜の朝十時になり、トビーが怖れているいつもの呼び出しが内線電話でかかってきたところだ。

労働者階級のチャンピオンに、今度もフォートナムでドン・ペリニヨンを買ってこいと言われるのだろうか。それとも思いきって宣告するつもりだろうか。きみの才能は充分評価しているけれど、低空飛行の男と代わってもらいたい、この週末でショックから立ち直ってくれたまえ、と。

例によって大きなマホガニーのドアが少し開いている。入り、閉め、クインの命令を待って鍵をかける。机についたクインは大臣の姿をした雷のようだ。BBCの『ニューズナイト』で使う、押しつけがましい声。グラスゴー訛りはほとんど忘れ去っている。

「申しわけないが、大切な人との小旅行の計画をあきらめてもらわなければならないようだ、トビー」と言い渡し、責められるべきはトビー自身だと無理やり印象づける。「大きな問題になるかね」

「まったくなりません、大臣」トビーはダブリンでの短い休暇と、おそらくイザベルにも別れを告げながら答える。

「期せずして明日ここで極秘中の極秘の会合をどうしても持たなければならないことになったのだ。まさにこの部屋で。国家的に最重要の会合を」

「それに参加しろということでしょうか、大臣」

「とんでもない。きみはとうてい参加できない、あいにくだが。きみには資格がないから、参加してもらっては困る。悪く思わないでくれたまえ。だが、いつものように事前準備を手伝ってもらいたいのだ。今回シャンパンはなしだ、残念ながら。フォアグラもない」

「わかりました」

「どうかな。しかしともかく、私に押しつけられたその会合では、ある安全対策を講じなければならない。それをわが秘書官であるきみにお願いしたいのだ」

「もちろんです」

「戸惑ったような声だ。どうした？」

「戸惑ってはいません、大臣。ただ……それほど秘密なら、どうしてこの部屋で会わなければならないのですか。省の外のほうがよくありませんか。あるいは、せめて階上《うえ》の防音室にするとか？」

クインは不服従のにおいを嗅ぎ取って重い頭をぴくんと上げるが、仕方ないというふうに答える。

「この件については、私の強硬な訪問者が——ひとりではなく複数なのだが——主導権を握っていて、大臣たる私は重い義務を果たす立場なのだ。手伝ってくれるかね、それともほかの人間を探したほうがいいのかな」

「もちろん手伝わせていただきます、大臣」

「よろしい。ホース・ガーズからこの建物に入る通用口があるはずだが、知っているかな。出入りの業者や、機密を扱わない配達人が使うところだ。緑の鉄のドアで、正面に柵がついている」

トビーはそのドアを知っているが、〝国民の選んだ男〟が言うところの出入りの業者ではないので、使ったことがない。

「そこにつながる一階の通路を知っているだろう。ちょうどわれわれが立っているこの下だ。二階下にある」じれったくなったと見えて、「正面玄関から入ると、ロビーの右手にあるだろうが。毎日そのまえを通ってるだろう、え？」

はい、通路はわかります。

「明日、土曜の朝、私の客が——訪問者だ、いいね？ 彼らが自分たちをどう呼ぶかはわからんが——」苛立ちがくり返し口調に表われはじめている。「その通用口に到着する。二当事者が、別々に。ひとり来たら次というふうに、間を置かず。話についてきているか」

「はい、大臣」

「けっこう。きっかり十一時四十五分から十三時四十五分まで——この二時間だけだ、わかるね――その通用口に人がいなくなる。その百二十分間、守衛が非番になるのだ。通用口と、そこからこの部屋に至るまでの経路を見張る、監視カメラやその他の防犯装置も作動しなくなる。停止する。スイッチを切られる。その二時間だけ。すでに私がすべて手配した。きみは何もしなくていい。だから余計なことはしないように。さて、ここから注意して聞いてくれ」

　大臣は筋肉質の小さな掌をトビーの顔のまえに持ち上げ、反対の手の親指と人差し指で、よく見ろと言わんばかりに小指をひねる。

「きみは明日の朝十時にここに到着したら、まず警備室に行って、通用口の無人化および解錠と、すべての監視システムの解除が私の指示どおりに伝わっていて、つつがなく実行されることを確認する」

　薬指。はまった分厚い金の指輪には、太く青い聖アンドルーの十字架が浮き彫りになっている。

「午前十一時五十分。外に出て、ホース・ガーズから通用口に近づき、警備室への私の指示により鍵がかかっていないドアを開けて、建物のなかに入り、一階の通路を歩く。ここに上がってくる裏の階段まで、途中で邪魔になるものはないか、通り道をふさいでいるものはないか確認する。いいかね？」

　中指。

「そこから私個人のモルモットとして、きみのいつもの歩き方で裏の階段をのぼり、すぐそこの上がり口に出る。段を飛ばしたり、小便に立ち寄ったりしてはならない。ただ歩くのだ、われわれがいま立っているこの部屋まで。そして警備室に内線で連絡し、きみが歩いた経路が監視されていなかったことを確認する。くり返すが、彼らには言い含めてあるから、きみは私に言われたこと以外何もしないように。これは命令だ」

トビーがふと気づくと、選挙を勝ち抜く主人の笑みが向けられている。

「さあトビー、私に週末を台なしにされたと遠慮なく言いたまえ。私も彼らに台なしにされたよ」

「それはかまいません、大臣」

「しかし？」

「ひとつ質問があります」

「いくらでもするがいい」

じつは、ふたつある。

「もし訊いてもよろしければ、大臣、ご自身はどちらにいらっしゃるのですか。私がそういう――」そこでためらう。「準備をしているあいだ」

選挙用の笑みが広がる。

「こう言っておこうか、自分のくそ仕事に精を出していると」

「到着するまで、ご自身の仕事に精を出しておられるということですね？」

「タイミングは非の打ちどころがないはずだ。ほかには？」

「無用の心配かもしれませんが、ひとつ気になりますのは、そのかたたちはどうやって外に出るのでしょう。システムが二時間動かなくなると大臣はおっしゃいました。二番目の集団がすぐあとで到着し、システムが十三時四十五分に復活するとなると、会合にあてられる時間はせいぜい九十分あまりですが」

「九十分あれば充分だ。考えるまでもない」笑みは輝かんばかりになっている。

「ぜったいに大丈夫でしょうか」トビーは会話を引き延ばす必要に駆られて食い下がる。

「大丈夫に決まっている。悩むのはやめなさい《ディンナ・ファッシュ・イアセル》！　全員と何度か握手して、すんなり終わりだ」

同じ日の昼時に、ようやくトビー・ベルは机からこっそり離れられると思う。クライヴ・ステップスを早足で歩き、まずはセント・ジェイムズ公園の端で枝を広げるスズカケの木の下に陣取って、オークリーの携帯電話宛ての緊急メールを打ちはじめる。

クインに奇妙きわまる指示を与えられてからというもの、トビーは頭のなかで何種類ものバージョンを考えていた。しかし、省の建物から発せられる個人的なメールは警備担当が傍受しているという噂だ。彼らの興味を惹きたくはない。

そのスズカケの木は古くからの友人だ。バードケージ・ウォークと戦争記念碑から目と鼻の先の丘の上にある。百ヤードほど行けば、外務省の出窓という出窓が険しい顔で見おろしているが、コウノトリやマガモ、旅行者、ベビーカーを押す母親たちのうたかたの世界があるために脅威は感じない。

ブラックベリーを持つ手も、見る眼も、完全に落ち着いている。気持ちもだ。危機にまったく動じないところが自分でも不思議なのだが、雇用主はそこに感心する。イザベルは彼の欠点を容赦なく分析しているかもしれない。昨晩は疑いなくそうしていた。パトロールカーや消防車がサイレンを鳴らして走りまくり、隣の家から煙が噴き出し、怒った群衆がデモ行進をすることもあるだろう。カイロではそれらすべてが、ここ以上にあった。が、襲ってきた危機は、取りこまれてトビーの一部になる。いまその危機が襲ってきている。

〝ガールフレンドに振られたから私の肩で泣きたいとか、その手の無意味な内容を送ってこい〟

イザベルの名前を濫用することは、生まれもっての品のよさが許さない。ル、い、い、ルイーザという名が浮かぶ。そんなガールフレンドがいただろうか。あわてて点呼してみて、いなかったと確信する。なら彼女にしよう――〝ジャイルズ、ルイーザに振られた。どうしても助言してほしい。いますぐ話せないだろうか。ベル〟。

〝送信〟を押せ。

押して、メッシュのカーテンのかかった外務省の輝かしい出窓を見やる。オークリーはいまもあそこで机についていて、サンドイッチをかじっているのだろうか。それとも合同諜報委員会の地下の砦《とりで》に閉じこめられている？　仲間の高級官僚と〈トラヴェラーズ・クラブ〉に坐って、のんびり昼食をとりながら世界地図を塗り替えている？　どこにいようと、お願いだから、できるだけ早くいまのメッセージを読んで、返事をよこしてほしい。わが立派な新しい主人の頭がおかしくなりかけている。

果てしない七時間がすぎたが、オークリーからはうんともすんとも返事がない。トビーはイズリントンの二階のフラットで机につき、仕事のふりをしている。イザベルは暗い雰囲気に包まれて台所で立ち働いている。トビーのすぐ左にはブラックベリー、右には家の電話機、眼のまえにはクインに頼まれてまとめた、湾岸での官民提携事業の可能性に関する草稿がある。名目上はその原稿に手を入れているが、実際には、心のなかでオークリーのその日一日の行動を思いつくかぎりたどって、返事をしてくれと祈っている。あのあと同じメッセージを二度送った。まず外務省から出てすぐに、次に地下鉄のエンジェル駅から地上に上がって、帰宅するまえに。どうして自分のフラットからオークリーにメールを発信するのは安全でないと考えたのか。理由はわからないが、とにかくそう感じた。いま自宅でオークリーにもう一度連絡してみようと決意したときにも、面倒だとは重々思いながらも、同じ抑制が働く。

「ちょっと赤ワインを買ってくる」開いていた台所のドア越しにイザベルに言い、食料戸棚にまったく問題ない赤ワインがあるとイザベルが答えるまえに廊下に出る。

外の通りは土砂降りの雨だが、レインコートを持ってくることは思いつかなかった。舗道を五十ヤード進むと、アーチのついた路地が、使われていない鋳造所につながっている。そこに飛びこみ、建物の陰からオークリーの家に電話をかける。

「誰なのよ、まったく」

ハーマイオニーが怒っている。寝ていたところを起こしてしまったのだろうか。こ、こんな時間に？

「トビー・ベルです、ハーマイオニー。お邪魔して本当に申しわけないのですが、ちょっと緊急事態になってまして、ジャイルズと少し話せないかと思っているのですが」

「ジャイルズと少し話すのは無理。それを言えば、長さに関係なくね、トビー。あなたにもよくわかってるはずだけど」

「仕事なのです、ハーマイオニー。予期せぬ緊急事態が生じまして」トビーはくり返す。

「わかったわ、勝手にごっこ遊びをしてらっしゃい。ジャイルズはドーハにいます。知らないふりはしないで。会議があるとかで、夜明けとともに彼らに送り出されたけど、失敗したに決まってる。さあ、わたしに会いにくる？　どうする？」

「彼ら？　彼らとは誰です」

「あなたとなんの関係があるの。どっちみち彼はいないの。でしょう？」

「どのくらいの期間ですか。彼らはなんと言いました？」

「あなたの用事に間に合わないのは確かね。うちにはもう住みこみのお手伝いがいないの。それも知ってると思うけど」

ドーハ。時差はあちらが三時間先だ。トビーは乱暴に電話を切る。あの女など知るか。ドーハの夕食は遅いから、会合参加者と王子たちはまだ食事中だろう。路地にしゃがんで外務省の当直事務官につないでもらうと、彼の仕事上の不遇なライバル、グレゴリーのぶすっとした声が出てくる。

「グレゴリー、やあ。ジャイルズ・オークリーに少々急いで連絡しなきゃならないんだ。ドーハの会議に急遽《きゅうきょ》派遣されて、どうしたわけかメッセージを受け取っていないようだ。個人的な用事なんだが。代わりに内容を伝えてもらえないか」

「個人的な用事？　それはちょっとむずかしいな」

怒ってはいけない。落ち着け。

「ひょっとして、大使公邸に滞在しているかどうか知らないか」

「本人次第だね。大きな高級ホテルが好みなんじゃないのか、きみやファーガスみたいに」

ヘラクレス級の力でこらえろ。

「いずれにしろ、公邸の電話番号を教えてもらえないか。頼むよ、グレゴリー」

「大使館の番号なら教えられる。そこからつないでもらえるはずだ。すまないな」

グレゴリーが番号を探すのに時間がかかる。わざとだ、とトビーは思う。その番号にかけると、女性のぎこちない声がまずアラビア語、次に英語で、査証《ビザ》の申しこみなら本人が直接、次の時間内にイギリス領事館に出頭のこと、取得には長い時間がかかるので承知されたい、と告げる。大使または大使の家族に連絡をとりたい場合には、いますぐメッセージを残すように。

トビーは残す。

「現在ドーハの会議に出席しているジャイルズ・オークリーへの連絡です」息を吸う。「ジャイルズ、何度かメッセージを送ったのですが、受け取っていないようですね。深刻な個人的問題を抱えていまして、できるだけ早く助けていただきたいのです。昼夜にかかわらず、いつでもかまわないので電話をください。この番号でも、ぼくの自宅の番号がよければそちらでも」

フラットに戻ったときに、外出の口実だった赤ワインを買い忘れたことを思い出すが、すでに手遅れだ。イザベルはそれに気づくが、何も言わない。

とにもかくにも朝になる。イザベルは横で眠っているが、下手に動くと口喧嘩か、愛し合うことになるのはわかっている。前夜は両方をした。それでもトビーはベッド脇にブラックベリーを置き、着信があればいつでも応えようと待たずにはいられなかった。

朝まで彼の思考が鈍ることはなかった。考えた末に出た結論は、十時までオークリーに時間を与えるということだった。そこからは大臣に命じられた意味不明の仕事に取りかからなければならない。もしオークリーが十時までに返事をよこさなければ、トビーは思いきった決断をするつもりだ。あまりにも大胆なので、最初は考えるだけで身がすくんだが、そのあとそろそろとうしろに下がって見てみる。

すると心の眼に見えるのは何か。大臣の控え室に置かれたトビー自身の机、その右手の抽斗の奥にある、白カビと、緑青《ろくしょう》と、彼が想像しているだけかもしれないが、ネズミの糞に覆われたそのものは？

冷戦時代の、デジタル以前の、業務用サイズのテープレコーダーだ。あまりにも古くてかさばる機器、小型化技術の当世には無用の長物で、現代人の眼には不快ですらある。その理由だけからも、トビーは早く処分してほしいとくり返し要求していた。もし大臣が執務室でひそかに会話を録音したくなったら、使える秘密道具は山のようにあり、どれを選ぼうかと贅沢な気分が味わえるのだから。

しかしこれまでのところ、神意であれなんであれ、トビーの要求は黙殺されている。

そして、この怪物を動かすスイッチは？　その上の抽斗を開けて右手で探ると、ほらある。茶色のベークライトの半球の上で鋭く尖った、敵意あふれる乳首。上げるとオフ、下げると録音。


八時五十分。オークリーからは音沙汰なし。

トビーは朝食をたっぷりとるのが好きだが、この土曜の朝には空腹を感じない。イザベルは女優だからふだんは朝食に手をつけないが、このときには和解の気分でトビーにつき合って食卓につき、彼がゆで卵を食べるのを見つめる。トビーもまた喧嘩を吹っかけるのはやめて、卵を一個ゆでて、彼女の代わりに食べる。イザベルの様子がどうもおかしい。これまで彼女は、職場に行って仕事を少々片づけなければならないと告げた土曜の朝にはかならず、これ見よがしにベッドから出てこなかった。ところがこの日は――本来ならダブリンの陽光を試しながら週末を愉しんでいるはずだったが——とてもやさしく、思いやりがある。

天気がいいので、早めに出て歩いていこうと思う。いまのあなたには歩くのがいちばん、とイザベルが言う。かつて一度もなかったことだが、彼女は玄関まで見送りにきて、トビーに愛情のこもったキスをし、彼が階段をおりるのを見ている。愛していると言っているのだろうか。それとも、彼がいなくなるのを待っているだけか。

九時五十二分。まだオークリーから何もなし。ブラックベリー片手の不寝の番を延長しながら、人影もまばらなロンドンの通りを極端な早足で歩いていく。儀式用の道路、ザ・マルを通って、バードケージ・ウォークまでの秒読みを開始し、歩調をまわりの観光客に合わせて、正面に柵がついた緑の通用口のドアのまえまで行く。

取っ手を試してみる。緑のドアが開く。

ドアに背を向け、考え抜いたさり気なさでホース・ガーズを見やる。大観覧車《ロンドン・アイ》、無口な日本の小学生の団体、そして最後に必死で訴えるために、枝を広げたスズカケの木を見る。昨日はその木の下から、返事のないオークリー宛ての最初のメッセージを送ったのだった。

とうとうブラックベリーに絶望の一瞥《いちべつ》をくれ、訴えが聞き入れられなかったことを思い知る。トビーは携帯電話の電源を切り、内ポケットの闇に預ける。

大臣に命じられたくだらない雑用をこなしたあと、トビーは執務室の隣の控え室に到着し、内線で困惑気味の警備員と話して、うまく監視の眼を逃れたという回答を得る。

「ガラス板と同じでしたよ、ミスター・ベル。あなたは透き通っていて、向こうが見えました。よい週末を」

「そちらこそ。いろいろありがとう」

机を見おろしてひと息入れると、急に怒りがこみ上げ、勇気が湧いてくる。ジャイルズ、あなたのせいで、こんなことをするはめになった。

机は一級品ということになっている。膝が入るようにアンティークに手を加えたもので、天板には革が張ってある。

そのまえの椅子に坐り、背を屈めて、右の最下段の重い抽斗をゆっくりと開ける。

業務課に出していた要求が夜のあいだに奇跡的に満たされていてほしい、といまだに自分のどこかが祈っていたとしても、もうやめさせる。戦場に置き去りにされて錆びかけた戦車のように、大昔のテープレコーダーが数十年前から同じ場所にあり、決して訪れない出番を待っている。が、今日はちがう。声で自動的にスイッチが入るのではなく、自宅の電子レンジに似たタイマーが誇らしげについている。古びたリールはむき出しだが、本体の上の段には、巨大なテープの入ったセロファン袋がふたつ、埃をかぶって勤務態勢にある。

上げるとオフ、下げると録音。

明日取りにきてやるから待っていろ、もしそのときまでに刑務所に入れられていなければ。

その明日が来て、イザベルは去っていた。この日は季節はずれに日差しの暖かい春の日曜で、教会の鐘がソーホーの罪人たちを悔恨させようと呼び集めていた。独り身になって三時間のトビー・ベルは、まだ舗道のテーブルについて坐り、その朝三杯目の——いや、五杯目だろうか——コーヒーを飲みながら、まえの晩じゅう計画して怯えつづけていた、取り返しのつかない重罪を犯す覚悟を固めていた。すなわち、大臣の控え室に戻って、テープを回収し、警備員の鼻先をかすめて外務省から持ち出すのだ。見下げ果てたスパイのように。

まだほかの選択肢もあった。心乱れる長い夜のあいだに、それも考えていた。この錫《すず》の机について坐っているかぎり、厄介事は何も起きなかったと言い張れるからだ。頭がまともに働く保安担当者は、机の抽斗の底で朽ちかけた、ひと昔前のこんなテープレコーダーを調べてみようなどとは思わない。テープが見つかるという、とうていありそうもない事態がかりに生じたとしても、答えは考えてあった——国家的にきわめて重要な極秘会合の準備でピリピリしているときに、クイン大臣が、隠れた録音システムのことを思い出し、トビーに作動させよと指示したことにするのだ。国の重大事で頭がいっぱいになったクインは、あとで訊かれれば、そんな指示は出していないと否定するだろうが、大臣を知る人にしてみれば、その種の奇行はよくあることだから意外にも思わないはずだ。むろんリチャード・ニクソンの苦難を知る人にとっては、ごくありふれた出来事である。

美人のウェイトレスがいるほうを振り返ると、カフェの入口越しに、彼女がカウンターにもたれてウェイターとふざけ合っているのが見えた。

ウェイトレスはトビーににこやかな笑みを向け、浮き浮きした気分のまま小走りで出てきた。

七ポンドになります。トビーは十ポンドを渡した。

トビーは道路脇に立ち、幸せな世界がすぐまえを通りすぎていくのを眺めた。

左に曲がれば外務省。刑務所につながる道だ。右に曲がればイズリントン。祝福された空っぽの家に帰る。しかし明るい朝の光のなかで、すでに彼は決然とホワイトホールのほうへ歩きだしていた。

「お戻りですか、ミスター・ベル。本当にお忙しそうですね」話し好きな年配の警備員が言った。

ほかの若い警備員たちはひたすら画面を睨んでいた。

マホガニーのドアは閉まっていたが、安易に信用してはいけない。もしかしたら、クインが早めに来ているかもしれないし、前日から夜通しなかにいて、ジェイ・クリスピン、ロイ・ストーモント＝テイラー、そしてミスター音楽家のブラッドと膝を突き合わせているかもしれない。

ドアをたたいて「大臣？」と呼びかけてみた。もう一度たたいた。返答なし。

自分の机に戻り、右下の抽斗を開け、小さなランプが光っているのを見て震え上がった。いい、いい、いい、いい、いい、いい、いい、いい、いい、いい、なんてことだ、もし誰かがこれを見ていたら！

テープを巻き戻し、どうにか取りはずして、スイッチとタイマーをもとの状態に戻した。

テープを腋《わき》に挟んで、来た道を引き返しはじめた。年配の警備員には〝じゃあまた〟と手を振り、若い連中には〝くたばれ〟と権威者らしくうなずくのを忘れずに。

ほんの数分後のことだが、トビーにはすでに睡眠中のような安らぎが訪れている。しばらく立っているあいだ、すべてが横を通りすぎていく。目覚めるとトッテナム・コート・ロードにいて、中古電子機器店のウィンドウを見比べ、中古のおんぼろ家庭用テープレコーダーを現金で買いたがった、大きめの黒いジャケットにチノパンツ姿の三十がらみの男をいちばん早く忘れてくれそうな店はどれか、決めようとしている。

途中のどこかで現金自動支払機に立ち寄り、その日の《オブザーヴァー》紙と、ユニオンジャックがついた手さげ袋を買ったにちがいない。袋に入った新聞のページのあいだにテープが挟まっていたからだ。

そしておそらく二、三軒まわったあとで、運よくアジズに出会った。アジズの弟はハンブルクにいて、廃棄された電子機器をコンテナ船でナイジェリアのラゴスに送る仕事をしている。古い冷蔵庫、コンピュータ、ラジオ、そして巨大なおんぼろテープレコーダー――弟はいくらでも手に入れたいらしく、アジズは古い機器を裏の部屋にどっさり積み上げて、弟が回収にくるのを待っている。

そうしてトビーは、奇跡のような幸運と粘り強さのおかげで、自分の机の右の抽斗に収まった冷戦時代のテープレコーダーとまったく同じ機種の所有者となる。ただし、こちらは色がパールグレーで、もとの箱に入っているので、アジズが残念そうに言うには、コレクターズアイテムであり、十ポンド高くなる。さらに、電源をつなぎたいなら、恐縮ですがアダプターの十六ポンドをいただきます。

重い戦利品を通りに運び出しているときに、トビーは、バスの定期券をなくしてしまったという哀れな老女に声をかけられた。小銭がなかったので、五ポンド札を渡して相手を驚かせた。

フラットに入るとイザベルの香りがして、はっと立ち止まった。寝室のドアが少し開いている。おずおずと押し開け、その先のバスルームのドアも開けてみた。

大丈夫。ただの残り香だ。驚いた。どこにいるやらわかったものではない。

テープレコーダーを台所のテーブルに置いて電源をつなごうとしたが、コードが短すぎた。居間から延長コードをはずしてきて、つないだ。

うめき、すすり泣くような音を立てて、偉大なる劇作家ヘッベルの〝人生の輪〟がまわりはじめた。

〝自分が何かわかってるだろう。あらゆることに過剰反応して騒ぎ立てるドラマ・クイーンだ〟

タイトルも、制作関係者の名前もない。心和《なご》む最初の音楽も。ただ大臣の無遠慮でひとりよがりの断定が〈ジョンロブ〉の注文仕立てのスウェードのブーツに下されるだけだ。片足千ポンドのブーツの足音が執務室を横切り、おそらく机に向かっている。

〝ドラマ・クイーン、わかるかね？　そもそもドラマ・クイーンというのが何か知らないんじゃないか？　知らんだろうな。無知だから。だろう？〟

いったい誰に語りかけているのだろう。録音開始が遅すぎたか。タイマーの設定がおかしかった？

それとも、クインは雌のジャックラッセルテリア、ピッパに語りかけているのか。少女たちを喜ばすためにときどき連れ歩いていた、あの選挙対策用のアクセサリーに？

あるいは、金縁の姿見のまえに立って、ニュー・レイバーらしく見えるかどうか確かめながら、ひとり言をつぶやいているのか。

大臣が事前に喉を大きく鳴らす音。会合のまえに咳払いをして、トイレのドアを開けたままリステリンで口をゆすぐのがクインの習慣だ。よって、どうやらドラマ・クイーンは――男であれ女であれ――不在中《イン・アブセンテイア》に、おそらく鏡に映った姿を借りて、叱りつけられている。

高価な王座に腰をおろしたときの革のこすれる音。大臣に就任したその日に〈ハロッズ〉に注文した椅子だ。新しい青い絨毯と、ひとつかみの暗号化機能つき携帯電話といっしょに。

机のあたりから何かを引っかくような音。たぶん、いつも近くに置いてある、四つの空《から》の赤い公文書送達箱をいじっている。中身の詰まった箱は別にあるが、そちらもトビーは開けるなと命じられている。

〝いや、まあ、とにかくよく来てくれた。あなたの週末をドブに捨てて申しわけなかった。

おかげで私の週末もドブ行きだが、そんなことは屁《へ》とも思わないんだろう？　このところどうしてた？　奥さんはだいぶいいのかな？　それはよかった。小さい子供もみな元気？　私からケツのひと蹴りをやってくれ〃

足音が近づいてくる。最初はかすかだが、だんだん大きくなる。ひとりめの到着だ。

その足は無人で鍵のかかっていない通用口から入り、監視されていない通路を歩いて、途中トイレに立ち寄らずに階段をのぼってきたのだ――トビーが前日、大臣のモルモットの役割を果たしたとおり。足音が控え室に近づく。ひとりだけだ。固い靴底。のんびりしていて、秘密めいたところはまったくない。若者の足ではない。

クリスピンの足でもない。クリスピンは戦時中の行進のように歩く。いま聞こえるのは平和な足だ。焦らない男の足、トビーの知らない男の足だ。なぜかそれがわかる。この足の持ち主には会ったことがない。

控え室の入口で足はためらうが、ノックはしない。ノックはするなと指示されているのだ。控え室を通り――おお、なんということだ！――トビーの机と、そのなかでランプをつけて地道にまわっているテープレコーダーの二フィート横をかすめる。

この足には聞こえるだろうか。聞こえない。たとえ聞いたとしても、何もしない。

足は進む。ノックせずに御前《おんまえ》に立つ。これもやはり、そうしろと言われたからだろう。トビーは大臣の椅子の革がこすれるのを待つが、音はしない。一瞬怖ろしい考えに襲われる――もしこの訪問者が、文化副担当官のヘスターのように音楽を持ちこんでいたら？

固唾《かたず》を呑んで待つ。音楽はなく、クインのぶっきらぼうな声だけが聞こえる。

「止められなかったかな？　誰にも訊かれたり、悩まされたりしなかった？」

大臣が目下の者に話しかけている。ふたりは知り合いだ。大臣が非番のトビーに話すときの口調。

「一度も悩まされませんでしたし、弄《もてあそ》ばれもしませんでした、大臣。うれしいことに、すべて順調に運びました。今回も完璧騎乗でした」

今回も？　このまま完璧騎乗だったのはいつだ。なぜ乗馬の話が出てくる？　トビーには考えている暇がない。

「週末を台なしにして申しわけなかった」クインがなじみの言いまわしを使っている。「私の本意ではなかった、それは確かだ。われわれの勇猛果敢な友人が、初日前に少々不安になっているだけでね」

「まったく問題ありません、大臣、じつのところ。自分の屋根裏部屋を掃除する予定しかありませんでしたので。そんな約束を遅らせることでしたら、いくらでも」

冗談。受けない。

「エリオットには会ったね。そこはうまくいった。彼から説明を受けた。そうかな？」

「できるかぎりの説明はしてくれました、たしかに」

「必知事項というやつだ。彼をどう思った？」返事を待たずに、「暗い夜に頼りになる男と聞いているが」

「まさにおっしゃるとおりです」

エリオット。トビーは思い出す。アルバニア系ギリシャ人の無法者……南アフリカの元特殊部隊員……バーで人を殺したことがあり……療養のためにヨーロッパにやってきた。

しかし、トビーのなかの嗅覚鋭いイギリスの獣は、すでに訪問者の声を分析して人となりを想像している。自信家で中流から上流階級、教養があり、平和主義。しかしトビーが驚くのはその声の陽気さだ。声の主は愉しんでいるように聞こえる。

大臣がまた高慢に、

「ところで、あなたはポールだね？　わかっている。国際会議に出る学者か何かだ。エリオットがすべて手配した」

「大臣、最後にお話ししたときから、私の大部分はポール・アンダースンになっています。そしてこの任務が終了するまで、ずっとポール・アンダースンです」

「今日ここにいる理由は、エリオットから聞いたかね？」

「われわれイギリスの形ばかりの小部隊のリーダーと握手を交わすため、そして大臣の赤電話になるため、というふうに」

「それは自前かね？」一瞬のちに大臣が尋ねる。

「自前とおっしゃいますと？」

「自前の表現かねと訊いているのだ。わからないか、〝赤電話〟という言い方だよ。自分のその頭で考えたのか。自分で作ったのか。さあ、イエスかノーか」

「ちょっと軽率だったかもしれません」

「それどころか、どんぴしゃりだ。私も使わせてもらうかもしれない」

「ありがたいおことばです」

ふたたび心が離れる。

「特殊部隊にいたような連中は、多少威張ってるのが多い」クインが世界に宣言する。「朝ベッドから出たときには、何もかも規則にしたがって明確に決まっていることを望む。私に言わせれば、それはこの国全体の病弊だ。ところで、奥さんの具合はいいかね？」

「状況を考えると、そうとういいと思います、おかげさまで、大臣。不満ひとつもらしませ
ん」

「まあそれは、女性だからな。女性はああいうことがうまい。対応の仕方を心得ている」

「まさにそうです、大臣。本当に」

それを合図に、第二陣が到着する。また足音はひとり。軽く踵《かかと》から爪先に移る歩き方で、はっきりとした意図が感じられる。クリスピンの足だろうと思いかけたところで、トビーはあわてて訂正する。

「ジェブです」足が告げて、ぴしっと立ち止まる。

これがクインの週末をドブに捨てたドラマ・クイーンだろうか。そうかどうかはともかく、ジェブの到着を機に、別人のファーガス・クインが舞台に上がる。陰鬱でものぐさな雰囲気

が消え去り、代わりに有権者が毎度愛してやまない低俗で率直なグラスゴー出身の〝国民の選んだ男〟が現われる。

「ジェブ！　ようこそ。いや、じつにすばらしい。誇らしいよ、本当に。まず言っておくが、われわれもきみの懸念はもっともだと思っている、心から。いいかね？　ここにこうして集まったのは、とにかくなんらかの方法でそれを払拭するためだ。まずは簡単なところからいこう。ジェブ、こちらはポールだ、いいね？　ポール、こちらはジェブ。きみたちは互いに知り合った。私にも会った。私もきみたちふたりに会った。ジェブ、きみはいま大臣執務室に立っている。私の部屋に。私は王国の大臣だ。ポール、あなたは経験と実績を積んだ外務省上級職員だ。ここにいるジェブのために、あなたの口からもそう言ってもらえるかな」

「大臣のおっしゃるとおりでまちがいありません。お目にかかれて光栄だ、ジェブ」すばやく握手しながら。

「ジェブ、私をテレビで見たことがあるだろうね。選挙区をまわったり下院で質問したり、その他いろいろしているところを」

　発言の順番を守ったほうがいい、クイン。ジェブは答えるまえに考える男だ。

「ええ、それだけでなく、ウェブサイトまで見ました、じつは。あれも立派な出来映えだった」

　ウェールズ訛りだろうか。きっとそうだ。ウェールズらしい抑揚がことばの端々に含まれている。

「こちらもきみの経歴はしっかり読ませてもらったよ、ジェブ。だからこそ明言できるのだが、私はきみを、そしてきみの部下を尊敬し、称讃する。きみたちがみな掛け値なしにすばらしい仕事をしてくれることを完全に確信している。さて、すでにカウントダウンが始まっていて、当然ながらきみと部下たちは、イギリスの指揮命令系統が十全であることを百パーセント確信したい。よくわかる。最後まで胸にわだかまっていた心配事を完全に消し去らなければならない。本当によくわかる。私も同じ気持ちだ」ジョーク。「よってここで、私が伝え聞いたいくつかの懸念をあげて、いまの状況を確認しておこう。いいかね？」

　クインが歩きまわっている。蒸気機関時代のマイクが隠された執務室の壁板のまえを通りすぎるたびに、声の大きさが急に変わる。

「ここにいるポールが現地に同行する。手始めにそれを言っておく。きみが望んだことだ。そうだろう？　外務省の大臣である私が直接現地の人員に軍事命令を下すことは、適切ではないし、望ましくもない。その代わり、きみ自身の要望にしたがって、このポールが外務省の公式かつ非公式の顧問として、きみのすぐそばで支援し助言する。ポールがなんらかの命令を伝えるときには、トップからの命令だと思ってほしい。あちらにいる人物たちの正式な《インプリマ》認可《トゥール》、すなわち署名がある命令だと」

　そう言いながらダウニング街を指差しているのだろうか。体の動きでことばが間延びしていることからすると、指差している。

「こう言おう、ジェブ。ここに坐っている〝小さな赤い友人〟が、私を直接そうした人物たちと結びつけていると。わかるかね？　つまり、このポールはわれわれの赤電話なのだ」

トビーの経験では、ファーガス・クインはこれまでにも他人の文句を図々しく無断で盗用してきた。ここで拍手を待ったが、得られなかった？　それともジェブの表情が引き金になった？　いずれにせよ、クインはふいに我慢できなくなる。

「なんなのだ、ジェブ。なんたるざまだ。保証は得たではないか。このポールを得た。青信号がついて、くそ時計は着々と進んでいる。いったいどんな話がしたいのだ」

しかし、砲撃にさらされてもジェブの声は動揺しない。

「このことについて、ミスター・クリスピンとひと言話したかっただけです」柔らかなウェールズ訛りで説明する。「しかし、彼は聞きたくなかったようです。忙しすぎて会えないのでエリオットと相談して解決せよ、エリオットが作戦の指揮官に指名されているのだから、ということでした」

「エリオットの何がまずいのだ。まちがいなく最高に優秀だと聞いているが。一級の男だと」

「べつに何かがまずいわけではありません。ただ〈倫理的成果〉というのが、われわれにとって新しいブランドだというだけで。加えてわれわれは〈倫理的成果〉の情報にもとづいて行動します。ですので当然、大臣を訪ねて、なんというか、再確認したほうがいいと考えたのです。クリスピン側の連中に悩みはないわけでしょう。アメリカ人で、特別扱いですから。だからこそ選ばれたのだと思いますが。この作戦が成功すれば、彼らには大金が転がりこむ。

かつ国際司法裁判所もいっさい手を出せない。しかし、私の部下はイギリス人でしょう？　私もです。われわれは国の兵士であって、傭兵ではない。囚人特例引き渡しの活動に加わった廉《かど》でいつまでもハーグの刑務所に入れられるなんてことは想像したくありませんから。そうでしょう？　かつ、あとで否定できるように、連隊の名簿からもはずされているのです。もし作戦が失敗したら、連隊はいつでも好きなときにわれわれを切り捨てて、知らん顔ができる。兵士ではなく、ふつうの犯罪者になるわけです、われわれの考え方では」

このときまで情景を思い浮かべやすいように眼を閉じて聞いていたトビーは、テープを巻き戻し、同じ発言をもう一度再生すると、いきなり立ち上がり、イザベルが台所に置いてやたらとメモをとっていた手帳をつかみ取る。最初の数ページを引きちぎり、省略形で〝囚／引き渡し〟や〝US特別〟や〝国／裁判なし〟などと走り書きする。

「それですべてかね、ジェブ？」クインが聖人並みの忍耐力のにじむ声で訊いている。「言いたいことは言い尽くした？」

「訊かれましたので申し上げますが、大臣、いくつか追加したいことがあります。最悪の不測の事態が生じたときの補償がひとつ。怪我人が出たときの救急ヘリもお願いしたい。現地に転がっているわけにはいかないでしょう？　どちらにしろ厄介なことになります、死んでも、怪我しても。さらに、われわれの妻や扶養家族がどうなるか、それも気になります。復帰するまで部隊には所属しないことになりましたから。机上《きじょう》の空論に近いかもしれませんが、一応大臣にうかがってみると部下には話してきました」とトビーの耳には謙虚すぎる口調で締めくくった。

「机上の空論どころか、ジェブ」クインは寛大に否定する。「むしろ逆だ、そう言えるなら。これははっきりさせておこう」クインが高飛車な販売員のモードになったときには、都合よく〝国民の選んだ男〟のグラスゴー訛りが出てくる。「きみがいま述べた頭の痛い法的な問題は、すでにトップレベルで充分検討され、完全に解消しているのだ。法廷から放り出されている、文字どおりの意味で」

誰によって？　カリスマ的テレビ弁護士、ロイ・ストーモント＝テイラーが、大臣執務室への表敬訪問のどれかでそれをやってのけたのか？

「どうして放り出されたのか、知りたければ理由を説明しようか、ジェブ。もちろん、きみには知る権利がある、そう言ってよければ。理由は、イギリスのチームが囚人特例引き渡しの活動に加わるわけではないからだ。以上。イギリスのチームはかけがえのないイギリスの領土内で活動する。そこから一歩も出ない。きみたちはイギリスの領土を守るのだ。さらに、現政府はあらゆるレベルにおいて、過去、現在、未来にわたり、いかなる囚人特例引き渡しにも関与しないし、記録上、関与を示唆するいかなる事項にも異議を唱える。囚人特例引き渡しは、われわれが無条件で糾弾し、忌み嫌う措置だ。アメリカのチームがやることは徹頭徹尾彼らだけの活動だ」

トビーの駆けめぐる想像のなかで、大臣はきわめて重々しい態度でジェブを睨みつけ、苛立ちもあらわに、喧嘩っ早い生姜色の頭を振っている。ここまで極秘の任務でなければな、と言わんばかりに。

「きみに与えられた権限は、ジェブ、くり返すが、最小限の部隊でＨＶＴを捕らえるか、さもなくば無力化することだ」おそらくポールのために、急いで通訳する。「ＨＶＴ、高価値《ハイ・ヴァリュー》ターゲットだな」ターゲットであって、テロリストではない。しかし今回、たまたまふたつは一致している。「その首には高額の賞金がかかっていて、愚かなことに、わざわざイギリスの領土内に侵入してきた」前置詞をいちいち強調しているのは、トビーの耳にとって、大臣がまぎれもなく不安になっている証拠だ。「やむなくきみたちは匿名《とくめい》で、保安上万全を期すために地元の当局にも報告せず、現地に入る。ポールも同様だ。きみたちは陸側からのみＨＶＴに接近して、目的を達成する。同時に、わが国に所属しない姉妹部隊が海側から接近する。もちろんそこは、スペインがなんと言おうとイギリスの領海内ではあるがね。万一その非イギリスの海上チームが、みずからの決断でターゲットを引き取るか、管轄区域外に脱出させた場合、つまりイギリスの領海外にという意味だが、そうなった場合でも、きみや部下たちがその行為の共謀者と見なされることはいっさいない。要するに」とそこで図らずも疲れたように、「きみたちは完全に〝国際法に則った適切な方法〟により〝イギリスが主権を有する領土を守る〟任務における〝陸側の防衛力〟となる。着るのが軍服だろうと私服だろうと、作戦の結果にそれ以上の責任はなんら負わない。これは、おそらくわが国でも最高の資格と能力を持つ渉外弁護士から私に示された〝法的見解〟だ。そのままのことばを引用している」

トビーの想像のなかに、大胆で見目麗しい王室顧問弁護士、ロイ・ストーモント＝テイラーが再登場する。ジャイルズ・オークリーによると、公式見解かどうかを気にせず、驚くほど自由に助言できるという。

「私が言っているのは、こういうことだ、ジェブ」グラスゴー訛りはいまやはっきりと司祭のようだ。「Dディに向けてカウントダウンがわれわれの耳で鳴り響いている。女王の兵士であるきみと、女王の大臣である私と、ここにいるポールの耳に。そうだろう、ポール？」

「あなたの赤電話として」ポールが律儀に言い添える。

「つまり、こういうことだ、ジェブ。イギリスのあの大切な岩の上でしっかりと足を踏ん張り、あとはエリオットと彼の部下にまかせておけば、きみたちは法的に安泰だ。きみはほかの参加者と同様に、イギリスが主権を有する領土を守り、世に知られた犯罪者の逮捕に協力するにすぎない。イギリスの領土から、そしてイギリスの領海から出たあとに当該犯罪者に起きることは、きみたちの関知するところではないし、関知すべきでもない。断じて」

トビーはテープレコーダーを止めた。

「イギリスの岩？」頭を抱えてつぶやいた。

固有名詞の岩ですか、それとも普通名詞ですか。

背筋に寒気を覚えながら、信じられない思いでもう一度聞く。

そして三度目に、またイザベルの買い物用の手帳に文字を書きつける。

〝岩〟。ちょっと待て。

しっかりと足を踏ん張れという〝イギリスのあの大切な岩〟。グレナダよりはるかに大切な場所。イギリスとの結びつきがあまりに弱くて、アメリカの部隊がノックもせずにずかずかと上陸できるグレナダより。

その厳しい条件を満たす岩は、世界にひとつしかない。除隊になって軍服を脱いだイギリス兵と、法的に不可侵のアメリカの傭兵が、そこで囚人特例引き渡しの作戦を仕掛けるという考えは、あまりに途方もなく、危険だった。外務省のいかなる指示に対してもつねに客観的で偏《かたよ》りのない対応を心がけてきたトビーも、なんであれ残りの録音を聞くまえに、台所の壁を呆《ほう》けたように見つめるしかなかった。

「さて、ほかに何か質問があるかね？　それともこれですっきりしたかな」クインが快活に尋ねている。

トビーは想像のなかで、ジェブと同じように、大臣の持ち上げられた眉と強張った半笑いを見ている。礼儀正しくはあるが、互いに割り当てられた時間が制限いっぱいまで来たという知らせだ。

ジェブは説得されたのか。トビーの考えでは、されていない。ジェブは兵士であり、命令は聞けばわかる。自分が主張できるとき、それ以上主張してはならないときを心得ている。そこで初めて〝サー〟が出てくる。

お時間をありがとうございました、サー。

わが国でも最高の資格と能力を持つ渉外弁護士からの法的見解をありがとうございました、サー。

大臣のおことばを部下たちに伝えます。彼らの代弁はできませんが、これで作戦に心置きなく取り組めるのではないかと思います、サー。

ジェブの最後のことばがトビーを戦慄《せんりつ》させる。

「あんたにも会えてよかった、ポール。ではよく言うように、当日夜にまた」

ポールとはいったい何者なのだ。この明らかに〝低空飛行の男〟は――怒れるトビーの心にあとから浮かんできたことばだ。大臣がジェブの眼に魔法の粉を振りかけているあいだ、彼は何をしていたのか。より正確には、何をしていなかったのか。

〝私はあなたの赤電話です。鳴るまではおとなしい〟

もはやテープからは去っていく足音ぐらいしか聞こえまいと思っていたので、トビーはまたびくっとして聞き耳を立てる。足音が消えていき、ドアが閉まって鍵がかかる。ジョンロブの靴が鳴って、机に近づいていく。

「ジェイ？」

クリスピンがずっとなかにいたのだろうか。戸棚に隠れ、鍵穴に耳を当てていた？　ちがう。大臣が何本かある直通回線のひとつで電話をかけているのだ。その声は親しげで、ほとんど媚《こ》びているようでもある。

「うまく収めたよ、ジェイ。予想どおり多少の粗探《あら》しはあったが、ロイの説明が大いに役立った……いや、それはぜったいにない！　こちらからは提案しなかったし、あちらも要求しなかった。もし要求されていたら、〝悪いね、きみ、それは私の問題ではない。請求したければ、ジェイに言ってくれ〟と答えていたよ……おそらく自分のほうが、きみたち賞金稼ぎより一枚上手だと思ってるんじゃないか……」突然大声になる。怒りと安心からだ。「そして、この世にただひとつ我慢ならないものがあるとすれば、それはウェールズのくそちびに説教されることだ！」

電話の向こうで笑いがこだまする。話題が変わって、大臣の〝イエス〟と〝もちろん〟が続く。

「……メイジーはそれでいいのかな？　まだオンサイドで、心配事はなし？　たいしたものだ……」

長い沈黙。クインがまた出てくるが、声は相手にしたがうように、おとなしくなっている。

「まあ、ブラッドたちがそれを望むのなら、認めるほかない。まちがいなく……わかった、けっこう、四時ごろ……森で？　それともブラッドのところ？……森のほうがずっといいな、率直に言えば。プライバシーがあるし……いや、いや、おかまいなく。リムジンは不要だ。

ふつうの黒タクシーを捕まえる。では四時ごろに」

トビーはベッドの端に坐っていた。愛もなく最後に体を重ねた跡の残るシーツの上に。すぐ隣にはブラックベリーがあり、一時間前に送ったオークリー宛ての最後のメールが残っていた――〝愛の生活が末期的に破綻《はたん》。早急に話すべき。トビー〟。

シーツを交換。

バスルームからイザベルの残骸を取り払う。

前夜の夕食の皿を洗う。

ブルゴーニュの赤ワインを流しに捨てる。

私のあとからくり返して――〝すでにカウントダウンが始まっていて……くそ時計は着々と進んでいる……ではよく言うように、当日夜にまた〟。

どの夜だ？　昨日の夜？　明日の夜？

まだ返事は来ない。

オムレツを作る。半分残す。

テレビをつけて『ニューズナイト』を見ていると、神の小さな皮肉に出くわす。ロイ・ストーモント＝テイラー、王室顧問弁護士、業界で最高級のシルクが、ストライプのシャツの白い襟を開いて、さも偉そうに法と正義の本質的なちがいについて話している。

アスピリンを飲む。ベッドに横たわる。

どこかの時点で、知らないうちに寝入ってしまったにちがいない。ブラックベリーにメールが入った知らせが、火災警報のようにけたたましく鳴って、目が覚めたからだ。

〝女のことは早く永遠に忘れろ〟

署名なし。

衝動のままに猛烈な勢いで返事を書く――〝無理。重要すぎる。とにかく早急に話すべき。ベル〟。

すべての生命が消えている。

全力疾走のあとふいに生じた、終わりなき不毛な待ち時間。

大臣の控え室に置かれた、膝のすっぽり入る机に一日じゅう坐っている。

メールを几帳面《きちようめん》にひとつずつ読み、電話を取り、電話をかけ、自分の声かどうかもわからない。ジャイルズ、いったい全体どこにいるんだ。

単身生活を取り戻して祝っているはずの夜には、冴《さ》えた眼で横たわり、イザベルとのおしゃべりと、互いに性欲を満たしたときの安らぎを懐かしんでいる。窓の下を気楽に通りすぎる人たちの足音を聞き、仲間に入れてくれと祈る。カーテンのかかった向かいの窓の人影をうらやむ。

そして一度は――最初の夜だったか、ふた晩目だったか――馬鹿に旋律の美しい男声合唱が聞こえて、半睡から目覚める。まるでトビーの耳だけに歌っているかのように〝明けの光を待つも、来《きた》る戦《いくさ》に心ははやる〟と宣言している。頭がおかしくなってきたと確信して窓辺に駆け寄り、下を見ると、緑の服を着た幽霊のような男たちが輪になっている。そこでようやく、この日が聖パトリックの祝日で、彼らが『兵士の歌』を歌っていることに気づく。イズリントンにはアイルランド人が大勢住んでいる。それで今度は意識がハーマイオニーに流れていく。

また彼女に電話してみるか？　ありえない。

クイン大臣はと言えば、運よくいつもの説明のない不在中で、今回は長引いている。運よく――それとも、不吉にも？　大臣が生きている徴候を示すのはたった一度だけだ。午《ひる》すぎにトビーの携帯電話に連絡が入る。空っぽの部屋からかけているような、金属的な響きが声にある。ヒステリーを起こしかけている口吻《こうふん》。

「きみか？」

「そうです、大臣。ベルです。ご用件は何でしょう」

「誰が私と連絡をとりたがっているか教えてくれ。それだけでいい。大物だ。くずにはかまうな」

「正直申し上げて、大臣、ほとんどいません。どの回線も不思議なほど静かで」嘘ではない。

「どういうことだね、不思議なほどというのは。どう不思議なのだ。何が不思議なのだ。何も不思議なことなど起きてないだろうが。聞いてるか？」

「起きていると言うつもりはありませんでした、大臣。何も鳴らないのが、その、ふだんとはちがうという意味で」

「だったらそのままにしておけ」

トビーの揺るぎない絶望の対象であるジャイルズ・オークリーのほうも、同じくらい行方がつかめない。まず、助手のヴィクトリアによると、彼はまだドーハにいる。かと思うと、一日じゅう会議に出ていて、徹夜になることも考えられ、途中で割りこむことはいかなる場合でも許されないという。その会議はロンドンなのかドーハなのか、とトビーが尋ねると、ヴィクトリアは、自分の職権で詳細を伝えるわけにはいかない、とにべもない。

「緊急の用事だと言ってくれたかな、ヴィクトリア？」

「もちろん言いました」

「それで、彼はなんと？」

「緊急は重要と同義語ではない」彼女は明らかに主人のことばをそのまま引用して、居丈高に答える。

さらに二十四時間がすぎて、ヴィクトリアが内線電話をかけてくる。今度は打って変わってやさしく、気軽な調子で。

「ジャイルズがいま国防省にいて、ぜひあなたと話したいけれど、ちょっと長くなりそうですって。七時半に省の階段で待ち合わせて、エンバンクメントを散歩しながら太陽を愉しむことはできますか」

できるに決まっている。

「そこまでいったいどうやって聞いたのだ」オークリーがざっくばらんに尋ねた。

ふたりはエンバンクメントを歩いていた。スカートをはいたふたりの娘が腕をからませて、愉しくしゃべりながら通りすぎていった。夕方の人通りはかなり多かったが、トビーには自分の耳障りな声と、オークリーがときどきのんびりと差し挟むことばしか聞こえなかった。トビーは相手の眼を見ようとして失敗していた。意志の強さを示すオークリーの名高い顎が強張っていた。

「あちこちでもれ聞いたということにしときましょう」トビーは苛立って言った。「それが重要ですか？　クインがファイルを置き忘れていったり、何度か電話で小声の会話をしていたのが聞こえたり。何か耳にしたら教えてくれと指示したのはあなたですよ、ジャイルズ。だから教えてるんだ！」

「いつそんなことを指示したね、正確なところ？」

「あなたの家で。オークリー城ですよ。アルパカについて論じた夕食のあと。思い出しました？　カルヴァドスでもやろうと言って、ぼくだけを残したじゃないですか。だから残った。ジャイルズ、これじゃまるで腑《ふ》抜けの会話だ！」

「おかしいな。そんな会話をした憶えがまったくない。もしそういう会話があったのなら——そのこと自体疑問だが——あくまで私的な、アルコールに誘導された、いかなる場合にも引用すべきでない会話だったのはまちがいない」

「ジャイルズ！」

だが、オークリーは記録用の公式の声でしゃべっていた。顔も公式のもので、筋肉ひとつ動かない。

「私が知るかぎり、きみの大臣はその週末、最近手に入れたコッツウォルドの邸宅に親しい友人を招き、久しぶりの骨休めでくつろいでいたはずだが、それでもイギリスの属領の海岸で実行される愚かな秘密作戦に関与していた、ときみがこれ以上仄《ほの》めかすなら——いや待ちたまえ！——それはいわれなき中傷であり、大臣に対しても失礼だ。そんな考えは捨てることだな」

「ジャイルズ。そんなことを言うなんて信じられない。ジ、ジャ、イ、ルズ！」

トビーはオークリーの腕をつかみ、手すりで囲まれた陰に引っ張っていった。オークリーは冷たくトビーの手を見おろし、自分の手でそっと払いのけた。

「きみの勘ちがいだよ、トビー。もしそんな作戦が遂行されたのなら、自由に活動する民兵の危険性にことさら敏感なわれらが情報部から、この私に連絡が入らないと思うかね？　彼らから連絡は入らなかった。すなわち、そんなことが起きなかったのは明白だ」

「スパイが知らないと言うんですか。それとも、わざとよそを向いていると？」マッティの電話が思い出された。「何が言いたいんです、ジャイルズ？」

オークリーは手すりに腕をのせ、活気ある川の風景を愉しむように身を乗り出していたが、政策方針書を読み上げているのかと思うほど声には生気がなかった。

「要するに、強調できるだけ強調したいのだよ、きみが知るべきことは何もないとね。知るべきことは何もなかったし、これからもない。過熱気味のきみの脳が思い描いた幻想のほかにはね。それは小説を書くときのために取っておいて、あとは職務に邁進《まいしん》することだ」

「ジャイルズ」トビーは夢のなかにいるように懇願した。けれどもオークリーの顔は、どれほどの犠牲を払おうと、あくまで頑固に、熱意までこめて否定していた。

「ジャイルズ、なんだね?」彼は苛立って訊いた。

「いまあなたに話してるのは、過熱気味の脳なんかじゃない。聞いてください、ジェブ、ポール、エリオット、ブラッド、〈倫理的成果〉、岩。ポールはまさにわれわれのいる外務省の職員です。省内でも認められた立派な同僚です。病気の妻がいる低空飛行の男です。勤務表で休暇を調べれば突き止めることができる。ジェブはウェールズ人です。彼のチームはわが国の特殊部隊出身で、関与を否定できるように除隊になりました。イギリスのチームが陸側から押し、クリスピンと彼の傭兵たちが海側から引き、それをブラッド・ヘスターが手伝って、ミス・メイジーが気前よく資金提供し、ロイ・ストーモント＝テイラーが法的に支援してるんです」

まわりがにぎやかな分だけ深まった沈黙に包まれて、オークリーは川を凝視しながら微笑みつづけていた。

「いまのことをすべて、本来聞くべきではなかった会話の端々から聞き取ったというのか。付箋《ふせん》やら警告の書きこみやらがいっぱいついたファイルが、たまたまあるべき場所から離れてきみの手元に置かれた？　陰謀のために結託した男たちが、たまたま不注意な会話できみに計画をもらした。まったく畏《おそ》るべき調査能力だな、トビー。鍵穴に耳を当てたりはしない、ときみが言ったのを聞いたような気もするが。一瞬、きみは彼らの会合に出席したのだという、じつに鮮明な印象が頭に浮かんだよ。やめたまえ」オークリーが命令し、しばらくふたりとも黙っていた。

「いいかね、よく聞きなさい」オークリーは人が変わったように穏やかな口調で、また話しだした。「きみがどんな情報を持っていると思っているのかは知らない。ヒステリーを起こしたのかもしれないし、事例にもとづくのかもしれないし、電子的に得たのかもしれない。それを私に説明する必要はない。だがとにかく、その情報がきみを滅ぼすまえに、すっかり破棄してしまうことだ。ホワイトホールでは毎日、そこらじゅうで馬鹿げた計画がささやかれては捨てられている。頼むから、きみ自身の将来のために、これもそんな計画のひとつだと納得してほしい」

宝石細工の声は震えていただろうか。まわりを歩行者の影が騒々しく行きすぎ、川を渡る船の光と騒音もあって、トビーにはわからなかった。

イズリントンの住まいの台所でひとり、トビーはまず職場にあるのと同じテープレコーダーでアナログのテープを再生し、同時にデジタルで録音し直した。録《と》ったファイルをコンピュータのデスクトップに移し、メモリースティックでバックアップを取った。ファイルはデスクトップのできるだけ奥深くに隠したが、技術者がその気になって探せば、どれほど奥だろうと見つけられてしまうのはわかっていた。そんな不幸な事態になったら、あとはハードディスクを金槌《かなづち》でたたき壊して、破片を広大な場所にまき散らすしかない。便利屋が都合よく残していった工業用のマスキングテープで、廊下のいちばん暗い隅、コートの掛け金の横に飾ってある、キツネ色に変色した母方の祖父母の結婚記念写真の裏に、メモリースティックを貼りつけ、安全に保管してくださいとふたりに託した。もとのテープはどう処分しよう。音を消去するだけでは足りない。小さく切り刻み、流しで火をつけて燃やすと、危うく台所全体が炎上するところだった。残ったものを生ゴミ処理機にかけて、流し去った。

トビーがベイルートへの異動を告げられたのは、五日後だった。

3

鄙《ひな》びた北コーンウォルの村、セント・ピランに、ただならぬ注目を浴びて到着したキットとスザンナのプロビン夫妻は、当初相応の歓迎を受けられなかった。まずもって天気が悪く、村の雰囲気も同様だった。すぐに滴りそうな海からの霧が流れこむ、湿っぽい二月の一日で、村の通りを打ち鳴らす足音はどれも審判を下しているように聞こえた。夕刻のパブの時間になると、不穏な知らせがもたらされた――渡り者が戻ってきた。新車で、盗んできたにちがいないキャンピングカーだ。内地のナンバープレートがついていて、横の窓にカーテンが引かれているその車を、父親のトラクターで雌牛を搾乳《さくにゅう》に連れていく途中だった若いジョン・トレグローワンが目撃したのだ。

「あそこに停めてたよ、いけしゃあしゃあと〈領主館〉の草地に。このまえ停めてたのとまったく同じ場所さ、あの昔からの松林がきれいな」

紐に明るい色の洗濯物はかかってたか、ジョン？

「この天気で？　いくら渡り者でもそりゃない」

子供はいたか、ジョン？

「見たところ、いなかった。けど、ガキどもは安全だってわかるまでどこかに隠れてるだろ」

なら馬は？

「馬もいなかった」ジョン・トレグローワンはしぶしぶ認めた。「いまのところ」

キャンピングカーはまだ一台だけなんだな？

「明日まで待てば、五、六台は集まってるさ。見てろ」

彼らはきちんと待った。

翌日の夕方になっても、まだ待っていた。犬は見かけたが、どうやら渡り者の犬ではない。太ったクリーム色のラブラドールで、つば広のレインハットに足首まである〈ドライザボーン〉のレインコートを着た、大股で歩く男に連れられていた。その男は犬以上に渡り者には見えなかった。そんなわけで、ジョン・トレグローワンとふたりの兄弟は、前回と同じく、草地まで出向いて穏やかに話をしたくてたまらないようだったが、やめろと制止された。

そうしてよかった。なぜなら翌朝、カーテンと内地のナンバープレートがつき、後部にクリーム色のラブラドールを乗せたキャンピングカーが、郵便局を兼ねる雑貨屋に停まったからだ。郵便局の女主人によると、出てきたのは、これ以上望めないほど礼儀正しい、よそ者の引退夫婦ということだった。よそ者というのは、悪趣味にもティマー川の東からわざわざ訪ねてくる人のことだ。女主人は彼らを〝貴族〟とまでは断定しなかったが、その描写からは夫妻の人品の高さがはっきりと感じられた。

けど、それじゃ質問の答えにはなるまい？

ならないね、ちっとも。

答えのこの字にもならん。

そもそも〈領主館〉の敷地でキャンプをする権利が誰にある？　誰が許可した？　ボドミンにいる、副艦長の頑固な管財人たちか？　ロンドンにいる悪徳弁護士か？　もしその夫婦が〝地代〟を払ってたら？　そのときゃどうなる？　またあそこにキャンピングカーの駐車場ができるってことだ。すでにふたつあって、夏のあいだにも全部埋まることはないのに。

だが、侵入者本人に訊くのはあんまりよくないよな、いまは？

日曜大工道具の商売をしているベン・ペインターの車庫のまえに、問題のキャンピングカーが現われ、ひょろりと背の高い六十がらみの陽気な男が跳びおりてきて、ようやく当て推量がぴたりと止まった。

「こんにちは。あなたはひょっとしてベンですか」男が前屈みになって話しかける。ベンは八十歳で、調子がいい日にも身長五フィートしかないからだ。

「そうだが」ベンが認める。

「キットと言います。じつは、ベン、大きな金属バサミが欲しいのです。この、このくらいの鉄棒を切れるような」人差し指と親指で丸を作って説明した。

「刑務所に出かけるのかい？」

「いいえ、いまはちがいます、ありがたいことに」はっ！　と同じキットが大きすぎる声で笑って言う。「厩《うまや》の扉にものすごく大きな南京錠がついていましてね。本当に頑丈そうな代物で、開ける鍵がどこにも見当たらない。いろいろな鍵をかけておく板があって、その鍵もそこにかかっていたのですが、いまはないんです。いや本当に、鍵のかかっていない金具ほど馬鹿げたものはありません」と熱心に主張する。

「〈領主館〉の厩の扉のことを言ってるんだね？」ベンが長々と考えたあとで言う。

「まさに」キットは同意する。

「どうせなかは空き壜でいっぱいだよ、あの副艦長のことだから」

「でしょうね。できればすぐにそれを片づけて、回収交付金を稼ごうと思いまして」

ベンはその点についても考える。「交付金なんて出ないよ、もうそんなものは」

「そうかもしれません。であれば、とにかく回収しているところに持っていってリサイクルしてもらうだけです」キットは辛抱強く言う。

ベンはそれでも満足しない。

「だが協力するわけにはいかんと思うね、わしは。だろう？」さんざん考えたあとで、反対する。「あんたの目的を聞いたかぎりじゃね。〈領主館〉にそんなことしちゃいかん。犯罪をそそのかして助けることになっちまう。あんたがあそこを所有してるのなら別だが」

これに対してキットは、ベン老人に気まずい思いをさせたくないと、ひどくためらいながら、自分が所有しているわけではないが、愛する妻のスザンナが所有しているのだと説明する。

「家内は亡くなった副艦長の姪なのです、ベン。この村で何年も、本当に幸せな子供時代をすごしました。一族の誰もここの地所を相続したがらなかったので、管財人がわれわれに譲ってみようと決定したのです」

ベンはこれを理解しようとする。

「するとカーデューなのかね、あんたの奥さんは？」

「まあ、かつてはそうでした、ベン。いまはプロビンです。最高に幸せな三十三年のあいだ、プロビンです、誇らしいことに」

「ならスザンナか。九歳のときにキツネ狩りの馬に乗ったスザンナ・カーデュー？　狩猟主のまえに飛び出しちまって、狩り場主に馬を引き戻された」

「どうやらスザンナのようです」

「こりゃたまげた」ベンが言う。

数日後、郵便局に正式な手紙が届き、なんであれ残っていた疑念を一掃した。宛名は、かつて知られたどのプロビンともちがう〝クリストファー・プロビン卿〟。インターネットで調べたジョン・トレグローワンによれば、いまもどうやらイギリス領らしいカリブ海の島国の大使か高等弁務官だったことがあり、おかげで勲章をもらったようだった。

その日からキットとスザンナ――本人たちがそう呼んでくれと主張した――は、村の平等主義者たちがちがった展開を望んでいたにもかかわらず、何をしても正しいと見なされた。

副艦長が晩年、寂しい人間嫌いの酔っ払いとして人々の記憶に残ったのに対し、〈領主館〉の新しい主は、きわめつきのひねくれ者でさえ認めざるをえない活力と善意を、村の生活にもたらした。キットが館《やかた》をひとりで実質上建て直していることも問題にはされなかった。金曜になると、キットは腰にエプロンを巻いて村の公民館に現われ、〝お年寄りのステーキの夜〟で夕食の給仕を務めたあと、残って皿洗いをする。スザンナは病気だというがまったくそうは見えず、たいてい〈ビジー・ビーズ〉保育園に手伝いにいったり、帳簿係が亡くなった教会の会計を牧師と処理したり、〈シュア・スターターズ〉小学校のコンサートに出かけたりしている。教会のホールで開かれる農産品展の設営をし、ロンドンの恵まれない子供たちを田舎のホストのところへ連れていって一週間の休暇をすごさせ、病気の夫を見舞いたい妻をトルーロのトレリスク病院に運ぶ。彼女はお高くとまっているか？　まさか。レディの称号があろうとなかろうと、スザンナはあなたや私と何も変わらない。

キットが買い物をしていて、通りの向こうにあなたを見つければ、かならず手を上げ、走る車を縫ってあなたのもとに駆け寄り、娘さんは高校卒業後の遊学を愉しんでいるか、奥さんは父上が亡くなったあとどうしているかと訊かずにはいられない。欠点になるほど心やさしく、威張る様子など微塵《みじん》もなく、人の名前を決して忘れない。夫妻の娘のエミリーはロンドンで働く医師だが、外見からはとてもそう思えない。エミリーが現われるときには、いつも太陽の光を連れてくる。ジョン・トレグローワンに訊いてみればいい。エミリーを見るたびにうっとりとなって、ありもしない痛みやうずきをひねり出し、治してもらおうとするのだ！　古来言うように、猫とて女王を見ることができるわけだ。

したがって、毎年復活祭の次の日曜に、セント・ピラン村のベイリー牧場で開かれる昔ながらの催し、マスター・ベイリー祭の主催者かつ〝無礼講の王〟に、コーンウォル出身でない人間として初めてクリストファー・プロビン卿が選ばれたことは、もしかするとキット本人を除いて、誰にとっても意外ではなかった。


「かっこよく、でもやりすぎないように、というのがミセス・マーロウのアドバイスよ」姿見のまえで忙しそうにしているスザンナが言った。キットの更衣室の開いたドア越しに話しかけていた。「威厳を保たなきゃいけないみたい、威厳というのが何にしろ」

「すると腰蓑《こしみの》じゃだめだな」キットは残念そうに答えた。「だが、ミセス・マーロウは誰よりもくわしい」あきらめて言った。彼らより歳上のマーロウ夫人は、副艦長の時代から引き継いだパートタイムの家政婦だ。

「忘れないでね、あなたは今日の主催者というだけじゃない」スザンナが、これでよしと最後にストッキングを引き上げながら注意した。「無礼講の王でもある。可笑《おか》しくなきゃね。とはいえ、可笑しすぎてもいけない。お得意のきわどいジョークはぜったいだめよ。メソジストの人たちもいるんだから」

更衣室は館のなかでキットが日曜大工の対象にはしないと誓った場所のひとつだった。色褪せたヴィクトリア時代の壁紙、アルコーブに置かれた無骨なアンティークの書き物机、果樹園を見おろす古びた上げ下げ窓が大好きだった。しかもこの日はうれしいことに、ナシとリンゴの古木に花が咲いている。マーロウ夫人の夫、アルバートが適切な時期に枝おろしをしてくれたからだ。

キットはただ副艦長の部屋を引き継いだだけではなかった。自分らしさも加えていた。背の高い果樹材の簞笥の上に、暗くしゃがみこんだナポレオンを満足げに見おろす勝者、ウェリントン公爵の小さな像が置いてある。初めての海外出張でパリに行ったときに、蚤《のみ》の市で買ったものだ。壁に飾られているのは、オスマン帝国の歩兵《イェニチェリ》の喉に矛先《ほこさき》を突きつけているコサックのマスケット銃兵の印画――トルコのアンカラに商務担当一等書記官として赴任したときのものだ。

かっこよく、でもやりすぎない服はどれだと衣装簞笥を開け、外交官時代の遺物をざっと眺めた。

黒いモーニングコートと縦縞のズボンでは？　みんなに葬儀屋だと思われる。ディナージャケットは？　給仕長だ。それにこのとんでもない暑さ。あらゆる予報に反して、この日は朝から雲ひとつなく晴れ渡っていた。キットは興奮して叫んだ。

「見つけた！」

「お風呂に入ってるわけじゃないわよね、プロビン？」

「溺《おぼ》れてる、手を振ってる、すべてだ！」

ケンブリッジ時代にかぶっていた、黄ばんだ麦藁のカンカン帽が目に留まり、その下に、やはり同じころ着ていた縦縞のブレザーがかかっていた。完璧な『回想のブライズヘッド』ふうの装い。これに大昔の白い麻のズボンを合わせれば申し分ない。めかしこむついでに、最近手に入れた、渦巻き状の銀の持ち手がついたアンティークの杖もつけよう。叙爵とともに、杖も悪くないと思いはじめていた。ロンドンに出かければ、かならずニュー・オクスフォード通りにある〈ジェイムズ・スミス〉杖専門店に立ち寄る。そして最後に——これだ！——クリスマスにエミリーからもらった蛍光色の靴下。

「エム？　エムはどこにいる？　エミリーだ。あの可愛いテディベアをいますぐ連れてきてくれ！」

「シーバと外で走ってるわ」スザンナが寝室から言った。

シーバは彼らの飼っているクリーム色のラブラドールだ。最後の赴任地からいっしょにいた。

衣装簞笥に戻って、蛍光色の靴下を引き立たせるために、あえて靴は、ボドミンの夏のセールで買ったオレンジ色のスウェードのローファーにした。はいてみて思わず痛っと口に出した。なんなんだ、これは。ティータイムまでには脱がないと。派手なネクタイを選んでつけ、小さくなったブレザーを無理やり着こみ、カンカン帽を粋《いき》な角度にかぶって、ブライズヘッドふうの声で言った。

「なあ、スキ、ダーリン、私があのひどい演説のメモをどこに置いたか、ひょっとして憶えてないかな」最高の伊達男《だておとこ》がみなそうするように、ドアロで腰に手を当てて。そこではっと立ち止まり、圧倒されたように両手を体の横におろした。「驚いた。スキ、ダーリン、すばらしい！」

スザンナが姿見のまえに立ち、肩越しに自分の服装を確かめていた。亡くなったおばの黒い乗馬服とブーツ、白いレースのブラウスに襟飾りのストックをつけている。灰色の髪をきっちりうしろにまとめて銀の櫛《くし》で留め、その上につややつやした黒いシルクハットをかぶって、馬鹿げて見えることを狙ったようだが、キットにとっては完全に心和む装いだった。服もぴったりだし、選んだ時代もぴったり、シルクハットもぴったりだ。スザンナは美しく、百年前の六十歳のコーンウォル女性を見事に再現している。何よりすばらしいのは、これまでの人生で一日も病気などしたことがないように見えることだ。

それ以上近づいていいのか迷うふりをして、キットは部屋の入口をうろついていた。「あなたも愉しむつもりでしょう、キット？」スザンナが厳しい顔で鏡に言った。「わたしを喜ばすためだけにこんなことをするとは考えたくないけれど」

「もちろん愉しむさ、ダーリン。すごい出し物になる」

本気だった。スキが幸せになるなら、キットはチュチュを着てケーキのなかから飛び出ることも厭《いと》わない。ふたりはこれまで彼の人生を生きてきた。これからは彼女の人生を生きるのだ。たとえそれで自分が死ぬことになっても。キットは妻の手を取り、恭しく唇に持っていって、メヌエットでも踊るかのようにさらに高く持ち上げ、埃よけのダストシートの上から階段へと導いていった。そのまま玄関ホールまでおりると、マーロウ夫人が、摘《つ》んだばかりのスミレの花束をふたつ——マスター・ベイリーといえばこの花だ——夫妻それぞれのために持って待っていた。

その横に堂々と立っているのは、チャップリンのような古着を安全ピンで留め、使い古しの山高帽をかぶった、彼らのかけがえのない娘、先ごろ悲惨な恋愛関係から生還したばかりのエミリーだった。

「大丈夫、ママ？」彼女がきびきびと訊いた。「薬は持った？」

スザンナが答えるまえに、キットは心配するなと自分のブレザーのポケットをたたいた。

「万一のときのために、携帯用吸入器は？」

もう一方のポケットをたたいた。

「緊張してる、パパ？」

「震え上がってるよ」

「でしょうね」

〈領主館〉の門が開いている。この日に備えて、キットは門柱の石のライオンを高圧洗浄機で洗っていた。仮装して愉しむ気満々の客たちがすでにマーケット通りから流れてきている。エミリーはそのなかに地元の医師夫妻を見つけ、すばやく近づいて、両親をふたりだけで歩かせる。キットは滑稽《こっけい》な仕種《しぐさ》でカンカン帽を右に左に上げて挨拶し、スザンナはどうにか華麗な王族ふうに手を振り、どちらもめいめいのやり方でまわりに称讃のことばをかける。

「まあ、ペギー、ダーリン、本当に素敵！　どこでそんなにきれいなサテンを手に入れたの」スザンナが郵便局の女主人に叫ぶ。

「おいおい、ビリー、その下に誰を隠してるんだい?」キットがオールズ氏に低い声《ソット・ヴォーチェ》でささやく。太った肉屋はターバンを巻いてアラブの王子に扮《ふん》している。

コテージが並ぶ庭園では、ラッパズイセンや、チューリップ、レンギョウ、モモの花が青空に顔を上げている。教会の塔でコーンウォルの白黒の旗が翻っている。乗馬服にヘルメットの子供の群れが、グラナリー乗馬学校の畏るべきポリーに引率されて通りを走ってくる。先頭のポニーは祭りのにぎわいを怖がって尻込みするが、そこはポリーがしっかりと馬勒《ばろく》を握っている。スザンナがポニーと乗り手をなだめる。キットはスザンナの腕を引き寄せ、妻が愛おしそうに胸の横に押し当ててきた手から、彼女の鼓動を感じる。

ここ、このときだ。キットは心の昂《たかぶ》りとともにそう思う。押し合いへし合いする人々、牧草地を跳ねまわる尾花栗毛《パロミノ》の馬、丘の中腹でのんびりと草を食《は》む羊、ベイリーの丘のふもとの景観を損なう新築のバンガローまで引っくるめて、ここが自分たちの愛する土地、長年にわたって仕えてきた土地でなかったら、ほかにどこがある? そう、たしかに陳腐な田園風景のイングランド、陳腐なローラ・アシュレイ、地ビールとパスティとコーンウォル万歳だ。明日の朝になれば、ここにいる上品でやさしい人たちもみな相手の喉笛に食らいつき、互いの妻を寝取って、世のほかの人と同じことをする。だが、コーンウォルの祭日のこの日、よりにもよって元外交官のキットが、中身より包みのほうが立派だなどと悪口を言えるわけがあろうか。

架台式テーブルの脇に、車庫で商売するベンの赤毛の息子、ジャック・ペインターが、吊りズボンにステットソン帽という恰好で立っている。その横には、羽のついた妖精の衣装の娘が坐り、一枚四ポンドで入場券を売っている。

「あなたは無料《ただ》だ、キット、当然だ！」ジャックが荒々しく叫ぶ。「なんたって主催者なんだから。スザンナもですよ！」

しかし、喜びに満たされたキットは聞く耳を持たない。

「ありがたいが、無料じゃ困るよ、ジャック・ペインター！　私は怖ろしく値が張るのだ。愛するわが妻もね」と言い返し、幸せそうに十ポンド札をたたきつけ、お釣りの二ポンドを動物愛護の募金箱に入れる。

干し草の荷車が彼らを待っている。リボンで飾った梯子がかかっていて、スザンナはそれを片手でつかみ、もう一方の手を乗馬服のスカートに添えて、キットに助けられながらのぼっていく。上から人々の手が伸びて彼女を引き上げる。スザンナは息が落ち着くまで待つ。落ち着き、微笑む。〝信頼の建築士〟であり、名高いごろつきのハリー・トレゲンザが、死刑執行人のマスクをつけ、銀色に塗った木製の大鎌を振りかざしている。その横に、ウサギの耳をつけた彼の妻。胴まわりがはち切れそうなドレスで今年の〝ベイリー・クイーン〟が立っている。彼らの隣に、ふたりの女性の頬に礼儀正しくキスをする。どちらからも同じジャスミンの香りがふわりと漂う。

古めかしい手まわしオルガンが『デイジー・ベル』を演奏している。キットは笑顔をふりまきながら、騒ぎが静まるのを待つ。静まらない。腕を振って沈黙をうながし、いっそう笑みを向ける。効果なし。スザンナが品よくタイプしてくれた演説原稿をブレザーの内ポケットから取り出し、人々に振る。蒸気自動車が喧嘩腰の甲高い音を立てる。キットは大げさにため息をついてみせ、天に、そして群衆に同情を求めるが、騒ぎはとうていやみそうにない。

あきらめて読みはじめる。

まず、キット自身がふざけて〝教会からのお知らせ〟と呼ぶ項目を、大声で伝えなければならない。といっても教会とはなんらかかわりのない、トイレ、駐車場、赤ん坊のおむつの交換場所などのことだ。誰か聞いているか？　荷車のまわりにいる聴衆の顔を見るかぎり、誰も聞いていない。キットは、奇跡を起こすために夜を日に継いで働いてくれた献身的なボランティアの名前をひとりずつ読み上げ、ここにいたら名乗り出てほしいと言う。死んだ英雄の名前を読み上げるのと変わらない。手まわしオルガンが曲の最初に戻る。〝あなたは無礼講の王でもある。可笑しくなきゃね〟。スキに一瞬目をやる――悪い兆候はない。そしてエミリー、愛するエムを見る――いつものようにすらりと背筋を伸ばし、群衆から少し離れて、用心深く立っている。

「最後に、皆さん、ここからおりるまえに、そう、おりるときには気をつけないとすっころびますが」反応なし。「私の愉しく幸せな義務として、ぜひ次のことをお願いしたい。苦労してためたお金を、今日は無駄なことに使ってください。よその奥さんと見境なくいちゃついてください」これは言わなければよかった。「大いに飲み、食べ、浮かれ騒いでください。

ではいきますよ、エイ、エイ！」カンカン帽をはぎ取って空中に放り投げる。「エイ、エイ！」

スザンナもシルクハットを持ち上げて、あとに続く。〝信頼からかけ離れた建築士〟はマスクを持ち上げることができないので、握り拳を空中に突き上げ、意図せず共産主義者の敬礼になる。待ちに待った「オー！」のかけ声が、電気系統の故障かと思うほどの大音量でスピーカーから響きわたる。「お上手ね、ハンサムさん！」とか「堂に入ってたわ、あなた！」といったつぶやきに感謝しながらキットは梯子をおり、杖を地面に落とすと、両手でスザンナの腰を支えておろしてやる。

「とってもすばらしかったわ、パパ！」エミリーが杖を拾ってキットの横に現われ、宣言する。「坐って休憩したい、ママ？　それともがんばって歩く？」家族の内輪の表現だ。

スザンナは、いつものようにがんばって歩きたい。

われらが主催者と、その妻のレディによる王族ツアーが始まる。まず荷馬を視察。生粋の田舎娘であるスザンナが馬たちに話しかけ、心置きなく彼らの尻をなで、たたく。キットは馬勒につけられた真鍮《しんちゅう》の飾りに感心するふりをする。見映えよく並んだ自家栽培の野菜。地元の人たちがブロッコリーと呼ぶカリフラワーは、サッカーボールより大きく、きれいに洗ってある。自家製のパン、チーズ、蜂蜜。

野菜《ピカリリ》の酢漬けを食べてみる。味はないが、笑みは絶やさない。スモークサーモンのパテは最高だ。早く何か買いなさいとスキにうながす。彼女が買う。〈ガーデニング・クラブ〉の花の祝祭に立ち寄る。スザンナはすべての花の名前を知っていて、親しく呼びかける。人生に満足していないマッキンタイヤー夫妻にばったり出会う。かつて茶の栽培業者だったジョージは、群衆が農場の門のまえに集結する日に備えて、弾をこめたライフルを枕元に置いている。妻のリディアは人を押しのけるようにして村に出かける。キットは腕を広げて彼らに近づく。

「ジョージ！　リディア！　ダーリン！　いやすばらしい。このまえは最高のディナーに呼んでくれてありがとう。本当に思い出に残る夜だった。次はぜひわが家に来てくれたまえ！」

彼らに捕まらなかったことを喜びながら、骨董品の脱穀機と蒸気自動車のほうへ歩いていく。スザンナは、バットマンからオサマまで、あらゆる扮装の子供が突進してきても動じない。キットは、インディアンの頭飾りをつけて自前のトラクターに腰かけている村のロメオ、ゲリー・パートウィーに大声で呼びかける。

「もう何度言ったかわからないが、ゲリー、うちのパドックの芝はいつ刈ってくれる？」そして横にいるスザンナにこっそりと、「こいつに時給十五ポンドは払わないからな。相場は十二ポンドなのに」

獲物を探してうろついていた金持ちの離婚女性、マージョリーにスザンナが捕まる。マージョリーは、〈領主館〉の塀に囲まれた庭にある荒れ果てた温室を〈オーキッド・クラブ〉

で使おうと狙っているが、スザンナは彼女が本当に狙っているのはキットではないかと疑っている。外交官気質のキットが救出に乗り出す。

「スキ、ダーリン、割りこんで申しわけない。マージョリー、今日はまたものすごく魅力的だね、そう言って失礼でなければ。スキ、ちょっとした諍《いさか》いが起きていて、きみしか解決できないことなのだ」

教区委員で合唱団のリード・テノールであるシリルは、監視抜きで小学生と接触することを禁じられている。早期引退した酔いどれの歯科医のハロルドは、ボドミン・ロードのはずれの小さな藁葺き屋根の家に住んでいて、ひとり息子はリハビリ施設、妻は精神科病院に入っている。キットは彼らみなに気前よく挨拶し、スキの発案でできた手工芸市に向かう。

大テントは静かな安息の地だ。素人の水彩画を褒めそやす。出来不出来は関係ない、努力がすべてだ。テントの反対の端まで進み、草地の小山をおりる。

麦藁のカンカン帽が額に食いこむ。スウェードのローファーが予想どおり足を痛めつけている。エミリーは視界の端で静かにスザンナを見守っている。

ロープで仕切られた〈田舎の工芸品〉のコーナーに入る。

入りながら、キットは最初の寒気《さむけ》を覚えるだろうか。何かの存在を、脅威を、感じるだろうか。まったく感じない。キットはエデンの園にいて、ずっとそこにいつづけるつもりだ。何もかもうまくいっているような、めったにない純粋な喜びと感動を味わっている。乗馬服とシルクハットの妻を、かぎりない愛情をこめて見つめ、ほんのひと月前には慰めようもないほどだったのに、いままたしっかりと立って世界と向き合っているエミリーのことを考えている。

満ち足りた気分で、考えはそんなふうに漂い、視線も漂う。その視線がロープの囲いのいちばん遠い端にたどり着き、みずから意思を持ったかのように、ひとりの男に釘づけになる。

背を丸めた男。

背を丸めた小柄な男。

もとから猫背なのか、このときだけ背を丸めているのかは、いまのところわからない。とにかく背を丸め、地面に屈んでいるか、旅行者向きのワゴン車のテールゲートに腰かけている。真昼の暑さが気にならないのか、裾が長く光沢のある茶色の革のコートを、襟を立てて着ている。帽子はつばが広くてやはり革製、クラウンが浅く、正面にリボンの蝶《ちょう》結びがついて、カウボーイというより清教徒の帽子に近い。

顔はつばの陰になって見えにくいが、キットにわかる範囲では、はっきりと中年の小柄な白人男性のものだ。

はっきりと？

なぜ突然強調したくなった？

あの男の何がそんなに目立っている？

べつに何も。

たしかに風変わりではある。しかも小柄だ。たくましい連中のなかにいれば小柄は目立つ。だが、それで特別な存在になるわけではない。たんに目につくというだけだ。

鋳掛屋《いかけや》。断じて深刻になりたくない心にまず浮かんだのは、それだった。最後に本物の鋳掛屋を見たのはいつだったろう。十五年前のルーマニア、ブカレストで仕事をしたときだ。スザンナのほうを向いてそう言おうかと思った。思っただけかもしれない。というのも、すでに関心は男の実用的なワゴン車に移っていたからだ。どうやら職場としてだけでなく、慎ましい住まいとしても使っているようだった。〈プリムス〉のコンロや二段ベッドを見よ。職人のペンチや錐《きり》、金槌といっしょに、鍋や調理器具も並んでいる。片側の壁には、乾燥させた動物の皮もかかっていた。一日の仕事を終えて、世界とのかかわりを断つ扉をありがたく閉めたときには、それがカーペット代わりになるのだろう。しかし、あらゆるものが整然と片づいているので、持ち主は目隠しされても何がどこにあるか完全にわかりそうだった。そういう小男だった。熟練。的確な判断。

とはいえ、この段階で確実な、あと戻りできない認識があったかといえば、まったくなかった。

ひそかに忍び寄る、背筋がぞっとするような予感はあった。

記憶の断片がまとめていくつか浮かび上がり、万華鏡の模様のように混じり合って、最初はぼんやりと、やがて少しずつではあるが、不穏な像を結びはじめた。

そこで遅まきながら認識した。内なる自分が奥底から声をあげ、次第に恐怖と鬱をともなって、外の自分が受け入れた。

遠ざかりもした。物理的にである。あとで思い返しても細かい点ははっきりしなかった。村に別荘を持っているヘッジファンド・マネジャーのチャビー・フィリップ・ペプローが、その場面に割りこんできたようだ。いっしょにいたのは、いちばん新しいガールフレンド、ピエロのタイツをはいた身長六フィートのモデルだった。たとえ頭のなかで暴風が吹き荒れはじめても、キットは美人を見逃さない。しゃべるのはもっぱら、タイツをはいたその六フィートの娘だった。〝キット、スザンナ、今晩うちに来てお酒でもいかが？　すばらしいわよ、オープンハウスで、七時から、いつもの服でどうぞ、雨が降らなきゃバーベキューよ〟。これに対してキットは、心の動揺を隠そうと少し大げさに反応して、だいたい次のように答えた。〝本当に行きたいんだがね、六フィートの彼女、今晩は囚人仲間が食事に来ることになってるんだ、残念ながら〟。囚人仲間とは、キットとスザンナが考え出した符丁で、威光を求めてやまない地元の長老議員たちを指す。

ペプローとガールフレンドが離れていき、キットはまた鋳掛屋が直した品々を褒めることに戻る――少しまえにそうしていたのであれば。頭の一部はまだ受け入れがたいことを受け入れようとしない。スザンナがすぐ横に立って、やはり褒めている。自分よりまえから褒めていたかもしれないとキットは思うが、確信はない。結局、褒めることこそ、彼らがそこでやるべきことだ。褒めて、抜け出せなくなるまえに移動して、また褒める。

しかしこのときには、ふたりとも移動しなかった。並んで立ち、褒めながら、その男が鋳掛屋だったことなど過去からいままで一度もなかったと悟りはじめている——少なくとも、キットは。そもそもなぜ鋳掛屋という役をあわてて割りふったのかも、よくわからない。

こいつは馬具屋じゃないか、よく見ろ！　私はいったいどうしたのだ。彼は鞍《くら》や馬勒を作ってるじゃないか！　ブリーフケースやカバンを！　小物入れ、財布、女性のハンドバッグ、コースター！　鍋やフライパンじゃない。そんなものはひとつもない！　男のまわりにあるのはすべて革製品だった。彼は革職人で、作ったものを宣伝していた。モデルのように見せつけていた。ワゴン車のテールゲートは、ファッションショーのランウェイだった。

　そのときまで、キットはそれらすべてを受け入れることができなかった。車体に手で書かれた金色の大文字を受け入れられなかったのと同じように。そこには〈ジェブの革製品〉と誇らしく書かれ、眼の見える者ならば、五十歩どころか百歩離れても読み取ることができた。その下には、たしかに小さめだが、それでもしっかりと読める文字で〈直売車〉とある。電話番号も、住所も、メールアドレスその他もない。名字すらなく、ただジェブ、そして、直売車。簡潔で的確、明瞭だ。

　それにしても、ほかのときにはうまく制御されているキットの本能が、どうしてこれほど無闇やたらに、理屈そっちのけで否定しつづけたのか。また、ついに認めるに至ったジェブという名前が、どうしてそれまで彼の机を横切っていった案件のなかで、もっとも乱暴で無責任な、公職守秘法違反になるような気がするのか。

事実そうだった。キットの体じゅうが、これは怖ろしい違反だと訴えていた。きついローファーのなかで感覚がなくなっている両足もそう言った。背中にへばりついているケンブリッジ時代の古いブレザーもそう言った。熱波に包まれているのに、冷たい汗が綿のシャツに染みこんだ。自分は現在にいるのだろうか、それとも過去にいる？　同じシャツ、同じ汗、同じ暑さがどちらの場所にもあった。いまここ、手まわしオルガンが鳴り渡るベイリー牧場にも、夜中に海上でエンジン音が脈を打っていた地中海沿いの丘の中腹にも。

しかし、あの信頼あふれるはしこい茶色の両眼が、馬鹿げているほど短い三年のあいだにここまで年老い、しわに包まれ、明るさを失うというのは、いったいどうしたわけだろう。眼が見えたのは、男が顔を上げたからだった。それも中途までではなく、革の帽子のつばが自然に反《そ》り返るほど完全に上向いて、うつろな骨張った顔が〝丸見え〟になっていた——ふいにこのことばが浮かんで、頭から離れなくなった。痩せて突き出た頬骨、固い決意を示す顎、そして額。その額には眼尻や口角に集まっているのと同じ細いしわが刻まれ、両端が下がって、どこか永遠に絶望しているように見えた。

以前は如才《じょさい》なくよく動いた眼そのものも活発さを失っているようだった。一度キットをとらえると、そこから動く気配もなく、じっと見つめつづけた。ふたりが互いの視線から逃れる唯一の方法は、キットが眼をそらすことだけだった。キットは真面目にそうしたが、たんに顔全体をスザンナに向けて、ああ、ダーリン、まさにこれだ、なんという日だろう、すばらしい日だな、などと無意味なことをしゃべっただけだった。彼に似つかわしくなくそうなったのは、スザンナの紅潮した顔に影が射すように当惑の表情が浮かんだからだ。

その表情がまだ消えないうちに、男の柔らかなウェールズ訛りの声が聞こえてきた。聞こえないでくれと祈ったが無駄だった。

「やあ、ポール。これはまたたいへんな偶然だな。お互い会うことになるとは夢にも思っていなかった。だろう？」

そのことばは銃弾の連射のようにキットの頭に飛びこんできたが、ジェブは静かに話していたにちがいない。なぜならスザンナには、髪で隠している小さな補聴器の不具合か、やむことのない会場の大きな音楽のせいで、聞き取れなかったようだからだ。むしろ彼女は、長さ調整ができる肩かけストラップがついた大ぶりのハンドバッグに、大げさなほど興味を示していた。ベイリーのスミレの花束越しにジェブを見つめ、キットの趣味からすると明るすぎる笑みをジェブに向け、やさしすぎ、謙虚すぎるように思われた。実際には内気さのなせるわざなのだろうが、そうは見えなかった。

「あなたがジェブご本人ね？　本物の」

どういう意味だ、本物とは。キットは思い、急に怒りを覚えた。何と比べて本物なのだ。

「代わりの人とか、代役とか、そういうものではなく？」スザンナは、なぜそこまで関心を示すのか説明しろとキットに言われたかのように続けた。

そしてジェブのほうは、きわめて真面目にその質問に答えた。

「いや、洗礼名じゃありません。それは認めます」ジェブはようやくキットから視線を離して、今度は同じようにスザンナを見すえた。そしてキットの心にまっすぐ突き刺さることばを次々と連ねた。「ですが、彼らがくれた名前は、正直言って舌がもつれそうだったので、ばっさり外科手術をほどこすことにしたのです。まあそういうことで」

しかし、スザンナはいつもの質問モードだった。

「それにしても、いったいどこでこんなに見事な革を見つけたの、ジェブ？　本当にきれいだわ」

これに対して、心がすでに外交官の自動操縦に切り替わっていたキットは、自分もそれを訊きたくてたまらなかったと表明した。

「そう、本当に、このすばらしい革をいったいどこで手に入れたんだい、ジェブ？」

ジェブがふたりの質問者を代わる代わる見て、どちらに好意を示そうかと考えているような間ができる。ジェブはスザンナに落ち着く。

「そうですね。じつはロシアのトナカイの革なんですよ、マダム」と、キットにとってはもはや耐えがたい丁寧な口調で説明し、壁から動物の革をはずして愛しげに膝の上で広げる。

「一七八六年にプリマス・サウンドで沈没した、デンマークの中型帆船《ブリガンティン》の残骸から回収されたと聞きました。サンクトペテルブルクからジェノヴァに向かう途中、南西からの強風を避けようとしてたんです。このあたりの風がどのくらい強いか、われわれはみな知ってますよね」日焼けした小さな手で革をなだめるようになでる。「革には関係ありませんが。でしょう？　海水に二百年浸かって気持ちいいくらいなもので」好きな相手に話しかけているかのように、奇妙な態度で続けた。

だがキットには、ジェブがスザンナに長々と無駄話をしているのなら、それは彼女ではなく自分に話しかけているのだとわかっていた。ジェブはキットの当惑、苛立ち、心配を弄んでいた。もちろん恐怖も。キットの体じゅうを恐怖が駆けめぐっていたが、正確なところ何を怖れているのかは、彼自身もこれから考えるところだった。

「これで生計を立てているの、ジェブ?」スザンナが訊いていた。疲れすぎて投げやりな口調だった。「フルタイムのお仕事? 小遣い稼ぎとか、副業とか、裏で学んでいるとかではなく? 趣味じゃなくて、生活なのよね。わたしが知りたいのはそこ」

ジェブはこの大問題について深く考えなければならなかった。小さな茶色の眼が助けを求めてキットのほうを向き、しばらくそこにとどまったが、落胆して離れた。最後にため息をつき、自分自身と仲たがいしている男のように首を振った。

「まあ、考えてみれば、いくつかほかの選択肢もあったような気がします」と認めた。「武術とか? 近ごろは誰も彼もやっている。でしょう? それから、ボディガード」また長いことキットを見つめたあとで言った。「金持ちの子供を朝、学校に連れていって、夕方また家に送り届ける。かなりの礼金がもらえるという話だ。ですが、この革」とまた愛おしそうになでて、「質のいい革が手に入らないかと夢見ていました、うちの親父みたいに。これほどすばらしいものはない。もっとも、これが生活かというと、正確には、自分に残された生活ということになりますね」またキットを見つめるが、視線はさらに鋭かった。

突如すべてが加速した。すべてが大惨事に向かっていた。スザンナの眼は警告するように明るくなり、両頰に激しい赤みが差していた。キットの誕生日が来るからというもっともらしい理由で、体に差し障りがあるほどあわただしく、ジェブの作った財布を物色していた。たしかに誕生日は来るが、十月だ。スザンナにそう指摘すると、彼女は不自然に大きく笑い、大丈夫、もしどれか買うことにしたら、こっそり奥の抽斗にしまっておくからと請け合った。

「ところで、縫うのは手でやるの、ジェブ、それとも機械で?」キットの誕生日のことはすっかり忘れ、最初に見ていたショルダーバッグを衝動的につかみ取ると、上の空で言った。

「手縫いです、マダム」

「これは希望価格? 六十ポンドというのは。ずいぶん高い気がするけれど」

ジェブはキットのほうを向いた。

「これが精いっぱいのところなんだよ、残念ながら、ポール。物価スライド式の年金とか、その手のものがもらえないわれわれみたいな人間は、生活が苦しくてね」

キットがジェブの眼に見たのは憎しみだったのだろうか。怒り? 絶望? ジェブのほうはキットの眼に何を見ていたのだろう。戸惑い? それとも、スザンナが聞いているところで二度とポールと呼ばないでくれという暗黙の懇願? しかし、スザンナは内容のいかんにかかわらず充分聞いたようだった。

「では、これをいただくわ」と宣言した。「ボドミンで買い物をするのにぴったり。でしょう、キット？　たっぷり入るし、仕切りもうまい具合についてる。ほら、クレジットカードを入れられる小さなサイドポケットまで。六十ポンドでも納得という感じ。そう思わない、キット？　思うわよね！」

　そんな口調で、ふだんからは考えられないほど熱心に演技したので、いっときキットも恐怖を忘れた。スザンナは自分のまだ充分使えるハンドバッグをテーブルに置き、なかをほじくり返して代金を取り出す前置きとして、シルクハットを脱いでジェブに持っていてと押しつけた。キットの燃え上がった感覚のなかで、それはブラウスのボタンをはずすよりあからさまな誘惑に思えた。

「ああ、ここは私が払う。馬鹿なことはしないでくれ」と抗議し、そのことばの激しさに、スザンナのみならず彼自身も驚いた。

「現金だろうね？　現金のみだろう」と責めるように言い、「小切手とか、クレジットカードとか、ほかの自然保護になるものではなく？」

　自然保護？　どうしてそんなくだらないことを。先端がくっついて離れなくなった気がする手の指で、財布から二十ポンド札を三枚取り出し、テーブルにぽんと置いた。

「ほら、ダーリン、プレゼントだ。きみのイースター・エッグ、一週間遅れのね。古いバッグを新しいバッグに押しこむといい。もちろん入るさ。ほら」彼女の代わりにやってみせたが、少しもやさしい態度ではなかった。「ありがとう、ジェブ。掘り出し物だったよ。それにしてもよく顔を見せてくれた。来年もぜひ来てほしい。では」

どうしてこの男は金を受け取らないのだろう。どうしてふつうの人間らしく、微笑むとか、うなずくとか、ありがとう、さようならと言うとか、何かできないのだ。たんにまた坐って、贋札《にせさつ》だとでも思っているかのように、痩せ細った指で金をつついている。それとも、金額が足りないと思っているのか。逆に、もらいすぎて不名誉なのか。清教徒の帽子の陰にまた隠れて、いったい何を考えている。そしてなぜスザンナは、キットが鋭く腕を引いたのにも応えず、熱っぽい体で呆けたようににやにやしながら、ジェブを見おろして立っているのだ。

「あれがあんたの別の名前というわけだ、え、ポール？」ジェブが穏やかなウェールズ訛りで訊いていた。「プロビン？　スピーカーでがなり立てられていたあの名前、あれがあんたなのか」

「そのとおりだ。しかし、この催しの立役者は、ここにいる愛しい家内でね。私はただつき添っているだけだ」キットは言って、スザンナのシルクハットを受け取ろうと手を伸ばしたが、帽子はしっかりとジェブの手に握られていた。

「会っただろう、ポール？」ジェブが苦痛と非難を同じくらい含んだ表情でキットを見上げて言った。「三年前に。いわゆる進退きわまった状態《ビトウィーン・ア・ロック・アンド・ア・ハード・プレイス》で」ジェブの揺るぎない凝視から逃れるためにキットがあわてて視線を下げると、厳《いか》つい小さな手はシルクハットのつばをきつく握りしめ、親指の爪が白くなっているほどだった。「だろう、ポール？　あんたはおれの赤電話だった」

例によってどこからともなく現われ、母親のそばにいるエミリーを見て、キットは絶望に追いやられ、最後の手段として、心当たりがないふりをすることにした。

「人ちがいだな、ジェブ。誰にでもあることだ。私はあなたを見ても、まったく思い出せない」ジェブは相変わらず揺るぎない視線を送ってくる。「赤電話？　申しわけないが、なんのことだろう。ポール？　完全な謎だ。しかし、そういうことだよ」

それでも笑みは絶やさず、すまなそうな笑い声までなんとかあげて、スザンナのほうを向いた。

「ダーリン、ずっとここにいるわけにはいかない。仲間の機織《はたお》りや陶芸家が赦してくれなくなる。ジェブ、会えてよかった。傾聴に値する話だったが、誤解があったことだけは残念だ。家内の帽子を返してもらえるかな、ジェブ。売り物ではないのでね。アンティークの価値がある」

「待った」

ジェブの手はシルクハットを持ち主に返し、彼の革のコートの内側に入っていた。キットはスザンナの正面に移動した。が、ジェブの手が取り出した凶器は、ただの青い表紙の手帳だった。

「領収書を渡すのを忘れていました」と説明して、己の愚かさに舌打ちした。「税金の取立屋に撃ち殺されてしまう」

手帳を膝の上に広げ、一ページを選んで、カーボン紙が挟まっていることを確かめ、軍の茶色のペンで行間に数字を書きこんだ。それが終わると——ひどく時間がかかったから、たいそう念入りな領収書だったにちがいない――ページを破り、たたんで、スザンナの新しいショルダーバッグに丁寧に差し入れた。

最近までキットとスザンナが忠実に生きていた外交の世界では、社会的義務はあくまで果たさなければならないものだった。

機織りたちが集まって旧世界の手織り機を作っている？　スザンナはその実演を見なければならず、キットは手織りの四角い布を買って、これでコンピュータが机のあちこちに動かずにすむと言わなければならない。このまぬけな発言が誰にとっても意味をなさないことは気にしない。とりわけエミリーには意味不明だと言われるだろうが、本人は決して彼らの近くから離れず、三人の小さな子供と愉しくしゃべっている。陶芸家の屋台ではキットがほかの人たちと順にろくろのまえに坐り、わけのわからないものを作る。スザンナはその様子をにこやかに見ている。

こうした最後の儀式が終わって、初めてわれらが主催者とレディの奥様はみなに別れを告げ、静かな満足を覚えながら、古い鉄道橋の下をくぐって館の勝手口へと至る、川沿いの小径をたどる。

スザンナはシルクハットを脱いでいた。キットはそれを彼女の代わりに持とうとしたときに、自分もカンカン帽をかぶっていることを思い出し、やはり脱いで、帽子のつばとつばを合わせ、持ち手が銀のしゃれた杖といっしょにぎこちなく体の横におろして歩いた。もう一方の手はスザンナの腕を取っていた。エミリーがあとからついてこようとして思い直し、両手を口の横に添えて、あとで戻ると呼びかけた。人気《ひとけ》のない鉄道橋の下に入ったところで、スザンナはさっと振り向いて、初めて夫をまっすぐ見た。

「いったいあの人は誰？　あなたが知らないと言った、あの人よ。ジェブ。革職人」

「あんな男はぜったいに知らない」キットは怖れていた質問に断固として答えた。「頭をひねってもどうにもならない、残念だがね」

「あなたをポールと呼んでたわ」

「そう、そのことで告訴してやってもいいくらいだ。本当にできればいいのに」

「あなたはポールなの？　ポールだったの？　どうして答えてくれないの、キット」

「答えようがないからだよ、ダーリン。もう終わりにしてくれ。問いつめられても答えは出ない。本当に」

「保安上の理由から？」

「そうだ」

「あなたは誰かの赤電話だったことはない、と彼に言った」

「ああ、言った」

「でも、そうだったじゃない。あのとき、あなたは秘密の任務のためにどこか暖かいところに行って、脚じゅう引っかき傷だらけにして帰ってきた。エミリーがちょうど家に泊まりにきて、熱帯の病気の資格試験の勉強をしていた。破傷風の注射をしたがったけれど、あなた

は拒んだ

「あれだけでも話してはいけなかったのだ」

「でも、とにかく話した。だからいまさら口をつぐんでも、なんのためにもならない。あなたは外務省の赤電話として出かけて、どのくらいの期間になるのかも、どこに行くのかも言おうとしなかった。暖かいところだということしか。わたしたち、そのことははっきり憶えてる。あなたのために乾杯したんだから。〝赤電話に〟って。そうだったでしょう？　それは否定しないわね？　そしてあなたは傷だらけで帰ってきて、藪で転んだと言った」

「そうだ、本当に転んだんだよ。藪で。事実だ」

それでもまだ妻をなだめられないのがわかると、

「わかった。スキ。わかったよ、正直に言おう。私はポールだった。彼の赤電話だった。そのとおりだ。三年前にね。いいかい、よく聞いてくれ。われわれは戦友だった。あれは私の職業人生で最高の仕事だった。ここまでだ。これ以上はいっさい話せない。あの男は気の毒に、頭が完全におかしくなってる。同一人物だともわからないほどだった」

「いい人のようだったわ、キット」

「それどころか、高潔で勇敢な男さ。少なくとも昔はそうだった。彼と対立したことはない。むしろ逆だ。彼は私の——庇護者だった」あまり認めたくない真実の瞬間に、言った。

「なのにあなたは否定した」

「そうせざるをえなかったのだ。ほかに選択肢はなかった。彼は法の外にいた。あの作戦全体が、つまり、極秘中の極秘だったのだ」

最悪の部分はすぎたとキットは思っていたが、スザンナの粘り強さを勘定に入れていなかった。

「わたしがまるでわからないのは、キット、こういうこと。あなたが嘘をついていることをもしジェブが知っていて、あなた自身も知っていたのなら、どうして最初から嘘をつく必要があるの。それとも、わたしとエミリーをだますつもりだったの？」

スザンナは胸のなかのものを吐き出した。何が言いたかったのかはさておき。キットは怒った勢いで無愛想に「彼のところへ戻って片をつけてくる。かまわないだろう」と言い放ち、気づくとスザンナの腕のなかに帽子をふたつ放り投げ、杖を突きながら猛然と曳舟道《ひきふねみち》を引き返していた。古い〝危険〟の札も無視して、ぐらつく橋をガタゴト渡り、ブナの雑木林を抜けて、ベイリー牧場のふもとに達すると、踏み段を越えて泥だまりに踏みこみ、丘を早足で登っていった。ところが下方を見やると、手工芸市の大テントはなかば崩れ、出展者たちがこの日のどのときよりも活力に満ちて、テントやスタンド、架台式テーブルなどを解体し、自分のワゴン車のなかに放りこんでいた。そうした車がたくさんあるなかで、わずか三十分前にはジェブの車が停まっていた、まさにあの場所は空っぽになっていた。

だからといって、キットがあえて剽軽《ひょうきん》に両腕を振りながら坂を駆けおりる妨げにはならなかった。

「ジェブ！　ジェブ！　誰かジェブを見かけなかったか、革職人のジェブを？　代金をまだ払っていないのに、いなくなってしまった、あのうっかり屋め。彼の金がまだこのポケットにあるんだ。ジェブがどこに行ったか、あなたは知らないかな？　あなたも？」ワゴン車やトラックのあいだを走りまわって尋ねつづけた。

しかし、返ってくるのは親切な笑みと首振りだけだった――いや、キット、悪いが誰も知らないよ、ジェブがどこへ行ったのか、もっと言えば、彼がどこに住んでいるのかも。考えてみれば、ほかの名前も知らない。ジェブは一匹狼だ。そこそこ礼儀正しいが、まちがってもおしゃべりなほうじゃない――笑い。ある出展者は、数週間前にジェブをコヴェラックの祭りで見た気がすると言った。別の人は昨年、セント・オーステルで見かけたことを思い出した。だが誰もジェブの名字は知らず、電話番号はおろか、車のナンバーすらわからなかった。おおかた事情はほかの出展者と同じなのだろう、と彼らは言った。要するに、広告を見て、会場の入口で展示チケットを買い、車を停め、商売し、去ったのだ。

「誰か見失ったの、パパ？」

エミリーがすぐそばにいた――まるで精霊だ。馬運搬車の裏で厩舎《きゅうしゃ》の娘たちと噂話でもしていたのだろう。

「ああ、そうなんだ、ダーリン。革製品を売っていたジェブという男だ。母さんがバッグを買ったんだがね」

「彼がなんの用？」

「いや、用があるのは父さんのほうだ」すっかり混乱していた。「金を借りているのだ」

「払ったわよ。六十ポンド。二十ドル札で」

「ああ、いや、それとは別の件でね」娘の視線を避けて、ごまかした。「昔の借金だ。完全に別の話だよ」そして「母さんにちょっと相談しないと」などとつぶやきながら小径をまた引き返し、塀で囲われた庭を通って、家の台所に入った。そこではスザンナがマーロウ夫人の助けを借りて〝囚人仲間〟を招く晩餐《ばんさん》の下ごしらえで野菜を刻んでいた。スザンナに無視されて、キットはダイニングルームに聖域を探した。

「銀器を磨いておこうかと思ってね」スザンナに聞こえるように大声で言って、彼女がその気になれば何かしてくるだろうと思った。

何もなし。まあいい。前日、キットはかなり時間と労力をかけて副艦長のアンティークの銀器を磨き上げていた。〈ポール・ストール〉の燭台、〈ヘスター・ベイトマン〉の塩入れ、副艦長が最後の就役で士官や船員たちから贈られた、長旗が翻る銀製のコルベット艦。暗い顔でそれらひとつひとつに手入れ用クロスを当てたあと、グラスにスコッチをたっぷりと注いで、足音高く二階に上がり、夜に向けた次の雑用を片づけるために、まず更衣室の机について坐った――座席カードを作るのだ。

ふだんなら、このカードは静かな満足の源《みなもと》だった。最後の海外赴任先で使っていた正式な名刺の残りで作るからだ。晩餐の招待客の何人かが座席のカードを裏返し、浮き出し文字で印刷された〝クリストファー・プロビン卿　英国高等弁務官〟という魔法のことばを、指でなぞりながら読むのをひそかに眺めるのが、キットのささやかな習慣だった。この夜、そのような喜びは期待できなかったが、それでも招待客のリストを正面に、ウイスキーを脇に置いて、几帳面——おそらく几帳面すぎるほど——にカードに名前を書き写していった。

「あの男、ジェブはもういなかったよ、ちなみに」スザンナが部屋の入口にいるのを察して、わざと思いついたように言った。「跡形もなかった。何者なのかも、何をしているのかも、その他いかなることも、誰も知らない。哀れな男だ。すべてが痛ましい。気の毒でたまらないな」

キットはスザンナがなだめるように触れてくるか、やさしいことばをかけてくると思い、名前を書く手を止めたが、眼のまえの机にジェブのショルダーバッグがぽんと置かれただけだった。

「なかを見て、キット」

彼が腫《は》れ物に触るように、開いたバッグの口を自分のほうに傾けてなかを探ると、しっかりとたたまれた紙片があった。ジェブが領収金額を書きつけた罫線《けいせん》入りの手帳の一ページだ。震える手でぎこちなく開き、机の明かりの下に持っていった。

死んだ無実の女に……………………無
死んだ無実の子に…………………無
任務を遂行した兵士に…………不名誉
ポールに……………………………爵位

キットはそれを読んだあと、じっと見つめた。もはや文書ではなく、嫌悪の対象として。次いでそれを机の上の座席カードのあいだに置いて広げ、何か見落としはないかと、もう一度読み直した。なかった。

「事実ではない」彼はきっぱりと言った。「あの男は明らかに病んでいる」

そして顔を両手に埋めてこすり、ややあってつぶやいた。「おお、神様」

そもそもマスター・ベイリーとは何者だったのか。かりにひとかどの人物だったとして。信じる者たちのことばが正しいならば、われらが村の正直なコーンウォル人であり、ボドミンの巡回裁判所にいた邪悪な判事を喜ばすために、復活日に羊を盗んだという濡《ぬ》れ衣《ぎぬ》を着せられて絞首刑に処された、農家の息子だった。

一方、教会の聖具保管室にある羊皮紙の『ベイリー記』によれば、マスター・ベイリーは絞首刑にはならなかった。少なくとも、それで死んだのではなかった。村人たちは不当な判決に激怒し、真夜中にロープを切って彼を下におろし、最高のアップルジャックを与えて生き返らせた。七日後、若きマスター・ベイリーは父親の馬に乗ってボドミンに出かけ、大鎌をひと振りして、問題の邪悪な判事の首をすぱっと刎《は》ね飛ばした。ベイリーに幸《さち》あれ、わが愛しいきみ――そういう話になる。

素人歴史家のキットによれば、それはすべてでたらめだ。キットは余暇の愉しみに、ベイリーに関する物語を何時間かかけて調べていた。結論は、ヴィクトリア時代の最悪の部類に属する感傷的な与太話。地元の資料にこれを裏づける証拠はひとつもない。

ただ、事実は残っている。想像もつかないほど長い年月、雨の日も晴れの日も、戦時と平時を問わず、セント・ピランの善き人々は、こぞって裁判抜きの殺人の愉しみに耽っていたのだ。


同じ夜、離れて眠っている妻の横で眼を開けたまま、キットは、理由はわからぬもののあれほど落ちぶれた、かつての戦友に対する怒りと、自己不信と、心からの不安にさいなまれ、これからどうしようと真剣に考えていた。

その夜は晩餐会では終わらなかった。どうしてそんなことがありうる？　更衣室で少し口論したあと、ふたりがほとんど着替える間もないうちに、四人仲間の車が時間どおりに続々と私道を入ってきた。しかしスザンナは、あとでかならず対立が再燃しそうな雰囲気で去っていった。

最高に機嫌がいいときにも正式な社交の場に出たがらないエミリーは、教会のホールで開かれる何かのパーティをのぞいてみると言って外出していた。いずれにせよ、翌日の夜までロンドンに戻る必要はなかった。

晩餐の食卓についたキットは、自分の耳のまわりで世界が瓦解しはじめたのを知って頭が冴え、多少の脱線はあったが完璧にふるまった。国の代表として赴いたカリブ海の楽園での生活と旅の逸話で、右にいたレディ・メイヤーと左にいたレディ・オルダーマンをすっかり魅了した。

「私の叙勲ですか。完全なまぐれですよ！　功績とはなんの関係もない。パレードの馬みたいに飾りばかりきれいで。女王がたまたまあの地方に外遊した際に、ふと公館に立ち寄ってみようということになりましてね。そこが私の赴任先だった。ビンゴ、というわけで、適切なときに適切な場所にいたことによって、爵位をいただきました。そしてきみは、ダーリン」まちがって水のグラスを取り上げ、副艦長の〈ポール・ストール〉の燭台の列の先にいるスザンナに掲げて、「愛らしいレディ・プロビンになった。爵位があろうとなかろうと、きみはそういう女性だと思っていたけれど」

そんな必死の主張のさなかにも、彼が聞いていたのは自分の声ではなく、スザンナの声だった。

〝わたしが知りたいのは、キット、無実の女性と子供が死んだのかどうか、それだけよ。そして、わたしたちは口封じのためにカリブ海に手早く送り出されたのかどうか。あの気の毒な兵士の言うことは正しいの？〟

当然ながら、マーロウ夫人が自宅に帰り、囚人仲間の最後の車が出ていくや否や、スザンナが玄関ホールにじっと立ち、彼の答えを待っていた。

キットは食事のあいだじゅう、無意識のうちに作文していたにちがいない。その証拠に、ことばがまるで外務省の報道官の会見のようにすらすらと出てくる。スザンナの耳にとっても、それと同じくらい信じられる話だったはずだ。

「この件について話すのはこれで最後だ、スキ。きみに明かすことが許される限度いっぱいだ。限度をはるかに超えている気もするが」この台詞《せりふ》は以前にも使っただろうか。「栄誉なことに私が加わった極秘の作戦は、あとで最上層部の計画者から聞いたところでは、きわめつきの悪党を打破した、まちがいなく無血の勝利だった」思いがけず皮肉な口調になり、止めようとしたが無駄だった。「そして私が知るかぎり、そう、その作戦で控えめな役割を果たしたことが、私たちの楽園行きを実現したのだろう。同じ最上層部の人たちから、私はすばらしい仕事をしたが、残念ながら勲章の授与では目立ちすぎると言われたから。しかし、転任の理由について人事部から受けた説明はちがった。彼らの売り文句は〝生涯にわたって真面目に勤め上げたことへの褒美〟というものだった。とくに売りこんでもらわなくても、こちらは買ったがね。きみもそうだろう、私の記憶にあるかぎり」許される範囲の当てこすり。「私があるきわめてデリケートな作戦で果たした役割を、人事部の連中は、いや、最近はヒューマン・リソーシーズなどと呼ぶようだが、そんなことはどうでもいい、とにかく彼らは知っていたか？　まずまちがいなく知らなかったと思う。きみが知っているごくわずかのことさえ知らなかったというのが私の推測だ」

　これで説得できただろうか。スザンナがこのような顔をしているときには、何を考えているかわかったものではない。キットはむきになる——それはつねに過ちだ。

「いいかい、ダーリン。結局、誰のことばを信じるかという問題だ。私と外務省の最上層部か、それとも、運に見放された悲しすぎる元兵士か」

スザンナはその質問を真面目に受け取る。どちらにしようか考えている。顔はまっすぐキットに向けたままだが、まだらに赤みが差して固い決意を感じさせ、一歩もあとに引かぬ潔白さでキットの胸を刺し貫く。学年最高の成績で法学部を卒業したけれど、学んだことを使う機会が一度もなかった女性の顔だ。それをいま使っている。つらい投薬治療のあいだじゅう死を正面から見つづけて、それでも口にする心配事は、自分がいなくなったらキットはどうなるということだけだった女性の顔。

「あなたはその計画者という人たちに、本当に無血だったかどうか尋ねたの？」

「もちろん尋ねなかった」

「なぜ？」

「そのレベルの人たちの誠意を疑うものではないからだ」

「つまり、彼らのほうから言ったということね。そのとおりに？　作戦は無血だったと？　それだけ？」

「ああ」

「なぜ？」

「私を安心させたかったんだろう」

「あるいは、あなたをだましたかったか」

「スザンナ、きみらしくもない！」

いや、むしろ私らしくないのだろうか。謙虚にそう思いながらも、腹を立てて更衣室に飛びこみ、やがてスザンナに気づかれないよう、こっそりとベッドの自分の側に入って、何時間もみじめな思いでまわりの薄闇を見つめつづける。その間、スザンナは薬の影響で身じろぎもせず眠っている。果てしない夜明けのどこかの時点で、キットは無意識の思考から自然発生したように決意していることに気づく。

ベッドから静かにおりて、廊下を忍び足で歩いていった。フランネルのズボンをはき、スポーツジャケットを着て、携帯電話を充電器からはずし、上着のポケットに入れた。エミリーの寝室のドアのまえで足を止めて、起きていないか耳をそばだてたが、何も聞こえない。裏の階段を静かにおりて、台所でポットのコーヒーを沸かした。基本計画を実行に移すまえに、どうしても欠かせない準備だ。しかしそのとき、果樹園に出る戸口から呼びかける娘の声が聞こえた。

「もう一個マグがある、パパ?」

シーバと朝のランニングから帰ってきたエミリー。

ふだんなら娘とくつろいだおしゃべりを愉しむところだが、この日、この朝は無理だった。とはいえ、キットはすぐに松材のテーブルについて坐り、エミリーと向かい合った。見るとその顔には、はっきりと意図がうかがえる。ベイリーの丘を上がる途中で台所の明かりが見えて、引き返してきたのだ。

「何が起きてるのか教えてくれる、パパ？」きびきびと訊いた。どこまでも母親の子だ。「起きてる？」あいまいな笑み。「どうして何かが起きなきゃならない？　母さんは寝ているよ。私はコーヒーを飲んでいる」

だが、誰もエミリーを欺くことはできない。このごろは無理だ。あのごろつきのバーナードに裏切られてからは。

「昨日、ベイリー牧場で何があったの？」エミリーは訊いた。「革製品の屋台で。パパはあの人を知ってたのに、認めようとしなかった。あの人はパパをポールと呼んで、ママのハンドバッグに怪しいメモを入れた」

キットは、妻と娘のあいだのテレパシーめいたやりとりを解明しようとすることを、とうの昔にあきらめていた。

「ああ、つまり、それは申しわけないが、おまえと私で話し合えることではないのだ」娘の視線を避けながら言い渡した。

「ママとも話し合えないんでしょう？」

「そういうことだ、あー、たまたまね。私だってママ同様、このことを愉しんでるわけじゃない。残念ながら公務上の重要機密にあたるのだ。ママもそこは理解している。そして受け入れている。おまえもそうすべきだろうな」

「わたしの患者は秘密を打ち明ける。わたしはそれを触れまわったりしない。どうしてママがパパの秘密を外にもらすと思うの？　本当に静かな人なのに。ときにはパパより静かなくらい」

高慢にふるまうべきときだ。

「なぜなら、国の秘密だからだ、エミリー。私の秘密でも、母さんの秘密でもなく。ほかの誰でもなく、私だけに託されたものなのだ。それを共有できるのは、すでに知っていた人たちだけだ。つまり、かなり孤独な仕事だったと言わざるをえない」

うまく自己憐憫《れんびん》の口調になったところで、キットは立ち上がり、娘の頭にキスをして、厩舎のまえの庭を大股で歩いていった。その先にある急ごしらえのオフィスに入ると、ドアに鍵をかけ、コンピュータの画面を開いた。

〝あなたの個人的な秘密のお問い合わせに、マーロンがお答えします〟

キャンピングカーに代わって買い入れた、まだ新車同然のランドローバーの後部座席に誇らしげなシーバを乗せて、キットは決然とベイリーの丘を登り、人気《ひとけ》のない道路の待避所にあえて車を停める。ケルトの十字架が立っていて、渓谷から立ち昇る朝の霧が見える。最初の電話はどこにもたどり着かない運命だが、それは承知の上だ。外務職員の倫理観と、ある種の自己防衛の気持ちから、かけるしかない。外務省の交換台にかけると毅然とした女性が出てきて、名前をゆっくりと明瞭にくり返すよう求める。キットはしたがい、ついでに爵位も告げる。こちらから切っても当然と思われるほど待たされたあと、交換手が戻ってきて、元大臣のミスター・ファーガス・クインは離職後三年たっており——それはキットもよく知っていたが、念のため訊いた——現在の連絡番号はわからず、メッセージをご本人に伝える権限もないと言う。クリストファー卿——やっと言ってくれた、ありがとう！——よろしければ当直事務官におつなぎしましょうか。いや、けっこうだ、とクリストファー卿は答え、事務官では本件のセキュリティのレベルに達しないことをはっきりと示す。

さて、かけるにはかけた。記録にも残った。ここからがむずかしい。

マーロンの電話番号を書いた紙片を取り出し、携帯電話に打ちこんで、音量を最大にする。耳が少し遠くなったからだ。そしてためらうのが怖いので、すばやく緑のボタンを押す。緊張して呼び出し音を聞くうちに、もはや手遅れだが、ヒューストンはいま何時だろうとふと思い、マーロンが寝ぼけ眼《まなこ》でベッド脇の受話器をつかみ取るところが眼に浮かぶ。が、出てきたのは誠実そうなテキサス訛りの寮母の声だ。

「〈倫理的成果〉にお電話いただき、ありがとうございます。お忘れなく、〈倫理的成果〉はあなたの安全を第一に考えます」

大音量の軍歌に続いて、全米代表のマーロンの声がパレードに加わる。

「ハロー！　こちらはマーロンです。ご安心ください、あなたのお問い合わせは〈倫理的成果〉の誠実かつ緻密な規則にもとづき、最高機密として扱われます。申しわけありませんが、ただいまあなたの個人的なお問い合わせを受けられる者がおりません。二分以内の簡単なメッセージを残していただければ、秘密厳守のコンサルタントがすぐにご連絡いたします。発信音のあとでどうぞ」

キットは二分以内の簡単なメッセージを用意していたか？　長い夜のあいだに用意していたようだ。

「私はポールです。エ、リ、オ、ッ、トと話さなければなりません。エリオット、三年前のポールではないけれど。あなたといますぐ話さなければなりません。あえて言えば、私のほうから起こしたことではないけれど。あなたといますぐ話さなければなりません。当然ながら私の自宅の番号は使わずに。私個人の携帯の番号は知っていますね。以前と同じです。もちろん暗号化機能はついていません。できるだけ早く会う日を決めましょう。あなた自身の都合がつかないなら、この件について話せる人と連絡をとらせてほしい。背景事情を知っていて、いまの不穏な空白を埋めることができる誰か、という意味です。すぐに折り返しの電話があることを期待しています。ありがとう。ポール」

困難な仕事を二分間で見事やりとげたような気分で、キットは電話を切り、シーバを引き連れてポニー用の道を歩きはじめるが、数百ヤードも進むと達成感は消えてしまう。誰かがかけてくるまでに、どのくらいかかるだろう。それより何より、ど、こ、で待てばいいのだろう。セント・ピランには携帯電話の電波が届かない。通信会社が〈オレンジ〉だろうと〈ボーダフォン〉だろうと、ほかのどこだろうと。いま家に帰っても、どうやってまた外出すればいいのか思案するだけだ。いずれ妻と娘には、機密でない範囲の成果を説明するつもりだが、そのためにはまず成果をあげなければならない。

つまるところ問題は、中間の領域があるのかどうかだ。マーロンの射程内にいながら、妻と娘の射程外に出る、一時しのぎの作り話はできるか。答え——家族信託の些事《さじ》をいろいろ片づけてもらうために最近雇った、退屈な事務弁護士。たとえば、かりの話として、ただちに対処しなければならない、ややこしい法律上の問題が生じているとしよう。そしてキットが日々の忙しさにかまけて、弁護士と会う予定だったのをすっかり忘れていたとすれば？　これは使える。次の行動はスザンナへの電話だ。勇気は必要だが、スザンナが相手なら勝手はわかっている。

シーバを呼んでランドローバーに引き返し、携帯電話をケースに入れる。エンジンをかけたところで、着信の知らせが耳をつんざく最大音量で鳴って、ぎょっとする。

「キット・プロビンかな？」男の声が言う。

「プロビンです。そちらは？」あわてて音を下げながら。

「〈倫理的成果〉のジェイ・クリスピンという者だ。あなたのすばらしい噂はかねがね聞いている。エリオットはいま捕まらない。鹿を追っている、というやつだ。代わりに私ではどうかな」

ほんの数秒と思ううちに問題は解決する。ふたりは会うことになる。それも明日ではなく、今晩。まわりの藪をたたくようなまわりくどい言い方はせず、アーもウーもない。率直なイギリス人の声で、教養があって、われわれの仲間だ。守りを固めている様子は微塵もなく、そのこと自体が多くを語っている。ほかの状況であれば、むしろ知り合うのが愉しみな相手——これらはすべて、ボドミン・パークウェイ駅を十時四十一分に出発する列車に間に合うように、キットが急いで着替えながら、適宜表現をぼかしてスザンナに報告したことだった。

「気持ちを強く持って、キット」スザンナが、弱った体から出せるかぎりの力で彼を抱きしめて励ました。「あなたが弱いというんじゃないの。あなたは弱くない。やさしくて、人を信じやすくて、誠実だってこと。ジェブも誠実だった。あなたもそう言った。でしょう？」

言っただろうか。たぶん言っていない。だが、利口ぶってスザンナに指摘したように、人というのは変わるものだ。そうなのだよ、ダーリン、最高の人間さえ。そして、われわれの一部は完全にレールからはずれてしまう。

「誰だか知らないけれど、そのミスター大物にずばりと訊くの。〝気の毒なジェブは真実を話していたのか。それとも無実の女性と子供は死んだのか〟って。どんな作戦だったのかはべつに知りたくない。知ろうとしても永遠に無理。でも、ジェブがあの忌まわしい領収書に書いたことが事実で、そのためにわたしたちがカリブ海を手に入れたのだとすれば、わたしたちはそのことと向き合わなければならない。嘘とともに生きてはいけないわ、どれほどそうしたくても。そうでしょう、ダーリン？　少なくとも、わたしは生きていけない」あとで思いついてつけ加えた。

エミリーはもっと手厳しかった。車で駅前に乗りつけたときのことだ。

「とにかくパパ、内容はどうでも、ママにはちゃんとした答えが必要よ」

「私にもだ！」痛烈な怒りで思わず言い返し、即座に後悔した。

ロンドン、ウェスト・エンドの〈コノート・ホテル〉にはそれまで足を踏み入れたことがなかったが、ポストモダンの華麗なラウンジで忙しく立ち働くウェイターのあいだに坐っていると、キットは来ていればよかったと思った。もしなかを見たことがあれば、衣装箪笥から引ったくって身につけた時代遅れの田舎ふうのスーツと、傷のついた茶色の靴ではなく、ほかの恰好を選んでいただろう。

「私の飛行機が遅れた場合、私を待っていると彼らに告げるだけで、あとはきちんと世話してくれる」とクリスピンは言っていた。飛行機がどこから来るのかを語る手間は省いて。

たしかに、指揮台に立つ偉大な指揮者を思わせる黒いスーツの給仕長に、キットがクリスピンの名前を告げると、相手はにっこりと微笑んだ。

「本日は遠路ようこそおいでになられました、クリストファー卿。コーンウォルは本当に遠いところですから。何をお出しいたしましょうか、ミスター・クリスピンがお支払いになると承っております」

「紅茶をいただけるかな。自分で払うよ、現金で」キットは他人に頼ってなるものかと言い返した。

しかし、〈コノート〉の紅茶はそう簡単には出てこない。一杯の紅茶を飲むには〝ジックでショックなアフタヌーン・ティー〟を頼まなければならず、ウェイターがケーキや、スコーンや、キュウリのサンドイッチを粛々と運んでくるのを、なすすべもなく眺めることになる。値段は三十五ポンドに加えてチップ。

キットは待つ。

クリスピンらしき人物が何人か入ってきて、キットを無視し、ほかの人といっしょに坐るか、ほかの人があとから加わる。電話で聞いた力強く如才ない話しぶりを思い出して、彼は直感的にそれに見合った人物を探す――おそらく肩幅が広く、自信たっぷりで、颯爽《さっそう》と歩く。エリオットも自分の雇用主に輝かしい賛辞を贈っていた。それほどの指導力とカリスマは、いったいどのような姿形をとるのだろう、と緊張のなかにも遊び心で考える。上品なグレーのピンストライプのスーツを着た、中背の四十がらみのエレガントな男が静かに隣に坐り、彼の手を握って「目当ての男は私だろうね」とつぶやいたときにも、さほど落胆しない。

それどころか、もしそう言ってよければ、たちどころに納得する。ジェイ・クリスピンはその声と同じくらいイギリス流で、当たりが柔らかい。ひげをきれいに剃《そ》り、整った健康な髪をうしろに梳《と》かしつけ、静かな自信をたたえて微笑む。キットの両親なら〝身ぎれい〟と形容しそうな男だ。

「キット、こういうことになって本当に残念だ」完璧な語調の声が宣言する。誠意がキットの胸に突き刺さる。「さぞつらい思いをしたことだろうね。おっと、何を飲んでいる？　紅茶などやめにしよう！」ウェイターがすべるように近づいてくる。「あなたはウイスキー党だ。ここは極上のマッカランを出す。これを全部片づけてくれるかな、ルイージ？　それから十八年物をふたつ。たっぷりと頼むよ。氷は？　不要だ。ソーダと水ももらえるかな」そしてウェイターがいなくなると、「さて、はるばる出向いてくれたことに心から感謝する。

そもそも出向かなければならなくなったことについては、重ねて言うが、本当に申しわけなかった」

キットは、ジェイ・クリスピンに心惹かれたことを決して認めないだろう。相手の抗いがたい魅力に自分の判断がなんらかの影響を受けたことも。この男はきわめて怪しいと最初から感じたし、会合のあいだじゅう疑念は晴れなかった、と主張するだろう。

「それで、暗黒のコーンウォルの生活はあなたに合っているんだね」クリスピンは飲み物が来るのを待つあいだ、ざっくばらんに訊いた。「明るい光が恋しくならない？　私ならほんの数週間で小鳥たちに話しかけるようになるだろうね。まあ、そこが私のいけないところだとよく言われる。治療不能のワーカホリックなのだ。自分を愉しませるすべを知らない」そんなふうに小さな秘密を打ち明けてから、「スザンナは快方に向かっているんだろうね？」と完璧に親しみのこもった低い声になる。

「ずっとよくなりました、おかげさまで。本当に、ずっと。田舎暮らしが性に合っているようで」キットはぎこちなく答えたが、この男に訊かれてほかにどう答えればいい？　早く会話の方向を変えようと、ぶっきらぼうな口調になった。

「あなたの本拠地はどこですか。ここロンドンか、それともヒューストンとか？」

「いやはや、ロンドンに決まっている。ほかにどこがある？　私見を述べれば、本拠地とすべき唯一の場所だ——北コーンウォルを除いてということだけれど、もちろん」

ウェイターが戻ってきた。クリスピンの基準までウェイターが酒をつぐあいだの中断。「カシューか何かでも？」クリスピンが親身な声音でキットに尋ねた。「あるいは旅行のあとだから、もっとしっかりしたものがよければ」

「いいえ、これで充分です」防御の手はゆるめない。

「では話してもらおうか」ウェイターが去ると、クリスピンが言った。

キットは話した。クリスピンは端整な顔をしかめて集中し、この話にはなじみがあるというふうに、きれいに整えた頭で思慮深くうなずきながら聞いた。ことによると、すでに耳にしていたのかもしれない。

「そして同じ夜、これが見つかったのです」キットは不満をぶつけ、田舎ふうのスーツの奥から湿った茶色の封筒を引き出して、ジェブが手帳から破り取った罫線入りの薄い紙をクリスピンに渡した。「よろしければ見てください」不吉な前触れとしてつけ加え、クリスピンの手入れをした指がそれを受け取るのを見た。クリーム色のシルクのシャツのダブルカフスと、彫刻がほどこされた金のカフスボタンに気づいた。クリスピンが椅子の背にもたれ、両手で紙を持って、透かし模様を調べる古物収集家の落ち着きで仔細に眺めるのを見た。

〝どう？　彼は悪い人に見える、ダーリン？　ショックを受けている？　何か表情があるでしょう！〟

だが、キットにわかる範囲でクリスピンに表情はなかった。顔つきもふつうで怯《ひる》んだ様子はなく、手がぶるぶる震えてもいなかった。小ぎれいな頭をただ寂しげに振りながら、士官階級の声で言った。

「気の毒に。私に言えるのはそれだけだ、キット。じつに気の毒だよ。なんというおぞましい状況だ。奥さんのスザンナも気の毒に。胸が痛む。彼女がどれほどのことを耐え忍ばなければならなかったか、神のみぞ知るだ。真の意味で打撃をこうむったのは奥さんだ。なぜ、どこからそれが来るのかもわからず、自分のほうから訊くこともできなかった。それは序の口だ。あのちびくそが。いや、失礼した。まったく！」内なる痛みをこらえて憤然と小声で言った。

「家内にはぜひとも率直な答えが必要なのです」キットは、ここで退《ひ》いてはならじと主張した。「どれほど悪いことだろうと、実際に起きたことを知らなければならない。私もです。われわれがカリブ海の任地に行ったのは口封じのためだった。家内はそう信じて疑わない。本人も気づかないうちに、どうやら同じ考えを娘にまで吹きこんでいる。ですから、想像がつくでしょうが、あまり快適な状況ではありません」クリスピンが同情するようにうなずくので、用心しながらも力づけられて、「あまり幸せな引退の仕方でもない。母国のために立派な働きをしたと思っていたのに、すべて見せかけだったのがわかったわけだから。その裏に隠されていたのは、まあ、殺人ですよ、ありていに言えば」細い花火が一本立った誕生ケーキを台車にのせて、ウェイターがあわただしく横を通っていくあいだ、口を閉じていた。

「一級の兵士がそのせいで全人生を棒に振った、あるいは振ったかもしれないという事実がそこに加わる。それはスザンナがあっさりと受け入れられることではありません。自分はそっちのけで他人を思いやりがちな人間ですから。要するに、私が言いたいのは、逃げ口上を抜きにして事実を教えてもらいたいということです。イエスかノーかを、正直に。私たちふたりとも。私たちみんな。みんな知りたいでしょう。申しわけないが」

何が申しわけないのだ。声がずるずると制御不能になり、顔に血がのぼるのが感じられたことか？　申しわけないものか。ついに怒りが爆発したのだ。そうあるべきだ。スキは歓声を送るだろう。エムも。波打つ髪をきれいになでつけた頭で、気取ってうなずいているこのジェイ・クリスピンという男を見れば、スキとエムも自分と同じくらい腹を立てるだろう。

「そして、私がその悪事を働いた人間というわけだ」クリスピンは自分に対する非難を数え上げる口調で堂々と言った。「私はそのすべてを企て、安手の傭兵軍団を雇い、ラングレーとわが国の特殊部隊をだまして支援に当たらせ、歴代最高の失敗に終わったくそ作戦の指揮をとった悪者。そういうことかな？　加えて、無能な現地指揮官に仕事をまかせ、その男がカッと来て部下に無実の母子を撃ち殺せと命じた？　だいたいこんなところだろうか。それとも、まだ言っていないことで、私のしたことがあるかな？」

「いや、とんでもない、そんなことを言った憶えは――」

「ちがうね、キット。あなたが言う必要はないのだ。ジェブが言って、あなたはそれを信じた。糖衣にくるむことはない。私はこれとともに三年生きてきた。さらに三年生きることもできる」自己憐憫は少しも感じさせない。少なくともキットの耳には。「公平を期して言えば、ジェブだけではないのだ。私のよく知る分野では、あの手の連中はごまんといる。本物か想像の産物かはともかく、ＰＴＳＤ（心的外傷後ストレス障害）を抱え、謝礼や年金が少ないと恨み、自分の姿を勝手に思い描いて人生の物語を書き換え、ゆくゆく口輪をはめてやらなければ、弁護士のところに駆けこむのだ。しかし、あのちび男は一流だったのだよ、信じられないかもしれないが」耐え忍ぶようにため息をつき、また悲しそうに首を振る。「全盛期には並はずれた仕事をしたのだ。ジェブには誰も敵わなかった。だからよけいにひどい。すぐに化けの皮がはがれるようなことを書いた哀れきわまりない手紙を、知り合いの議員やら国防省やら、ありとあらゆるところに送りつける。本部では彼を〝傍迷惑なちび〟と呼んでいたがね。まあ、それはいい」またため息、今度は沈黙と変わらないくらい小さく。「出会ったのは本当に偶然だったのだろうね。彼がどうにかして、あなたを探り当てたのではなく？」

「完全に偶然です」キットはきっぱりと言ったが、口調ほどには自信が持てなくなっていた。

「コーンウォルの地元の新聞かラジオが、クリストファー卿とレディ・プロビンの栄えある到着を報じたりしなかったかな、ひょっとして？」

「報じたかもしれません」

「それがヒントになったとか」

「ありえない」キットは断固否定した。「ジェブは村の祭りに来て答えが閃くまで、私の名前も知らなかったんです」怒りが続いているのがうれしかった。

「あなたの写真はどこにも出ていない？」

「知るかぎりでは。もし出ていたら、ミセス・マーロウが教えてくれたでしょう。うちの家政婦ですが」力強く宣言した。さらに確信をこめて、「かりに本人が見逃したとしても、村じゅうの人が彼女に話していたはずだ」

ウェイターがお代わりをお持ちしましょうかと訊いた。キットはいらないと答えた。クリスピンがふたり分いただこうと答え、キットはあえて断らなかった。

「われわれの仕事の内容について少し知りたいかな、キット？」またふたりだけになると、クリスピンが訊いた。

「どうでしょう。わかりませんね。私とはかかわりのないことだから」

「いや、知るべきだと思うね。あなたは外務省ですばらしい仕事をした、まちがいなく。国のためにしゃにむに働いて、年金を稼ぎ、爵位を得た。だが、超一流の公務員として、あなたは支援者だった、もちろん、そのなかでもきわめて優秀なひとりだったが。あなたは決してプレーヤーではなかった。企業のジャングルでわれわれが言うところの狩猟採集民ではなかった。そうだろう？　認めなさい」

「どういう話をしたいのか、わかりませんね」キットは不満げに言った。

「インセンティブの話をしている」クリスピンは辛抱強く説明した。「ごく平凡な一般人を朝、ベッドから出して動かすものについて。つまり金、悪銭、現生のことだ。そして私のビジネスで——あなたのビジネスではないよ——作戦が〈ワイルドライフ〉のように成功したときに、誰がケーキのひと切れを手に入れるかについて。さらに、作戦にともなって生じる恨みつらみについて。ジェブのような連中はイングランド銀行の資産の半分くらいの貸しがあるとまで思いこむのだ」

「ジェブが軍人だったことを忘れていませんか」キットは熱くなって割りこむ。「イギリス軍ですよ。ジェブとしては賞金稼ぎに対して少々言いたいこともあって、たまたま私と会ったときに口にした。ともに活動することを受け入れはしたけれども、そこまでが限界だった。国の兵士であることに誇りを抱いていて、彼にとってはそれで充分だった。そこははっきりさせておきます、申しわけないが」ますます熱くなりながら。

クリスピンは、もっとも怖れていたことが実現したというふうに、ひとり静かにうなずいていた。

「おお、なんということだ。ああ、ジェブ。まったく。彼は本当にそう言ったんだね？ 神の慈悲を！」落ち着きを取り戻した。「国の兵士は傭兵には反対だが、賞金稼ぎのケーキはたっぷりもらいたいわけか。傑作だな。ジェブ、あっぱれ。偽善もここまで来るとすごい。そして望みのものが手に入らないとなると、失敬なことに〈倫理的成果〉の玄関口にくそをまき散らす。なんと不誠実なちび――」しかしそこで品位を落とすまいと中断する。

キットはまたしても引き下がらない。

「いいですか、いまの話はすべて本題からはずれている。私はまだ答えをもらっていない。でしょう？ スザンナもだ」

「なんの答えかな、それは？」クリスピンは相変わらず襲いかかってくる不吉なものをことごとく退けようと努めながら訊いた。

「私が聞くために来た答えですよ。わかるでしょう。イエスかノーか。報酬だの賞金だの、そんなことはどうでもいい。すべて目くらましだ。私の質問はただひとつ、あの作戦で血が流れたのか、流れなかったのか。誰かが殺されたのか。もしそうなら、犠牲者は誰だったのか。無実の人だったのか犯罪者だったのかも気にしない。とにかく彼らは殺されたのか。そのふたりは」数がよくわからなくなってきたが、かまわず主張した。「女性が殺されたのか。彼女の子供が殺されたのか。誰の子であれ、とにかく子供が？　スザンナには知る権利がある。私にも。私たちは、娘に話すべきことを知らなければならない。エミリーもその場にいたからです。村の祭りに。彼の声も聞いた。聞いてはいけないことをあれこれ聞いた。ジェブから。あの子が悪かったわけではないが、とにかく聞いた。どこまでかはわからないけれど、充分な程度まで」駅でのエミリーの別れ際のことばにまだ恥じ入っていたので、かばうようにつけ加えた。「盗み聞きしていたのかもしれませんが、責めるわけにはいかない。娘は医師です。観察眼が鋭い。物事を知らなければならない。それが仕事の一部なので」

クリスピンはそのような質問がまだ俎上《そじょう》にあることに驚き、いくらか傷ついてもいたが、ともかく答えることにしたようだった。

「まずあなたの問題を見てみようか、キット」親切な口調で提案した。「もしかりにあの岩《ロック》じゅうに血が流れていたら、われらが古き良き外務省《FO》があなたにあの赴任地を、あのような名誉を与えたと思うかな、正直なところ？　まして、どこか明かせないような場所で〈パンター〉が尋問され、声をかぎりに自白していたとしたら？」

「与えたかもしれませんよ」キットは部外者が憎々しげに〝FO〟と言ったことは無視して、意固地に答えた。「私を黙らせるために。私の攻撃が届かない場所に移すために。よけいなことをしゃべらせないように。外務省はそれよりもっとひどいことだってしてきた。そういうことができるとスザンナは思っています、いずれにしろ。私も」

「なら私の口元をしっかり見てくれ」

ひそめた眉の下から、キットはすでにそうしていた。

「キット、失われた人命はゼロだった。くり返す、ゼロだ。もう一度言おうか？　誰の血であろうと一滴も流れなかった。赤ん坊は死ななかったし、母親も死ななかった。納得したかね？　それともコンシエルジュに聖書を持ってきてもらおうか？」


その心地よい春の夕暮れ、〈コノート・ホテル〉からペル・メル通りまでの道のりで、キットは喜びというより悲しい安堵《あんど》を覚えていた。哀れな仲間のジェブは、明らかにひどく傷ついている。キットの心は彼に向かった。かつての同志、勇ましい兵士だったのに、強欲と不正の感情に屈してしまった。自分が知っていた男はもっと立派だった。尊敬すべき、ついていくべき男だった。もしまたふいに出会うことがあれば――二度とないとは思うが、万が一あれば――それでもやはり友情の握手の手を差し伸べるだろう。ベイリー祭での奇遇については、クリスピンのように卑しい疑念を抱くことはなかった。あれはまったくの偶然。本当にそれだけだ。地上最高の俳優でも、ワゴン車のテールゲートからこちらを見上げていた、あのやつれ果てた顔を作ることはできなかっただろう。ジェブは精神を病んでいるのかもしれない。PTSDか、このところわれわれがすぐに与えがちな、ほかの大層な名前の病気に罹《かか》っているのかもしれない。しかしキットにとって、ジェブはあくまで彼を職業人生の高みに導いてくれた男だった。何があってもその事実が消えることはない。以上。

頭のなかでこの不退転の考えを固めたあと、脇道に入り、スザンナに電話をかけた。コノート・ホテルを出てからずっとそうしたくてたまらなかったのだが、同時になんとも説明のつかない恐怖も感じていた。

「状況は思いがけずよかったよ、スキ」ことばを慎重に選ぶのは、エミリーが意地悪く指摘したとおり、どちらかと言えばキットよりスザンナのほうが保安にはうるさいからだ。「われわれが会ったのは、悲劇的に人生の道を踏み迷って、事実と空想の区別がつかなくなった病状の重い人物だ。わかるね？」もうひと押しした。「事故で死傷した人はひとりもいない、くり返す、ひとりもいないのだ。スキ？　聞いているかい？」

ああ、どうしよう。スキは泣いている。いや、ちがう。彼女は決して泣かない。

「スキ、ダーリン、事故はなかったのだ。犠牲者もいない。大丈夫だ。かわいそうな子は残されていない。母親も。祭りにいたわれわれの友人は勘ちがいしている。勇敢だが気の毒な男で、精神的な問題と金の問題を抱え、頭がすっかり混乱しているのだ。トップの地位にいる男から、はっきりとそう聞いた」

「キット？」

「なんだい、ダーリン。言ってくれ、頼むよ、スザンナ」

「わたしは大丈夫、キット。ちょっと疲れて気分が落ちこんでいただけ。もうよくなったわ」

まだ泣いていないね、スキ？　きみはぜったいに泣かない。これまでのスキなら。決して。キットは次にエミリーにかけるつもりだったが、もう一度考えて翌日まで待つことにした。


クラブは酒の出る時間になっていた。昔なじみの友人たちがキットに挨拶し、ビールをおごり、キットもおごり返した。長いテーブルにキドニーとベーコン、図書室にはコーヒーとポートワインが出されて、快適な夜が約束されていた。リフトは動いていないが、キットは難なく五階まで階段をのぼり、暗い廊下を歩いて、忌々しい消火器を蹴ることもなく自分の寝室にたどり着いた。とはいえ、いつも見つけるのに苦労する明かりのスイッチを探して、壁をなでまわさなければならなかった。そうするうちに、部屋のなかに新鮮な空気が満ちているのに気づいた。まえの利用者がクラブの規則にはなはだしく違反して煙草を吸い、証拠を隠すために窓を開けておいたのか。もしそうなら、事務員に厳しい手紙を書き送ろうと思った。

ついにスイッチを見つけ、明かりをつけると、開いた窓の下にある革張り《レキシン》の肘かけ椅子に、しゃれたダークブルーのブレザーを着て、いちばん上のポケットに三角の白いハンカチを挿したジェブが坐っていた。

4

茶色のA4サイズの封筒が、表を上にしてドアマットの上にぽとりと落ちた。土曜の朝三時二十分、トビー・ベルが、実り多いけれども緊張の連続だったベイルートのイギリス大使館勤務から、イズリントンのフラットに戻ってまもないころだった。すぐに危険を察知して、ベッド脇から懐中電灯をつかみ取り、忍び足で用心しながら廊下を進んでいくと、柔らかな足音が遠ざかって階段をおりていき、玄関のドアが閉まるのが聞こえた。

封筒は油紙で分厚く、無料郵便ではなかった。左上の隅にインクの大文字で〝親展〟と大きく書かれていた。宛名は筆記体で〝T・ベル殿、フラット2〟。イギリス人らしき、見憶えのない文字だった。裏の蓋はテープが二重に貼られ、テープの両端は表にまわっていた。差出人の名前はなく、古めかしい〝殿《エスクワイア》〟を略さずに綴って安心させようとしたのであれば、むしろ逆効果だった。封筒の中身は平たい。つまり外見から判断すると小包ではなく手紙だが、手を吹き飛ばす装置はかならずしもかさばらないことをトビーも訓練で学んでいた。

こんな時間に二階のフラットに手紙が届けられたのは、謎というわけでもなかった。週末には玄関の鍵はひと晩じゅうあいている。意を決して封筒を拾い上げ、体からできるだけ離して台所に持っていった。頭上のライトの光でよく確かめたあと、キッチンナイフで横の部分に切りこみを入れると、またなかに封筒が入っていた。宛名は同じ手書きの文字で〝T・ベル殿。親展〟。

二番目の封筒もやはりテープで封がしてあった。なかにはびっしりと文字が書かれた、ヘッダーつきの青い便箋が二枚入っていた。日付はなし。

〈領主館〉より
セント・ピラン
ボドミン
コーンウォル

わが親愛なるベル

スパイめいた書状をお送りすること、しかも人目をはばかって配達することをお赦しいただきたい。当方の調査員から、貴殿が三年前にある若い大臣の秘書官だったことを知らされた。ポールという名の共通の知り合いがいると言えば、私の懸念がどのようなものであるか、なぜ手紙でくわしく書けないのかを推察していただけると思う。

私が陥っている状況は非常に深刻なので、こうして貴殿の人としての直感に訴え、きわめて慎重な対応をお願いするしかなくなった。都合がつくいちばん早い時期に、ロンドンではなく、人里離れたここ北コーンウォルで、ひそかにお目にかかりたい。好きな日を選んでもらいたい。メール、電話、郵便など、いかなる方法でも事前の連絡は不要だし、していただかないほうがよろしい。

当家は現在改装中だが、宿泊していただく余裕は充分ある。少しでも来訪が早まるよう、週末の初めに届けてもらうことにした。

敬具

クリストファー（キット）・プロビン

追伸　概略の地図と当家への道順を同封する。C・P

追追伸　貴殿の住所は、口実をつけて元同僚から取得した。C・P

読むうちに、トビーに厳粛な静けさのようなものがおりてきた。達成感、そして自分の正しさが証明されたような思いが。三年間、彼はまさにこのような知らせを待っていた。それが来て、眼のまえの台所のテーブルの上にある。ベイルートの最悪のときでさえ——爆破予告、誘拐の恐怖、外出禁止令、暗殺、行動が予測できない民兵の指導者たちとの秘密会合のさなかでも——〝存在しなかった作戦〟の謎と、説明のつかないジャイルズ・オークリーの転向が頭から離れたことは一度もなかった。下院議員ファーガス・クイン、ダウニング街の権力者になるのはまちがいなしと目《もく》されていた男が、トビーの急なベイルート赴任のわずか数日後に大臣を辞め、アラブ首長国連邦の一国の防衛装備調達コンサルタントの任につくと決断したことも、週末のゴシップ記者の飼い葉にはなったが、中身のある記事は生み出さなかった。

トビーは部屋着のままで机のコンピュータへと急いだ。クリストファー（キット）・プロビン、一九五〇年生まれ、ケンブリッジ大学マルボロ・コレッジとキーズ・コレッジに学び、数学および生物学で二級優等学位を取得、『紳士録』にはしっかりと一段落分、記載されている。スザンナ（旧姓カーデュー）と結婚、一女あり。パリ、ブカレスト、アンカラ、ウィーン、その他国内のさまざまな部署に勤めたのち、カリブ海の島嶼《とうしょ》国の高等弁務官に就任。在任中《アン・ポスト》に受勲し、一年前に引退。

この当たり障りのない説明を読んで、記憶の水門がいきなり大きく開いた。

そう、クリストファー卿、われわれにはポールという名の共通の知り合いがいる！

そして、そう、キット、あなたの懸念がどのようなものであるか、なぜ手紙でくわしく書けないのかを推察することができる！

メール、電話、郵便など、いかなる方法でも事前の連絡は不要だし、しないほうがいいことも驚くにはあたらない。なぜなら、ポールはキットであり、キットはポールだから！　そのふたりから、低空飛行の男ひとりと赤電話ひとつができあがる。あなたはぼくの人としての直感に訴え、そしてキット——いや、ポール——あなたの訴えはこの胸に届いた。

ロンドンで独り身のトビーは、車を所有しないことを旨《むね》としていた。ウェブから列車の時刻表を引き出すのに、腹立たしくも十分かかり、ボドミン・パークウェイ駅で車を借りる手続きにさらに十分かかった。正午には列車のビュッフェに坐って、西部地方の野原がうしろに流れていくのを見ていた。ガタゴトとあまりにゆっくりと走るので、目的地に着くころには夜になってしまうと絶望したが、それでも夕方には、クラッチがすべってハンドルが甘い大きすぎるセダンを運転していた。樹木の枝がトンネルさながら頭上を覆って、ところどころ日光が射しこむ狭い道を通り抜けると、ほどなく目印になるものが現われはじめた――浅瀬、ヘアピンカーブ、ぽつんと立った公衆電話ボックス、行き止まりの表示、そして最後に〈セント・ピラン　コーンウォル　2マイル〉の道路標識。

丘の急な坂をおり、花崗岩《かこうがん》の塀で仕切られたトウモロコシとアブラナの畑のあいだを抜けた。眼のまえに納屋の一群が浮かび上がり、現代の平屋が立ち並び、ずんぐりした花崗岩の教会と村の通りが見えてきて、自然に登りになっているその通りの突き当たりが〈領主館〉、十九世紀の富農の見苦しい屋敷だった。柱と屋根つきのポーチと、大きすぎる鉄の門、石のライオンが鎮座した堂々たる門柱があった。

トビーはこの最初の通過で速度を落とさなかった。〝ベイルートの男〟は遭遇前にあらゆる情報を集めておくのが習慣だった。丘の中腹を横切る未舗装の道に入るとすぐに、複雑に傾斜したスレート屋根、そこにわたされた梯子、荒廃した温室の列、時計台つきの――しかし時計自体はない――厩舎が見えた。厩舎の中庭にはセメントミキサーと砂の山。〝当家は現在改装中だが、宿泊していただく余裕は充分ある〟

偵察を終えて村の目抜き通りに引き返し、穴だらけの短い私道を経て、〈領主館〉の玄関前に車をつけた。呼び鈴は見当たらなかったが、真鍮のノッカーがあったので大きな音で鳴らした。家の奥で犬が吠え、何かを激しくたたく音がした。ドアがさっと開き、小柄で気丈そうな六十代の女性が現われて、青い眼の鋭い視線でトビーを厳しく調べた。彼女の足元から、泥まみれのクリーム色のラブラドールが同じことをしていた。

「トビー・ベルという者です。クリストファー卿とひと言お話しできればと思うのですが」

そう言ったとたんに女性のやつれた顔が和らいで、温かく、美しいとさえ思える笑みがこぼれた。

「もちろんあなたはトビー・ベルよね！　一瞬、ご本人にしてはちょっと若すぎるのではないかと思って。わかります？　本当にごめんなさい。百歳になるとこうなるからだめね。来られたわよ、ダーリン！　トビー・ベルよ。どこに行ったのかしら。たぶん台所ね。古いパン焼き窯と格闘してるの。キット、ちょっとたたくのをやめて、こっちに来て、ダーリン！　プラスチックの耳当てを買ったんだけど、ちっとも使わないの。男の人は頑固ね。シーバ、トビーに挨拶なさい。トビーとお呼びしてかまわないでしょう？　わたしはスザンナ。いい子にして、シーバ！　ああ、これは洗ってやらないと」

たたく音がやんだ。泥まみれのラブラドールがトビーの腿《もも》に鼻をすりつけた。トビーはスザンナの視線を追って、薄暗い石畳の廊下の先を見た。

「この人でしょう、ダーリン？　本当にこの人でいいのね？　用心しすぎるってことはないから。新しい水道工事の人かもしれないし」

トビーの心のなかで閃いたことがあった――三年待って、ようやく本物のポールの声を聞いているのだ。

「もちろんこの人よ、ダーリン！」スザンナが叫び返していた。「長旅のあとで、一刻も早くシャワーを浴びて強いお酒を飲みたいようよ。そうでしょう、トビー？」

「いい旅だったかな、トビー？　道から何からすべてわかった？　私の指示で妙な場所に迷いこむこともなく？」

「とてもいい旅でしたよ。あなたの指示は驚くほど的確でした」トビーも同じくらい陽気に、空っぽの廊下の先に呼びかけた。

「三十秒もらえるかな。手を洗ってこのブーツを脱いだら、すぐそちらに行く」

蛇口からほとばしる水。鼻をかむ音。配管を水が流れる音。石の廊下を近づいてくる、本物のポールの落ち着いた足音。そしてついに本人が、まずシルエットで、次にオーバーオールの作業着とはき古した運動靴で現われ、両手を布巾でふいてからトビーの手を包みこむように握りしめた。

「本当によく来てくれた」熱烈な口調で言った。「私たちにとって、これがどれほど大切なことか。胸が悪くなるほど心配していたのでね。そうだろう、ダーリン？」

しかしスザンナが同意するまえに、すらりと背が高く、黒髪とイタリア人の眼を持つ二十代後半の女性がどこからともなく出てきて、キットの横に立っていた。彼女は挨拶をするよりトビーを見ることに関心がありそうだったので、トビーは最初、家事手伝いの類《たぐい》、ことによると英語を学ぶために住みこんでいるオペアではなかろうかと思った。

「ハイ、エミリーよ。この家の娘」彼女はぶっきらぼうに言って、父親のまえに手を伸ばし、トビーと気のない握手をしたが、にこりともしなかった。

「歯ブラシは持ってきたかね？」キットが訊いていた。「それは感心。車のなか？　取ってくるといい。部屋に案内するよ。それからダーリン、家にあるもので簡単な食事を用意してもらえるかな？　旅行のあとだから腹ぺこだろう。ミセス・マーロウのパイをひとつ食べれば元気が出る」

主階段は改装中なので、彼らは使用人用の古い階段を使っていた。壁のペンキは乾いているはずだが触らないほうがいい、とキットは言った。女性たちは消えていた。食器洗い場からシーバが洗われている音が聞こえた。

「エムは医者なのだよ」キットがのぼりながら切り出した。声が階段の上下にこだました。「バーツで資格を取った。その年で最高の成績だった、たいしたものだ。イースト・エンドで生活困窮者の治療をしている。運のいい連中だな。ここは床が抜けるかもしれないから足元に気をつけて」

のぼったところにドアが並んでいた。キットはまんなかのドアを開けた。屋根窓が、塀に囲まれた庭に面していた。シングルベッドのシーツがきれいに折り返されている。書き物机の上にはフールスキャップ紙とボールペンがあった。

「支度ができたらすぐに図書室のスコッチをやるといい」キットが部屋の入口から知らせた。「食事のまえに散歩という手もある、その気になればだが。女性たちがまわりにいないほうが話しやすいからね」そしてぎこちなくつけ足した。「シャワーには気をつけて。少々湯が熱い」

バスルームに入って服を脱ごうとしたときに、ドア越しに大きな怒声が聞こえて、トビーは驚いた。寝室に戻ると、スポーツウェアにスニーカーという恰好のエミリーがテレビのまえに立ち、バランスをとるようにリモコンを持って、チャンネルをしきりに切り替えていた。「動くかどうか確かめたほうがいいと思って」彼女は振り返って説明した。音量を下げようとはしない。「ここは海外駐在と同じなの。ある人がほかの人に話している内容を聞くことは許されない。壁には耳があって、絨毯もどこにも敷かれていない」

テレビがまだ大音量で鳴っているあいだに、彼女はトビーに一歩近づいた。

「あなたはジェブの代わりにここに来たの？」とまっすぐにトビーの顔を見て訊いた。

「誰ですって？」

「ジェブ。J、E、B」

「いいえ、ちがいます」

「ジェブを知ってる？」

「いいえ、知りません」

「パパは知ってるわ。このことは彼の大きな秘密なの。ジェブはパパをポールと呼ぶけれど。先週の水曜にジェブがここに来ることになってたんだけど、来なかった。あなたが使うのは彼のベッドよ」相変わらず茶色の眼でトビーを見つめながら、つけ加えた。

テレビではクイズショーの司会者が興奮をあおっていた。

「ジェブという人は知りませんね。その名前の人には一度も会ったことがない」トビーは慎重に抑えた声で答えた。「ぼくはトビー・ベル、外務省の職員です」そしてあとから思いついたように、「しかし一個人でもある、それがどういう意味であれ」

「いまはどちらなの?」

「一個人です。あなたの家族の客です」

「でもジェブは知らない?」

「一個人としても、外務省職員としても、ジェブという人は知りません。すでに明言したと思いますが」

「だったらなぜ来たの?」

「父上が話したいということだったので。理由はまだ説明してもらっていません」

エミリーの口調が穏やかになったが、それもわずかだった。

「母はいつも死を意識している。病気でストレスには弱いの。いまそのストレスがたくさんあって、たいへん。だからわたしは、あなたが事態をさらに悪くしにきたのか、よくしにきたのか知りたい。それとも、どちらになるかわからないの？」

「残念ながら、わかりません」

「外務省はあなたがここにいることを知っている？」

「いいえ」

「でも月曜には知る？」

「その心配は無用だと思います」

「なぜ？」

「まずお父さんの話を聞かなければならないから」

テレビで誰かが百万ポンドを獲得して、大きな歓声があがる。

「父と今夜話して明日の朝発つ。そういう計画？」

「そのときまでに仕事が終われば」

「明日はセント・ピランで早朝礼拝があるの。両親は十時に教会のパレードに出なきゃならない。パパは世話役とか典礼係とか、そういう仕事があって。ふたりが教会に行くときにお別れということなら、あなたはそのあとも残って、わたしと意見交換できる」

「それができるのなら、喜んで」

「どういう意味？」

「父上は内密に話したいということなので、そこは尊重しないと」

「じゃあ、わたしも内密に話したいと言ったら？」

「あなたの意思も尊重します」

「それなら十時に」

「十時に」

キットが予備のアノラックをつかんで廊下に立っていた。

「ウイスキーはあとでもいいかね？　天気が悪くなりそうだから」


彼らは塀で囲まれた庭の濡れそぼった地面を歩いていった。キットは古いトネリコの杖を突いて悠々と歩き、シーバがすぐあとを追い、トビーは借りてはいている大きすぎるウェリントンブーツで苦労しながらついていった。ツリガネスイセンが並んで咲いている曳舟道をたどり、〝危険〟の札がついたぐらつく橋を渡った。花崗岩の踏み段を越えた先は、広々とした丘の中腹だった。そこを登ると、西風が頬に霧雨を吹きつけた。丘の頂上にはベンチがあったが、坐るには濡れすぎていたので、彼らは立ったまま互いに少し相手のほうを向き、降りこむ雨に眼をなかば閉じていた。

「ここでいいかな？」キットが尋ねた。おそらく、雨のなかで立っていてかまわないかという意味だ。

「もちろんです。気持ちがいい」トビーは礼儀正しく言った。キットが勇気を奮い起こしているような間ができた。心が決まった。

「〈ワイルドライフ作戦〉」キットは大声で言った。「大成功だったと言われた。みんなで乾杯。私には爵位。きみには昇進——どうした？」

「すみません」

「何が」

「〈ワイルドライフ作戦〉というのは聞いたことがありません」

キットはトビーを見つめた。顔から愛想のよさが消えていった。「おいおい、ワイルドライフだよ！　極秘中の極秘の作戦だ！　官民の共同作業で高価値のテロリストを誘拐する」トビーにわかったという反応がないのを見て取ると、「いいかね。その耳で聞いたことを否定するつもりなら、どうしてはるばるここまでやってきた？」

そして顔を流れ落ちる雨にもかまわず、トビーを睨みつけて立ったまま、返答を待った。

「あなたがポールだったことは知っています」トビーはエミリーのときと同じ慎重な口調で言った。「ですが、あなたがいま口にするまで〈ワイルドライフ作戦〉というのは聞いたことがありませんでした。〈ワイルドライフ〉に関する書類はいっさい見たことがない。会合に出たことも。この件についてはクインに締め出されていたのです」

「だが、きみは彼の秘書官だったのだろう、曲がりなりにも？」

「ええ、そうです、秘書官でした」

「エリオットはどうだ？　エリオットという名を聞いたことは？」

「間接的に聞いただけです」

「クリスピンは？」

「あります、クリスピンも」相変わらず抑揚のない声で認めた。「会ったことはありませんが。ついでに言えば〈倫理的成果〉も聞いたことがあります」

「ジェブは？　ジェブはどうだね？　ジェブという名前は聞いた？」

「ジェブもわかります。ですが〈ワイルドライフ〉は初耳です。そしていまも、なぜあなたがぼくをここへ呼んだのか知りたいと思っています」

キットをなだめるつもりで言ったのだとすれば逆効果だった。キットは杖を真下の泥に突き立て、風に勝《まさ》る声で吠えた。

「なぜ呼んだのか説明しよう。あそこだ、ジェブがおんぼろワゴン車を停めたのは。下のあそこ！　牛たちが踏み消すまでタイヤの跡が残っている。ジェブ。われらが勇ましいイギリス派遣隊のリーダー。真実を語ったせいでゴミ捨て場に送られた男。貧苦にあえいでいた。きみはそこにいっさいかかわらなかったと言うのかね？」

「かかわりませんでした」トビーは答えた。

「ではたぶん教えてもらえるだろうね」キットは提案した。怒りは少しおさまっていた。「われわれのどちらか、または両方の頭がおかしくなってしまうまえに。ポール、ジェブ、その他のことを知っていながら、どうして〈ワイルドライフ作戦〉が何か知らないなどということがありうるのだ。しかもこの件については、自分の大臣に締め出されていたという、そのこと自体、私にはまったく信じがたいね」

それに単純な答えを返しながら、トビーは魂の危機など感じず、ただ心地よい解放感に包まれたことにわれながら驚いた。

「あなたがたと大臣との会合をテープに録音したからです。あなたが大臣の赤電話になると言ったあの会合を」

キットがそれを理解するのにしばらくかかった。

「どうしてクインがそんなことをする？　そこまで神経質な男は見たことがない。自分の秘密会合をテープに録音する？　なぜだね？」

「彼が録音したのではありません。ぼくがしたのです」

「誰のために？」

「誰のためでもなく」

キットにはとても信じられなかった。

「誰にも命じられなかったというのかね。自分のためだけにやった？　こっそり？　誰の許可も得ず？」

「そうです」

「なんと恥知らずで卑劣なことだ」

「ええ。そうですね」トビーは同意した。

彼らは一列で家に戻った。キットが大股でシーバとまえを歩き、トビーが礼儀正しく距離を置いて。

ふたりは松材の長い食卓について坐り、うつむいたままキットの最高のブルゴーニュ・ワインを飲み、マーロウ夫人のキドニー・パイを食べていた。シーバは自分の籠に丸まって、物欲しそうに見ていた。キットに主人としての義務を放棄する気力はなく、トビーは、どんな欠点があるにしろ、キットの客だった。

「ベイルート勤務というのはうらやましくないね」キットはトビーのグラスを満たしながら、歯切れ悪く言った。

しかし、相互主義の精神でトビーがキットのカリブ海赴任について尋ねると、無愛想にはねつけられた。

「この家では好ましくない話題だ、申しわけないが。ちょっとまずいことがあってね」

そうなると、あとは外務省の噂話しかなかった。最近、権力を握っているのは誰か。ワシントンの主導権はまた外務省に戻ってくるのか、それとも別の省が握るのか。だがキットはすぐにしびれを切らし、結局ふたりは土砂降りのなか、懐中電灯を持ったキットが先に立って、砂山と花崗岩の敷石の山をよけながら、厩舎のまえの中庭を小走りで横切っていた。干し草の甘いにおいのする空の馬運搬車の横を通り、古い馬具室に入った。煉瓦の壁にアーチ形の高窓、ヴィクトリア朝ふうの鉄製の暖炉には火を入れる準備がしてあった。

そしてソファテーブル代わりの古いリネン棚の上には、A4の紙の束、最高のビター・ビールが一パック、未開封のJ&Bのボトル一本がきちんと置かれていた。自分のためではなく、訪れなかった客であるジェブのために準備したものだろうとトビーは思った。

キットは屈んで暖炉にマッチで火をつけようとしていた。

「この村にはベイリー祭というのがある」暖炉に向かって言い、長い人差し指で火種をつついた。「いつから始まったのかは誰も知らない。くだらない催しだ」小さな火に思いきり息を吹きかけたあとで言った。「過去に信じてきたルールを、私はこれからすべて破る。念のため言っておくが」

「こちらも同様です」トビーが答えた。

そうしてある種の共謀が生まれた。


トビーは聞き上手だ。数時間にわたって、ときおり同情のことばをつぶやくだけで、あとはほとんど口を開かなかった。

キットは、ファーガス・クインに任用され、エリオットから説明を受けたことを話した。ポール・アンダースンとしてジブラルタルに飛び、厭わしいホテルの部屋を歩きまわり、ジェブ、ショーティ、アンディ、ドンと丘にうずくまり、〈ワイルドライフ作戦〉の耳目となって、聞くところによれば輝かしい成功を収めたことを。

祭りの話もした。注意深く思い出しながら些細なあちこちで立ち止まり、訂正しては先を続けた。

むずかしくはあったが、あくまで冷静に、ジェブの手書きの領収書を見つけたときのことと、それがスザンナに、次いで自分に与えた衝撃について語った。机の抽斗を開け、有無も言わさずトビーに「これだよ」と罫線入りの薄い紙を押しつけた。

ジェイ・クリスピンと〈コノート・ホテル〉で会ったこと、そしてスザンナを安心させる電話をかけたことを、ほとんど嫌悪を隠そうともせずに話した。その電話は、振り返ってみると、ほかのどの出来事より彼に苦痛をもたらしたようだった。

いまキットは、クラブでジェブと再会したときのことを話している。

「しかし、どうしてあなたがそこに滞在していることを知っていたのですか」トビーが当惑を抑えて割りこむと、キットの痛ましい顔がわずかのあいだ喜びのようなもので輝いた。

「私を尾行していたのだよ」誇らしげに言った。「どうやったのかは訊かないでくれ。ここからロンドンまで、ずっとだ。私がボドミンで列車に乗るのを見て、自分も乗った。〈コノート〉までついてきて、そのあとクラブまで。隠密に」あたかも隠密が彼にとってまったく新しい概念であるかのように、驚き顔でつけ加えた。

クラブの寝室に置かれたベッドは寄宿学校さながらで、洗面台のタオルはハンカチほどしかなく、二本の蛍光灯は、経営委員会が光熱費は宿泊費に含めるという歴史的な決定をするまで、硬貨を入れて点灯させる仕組みだった。シャワーは白いプラスチックの棺《ひつぎ》を戸棚に逆さまに押しこんだかのようだ。キットはどうにか部屋のスイッチを見つけたが、まだ入口のドアを閉めていない。無言で見つめるうちに、ジェブは椅子から立ち上がり、近づいてきて、キットの手から部屋の鍵を取り、ドアに鍵をかけて、しゃれたブレザーのポケットに入れ、開いた窓の下の席に戻る。

　ジェブがキットに天井の明かりを消せと命じる。キットはしたがう。いまや唯一の光源は、窓の向こうで輝くロンドンのオレンジ色の夜空になる。ジェブがキットに携帯電話を出せと言う。キットは黙って手渡す。薄暗いのをものともせず、ジェブは銃でも分解するように器用な手つきでバッテリーをはずし、SIMカードも抜いて、まとめてベッドに放り投げる。

「よければ上着を脱いでもらおうか、ポール。どのくらい酔ってる?」

　キットはやっとのことで「あまり」と答える。ポールと呼ばれて心が乱れるが、とにかく上着を脱ぐ。

「シャワーを浴びるといい、もしそうしたいなら、ポール。ただドアは開けておいてくれ」

　シャワーは浴びたくないが、キットは洗面台に顔を下げて水をかけ、タオルで顔と髪をごしごしこすって酔いをさまそうとする。もっとも、そうするまでもなく酔いは急速にさめている。窮地に追いやられた心は同時に多くのことができるもので、キットの心もそのほとんどをしている。ジェイ・クリスピンは真実を話していて、ジェブはクリスピンが言ったとおり法螺《ほら》吹きの口うるさい変人だ、と土壇場《どたんば》のあがきで自分に言い聞かせている。キットのなかの官僚が、この証明されていない仮説にしたがって、とるべき最善の行動を探る。ジェブに調子を合わせて思いやりを示し、薬を取り寄せてやるべきだろうか。あるいは、成功する可能性はきわめて低いが、なんとかなだめて油断させ、鍵を奪い取るべきだろうか。それがうまくいかないなら、開いた窓に死に物狂いで突進して、非常階段をめざすべきか。いっそいますぐスザンナに電話をかけて、愛と見え透いた言いわけを伝え、精神的に病んで危険になりうる患者への対処についてエミリーに助言を求めるべきではないか。

ジェブの最初の質問は、穏やかに発せられたわりに充分危険を感じさせるものだ。

「クリスピンはあんたに何を言った、ポール？　〈コノート・ホテル〉で」

これに対してキットはだいたい次のようなことをつぶやく――クリスピンはたんに〈ワイルドライフ作戦〉が無条件の成功だったこと、並はずれて価値の高い見事な諜報活動で、無血だったことを強調した。

「すべて大成功。それ以上だった」そこで勝ち誇ったようにつけ加える。「あなたが家内のハンドバッグに入れた〝領収書〟には、別のろくでもないことが書かれていたけれど」

ジェブは聞き損ねたかのように無表情でキットを見つめる。何かささやくが、キットには聞き取れない。そして次に、キットがどれほど客観的にとらえようとしても、全体として説明に窮する瞬間が訪れる。いつしかジェブがふたりのあいだの粗末な絨毯を横切ってきて、キットはどうやってそこまで行ったのか記憶にないものの、気づくとドアに押しつけられ、片腕を体のうしろにまわされ、ジェブの手に喉をつかまれていたのだ。ジェブは顔の間近に迫って話しかけ、キットの頭をドアの柱に打ちつけながら返答をうながしている。

キットは次に起きたことを無表情に語る。

「ガツン。頭が柱にぶつかる。夜なのに赤い空だ。〝これであんたは何を得る、ポール？〟。どういう意味だと訊くと、〝金だよ、ほかに何がある？〟。私は、びた一文もらわないと答えた。人ちがいだと。ガツン。〝懸賞金のあんたの取り分はいくらだったんだ、ポール？〟。ガツン。取り分などあるものか、と私は言った。この手を離せ。ガツン。そのころには私も腹を立てていた。腕をすさまじい力でひねり上げられていたのだ。このまま続けたら腕の骨が折れてしまう、と彼に訴えた。折れたってわかることが増えるわけじゃない。知っていることはすべて話したのだから、もう手を引いてくれ、と」

　喜ばしい驚きでキットの声が高くなる。

「するとジェブはそうしたのだ、まったく！　あっさりとね。手を引いた。長々とこちらを見たあと、うしろに下がり、私が壁をすべり落ちてうずくまるのを眺めていた。そして善きサマリア人気取りで、私が立ち上がるのを助けてくれたのだ」

　そこがキットの言う転機だった。ジェブが椅子に戻り、打ちのめされたボクサーのように坐ったときが。しかし今度はキットがサマリア人になる。ジェブが肩を揺すって震えているのを見ていたくない。

「すすり泣くような声が出てきた。何度も息を詰まらせるような音が。いやつまり」言いながら腹を立てて、「自分の妻が人生の半分を病人としてすごしていて、娘が医者だったとしたら、そういうときにただ坐って茫然とはしていないだろう。何かするはずだ」

　だから、しばらくふたりで部屋の別々の隅に坐っていたあと、キットがジェブにした最初の質問は、何か自分にできることはないか、だ。その先の考えを口には出さないが、最悪の場合には、エム——キットはそう呼ぶことにこだわっている——をどうにかして見つけ、最寄りの二十四時間営業の薬局に処方を伝えてもらおうと思っている。けれども、ジェブは答える代わりにただ首を振り、立ち上がってバスルームに歩いていくと、洗面台で歯磨き用のガラスコップに水を入れ、キットに渡し、自分も少し飲んで、先ほどまで坐っていた部屋の隅に戻る。

ややあって——数分間だったかもしれないが、ふたりとも逃げ場はなかった、とキットは言う——ジェブが靄《もや》のかかったような声で、食べ物はないかと訊く。腹が減っているわけではないが、燃料補給だ、と説明したが、キットの考えでは自尊心が戻ってきたのだ。

残念ながら食べ物はないが、ちょっと階下《した》までおりて夜勤のポーターから調達できないか試してみよう、とキットは言う。ジェブはこの提案を受け入れ、また長々と黙りこむ。

「精神状態が少しおかしくなっているように見えた、かわいそうだが。思考の流れが自分でもわからなくなって、戻ってくるのに苦労しているという印象だった。あの感覚はよくわかる」

しかしそこはすぐれた兵士のこと、ほどなくジェブは立ち直り、ポケットに手を突っこんで寝室の鍵をキットに返す。キットはベッドから立って上着を着る。

「チーズでいいかな?」

チーズでいい、とジェブが言う。だが、ネズミ捕りに使うプレーンなやつにしてくれ、ブルーは苦手だ。言うことはそれだけだろうとキットは思うが、それはまちがいだ。ジェブはキットがチーズを探しにいくまえに、ミッション・ステイトメントを提示しなければならない。

「大きな嘘の塊だったのだ、ポール」キットが部屋から出ていこうとしたときに、ジェブは説明する。「〈パンター〉はジブラルタルに最初からいなかった。すべてでたらめだったのだ。〈アラディン〉のほうは、彼と会う予定などなかった。あの家だろうと、ほかのどこだろうと。そうだろう？」

キットには何も言わないだけの分別がある。

「連中が彼をだましたのだ。〈倫理的成果〉のやつらが、あんたのあの大臣、ミスター・ファーガス・クインを。偉大なるひとり諜報部、ジェイ・クリスピンの仕業だよ。連中はクインを庭に連れ出し、小径を歩かせて、崖から突き落とした。やつがわれわれを送りこんだのと同じ崖から。ちがうか？　山ほどの戯言《たわごと》と引き替えに数百万ドルの入ったスーツケースを渡したなんて、誰も認めたくないだろう、え？」

キットも認めたくないと思う。

ジェブの顔がまた闇に包まれ、彼は静かに笑っているか、これはキットが推測しただけだが、静かに泣いている。そんな相手を置いていきたくないが、どうせ迷惑がられる世話もしたくないキットは、ドアロでためらう。

ジェブの肩が落ち着く。キットはこれで階下におりても大丈夫と判断する。

クラブの奥底への小旅行から戻ってきたキットは、ベッド脇のテーブルを持ち上げて部屋の中央に運び、両端に椅子を置く。その上にナイフ、パン、バター、チェダーチーズ、ビールの壜を二本、そして二十ポンドのチップのお返しに夜勤のポーターがぜひこれもと差し出したブランストン・ピクルスの壜を並べる。

　翌日の朝食に出されるはずだったスライスずみの精白パン、ジェブはその一枚を掌にのせると、バターを塗り、チーズを置いて、パンとぴったり同じ大きさになるまで縁を削り取る。そこにスプーンでピクルスをのせ、もう一枚のパンで挟んでサンドイッチを作り、正確に四つに切る。その几帳面さは特殊部隊の兵士に似つかわしくない気がして、キットはジェブの精神が乱れているせいだと考え、ビールに専念する。

「あの斜面を段丘までおりていっただろう？」ジェブは食欲をいくらか満たすと、また話しだす。「おりずに残っている意味はなかった、な？　もちろん承服できないことはあった。見つけて、確かめて、終わらせるだと？　何もわかっちゃいなかったんだ。アンディは昔エリオットと仕事をして、正直なところ、あまりあの男を評価していなかった。エリオット自身の能力も、やつが入手する情報もね。情報源の名は〈サファイア〉だ。作戦前の打ち合わせでエリオットがそう言った」

「なんの打ち合わせだって、ジェブ？」キットは一瞬、自分が招かれなかったことに憤って割りこむ。

「アルヘシラスであった打ち合わせだよ、ポール」ジェブは辛抱強く答える。「作戦前の。ジブラルタルと湾を挟んだ向かい側だ。あの丘の中腹の待機場所に移る直前だった。スペイン料理店の上の大きな部屋で、全員がビジネス会議で来ているふりをした。そこでエリオットが壇上に立ち、進める内容を説明した。アメリカの寄せ集めの略奪者たちもそろってたよ。いちばんまえに坐って、われわれには話しかけなかった。こっちは軍の兵士だし、イギリス人だったから。情報源のサファイアがああ言った、サファイアがこう言った。まあ、彼女が言ったとエリオットが言うわけだが。すべてはサファイアの情報にもとづいていて、彼女はアラディンと豪華ヨットに乗っていた。アラディンの愛人だ。なんにでもなれるってとこだろう。そして寝物語を仕入れる。相手の肩越しにメールを盗み見て、ベッドで相手の電話を聞き、甲板にこっそり上がって、わかったことをベイルートにいる本物のボーイフレンドに知らせ、そのボーイフレンドが〈倫理的成果〉のミスター・クリスピンに伝えて、一丁あが《ボブズ・ユア・アン》り《クル》となるわけだ」

　話のつながりを見失い、見つけて、再開する。

「ボブは誰のおじさん《アンクル》でもないけどな、だろう？　ボブはちがう。〈倫理的成果〉にとっては一丁あがりでも、イギリスの情報部にとってはちがう。イギリス情報部はこの作戦に反対だから。だろう？　連隊も反対だ――まあ、ほとんどね。連隊はこの作戦のにおいが気に入らない。好きなやつがどこにいる？　とはいえ、取り残されるのも嫌だ。政治的圧力も。そこで古き良きイギリス的妥協が出てくる。あとで否定できるように爪先だけ水に入れるが、足全体は入れない。おれと部下たちがその爪先だ。このジェブが指揮をとるのは、古き良きジェブが安心だから。何かと細かすぎる嫌いはあるが、まわりに無謀な傭兵がいるのだから、かえって都合がいい。うるさ婆《ばばあ》のジェブ、と呼ばれていたからな。それが不必要な危険は冒さないという意味なら、腹も立たなかった」

ジェブはビールをひと口飲んで、眼を閉じ、すぐに思いきって続ける。

「七番の家のはずだった。だからわれわれは同時に六番と八番も押さえようと思った、家一軒をひとりが担当して、おれがバックアップにつく。どちらにしろ、最初から少々狂ってた。エリオットが指令を出すなんてことがな。正直言って素人の作戦だ。装備の半分は正常に動かないんだから、なんのちがいがある？　ああいうことは訓練では教えられない、だろう？　だが、ターゲットは武器を持っていないと言われてた。エリオットのすばらしい情報源によればだ。しかもわれわれは、ふたりの一方を捕まえることになっていて、もう一方に触れてはならなかった。だから三軒に同時に入って不意をつき、あとはひとつずつ部屋を見てまわる手筈になっていた。ターゲットを捕まえ、正しい男であることを確かめ、バルコニー越しにすばやく海側の連中に引き渡し、その間自分たちは岩の上にしっかり踏みとどまっている。単純そのものだ。家の見取り図もあった。どれもまったく同じ造りだ。海側に大きなバルコニーがついた快適なリビングルーム。海の見える主寝室と、食器棚ぐらいの大きさの子供用寝室。下の階にバスルームと、ダイニングキッチン。壁が紙のように薄いのは、不動産屋から手に入れた仕様書でわかっていた。したがって、海側から何も聞こえなければ、彼らは隠れているか、そこにいないと想定して、つねに最大限の注意を払い、かつ自衛以外では武器を使わずに大急ぎで撤収する。作戦行動という気がしなかった。そうだろう？　馬鹿げた幽霊屋敷ツアーみたいなもんだ。部下が家一軒につきひとり入る。おれは外で、開けた海岸につながる階段を見張っている。〝何もない〟。六番のドンが言う。〝何もない〟。八番のアンディも言う。〝何かある〟。これは七番のショーティ。何があった、ショーティ？　〝落とし物だ〟。何を言ってるんだ、落とし物とは？　〝来て自分の眼で見るといい〟

家に人がいないふりをすることができるのは、おれにもわかってるが、七番の家は本当に空っぽだった。寄せ木張りの床にこすった跡もなければ、バスタブにも髪の毛一本落ちていない。ただ床にプラスチックのボウルが置かれてた。ピンクのプラスチックで、ピタパンの欠片《かけら》とチキンが入ってた。小さくちぎってあって、まるで何かに与えたような小動物を思い浮かべて、「猫。子猫だ」しかし、猫ではない。「あるいは子犬か何か。そしてそのボウル、ピンクのボウルは触ると温かい。もし床の上に置かれていなければ、おそらくちがったふうに考えてた。猫でも犬でもなく、別の何かだと。そうなっていればよかったと思う。もしちがったふうに考えてれば、たぶんあんなことは起きなかった、だろう？　だが、おれはそんなふうに考えなかった。猫か犬だと思った。ボウルのなかの食べ物も温かかった。手袋を脱いで拳《こぶし》を食べ物に当ててみると、温かい体のようだった。外の階段を見おろす磨りガラスの小さな窓があった。掛け金ははずれてたが、あんな狭いところを通り抜けるのは小人でなきゃ無理だ。といっても、おれたちが探してたのは小人だったのかもしれない。おれはドンとショーティを呼んで伝えた。外の階段を調べろ、だが海岸まではおりるな、船の連中とぶつかる人間がいるとすれば、それはおれだ、と。

スローモーションのような話し方をしているな。記憶のなかではそうなのだ」ジェブは申しわけなさそうに説明する。その顔を汗が涙のように流れ落ちるのをキットは見ている。

「おれにとっては、ひとつのことが起き、また次のことが起きるといった感じだった。すべてひとつずつ。そんなふうに憶えてる。ドンの声が入ってくる。人が争う音がした、外の階段の下の岩場に誰かが隠れているようだと言う。〝そっちにおりるんじゃないぞ、ドン〟。おれは彼に言う。〝そこから動くな、ドン。おれが行く〟。通話装置は正直言ってぼろぼろだ。すべての会話がエリオット経由になる。〝仮ターゲットがひとりいる、エリオット〟。おれが言う。〝七番の外の階段の下に〟。メッセージが受け取られ、流される。ドンが階段のいちばん上で見張りに立ち、親指を下に向けて指し示している」

ジェブの話を炎に向かって語るキット自身の親指も、本人は知ってか知らずか、同じ仕種をしている。

「おれは外の階段をおりていった。一段、待機、また一段、待機。ずっと下までコンクリートで、隙間はない。途中で曲がるところがあって踊り場のようになっている。下の岩場に武装した男が六人いた。四人は腹這い、ふたりはひざまずいて。さらにその先の空気注入式ボートにふたり。全員、射撃態勢だった。ひとり残らず、サイレンサーつきのセミオートマチックを構えていた。そしておれのすぐ下、この足のちょっと下で、大きなネズミがもがいてるような音がした。か細い悲鳴も聞こえた。大声ではなく、押し殺した、怯えすぎて話せないような。その声は母親だったのか、子供のほうだったのか。おれにはわからない。永遠にわからんだろう、な？　あいつらにもわからないと思う。撃たれた弾は何発だったのか。誰に数えられる？　だがいまは聞こえるよ。歯を抜かれるときに頭のなかで聞こえる音みたいに。そして彼女が死んでいた。イスラム系の若い女、茶色の肌で、頭にヒジャブをつけ、おそらくモロッコからの不法入国者だった。空き家に隠れて、友だちからの差し入れで暮らしていたのだ。幼い女の子を銃撃から守ろうと抱きしめたまま、蜂の巣にされた。その子の食べるものを作っていたのだ、床に置かれていたから猫の餌だと思ったあれは。わかるだろう。おれがもう少し頭を働かせれば、子供の食べ物だとわかったはずだ、な？　そうすればあの子を救えていたかもしれない。母親も。連中が撃ちこんだ弾から逃れて、両膝を突いた姿勢から飛び立とうとするかのように、岩の上で体を丸めてた、あの母親は。そして女の子は腕のなかからこぼれ落ちたみたいに、母親のまえに横たわってた。海から来た連中のふたりはいくらか当惑してた。ひとりは突っ立ったまま顔に手の指を広げ、まるで顔を引きはがそうとしているかのようだった。一瞬、これは誰の責任だという罵り合いが始まりそうな沈黙が流れたが、そんなことをしている暇はないという結論が出た。彼らは訓練された男たちだ、とにかくある種の。ほかのことは知らなくても、緊急時に何をすべきかはまちがいなく知っている。ふたりの死体はボートに乗せられ、〈パンター〉を捕まえてもそこまでではなかろうと思うほどのすばやさで母船に運びこまれた。そしてエリオットの八人の部下たちも、みな落伍兵にはならなかった」

ふたりの男は、ベッド脇から持ってきたテーブル越しに見つめ合っている。ちょうどいまトビーがキットを見つめているように。キットの強張った顔は、ロンドンの夜の光ではなく、厩舎の暖炉の火に照らされている。

「エリオットが海側の指揮をとっていたのか」キットがジェブに訊く。

ジェブは首を振る。「アメリカ人ではないからね、ポール。免責がない。例外にならない。だからエリオットは母船に残る」

「どうして彼らは発砲したのです？」トビーがついに訊いた。

「私が彼に訊かなかったと思うのかね？」キットはいきり立った。

「もちろん訊いたと思います。彼はなんと答えました？」

キットはジェブの答えを口にするまえに、何度か深呼吸しなければならなかった。

「正当防衛だ」ぴしりと言った。

「その女性が武装していたという意味ですか？」

「まさか！　ジェブも信じていなかった。三年間、彼はそのことばかり考えていたのだ、信じられるかね。自分が悪かったと思いこもうとしていた。理由まで考え出そうとして。彼女は誰かがいると思った。姿を見たのか、物音を聞いたのか、とにかく彼らがいるのを察して、わが子を抱きかかえ、上着で包みこんだ。どうして丘のほうに走らずに階段を駆けおりたのか、そこはあえてジェブに尋ねなかった。同じ質問を昼も夜も自分に問いかけてきたはずだからだ。海より陸のほうが怖かったのかもしれない。彼女の食料の袋を拾っていった者がいたが、あれは誰だったのか。もしかすると、彼女は船のチームを密入国の手配者だと思ったのかもしれない。そもそも自分をジブラルタルの岩に連れてきた人たちだと。もしそういうことがあったならだが。そして彼らが夫を連れてきたので、迎えに階段を駆けおりていたのかもしれない。ジェブにわかるのは、彼女が階段をおりたということだけだ。わが子を上着に包んでかさばった体で。それを見た海岸のチームはどう思ったか。くそ自爆犯だ。自分たちを吹き飛ばしにきた。だから彼女を撃った。ジェブが見ているまえで彼女の子を撃った。〝やつらを止めることができたかもしれない〟——あの哀れな男が眠れないあいだ自分に言い聞かせているのは、それだけだ」

通りすぎる車のヘッドライトに呼び寄せられ、キットはアーチ形の窓まで歩いていって、爪先立ちでライトが見えなくなるまで真剣に外の様子をうかがった。

「海側のチームが死体ともども母船に引きあげたあと、ジェブと部下たちに何が起きたか、彼は話しましたか」トビーはキットの背中に訊いた。

「チャーター便でクレタ島に飛んだ。任務報告というやつだ。アメリカ軍が馬鹿でかい空軍基地を持っているらしくてね」

「そこに誰がいました？」

「平服の連中だ。私が聞いたかぎりでは、洗脳だな。ジェブはたんに〝プロ〟と呼んでいたが。アメリカ人がふたり、イギリス人がふたり。名前も紹介もなし。アメリカ人のひとりは背の低いでぶで、所作がなよなよしていた。ジェブに言わせるとホモだ。そのホモが最悪だった」

秘書たちのあいだでは、音楽家のブラッドで通っている、とトビーは思った。

「イギリスの戦闘チームは、クレタ島に着くなりばらばらにされた」キットは続けた。「ジェブはリーダーだったから、ひどい扱いを受けた。ホモがまるでヒトラーのように彼を怒鳴りつけたそうだ。ジェブが見たことを、見ていないはずだと説き伏せようとした。それがうまくいかないと、十万ドルを提供して黙らせようとした。ジェブは、おまえのケツに押しこんどけと答えた。そのあと彼は、説明のつかない移送中の囚人を閉じこめておく特別な収容施設に入れられたと思っている。もしこの作戦が最初から穴だらけでなければ、捕まえたパンターを収容するはずだった場所に」

「ジェブの戦友たちはどうなんです」トビーはこだわった。「ショーティや、ほかの連中はどうなりました？」

「消えた。とても断れない提案をクリスピンがしたのだろう、とジェブは睨んでいる。ジェブは彼らを責めない。そういう男ではない。本人の欠点になるほど公平無私なのだ」

キットは沈黙した。トビーも同じように黙った。またいくつかヘッドライトが屋根の垂木を流れていって、消えた。

「それで、いまは？」トビーが訊いた。

「いま？　何もないさ！　巨大な無だ。ジェブは先週の水曜にここに来るはずだった。午前九時の朝食に来て、いっしょに作業をする予定だった。時間はかならず守ると本人は言っていたし、私も疑わなかった。夜のあいだに移動する、そのほうが安全だからとね。ワゴン車をここの納屋に隠しておけるかと訊かれたから、もちろんだと答えた。朝食には何を出そうか？　スクランブルエッグを。スクランブルエッグならいくらでも食べられる。家内と娘は立ち入らせないから、卵料理は自分たちで作って、そのあとこの話を書類にしよう。あなたの分と私の分をまとめて。章も節も整えて。私が筆記者、編集者、複製者を兼ねて、ふたりで好きなだけ長々と書く。ジェブはある証拠を握っていて、そのことで大いに興奮していた。何かは言わなかったが。極端なほど口が固い男だから、私も無理して訊かなかった。ああいう男に無理強いはできない。言うか、言わないかだ。私はそれを受け入れた。私が文字に起こして、彼が内容を確認したうえサインする。それを適切な経路で上に流すのが私の仕事。そういう取り決めだった。そして握手した。われわれは――」ことばを切って、炎を睨みつけた。「幸せいっぱいだった」頬を紅潮させ、つかえながら言った。「ひと騒動起こしてやるぞと意気込み、興奮してね。彼だけではない、私もだ」

「なぜです？」トビーは思いきって訊いた。

「なぜなら、ついに忌々しい真実を語ることにしたからだ。ほかになんの理由がある？」キットは怒って吠え、スコッチをぐいと飲んで椅子に沈んだ。「それが彼を見た最後だ。これでいいか」

「ええ」トビーは穏やかに同意した。長い沈黙ができたあと、キットがしぶしぶ口を開いた。「携帯電話の番号を教えてくれた。本人のものではない。本人は持っていない。友人の番号だ。戦友の。ジェブが信頼するただひとりの仲間、まあ、少なくともいくらか信頼している仲間だな。私が思うに、ショーティだ。ふたりは例の隠れ場所で仲がよさそうだったから。私のほうからは訊かなかった。知る必要がないことだ。その番号にメッセージを残せば、誰かが彼に伝える。大事なのはそこだけだ。そして彼は去った。クラブから。階段をおりて、消えた。どうやったのかは訊かないでくれ。非常階段をおりるのだろうと私は思っていたが、ちがった。たんにいなくなった」

またスコッチ。

「あなたは?」トビーは同じ穏やかな、敬意をこめた声で訊いた。

「家に帰ったよ。ほかに何をする? この家に。家内のスザンナのところに。彼女には何も心配ないと言ったのだが、いまや心配だらけだと報告しなければならない。スザンナはごまかせないのだ。くわしいことは話していない。ジェブがここへ来て滞在し、私とふたりで片をつけるということだけだ。スザンナはそれを受け入れた、彼女なりにね。〝それで解決するなら、キット〟と。私は解決すると言い、スザンナはそれで納得した」憤然と言い終えた。

キットが記憶を掘り起こしているあいだ、また間ができる。

「水曜になった。いいかね? 正午。ジェブはまだ来ない。二時、三時、まだだ。教えられた携帯電話の番号にかけると、自動録音につながったので、メッセージを残す。夜になって、またメッセージを残す――〝ハロー、私だ、ポールだ、またかけた。会う約束はどうなったかと思ってね〟。暗号名のポールを使う。安全のために。この家の固定電話の番号を伝える。

ここには携帯の電波も届かないのだ。木曜にまたしてもメッセージを残す。同じ留守番サービスだ。金曜の朝十時、電話がかかってくる。ひどい、ひどい電話が！」

骨張った手を下顎にたたきつけ、おさまらない痛みを押さえつけるように、そこに置いていた。明らかに最悪の事態はこれからだ。


キットはもうクラブの寝室に坐ってジェブの話を聞いていない。ロンドンの夜明けの光のなかでジェブと握手していないし、ジェブがクラブの階段に消えるところも見ていない。幸せいっぱいでもなく、興奮してもいない、たとえまだひと騒動起こしてやるぞと意気込んでいるにしても。彼は〈領主館〉に戻ってスザンナに悪い知らせを伝え、心配で胸が張り裂けそうになって、一時間がすぎるごとに、遅れたにしろジェブから何か生きている印が届いてほしいと祈っている。忙しくしていたいので、客間の隣の床に研磨機をかけ、ほかの音がいっさい聞こえなくなる。台所で電話が鳴って受話器を取ったスザンナは、最上階まで上がり、夫の肩を思いきりたたいて振り向かさなければならない。

「ポールと話したいという人からよ」キットが研磨機のスイッチを切ると、スザンナは言う。

「女の人」

「どんな女の人だ、まったく」キットはすでに階段をおりはじめている。

「名乗らないの。とにかくポールと直接話す必要があるって」スザンナは急いでキットのあとを追う。

台所の流しでマーロウ夫人が浮き浮きと花を活《い》けている。

「申しわけないが、ちょっとはずしてもらえるかな、ミセス・M」キットが命じる。

　夫人が台所からいなくなるのを待って、サイドボードの上にあった受話器を取る。スザンナが入ってきてドアを閉め、すぐ横で腕を組み、頑《かたく》なな態度で立っている。エミリーがかけてくるときのために、電話にはスピーカーモードがあり、操作方法を知っているスザンナはそれをオンにする。

「そちらはポールですか？」教養のある中年女性が、仕事の用件でかけている口調。

「そちらはどなたです？」キットは用心深く訊く。

「医師のコステロと言います。ライスリップ総合病院の精神衛生病棟から、ジェブとしか名乗らない入院患者の依頼でかけています。そちらはポールですか、それともほかのかた？」

　スザンナが激しくうなずく。

「ポールです。ジェブがどうしました？　無事ですか」

「ジェブは最高の専門的治療を受けていて、体は健康です。彼がそちらに訪問する予定だったと聞きましたが」

「ええ、そうです。まだ待っています。それが何か？」

「ジェブから、あなたにありのままを内密に話してほしいと言われています。そうしてかまいませんか。あなたは本当にポールですか」

　スザンナがふたたびうなずく。

「もちろん、ポールです。まちがいなく。先をどうぞ」

「ジェブがここ数年、精神的に万全でないのはご存知かと思います」

「知っています。それで？」

「昨晩、ジェブはこちらに入院したいと申しこんできました。診察したところ、慢性的な統合失調症と深刻な鬱病でした。いまは鎮静剤で落ち着き、自殺を防ぐ監視下に置かれていま す。精神が正常に働いているときには、あなたのことをいちばん心配しています。ポールのことを」

「なぜ？　なぜ私を心配しなきゃならないんです？」スザンナを見ながら、「心配なのは彼のほうだ。そうでしょうが」

「ジェブは激しい罪悪感に悩まされています。その一部は、悪意ある話を友人たちのあいだに広めてしまったというもので、あなたにもそう理解してもらいたいということです。つまり、彼がした話は統合失調症の病状であって、まったく現実的な根拠がないと」

スザンナがメモを突き出す――〝面会？〟。

「なるほど。ひとつうかがえますか、ドクター・コステロ、そちらに見舞いに行きたいのですが、いつなら可能ですか。少しでも役に立てるなら、いますぐ車に飛び乗りますけど。面会時間のようなものはありますか。いまどうなっているのでしょう」

「たいへん申しわけありません、ポール。残念ながら、あなたとの面会はジェブの精神に多大な損害を与えかねません。あなたはジェブの恐怖の対象であり、ジェブはそれと向き合える状態ではありません」

恐怖の対象？　私が？　キットはその失礼千万な決めつけに抗議したかったが、戦略上まずいと思い直す。

「ほかに誰がいるのですか」今度はスザンナにうながされてではなく、みずから切り出す。「彼と面会するほかの友人はいるのですか。親戚は？　社交的な男でないのはわかっていますが。奥さんは？」

「みな疎遠になっています」

「彼から聞いた話とは少しちがうけれど、そうなんですね」

沈黙。おそらくコステロ医師は記録を調べている。

「母親だというかたとは連絡がついています」彼女は読み上げる。「ジェブの治療に関してなんらかの進展や決定があった場合には、実の母親に知らせることになっています。彼女はジェブの正式な後見人でもあります」

受話器を耳に押しつけたまま、キットは片方の腕を振り上げ、同時にスザンナのほうをくるりと向いて、驚きと、ぜったいに信じられないという表情を浮かべる。だが、声は落ち着いている。彼は外交官だ。試合を投げるようなことはしない。

「いろいろとありがとうございます、ドクター・コステロ。あなたはとても親切なかただ。少なくとも面倒を見てくれる家族はいるのですね。よろしければ、そのお母さんの電話番号を教えていただけませんか。少し話ができればいいなと思いまして」

しかし、コステロ医師はいかに根が親切だろうと、患者の情報保護を持ち出し、残念だが現状でジェブの母親の番号を知らせることはできないと答え、電話を切る。

キットは激怒。

スザンナが致し方なしと黙って見ている横で、彼は一四七一をダイヤルするが、発信者が番号を非通知にしていたことがわかる。

キットは番号案内にかけ、ライスリップ総合病院につないでもらって、精神衛生病棟を呼び出し、コステロ医師をお願いしたいと言う。

出てきた男性看護師の応対は申し分ない。

「ドクター・コステロは研修参加中で、来週戻ってきます」

「彼女はどのくらいまえから行っています？」

「一週間前ですね。ちなみに男性ですよ。ヨアヒム。ドイツ人みたいな名前ですけど、ポルトガル人です」

キットはなんとか冷静さを保つ。

「ドクター・コステロは研修中に一度も病院に戻っていませんか」

「ええ、すみません。ほかの先生でなんとかなりませんか」

「ふむ、じつはそちらの入院患者と話したいのです。ジェブという人なのですが。ポールからだと伝えてください」

「ジェブ？　聞いたことないなあ。ちょっと待っていただけますか」

別の看護師、これも男性が出てくるが、あまり友好的ではない。

「ジェブという人はいません。ジョン、ジャックはいますけど、それだけです」

「よくそちらにお世話になっていると思うのですが」

「ここじゃありませんね。サットンのほうを当たってみては？」

そのときキットとスザンナの双方に同じ考えが浮かぶ——いますぐエミリーに連絡するのだ。

スザンナがかけたほうがいい。このところ、エミリーのキットに対する態度は少々厳しいから。

スザンナがエミリーの携帯電話にかけ、メッセージを残す。

午《ひる》までにエミリーは二回かけてくる。彼女が調べたことをまとめると、ヨアヒム・コステロ医師は精神衛生科に加わったばかりの臨時医師だが、ポルトガル人なので、英語を習う研修に参加しているとのことだ。彼らのコステロのしゃべり方はポルトガル人のようだった？

「全然ちがった！」キットは厩舎の床を歩きながら、電話でエミリーに返した答えをそのまま大声でトビーにくり返す。「しかもコステロは女で、スモモをケツに突っこんだエセックス州の校長みたいな堅苦しい話し方だった。そしてジェブには母親などいない。昔から母親がいたことはないと喜んで話していた。私はだいたいにおいて他人から何かを打ち明けられるほうではないが、ジェブはあのとき、この腐った三年間で初めて心から正直に話していた。母親に会ったことはない、母親について唯一知っているのは、キャロンという名前だけだ、と。ジェブは十五のときに狭苦しい家から逃げ出し、見習い兵として軍に入ったのだ。あれがみな作り話だったと言えるものなら言ってみろ！」

今度はトビーが窓辺に行き、責め立てるようなキットの視線から逃れて、物思いに耽る。「そのドクター・コステロが電話を切るまでに、あなたが彼女の話を信じていないと悟らせるような機会がありましたか」とようやく尋ねた。

キットが考えこむ。ずっと最後まで彼女の話につき合ったあと、

「いや、なかった。同じくらい長い間ができた」

「すると彼女、または彼らは、任務完了と思っているわけですね」

「おそらく」

だが、トビーは〝おそらく〟では満足しない。

「誰であれ、その彼らから見れば、あなたの問題は片づいている。あなたは言いくるめられ、同意した」話しながら確信を深めて、「あなたはクリスピンの唱えた福音を信じている。性別がちがうにもかかわらず、ドクター・コステロのことばも信じている。そしてジェブは統合失調症であり、衝動的に虚言を吐き、ライスリップの隔離された精神病棟に坐っていて、彼の恐怖の対象と面会することはできないと信じている」

「信じているものか、そんなこと」キットはぴしりと言い返す。「ジェブは私に文字どおりの真実を話していた。それは彼の体からあふれ出す光のように輝いていた。真実が彼を引き

裂いていたのかもしれない。が、それは別の話だ。とにかく彼は私やきみと同じように正気だった」

「完全にそうだと思います、キット。本当に」トビーは精いっぱいの辛抱強さで言う。「ですが、スザンナとあなた自身を守るために、あなたはじつに賢明に、相手の眼に映るご自身の状況を作り出した。それは維持する価値が充分あります」

「いつまで」キットはまったくなだめられずに訊いた。

「ぼくがジェブを見つけるまでというのはどうです？　だからぼくをここに呼んだのではありませんか？　それともご自身で出かけて彼を探し、意図的ではないにしろ、結果として怒れる大集団に追いまわされる道を選ぶのですか」トビーはもう外交官であることをやめて訊く。

これには、少なくともしばらく、キットも説得力のある答えを見つけることができない。そこで唇を噛みしめ、顔をしかめて、スコッチをごくりと飲みくだす。

「とにかく、きみのところには盗んだ例のテープがある」うなるように、苦々しい慰めを口にする。「大臣執務室でおこなわれたクインとジェブと私の打ち合わせの。どこかにしまってあるんだろう。もし必要なら、それが証拠になる。たしかに、そのテープはきみを破滅させる。私も破滅させるかもしれない。だとしても、もうあまり気にならないがね」

「盗んだテープは意図の証明にはなりますが」トビーは答える。「作戦が現に遂行されたことは証明しませんし、まして結果とはなんのつながりもありません」

キットは不満げにそのことについて考える。

「つまり、こういうことが言いたいのかね」まるでトビーが話をはぐらかしているかのように、「ジェブが銃撃の唯一の証人だと。そうなのか？」

「われわれが知るかぎり、唯一進んで話そうとする証人です」トビーは認めるが、いま言ったことばの響きが自分でも気に入らない。


眠ったのかもしれないが、彼はそれに気づかなかった。

ベッドに入っていたほんの数時間のうちに、女性の呼び声が聞こえ、スザンナだと思った。続いて、階下の廊下に敷いたダストシートの上を急ぐ足音がした。エミリーが母親のところへ駆けつけたにちがいない。次いでくぐもった話し声がしたので、なおさらそう思った。話し声のあと、エミリーがベッド脇の明かりをつけたのが、床板の隙間から見えた。本でも読んでいるのか、考えているのか、母親のことばに耳を傾けているのか。やがて彼かエミリーのどちらかが寝入った。下の明かりが消えたのは憶えていないから、おそらく自分が先だったのだろうと思った。

考えていた時刻より遅く目覚め、トビーがあわてて階下におりると、エミリーもシーバもおらず、教会用のツイードの服を着たキットと、帽子をかぶったスザンナだけが朝食の席についていた。

「あなたは気高い人よ、トビー」スザンナが彼の手を取り、握ったままで言った。「でしょう、キット？　キットは体がもたないほど心配してた、わたしたちふたりとも。そしたらあなたがすぐに来てくれた。気の毒なジェブも気高い人。キットはずる賢く立ちまわれないの。でしょう、ダーリン？　あなたがずる賢いと言ってるんじゃないのよ、トビー、それはちがう。でも、あなたは若くて、頭がよくて、いま外務省にいて、徹底的に調べることができるでしょう、つまり」小さな笑みを浮かべて、「年金を失う心配をせずに」

花崗岩のポーチに立っているときにも、彼女はトビーを熱烈に抱擁《ほうよう》した。

「ほら、わたしたち、息子がいないでしょう、トビー。作ろうとしたけれど、失ってしまってね」

それに続いたのは、キットからのつっけんどんな「ではまた」だった。

トビーとエミリーはサンルームにいた。トビーは折りたたみ式のベッドの端に腰かけ、エミリーは部屋のいちばん奥に置かれたイグサの椅子に坐って。ふたりの距離は暗黙のうちに了解されたものだった。

「昨日はパパといい話ができた？」

「そう言えるなら」

「わたしから説明したほうがよさそうね」エミリーが提案した。「あなたがつい無分別なことを言って、あとで後悔しないように」

「ありがとう」トビーは丁寧に答えた。

「ジェブと父は、内容はわからないけれど、いっしょになしとげたことについて文書を作ろうとしていた。それが公になれば、地を揺るがすような騒動になるはずだった。言い換えれば、ふたりは内部告発者になるつもりだったの。問題の焦点は、亡くなった母親と子供。これはママから聞いた。亡くなった可能性がある、かもしれないし、たぶん亡くなった、かもしれない。そこははっきりしないけれど、わたしたちは最悪の事態を怖れている。ここまではいい？」

トビーがただまっすぐ見つめているだけなので、彼女は息を吸って、続けた。

「ジェブが打ち合わせに来られなかったから、告発はなし。その代わり、女医がキット、またの名をポールに電話してくる。女医といっても明らかに医者じゃなくて、本当は男のはずだった。その彼女がジェブは精神科病院に収容されていると言う。調べると、それは事実ではない。なんだかわたし、ジェブ、ひとり言をつぶやいてるみたい」

「聞いているよ」

「一方、ジェブは見つからない。名字もわからないし、連絡先の住所を残す習慣もない。警察とかに公式に捜索してもらう道は閉ざされている。わたしたち、か弱い女に理由はわからないけれど。まだ聞いてるわね？」

「イエス」

「このシナリオで、トビー・ベルがなんらかの役割を担っている。母はあなたが好き。父のほうはそうなりたくないけれど、あなたを必要悪と見なしている。それは彼らの大義に対するあなたの忠誠心を疑っているから？」

「お父さんに訊いたほうがいいね」

「わたしはあなたに訊こうと思った。父はあなたがジェブを見つけると思ってるの？」

「イエス」

「あなたたちふたりのために？」

「ある意味で」

「で、見つけられるの？」

「わからない」

「もし見つけたらどうするか、心は決まってる？　つまり、ジェブが何か大きなスキャンダルを内部告発しようとしてるなら、あなたが土壇場で心変わりして、彼を当局に引き渡さなければならないと感じるなんてことはない？」

「ない」

「わたしはそれを信じるべき？」

「信じるべきだ」

「何か昔の恨みを晴らそうとしてるわけじゃないわね？」

「どうしてそんなことをしなきゃならない？」トビーは反論したが、エミリーは彼がのぞかせた不機嫌をあっさりと無視した。

「彼の登録番号を持ってるの」

トビーには理解できなかった。「何を持ってるって?」

「ジェブの」彼女はスポーツウェアのズボンのポケットを探っていた。「ベイリー祭でジェブがパパにからんだときに、彼のワゴン車のナンバープレートを写真に撮ったの。ウィンドウに貼られた免許のシールも」iPhoneを取り出して、いくつかアイコンに触れた。

「一年有効で、八週間前に支払われていた」

「どうしてその番号をキットに教えなかった?」トビーは困惑して訊いた。

「へまをするからよ。ママに人狩りから逃げる生活なんて送らせたくない」

エミリーはイグサの椅子から立ち上がってトビーのまえまで行き、慎重に携帯電話の画面を突き出した。

「ぼくの携帯には移さないよ」トビーは言った。「キットは電子機器を信用しない。ぼくもだ」

ペンはあったが、書きつけるものがなかった。エミリーは抽斗から紙を一枚取り出した。トビーはジェブの車の登録番号を控えた。

「きみの携帯の番号を教えてもらえれば、調査の進捗《しんちょく》を伝えられるかもしれない」トビーは気を取り直して提案した。

エミリーが番号を教え、彼はそれも書き留めた。

「わたしの病院の番号と勤務シフトも控えておいて」彼女は言い、トビーがすべてをコレクションに加えるのを見ていた。

「でも、電話ではお互い具体的なことはいっさい話さない。いいね？」トビーは厳しく言い渡した。「ウインクも、うなずきも、冗談で仄めかすこともなしだ」保安の訓練を思い出しながら、「こちらからメールを送ったり、メッセージを残したりするときには、ぼくはベイリーになる、祭りにちなんで」

彼女は調子を合わせるように肩をすくめた。

「それから、夜遅くに電話すると迷惑かな？」トビーはついに尋ねた。そんなことが可能なら、いっそう実務的で地に足がついた口調になるように努めて。

「ひとり暮らしよ、もしそういうことを訊きたいなら」エミリーは言った。

そういうことを訊きたかったのだ。

5

ロンドンに向かってのろのろと走る列車のなかで、自宅に戻って夢うつつですごした数時間で、さらには職場に向かう月曜の朝のバスの車内で、トビー・ベルは、これが人生初めてではないが、自分のキャリアと自由を危険にさらす動機は何だろうと考えた。

もしヒューマン・リソーシーズがしつこく言うとおり、自分の未来がまぶしいほど輝いているのなら、なぜここで過去に引き返す？ いましゃしゃり出てきているのは、昔の良心なのか。それとも新しく発明された良心か。〝何か昔の恨みを晴らそうとしてるわけじゃないわね？〟とエミリーは訊いた。あれはどういう意味だったのだろう。この世にのさばるファーガス・クインやジェイ・クリスピンのような連中に復讐を果たすことで頭がいっぱいだとでも思ったのだろうか。自分の眼にはふたりとも、振り返って考える価値すらないほど平々凡々たる人間に見えるが。もしかすると、あれは彼女自身の隠れた動機を表に出していたのではないか。積年の恨みを晴らしたいのはエミリーではないか？ 父親も含めた人類全般に対して。彼女からそんな印象を受けた瞬間も何度かあった。ただそれを言えば、たしかに短い瞬間ではあったけれど、彼女が自分の側に寄ってくると感じたときも何度かあった。それがどんな側であれ。

そんな不毛な内省に耽っていたわりには――否《いな》、むしろ耽っていたからこそ――新しい職場の机についた彼の初日の仕事ぶりは見上げたものだった。十一時までに新しい部下の全員と面接し、彼らの職務内容を決め、重複しそうな部分を調整し、指揮命令系統をすっきりさせていた。正午前には管理者の打ち合わせでミッション・ステイトメントを発表して、好評だった。昼食時には地域業務局長のオフィスに坐って、彼女とサンドイッチを頬張った。その日の仕事を文句なしに片づけたあとで、トビーは外部の人との待ち合わせがあると断って、ヴィクトリア駅行きのバスに乗り、ラッシュアワーの喧騒が最高潮に達した駅から、旧友のチャーリー・ウィルキンズに電話をかけた。

イギリス大使館ひとつにつき、チャーリー・ウィルキンズをひとり持つべきだ。ベルリンではよくそう言ったものだった。人生の半分を外交官の警備に費やしてきた、この経験豊かで温厚で物事に動じない六十何歳のイギリスの元警官なしで、どうやって日々の仕事をしろというのだ。フランス大使館のパリ祭の大宴会の帰り道で、いきなり眼のまえに車止めポールが現われた？　それはいけない！　そこで職務熱心すぎるドイツの警官があなたを飲酒検知器にかけようとした？　無作法にもほどがある！　チャーリー・ウィルキンズが連邦警察《ブンデスポリツァイ》の然るべき友人たちとひそかに話して、善処する。

しかしトビーの場合、めったにないことだが立場は逆だった。チャーリーとドイツ人の妻ベアトリクスに恩義をほどこすことに成功した、世界でも数少ない人間のひとりだったからだ。彼らの娘が新進のチェリストで、かつて総合音楽大学のオーディションを受ける際に学歴が不足していたことがあった。たまたまそこの学長は、トビーの母方のおばの親友だった。音楽教師でもあったそのおばがすぐに学長に電話をかけ、オーディションが受けられることになった。以来、トビーがどこで働いていようが、毎年クリスマスになるとかならず、ベアトリクスの手作りのクッキー《ツッカーゲベック》の箱と、成績優秀な娘の成長を報告する金色のカードが送られてくる。チャーリーとベアトリクスがブライトンで優雅な隠居生活を始めたあとも、ツッカーゲベックとカードは届きつづけ、トビーもそのたびに短い感謝の手紙を書き送っていた。

ウィルキンズのブライトンのバンガローは、ほかの家より奥まった場所にあり、ドイツの黒い森《シュヴァルツヴァルト》から運んできたかのようだった。ヘンゼルとグレーテルのポーチに至る小径の両側には、赤いチューリップが何列も並んで咲いていた。バイエルンの衣装を着た庭の小人は、ボタンを留めた胸を突き出し、大きなピクチャーウィンドウにサボテンが爪を立てていた。ベアトリクスは最高の装いだった。バーデンのワインとレバーの団子をまえに、三人の友人は懐かしい昔を語り、ウィルキンズ家の娘の音楽的業績を祝った。コーヒーとリキュールのあと、チャーリーとトビーは裏庭の離れに移った。

「ある女性のためなんです、チャーリー」トビーは説明した。便宜上、その女性はエミリーだと想像しながら。

チャーリー・ウィルキンズは満足の笑みを浮かべた。「ベアトリクスに言ったんだよ、トビーなら女性がらみだとね」

この女性はですね、チャーリー――トビーは状況にふさわしく赤面して続けた――このまえの土曜に車に乗っていて、あろうことか駐車していたワゴン車に正面からぶつかり、大損害を与えてしまった。すでに免許証にかなりの減点を食らっていたので、泣き面に蜂だった。

「目撃者は？」チャーリー・ウィルキンズは同情して訊いた。

「わからないそうです。駐車場の人気《ひとけ》のない隅だったようで」

「それはよかった」チャーリー・ウィルキンズはわずかながら疑うような口ぶりで言った。

「監視カメラの映像もないね？」

「ありません」トビーはチャーリーの視線を避けて答えた。「もちろん、わかっている範囲ではということですが」

「もちろんだ」チャーリー・ウィルキンズは親切にくり返した。

そして、彼女はもとより善人で――とトビーは少しずつ前進した――損害を弁償しないことには良心が痛んで夜も眠れないのですが、六カ月の免許停止になるわけにもいかず、チャーリー、少なくとも抜け目なく相手の車の登録番号は書き留めておいたので、思うのですが、いや、ぼくではなく彼女が思っているということですが、できればなんらかの方法で――と細やかな配慮で文を中断し、残りはチャーリーに考えてもらった。

「その若い女性は、今回の特別なサービスにどのくらいの費用がかかるか、多少なりとも知っているのかな？」チャーリーは老眼鏡をかけ、トビーから渡された紙切れをつぶさに見ながら訊いた。

「費用はいくらかかってもかまいません、チャーリー。ぼくが払うので」トビーは重々しく言い、心のなかで改めてエミリーに感謝した。

「ふむ、そういうことなら、ベアトリクスのところへ行ってナイトキャップでもやっていてくれ。十分待ってもらおう」チャーリーは言った。「昔のよしみで、代金はロンドン警視庁の殉職者家族支援基金に寄付する二百ポンドだ。現金で頼むよ、領収書はなし。私は何もいらない」

そしてたしかに十分後、チャーリーは警官の慎重な手で名前と住所を書き加えた紙切れをトビーに返し、トビーは、ありがとう、チャーリー、すばらしい、彼女もすごく喜ぶ、駅に戻る途中で現金自動支払機に立ち寄ってもらえますか、と言っていた。

しかし、そんなことばも、いつもは落ち着いているチャーリーの顔にかかった心配の雲を吹き払うことはできなかった。現金自動支払機に寄って、トビーが請求どおり二百ポンドを手渡したときにも、その影は消えていなかった。

「調べてくれと言われたさっきの相手だがね」チャーリーは言った。「車はいい。持ち主のほうだ。住所を見ると、ウェールズの紳士のようだが」

「どうしました？」

「警視庁の友人によると、発音できないその住所にいる問題の紳士の名前には、大きな赤丸がついてるんだそうだ、警視庁の用語で言えば」

「その意味は？」

「問題の紳士がどこかで目撃されたり、なんらかの連絡をとってきたりした場合、関連部署は何も行動は起こさず、ただちにその情報をトップに上げる。彼に大きな赤丸がついている理由を話したくはないだろうね？」

「すみません、チャーリー、話せません」

「ここまでということだな？」

「ええ、そうです」

駅のまえに車を停めると、チャーリーはエンジンを切ったが、ドアのロックは解除しなかった。

「心配なのだ」彼は厳しい声で言った。「きみのことが。知り合いの女性もね、もし本当にいるのなら。警視庁の友人にこの手のことを頼んで、彼の耳のなかで警報が鳴り響いた場合——今回のウェールズ人についてはそうなったわけだが——彼としても公式にどういう態度をとるか考えなければならない、だろう？　だが、親切な男だから警告してくれた。たんに緊急ボタンを押して逃げるわけにはいかないのだ。自分も守らないと。要するに、きみに言いたいのはこういうことだ——彼女によろしく、もし存在するのなら、そしてくれぐれも用心するように。どうしても用心が必要になるという嫌な予感がするのだよ、とりわけ、われわれの旧友のジャイルズがもういないからには」

「もういない？　死んだということですか？」トビーは狼狽《ろうばい》するあまり、オークリーが彼のある種の守護者だと仄めかされたことも無視して叫んだ。

チャーリーはすでにくすくす笑っていた。

「いや、まさか！　もう知ってるかと思ったよ。もっとひどい。われらが友人ジャイルズ・オークリーは銀行家になったのだ。死んだと思ったのだな。いやはや、ベアトリクスに言ったら驚くぞ。まあジャイルズのことだ、タイミングよく回転ドアをまたまわすだろうがね」そこで同情するように声を下げて、「上に行けるところまで行って、天井にぶつかったんだろうな。省の偉いさんから見て、ということだが。ハンブルクがあんなことになった以上、彼にトップの地位を与える者はいない。悪行の報いがいつ来るかはわからないものだ、な？」

しかし、一度に攻撃を受けすぎたトビーにはことばもなかった。彼がロンドンにたった一週間戻ったあと、ベイルートでめいっぱい勤めているあいだ、オークリーは官僚機構の高みに消えていた。トビーはかつての支援者がまた姿を見せるとしたら、いつ、どのようにしてだろうと思っていたのだ。

その答えがわかった。投機好きな銀行家やその業務に生涯敵対するはずだった男、彼らを横着者、寄生虫、社会のゴミ、どんな健全な経済も破綻させてしまう病魔と呼んでいた男が、敵のシリングを受け取ることにしたのだ。

チャーリー・ウィルキンズの見るところ、オークリーはなぜそんなことをしたのか。

ホワイトホールの賢者たちが、彼は省に利益をもたらさないと判断したからだ。なぜオークリーは利益をもたらさないのか。

ヴィクトリア駅に戻る夜行列車の鉄のように硬いクッションに、頭をあずけよ。眼を閉じて、ハンブルクと唱え、決して口外しないと誓った話を自分だけにしてみよ。

ベルリン大使館に着任してまもなく、トビーがたまたま夜勤についていると、ハンブルク、レーパーバーンの風俗産業を監視するダヴィドヴァッヘ署の警視から電話がかかってくる。警視は、いま話せるなかでもっとも地位の高い人物をお願いしたいと言う。トビーは自分ですと答える。午前三時には彼なのだ。オークリーがハンブルクにいて、豪儀な船主の一団とつき合っているのを知っているトビーは、とたんに警戒する。トビー自身も経験のためにくっついてまわっているという噂もあったが、それはオークリーが打ち消していた。

「酔っ払ったイギリス人が独房にいます」警視が自分の最高の英語を披露せずにはおくものかと説明に入った。「極端なサービスを提供するクラブで、看過できない騒ぎを起こしたので、残念ながら逮捕せざるをえなかったのです。あちこちに怪我もしています」とつけ加える。

「上半身に」

トビーは、明日の朝、領事部に連絡してもらえませんかと持ちかけるが、警視はそこまで遅れるとイギリス大使館の利益にならないかもしれませんと答える。トビーは、なぜですかと尋ねる。

「このイギリス人は書類も金も持っていません。すべて盗まれたのです。服も着ていません。クラブの所有者の話では、彼はふつうに鞭打たれていたところ制御不能になったということです。しかし収監者は、自分はそちらの大使館の重要人物であると言っています。おそらく大使ではありませんが、それより偉いと」

トビーは雲のように地表を覆う霧のなか、アウトバーンを全速力で飛ばして、ほんの三時間でダヴィドヴァッヘ署の入口に達する。オークリーは警察支給のガウンを着て、警視のオフィスに寝ぼけ眼でだらりと坐っている。指先に血がついた両手は椅子の肘かけに包帯で縛りつけられ、口は腫れて不機嫌そうに曲がっている。トビーに気づいたかもしれないが、それを表には出さない。トビーも無表情でいる。

「この人を知っていますか、ミスター・ベル？」警視が、知らないはずはないなという口調で言う。「これまでの人生で一度も見たことがないと言う決意をなさったとか、ミスター・ベル？」

「まったく見たことがありませんね」トビーは相手の提案どおりに答えた。

「すると詐欺師ですか？」警視はまたもや、控えめに見ても知りすぎている顔つきで言う。

本当に詐欺師かもしれません、とトビーは認める。

「であれば、この詐欺師をベルリンに連れ帰って、厳しく尋問すべきではありませんか」

「ありがとうございます。そうします」

トビーは警察のジャージに着替えたオークリーを、レーパーバーンから街の反対側の病院まで車で連れていく。骨は折れていないが体は裂傷だらけで、鞭で打たれた跡かもしれない。客でごった返す大型店で、トビーは安物のジャージを買ってオークリーに着せ、ハーマイオニーに電話をかけて、ジャイルズが軽い交通事故に遭ったと伝える。たいした怪我ではない、ジャイルズはリムジンのうしろに乗っていて、シートベルトを締めていなかったのだと説明する。ベルリンへの帰路でオークリーはひと言もしゃべらない。トビーの車まで彼を引き取りにきたハーマイオニーも無言だ。

トビーもひと言も発しない。ジャイルズ・オークリーも何も言わず、ただ大使館のトビーの郵便受けには、新しいジャージ代の三百ユーロの入った封筒が入れられる。

「あれが記念碑よ、ほらあそこ!」グウィネスという名の運転手が叫び、太い腕を窓から突き出して、トビーによく見せるために車のスピードを落とす。「四十五人、千フィート下。神よお慈悲を」

「原因は何だったのかな、グウィネス?」

「石がたった一個落ちたの。ほんの小さな火花がひとつ、それだけ。兄弟、父親、息子。でも女たちのことも考えて」

トビーは考えた。

また眠れない夜をすごし、外務省に入ったその日から大切にしてきたあらゆる原則に反して、彼は歯がひどく痛むのでと申告したうえで、ウェールズの首都カーディフ行きの列車に乗り、チャーリー・ウィルキンズの言うジェブの〝発音できない住所〟まで、タクシーで十五マイルの旅に出た。その谷は廃棄された炭鉱の墓場だった。緑の丘の上に濃紺の雨の柱が立っていた。タクシーの運転手は五十代のおしゃべりな女だった。トビーは助手席に坐った。まわりの丘が近づいてきて、道が狭まった。タクシーはサッカー場と学校の横を通りすぎた。学校の裏には草に覆われた小さな飛行場があり、崩れた管制塔と格納庫の骨組みが見えた。

「環状交差点《ラウンドアバウト》のところでおろしてもらえれば」トビーは言った。

「友だちを訪ねるんじゃなかったの」グウィネスが咎めるように訊いた。

「そうだよ」

「だったらその友だちの家のまえでおろしてって言うんじゃない？」

「彼らを驚かしたいんだ、グウィネス」

「まあたしかに、このあたりじゃ驚くことも少なくなったけどね」グウィネスはそう言って、トビーが帰りたくなったときのために名刺を渡した。

雨は弱まって霧状になっていた。八歳かそこらの赤毛の少年が真新しい自転車に乗って道を往ったり来たりし、ハンドルにネジ留めされた古臭い真鍮のクラクションを鳴らしていた。鉄塔の森のなかで白黒まだらの牛が草を食んでいる。道の左側に、丸く曲がった緑の屋根と、それぞれの前庭に同じ物置がついたプレハブ住宅が並んでいた。おそらく、かつては家族持ちの軍人たちが住んでいたのだろう。十番の家は列のいちばん最後だった。家のまえに真っ白な旗竿が立っているが、旗は揚がっていない。トビーは門の掛け金をはずした。自転車に乗っていた少年がすぐ横に走ってきて急停止した。玄関のドアには磨りガラスがはまっていて、呼び鈴はない。少年に見つめられながら、トビーはガラスをたたいた。女性の影が現われた。ドアがさっと開いた。ブロンドで、トビーと同年代、化粧はしておらず、両手の拳を固め、歯を食いしばり、鬼神のごとく怒っている。

「記者ならさっさと帰りな！　あんたらにはうんざりだ」

「記者ではありません」

「なら、なんのくそ用さ」ウェールズ訛りではなく、昔ながらの荒々しいアイルランド訛りだ。

「あなたはミセス・オーウェンズですか」

「だったら何」

「ベルと言います。ご主人のジェブと少々話がしたいのですが」

少年は自転車をフェンスに立てかけて彼の横をすり抜け、女性の隣に立つと、渡すものかと片手で彼女の腿にしがみついた。

「夫のジェブと、どんなくそについて少々話がしたいのさ」

「じつはある友人の代理でここに来たのです。ポールという人なのですが――」相手の反応をうかがったが、何もなかった。「ポールとジェブは先週の水曜に会う約束をしていました。ですが、ジェブは現われなかった。ポールは、ワゴン車で事故でも起こしたのではないかと心配しています。ジェブが彼に教えた携帯電話の番号にかけても、誰も出ない。ぼくがこちらの方面に出かけることを知って、ジェブを探してくれないかと頼んできたのです」気軽な調子で説明した。少なくとも、できるだけ気軽に。

「先週の水曜？」

「ええ」

「一週間前ってこと？」

「はい」

「くそ六日前？」

「はい」

「どこで会う約束？」

「彼の家です」

「だからその家はどこだって訊いてるの！」

「コーンウォルです。北コーンウォル」

彼女の顔が強張った。少年の顔も。

「どうして本人が来なかったの」

「ポールは家から離れられないのです。奥さんが病気なので、残して出かけるわけにはいかず」トビーは答えたが、いつまでこうして続けられるだろうと思いはじめた。

灰色の髪、ボタンを留めたウールのジャケットに眼鏡という恰好のむさ苦しい大男が、彼女の肩の奥に現われ、トビーに眼を凝らした。

「どうしたんだ、ブリジッド？」

「ジェブに会いたいんですって。ポールって友だちが、ジェブと先週の水曜にコーンウォルで会う予定だったらしい。なんでまたジェブが来なかったのか知りたいんだって、この人の話が本当なら」

男は慈《いつく》しむように少年の赤毛の上に手を置いた。

「ダニー、しばらくジェニーの家に遊びにいってきなさい。この人を玄関先に立たせておくわけにもいかない。でしょう、ミスター——？」

「トビーです」

「ハリーです。初めまして、トビー」

鉄骨のトラスが支える湾曲した天井。つや出しで光るリノリウムの床。台所の奥の食卓には白いテーブルクロスと造花。部屋の中央には、テレビと向かい合ったふたりがけのソファと、それに合った肘かけ椅子。ブリジッドが肘かけに腰かける。トビーがそのまえに立っていると、ハリーがサイドボードの抽斗を開けて、軍隊で使われそうな薄茶色の書類挟みを取り出した。それを讃美歌集のように両手で抱え、トビーの正面に移動して、これから歌おうとするかのように大きく息を吸った。

「さて、あなたはジェブと直接の知り合いですか、トビー？」と探りを入れるように切り出した。

「いいえ。なぜです？」

「つまり、あなたの友だちのポールは彼を知っていたが、あなたは知らなかった。そういうことですか、トビー?」念には念を入れて。

「直接の知り合いは、ぼくの友人だけです」トビーは認めた。

「ジェブと会ったことはない? もっと言えば、見たことも?」

「ありません」

「それでも、これからする話は衝撃でしょう。残念ながら、今日ここにいない友だちのポールがさらに大きな衝撃を受けることはまちがいない。気の毒にジェブは、先週の火曜、みずから命を絶ったのです。われわれはいまだに、この途方もない悲劇が受け入れられない。あなたも想像がつくでしょうが、ダニーにとってはなおさらです。ときどき、子供はむしろ大人よりこういうことにうまく対処できるのではないかと思うことがあるけれど、当然容易なことではない」

「あちこちの新聞に書き立てられてさ、まったく」トビーがもごもごと哀悼《あいとう》のことばをつぶやくあいだに、ブリジッドが言った。「本人と友だちのポールを除いて、くそ世界じゅうが知ってることだよ」

「いや、地元の新聞だけだよ、ブリジッド」ハリーが訂正して、トビーに書類挟みを手渡した。「誰もが《サウス・ウェールズ・アーガス》を読むわけじゃないだろう?」

「くそ《イヴニング・スタンダード》もね」

「そう、まあ、誰もが《イヴニング・スタンダード》を読むわけでもない。無料になったたからなおさら。人は無料で配られるものではなく、自分が買ったものを評価しがちだ。それが人間というものだ」

「本当に、心から残念です」トビーは書類挟みを開いて新聞の切り抜きを見つめながら、どうにか割りこんだ。

「どうして？　あの人を知りもしないのに」ブリジッドが言った。

無言で、あたかもそうすることが自分の義務であるかのように、トビーは切り抜きを読んだ。

戦士の最後の戦い

元特殊部隊員、デイヴィッド・ジェベダイア（ジェブ）・オーウェンズ氏（34）が死亡した発砲事件に関して、警察は容疑者の捜索をおこなっていない。検死官によれば、氏は〝PTSDと、それにともなう慢性的な鬱症状に対して、勝ち目のない戦いをしていた〟……

特殊部隊の英雄、自死

……北アイルランドで勇敢に戦い、そこでのちの妻、王立アルスター警察隊のブリジッドと知り合う。その後、ボスニア、イラク、アフガニスタンで軍務につき……

「友だちに電話をかけますか、トビー？」ハリーが親切に尋ねた。「ひとりになりたければ、裏にサンルームがある。幸い電波の状況はいいんです、近くにレーダー基地があるからだろうと思うけれど。昨日、火葬したのです。だね、ブリジッド？　家族だけで、花もなしで。あなたの友だちがいなくても問題はなかったから、負い目に思わないでほしいと伝えてください」

「その友だちには、ほかに何を伝えるの、ミスター・ベル？」ブリジッドが訊いた。

「ここに書いてあることを。胸が痛む知らせです」トビーはもう一度言ってみた。「本当に残念です、ミセス・オーウェンズ」そしてハリーにも、「ありがとうございます。ですが本人には直接会って伝えることにします」

「気持ちはよくわかります、トビー。こう言ってよければ、そのほうが思いやりもある」

「ジェブは自分の脳みそを吹き飛ばしたのよ、ミスター・ベル、あんたの友だちが知りたければだけど。自分の車のなかで。それは新聞には書かれなかった。慎み深いこと。先週の火曜の夜、六時から十時のあいだにやったと見られてる。サマセットのグラストンベリーの近くの〝平らっ原《レヴェルズ》〟と呼ばれる平地の隅でね。最寄りの人家から六百ヤード離れてる。警察が歩いて測ったんだ。選んだ銃は九ミリ口径、短銃身のスミス&ウェッソンだった。くそスミス&ウェッソンを持ってたなんて知らなかったよ。それを言えば、拳銃そのものを嫌ってたからね、矛盾するけど。その短銃身のやつが手のなかにあったんだってさ。〝恐れ入りますが、正式に身元を確認してもらえませんか〟。〝いいともさ、いつでもかまわないよ。連れていって〃あたしが警察隊にいたときと同じだ。右のこめかみをくそまっすぐ撃ってた。右側は小さな穴だが、反対側は顔があまり残ってない。射出口はそういうものさ。あの人ははずさない。ジェブにそれはありえない。昔から射撃の名手だったからね。賞も獲ったことがあるんだ、あのジェブは」

「なあ、現場の様子を再現しても彼は戻ってこない。だろう、ブリジッド？」ハリーが言った。「トビーにお茶でも出したほうがいいと思うが。どうです、トビー？　友だちのためにはるばるこんなところまで来るなんて、人情に篤いとはまさにこのことだ。ダニーのショートブレッドも一枚出してあげたらどうだね、ブリジッド」

「あの連中、さっさと火葬したくてたまらなかったようだね。自殺は待ち行列に割りこめるのさ、ミスター・ベル、もし何か問題があれば」ブリジッドは肘かけから椅子の座面にどすんと移り、トビーを挑発するように骨盤を動かした。「光栄にも、ジェブのくそワゴン車を洗わせてもらったよ、彼らが好き放題したあとで。〃さあどうぞ、ミセス・オーウェンズ、あとはご自由に〃。感心だよね、サマセットの警官たちは。丁寧で、女性にもとても礼儀正しくて。あたしにも同僚みたいに接してくれた。警視庁から出向いてきたのも、ふたりいた。田舎の兄弟たちにいろいろ指図してたよ」

「ブリジッドは私に電話をかけてこなかった。夕食のときまで。そういう人なんです」ハリーが説明した。「私が途切れなく授業をしなきゃならないことがわかっているので、彼女のほうで気を遣ってくれて。だろう、ブリジッド？　五十人の子を二時間、大暴れさせておくわけにはいきませんからね」

「くそホースも貸してくれたよ、ご親切に。ふつう洗車もサービスに含まれると思うだろう？　だけどサマセットの緊縮財政のもとでそれはない。〝鑑識の仕事はすべて終わった？〟。あたしは訊いた。〝証拠を洗い流す役はごめんだからね〟と。そしたら〝必要な証拠はすべて採取しましたよ、ミセス・オーウェンズ。さあ、これがブラシです、お使いになるのなら〟だって」

「興奮しすぎはよくない、ブリジッド」ハリーが台所の奥で薬罐《やかん》に水を入れ、ショートブレッドを取り出しながら言った。

「ミスター・ベルを興奮させてはいない。だろう？　見てごらんよ。沈着冷静の見本だ。あたしは死《デッド》んだ夫に追いつこうとしてるの。あたしにとっては赤の他人《デッド》だったから。わかるね、ミスター・ベル。三年前まであたしはジェブをよく知ってた。ダニーもよ。あたしたちが三年前まで知ってた男は、くそ短銃身の拳銃で自殺するような人間じゃなかった。銃身が長くても同じだけど。息子を父《てて》なし子にしたり、妻を後家にするような男じゃなかった。ダニーがあの人の世界のすべてだった。頭がおかしくなったあとも、ダニー、ダニー、だった。あまり広く知られてない自殺について話してあげましょうか、ミスター・ベル？」

「トビーに話す必要はないよ、ブリジッド。心理学とか、そういうことにくわしい物知りの若い人なんだから。でしょう、トビー？」

「自殺ってのは、く、そ、殺人なのさ、ミスター・ベル。ついでに自分も殺すかもしれないが、結局まわりの人たちを殺すのとおんなじだ。三年前まであたしは夢の男と結婚して本当に幸せだった。あたし自身も捨てたもんじゃなかった。あの人もしょっちゅう褒めてくれたよ。いい女だ、心から愛してるってね。いろんなことで、それを信じさせてくれた。いまも信じてるよ。あの人を信じてる。愛してる。ずっとそれは変わらなかった。だけど、自分を撃って、あたしたちに死ぬような思いをさせるクズ野郎は信じてないし、愛してもない。大嫌いだ。もしそんなことをしたのなら、あの人はクズ野郎さ。理由がなんだろうが知ったこっちゃない」

もししたのなら？　彼女が意図していたより〝もし〟が強かっただろうか。それとも、たんに気のせいか。

「考えてみれば、そもそもなんであの人の頭がおかしくなったのかわからない。どうしてもわからないね。ひどい任務につかされた。まちがった人が死んだ。あたしにわかるのはそこまでだ。あとは歌ってでも知りたいね。あんたや友だちのポールは知ってるのかな。ジェブは腐れ妻のあたしを信用せずに、あんたの友だちのポールを信用してたのかもしれない。警察も知ってるのかもしれない。このくそ通りの全員が知ってて、この家にいるあたしとダニーとハリーの三人だけが知らないのかもしれない」

「話を蒸し返してもためにはならないよ、ブリジッド」ハリーが紙ナプキンのパックを開けながら言った。「あなたのためにも、ダニーのためにも。おそらく、ここにいるトビーのためにも。でしょう、トビー？」紅茶のカップと、砂糖をまぶしたショートブレッドの皿と、紙ナプキンをトビーに渡した。

「あたしはジェブのために警察隊を辞めた、ダニーが生まれるとわかったときにね。すぐそこまで来てた年功序列の昇給と昇進をあきらめた。ふたりともぼた山で生まれたようなものだった。ジェブの父さんは使えないぐうたらだし、母さんはいない、あたしの父親は誰だかわからないし、母親でさえ知らないってありさまだったから。でも、たとえふたりともそのせいで死んだとしても、まっとうで正直な人間になろうと決めてた。あたしは体育教育の講座を取った。それもこれもダニーを育てる家庭を作るためだった」

「彼女はうちの学校で歴代最高の体育教師です。あるいは、これからそうなりそうだ。ね、ブリジッド？」ハリーが言った。「生徒たちはみんな彼女が大好きで、ダニーは信じられないほど彼女を誇らしく思っている。学校の全員がそうです」

「あなたは何を教えているのですか」トビーはハリーに訊いた。

「算数です。最上級のAレベルまで、該当する生徒がいればですが。だろう、ブリジッド？」彼女にも紅茶のカップを渡した。

「コーンウォルにいるその友だちのミスター・ポールは、ジェブが虜《とりこ》になってたくそ精神科医か何か？」ブリジッドが訊いた。

「いいえ。精神科医ではありません」

「で、あんたは報道機関から来た紳士じゃないのね？　本当に？」

「本当にちがいます」

「じゃあしつこいけど訊いてもいい、ミスター・ベル？　記者でもないし精神科医でもないなら、あんたたちはどこの馬の骨？」

「ブリジッド」ハリーが言った。

「純粋に一個人として来ました」トビーは言った。

「個人じゃないときには何者なの。つまり仕事は？」

「仕事は外務省の職員です」

　感情の爆発が続くかと思ったが、険しい視線で長々と品定めされただけだった。

「友だちのポールは？　彼も外務省なの」トビーから視線をそらさず、緑の眼を大きく見開いていた。

「ポールは引退しています」

「それで、ポールはジェブが知ってた人なんだね、たとえば、三年前から」

「ええ、そうです」

「つまり、仕事の上で」

「はい」

「サミット会議だったわけだ、ジェブとポールの。もしジェブが前日に頭を吹き飛ばさなければ。たとえば、三年前の仕事に関する？」

「ええ、そうでした」トビーは落ち着いて答えた。「それがふたりのつながりでした。深く知り合っていたわけではありませんが、これから友人になるところでした」

ブリジッドの眼はまだ彼の顔から離れず、動く気配もなかった。

「ハリー、ダニーが心配だね。ちょっとジェニーの家に行って、自転車から落ちてないか確かめてきてもらえる？　今日乗りはじめたばかりだから」

トビーとブリジッドはふたりきりになった。互いに用心しながらも理解できるようになり、どちらも相手が話しだすのを待っていた。

「ロンドンの外務省に電話して、あんたのことを確かめるべき？」ブリジッドが明らかに先刻より険のとれた声で訊いた。「ミスター・ベルは本人が言ってるとおりの人かって」

「ジェブだったら、そうしろとは言わないでしょうね」

「あんたの友だちのポールは？　彼はどう。やれと言う？」

「いいえ」

「あんたも？」

「職を失います」

「彼らふたりがするはずだった会話？　それはひょっとして〈ワイルドライフ作戦〉に関すること？」

「なぜです？　ジェブがあなたに話したのですか」

「作戦のことを？　冗談でしょ。灼熱のトングでもあの人から話は引き出せなかった。ただ、胡散臭いけど任務だからと」

「どんなふうに胡散臭いと？」

「ジェブは傭兵が嫌いだった、昔からね。スリルと金のために働くから、あいつらは。ただのくそ異常者なのに、自分たちを英雄だと思ってる。〝おれは国のために戦う、ブリジッド。オフショア銀行口座を持つ、くそ多国籍企業のためじゃなくな〟。正直に言えば〝くそ〟はつけなかったけど。ジェブは非国教徒だった。悪態はつかないし、酒もほんの数口しか飲めなかった。あたしが何かは神のみぞ知る。くそプロテスタントだと言われたよ。くそ王立アルスター警察隊に入るならプロテスタントでなきゃならない。だろう？」

「彼が〈ワイルドライフ〉を嫌っていたのは、傭兵がいたからですか。この作戦についてそんなことを？」

「一般論だよ。とにかく傭兵が嫌いだった。近づくなという感じで毛嫌いしてた。〝また傭兵の仕事だ、ブリジッド。誰が戦争を始めるんだろうな。最近よく考える〟」

「ほかにも作戦に関して不満を抱いていましたか」

「胡散臭いけど、だから何？」

「終わったあとは？　作戦から帰ってきたときはどうでした？」

ブリジッドは眼を閉じた。開けたときには別の女性になったかのようだった――内にこもり、恐怖におののいていた。

「あれは幽霊だった。すっかり衰弱して。ナイフとフォークも持てないくらい。愛する連隊からの手紙を何度もあたしに見せて――〝ありがとう。おやすみ。残る生涯、公職守秘法に縛られることを忘れないように〟。あらゆるものを見てしまったんだと思ったよ。あの人も、あたしも。北アイルランド。通りじゅうに飛び散った血と骨。膝を撃ち抜いたり、爆発させたり、首に巻きつけたタイヤを燃やして殺したり。まったく」

何度か深呼吸して落ち着き、続けた。

「そしてついに限界を超えてしまう。よく言われる最後の一回だ。その人の名前がくっついてて、決して離れようとしない。市場で炸裂した最後の爆弾とかね。荷車にぎゅう詰めで学校に向かう途中の子供たちを、あの世に吹き飛ばすような。それともその一回は、一匹の犬が溝で死んでたとか、小指を切って血が出たとか、そういうつまらないことかもしれない。いずれにしろ、その藁一本が加わったせいで、ジェブは押しつぶされた。世界でいちばん愛したものをまっすぐ見られなくなった。血まみれになってないからといって、あたしたちを憎むようになった」

また中断した。今度は眼を大きく見開き、なんであれ彼女が見ていて、トビーが見ていないものに怒りを燃やしていた。

「あの人はあたしたちに取り憑いたのさ！」思わず大声で言って、非難するように片手で唇をふさいだ。「クリスマスには腐れテーブルにあの人の食器を並べた。ダニーと、あたしと、ハリーとでね。三人でテーブルについて、彼の空っぽの皿を茫然と見つめた。ダニーの誕生日でも同じ。くそ真夜中に玄関前の階段にプレゼントが置かれた。家に入ってきたら、あたしたちが何を与えるっていうの。伝染病？　彼の家なんだよ、ここは。あたしたちが彼を愛し足りなかったとでも？」

「充分愛しましたよ」トビーは言った。

「あんたに何がわかる？」彼女は訊いて、じっと椅子に坐っていた。手の指を歯と歯のあいだに押しつけ、記憶のなかの何かを見つめて。

「革の加工は？」トビーは質問した。「ジェブは革の加工技術を誰から習ったのですか」

「腐った父親からよ、ほかに誰がいるの。昔は注文仕立ての靴屋だった。酒を飲んで何もかも忘れてないときにはね。でもジェブは父親が大好きだった。父親が死んだときには、その物置に、くそ道具を聖杯みたいに並べたもんだ。そしたらある夜、物置が空《から》になって、道具もジェブもどこかに行っちまった。いまみたいに」

ブリジッドはトビーのほうに顔を向けて見つめ、彼が口を開くのを待っていた。トビーは慎重に話しだした。

「ジェブはポールに、証拠を握っていると言っていました。〈ワイルドライフ〉に関して。コーンウォルで話し合うときに、それを持ってくるはずだった。ポールにはそれが何かわからなかった。あなたならわかりませんか」

ブリジッドは両手を開き、己の運命を読み取ろうとするかのように掌を見つめていたが、ふいに立ち上がり、玄関に歩いていって、ドアを引き開けた。

「ハリー！　ミスター・ベルが遺品を見たいそうよ、あとで友だちのポールに話せるように。ダニー、かあちゃんが呼ぶまでジェニーといっしょにいなさい、わかった？」そしてトビーに、「終わったらハリー抜きで戻ってきて」

雨が戻ってきていた。ハリーに強く勧められてトビーが借りたレインコートは小さすぎた。家の裏庭は細長く、濡れた洗濯物が紐に下がっていた。狭い門の先は荒れ地だった。いくつか、落書きに覆われた戦時中のトーチカのまえを通りすぎた。

「生徒には、お祖父《じい》さんたちが戦い守ったものの名残だと教えるんです」ハリーが振り向いて呼びかけた。

ふたりはぼろぼろの納屋に着いた。扉には南京錠がかかり、ハリーが鍵を持っていた。

「ここにあることはダニーには知らせていません、いまのところ」ハリーが真剣な口調で言った。「ですので、申しわけありませんが、家に戻るときには、そのことを心に留めておいてください。いまの騒ぎがおさまったら〈イーベイ〉に出すつもりでいます。妙な連想で買い手が二の足を踏んでも困るでしょう？」扉をぐいと押すと、小鳥の一隊がにぎやかに飛び立った。「うまいこと改造しましたよ、ジェブは。それは認める。私の意見を言えば、ちょっと凝りすぎだけど。ブリジッドには内緒ですよ、当然」

防水シートがロープとテントの釘で地面に留められていた。トビーが見ていると、ハリーは釘から釘へ移動して留め金をゆるめ、輪をはずしていった。シートの片側半分が垂れ下がったところでばさっと全体をめくって、緑のワゴン車をあらわにした。車体の緑地に手書きの金色の大文字で〈ジェブの革製品〉、その下に少し小さな文字で〈直売車〉とあった。

ハリーが伸ばした手を無視して、トビーはテールゲートに乗りこんだ。木のパネルが張ってあるが、いくつかは取り除かれ、はずれてぶらさがっているものもあった。広げて磨き上げた折りたたみ式のテーブルと、クッションのない木の椅子が一脚。ロープのハンモックがはずされ、きちんと丸められている。職人がみずから取りつけて磨いた、むき出しの木の棚。消毒液《デトール》の悪臭によっても、血の饐えたにおいは消えていない。

「トナカイの毛皮はどうなりました？」トビーは訊いた。

「燃やすしかなかった。でしょう？」ハリーは明るく説明した。「残せるものはあまりなかったんです、正直言って、トビー、気の毒なジェブがあんなことをしたあとだから。アルコールの助けは借りなかったらしくて、めったにないことだと言われたけれど、そこはジェブです。彼をくつろがせることは誰にもできなかった。決して誰にも」

「遺書はなかった？」トビーは訊いた。

「手に握った銃と、弾倉に弾が八発残っていただけです。自分を撃ったあと、ほかの弾で何をするつもりだったんだろうと思いますけどね」ハリーはなんでも教えますよという声音で答えた。「利き手じゃないほうを使ったこともね。なぜか？ 自問しても、もちろん答えはわからない。永遠にわかりませんよ。ジェブは左利きだったんですが、右手で自分を撃った。常識はずれと言っていい。でも聞いた話じゃ、ジェブは射撃がうまかった。仕事柄、当然ですよね。その気になれば足を使って自分を撃つこともできた、とブリジッドは言ってる。それに、自殺を考えるところまで行ったら理屈なんて通らないというのは周知の事実だ。警察もそう言ってました。私は信じますよ、こういうことにはずぶの素人なので」

トビーは、車の片側のなかほど、高さもまんなかあたりの板に、大きさはテニスボールほどだが深さはそれほどでもない窪みを見つけ、縁を指でなぞっていた。

「そう、そこです」ハリーは説明を続けた。「ああいう弾はどこかに飛んでいかなきゃならない。常識です。最近の映画を見ていると、そうでもない気がするかもしれないけれど。空中に消えてしまうわけがないでしょう、弾が？　だから穴を充塡剤《ポリフィラ》で埋めて、平らにこすって、上からペンキを塗る。運がよければ気づかれないですみます」

「道具類は？　革の加工用の」

「ええ、それがみんなの悩みの種でしてね、トビー。彼の父親譲りの道具も、帆船から回収したストーブと同じで、多少の値打ちはあったわけですよ。最初に現場に到着したのは消防隊でした。なぜかは知らないが、明らかに誰かが呼んだんでしょう。次に警察、その次に救急車が来た。だから、誰がその道具をくすねたのかわからないのです。警察じゃないのは確かだ。私は法の番人たちに多大な敬意を払っています。率直に言って、ブリジッドが払っているよりずっと。彼女は元警官なんですけどね、そこはまあアイルランド人だから」

トビーも、まあそうだろうと思った。

「ジェブには恨まれてませんでしたよ、言っときますが。恨まれる筋合いもないし。ブリジッドみたいな女性は、あれなしでやっていけない、でしょう？　彼女には親切にしています。ジェブに対して同じことは、まあ正直なところ、言えませんが」

ふたりは協力してテールゲートを閉め、車にまた防水シートをかけて、ロープをぴんと張った。

「ブリジッドは、このあとぼくとまた少し話したいそうです」トビーは言い、たいした説明にはならないが、つけ加えた。「ポールに関して内密に伝えたいことがあるようで」

「自由な人間ですよ、ブリジッドは、われわれみんなと同じように」ハリーはトビーの腕を親しげにたたきながら陽気に言った。「ひと言アドバイスするなら、警察に対する彼女の見解をあまり真《ま》に受けないことですね。こういう事件には、かならず責められる人間がいなきゃならない。それが人の性《さが》というものです。お会いできてよかった、トビー。ここまで来てくれたのも温かい心遣いだった。ひとつ言っておきたいことがあるんだが、いいでしょうね。厚かましいのはわかっています。ただ、もし、そんなことはないと思うけれど、世の中何が起きるかわからない、もし、よく整備されて高級仕様に改造されたワゴン車を探している人に出会ったら、どこに連絡すればいいか、わかりますよね？」

ブリジッドはソファの隅で両膝を抱えて丸くなっていた。

「何かわかった？」彼女は訊いた。

「わかるはずなのですか」

「血の説明がまったくつかない。うしろのバンパーじゅうに血が飛び散ってたんだけど、流れてきたと言われた。〃どこをどうやって流れてきたの〃とあたしは訊いた。〃くそ窓から出て、車体をぐるりとうしろまでまわったって？〟。〝あなたはいま神経が昂っています、ミセス・オーウェンズ。捜査はわれわれにまかせて、お茶でも飲んで落ち着いてください〟。そのあと警視庁の私服警官がやってきて、上品なしゃべり方で〝気がかりでしょうから申し上げておきますと、ミセス・オーウェンズ、バンパーについていたのはご主人の血ではありませんでした。赤鉛でした。車の修繕をしていたにちがいありません〟。家も見ていったんだよね」

「失礼？　どの家のことですか」

「このくそ家よ、あんたがいま坐ってあたしを見てる。ほかにどこがある？　抽斗から棚から全部見ていった。ダニーのおもちゃ入れまで。天井から床まで、要領を心得た連中が徹底的に捜索した。あそこの抽斗にあったジェブの書類とか、残していったものすべて。取り出して、戻して、戻して、戻す順序は多少狂うこともあったけど。あたしたちの服も同じ。ハリーに言わせると、考えすぎだって。ベッドの下にも陰謀を見つけるのがあたしだと。馬鹿言わないで、ミスター・ベル。こっちはハリーが朝食をとった回数より多く家の捜索をやってるんだ。やるとこを見りゃプロだってわかる」

「それはいつでした？」

「昨日に決まってるだろ。いつだと思うの。あたしたちがジェブの火葬に行ってるあいださ、ほかにいつがある。ど素人の話をしてるんじゃないんだから。あんた、あいつらが何を探してたか知りたくないの？」

ブリジッドはソファの下に手を入れて、封のされていない平らな茶色の封筒を取り出し、トビーに差し出した。

A4サイズの写真が二枚。つや消し仕上げ。縁なし。白黒。画質は悪い。夜撮ったもので、ずいぶん引き伸ばしてある。

トビーがそれまでさんざん目にしてきた、通りの向かい側から隠し撮りされた容疑者のあいまいな画像と変わらない。ただこのふたりの容疑者は、死んで岩の上に横たわっていた。ひとりはぼろぼろのアラブふうの服を着た女性で、もうひとりは撃たれすぎて片脚がちぎれかかった子供、そのまわりに立っている男たちは、かさばる戦闘装備に加えてセミオートマチック銃を持っていた。

一枚目の写真では、誰だか特定できないやはり戦闘装備の男が、とどめを刺そうとするかのように銃を女性に向けている。

二枚目では、これもまた戦闘装備の別の男が片膝を突き、武器を横に置いて、顔に両手を当てている。

「船のストーブの下にあったんだよ。あいつらが盗んでいくまえだけど」ブリジッドは、トビーが発していない質問に、見下す調子で答えた。「ジェブはストーブの下にアスベストの板を置いてた。ストーブは持っていかれたけど、アスベストは残った。警察はあの車をすっかり捜索して、あたしに洗えと引き渡した。でもあたしはジェブを知ってる。彼らは知らない。ジェブは隠し方というものを知ってた。その写真は車のどこかにあるはずだった。見せてくれたわけじゃないけどね。見せるもんか。〝証拠を握ってる〟とあの人は言った。〝白黒のやつが。誰も信じようとはしないが〟。〝なんの証拠よ〟と訊くと〝犯行現場で撮った写真だ〟って。どんな犯行と尋ねても、死んだような顔があるだけだった」

「誰が撮ったんです？」トビーは訊いた。

「ショーティ、彼の友だちよ。あの任務のあと、たったひとり残った友だち。ショーティだけとはつき合えた。ほかの人たちはただもう怯えきってた。ドン、アンディ、ショーティ――みんないい仲間だったんだ、〈ワイルドライフ〉までは。でも、あのあとは二度ともとに戻らなかった。ショーティだけとはつき合いがあったけど、それもジェブとショーティが喧嘩して終わった」

「喧嘩とはどんなことで？」

「あんたが手に持ってる忌々しい写真のことでよ。ジェブはまだ家にいて、病気だけどなんとかやってた。そこへちょっと話したいとショーティが来て、とんでもない喧嘩になったわけ。ショーティは六フィート四インチの長身だけど、ジェブが下にもぐりこんで膝に蹴りを入れ、がくんと倒れてきた相手の鼻を折ったのさ。教科書どおりに。ジェブの背丈はショーティの半分だよ。驚いたね」

「彼はジェブと何を話したかったのですか」

「その写真を返してくれと、まずそれ。ショーティはその写真をいろんな省庁で見せてまわってたし、報道機関にも渡してたんだよ。ところが、気が変わった」

「買収されたのさ。民間防衛企業に。その馬鹿な口を閉じてれば一生仕事をやるぞと言われて」

「なぜ？」

「その企業には名前がありますか」

「クリスピンという男がいる。アメリカの資金ですばらしい新企業を興した。超一流のプロを集めてね。ショーティに言わせれば、未来形だった。軍なんか自分のかまを掘ってろ」

「ジェブに言わせると？」

「全然プロなんかじゃない。渡りの詐欺師だと言ってた。ショーティ、おまえもだ、と。ショーティはジェブもその会社に引き入れようとしてた、ちょっと信じられない話だけどね。あいつらは例の任務が終わり次第、ジェブを雇おうとしてたんだ。黙らせるために。で、今度はショーティを送りこんで誘わせた。きちんとタイプした、くそ同意書をジェブに持ってきたよ。それにサインして、写真を返して、会社に加われば、あとはいいことずくめ。あたしからショーティに来るなと言ってやってもよかった。そうすりゃ旅費の節約になるし、鼻も折れなくてすんだんだ。でもあの男は聞きゃしない。あたしはもともと大嫌いだったんだ。自分を女に対する神様の贈り物だと思ってる。ジェブが見てないときにはかならず、あたしの体じゅう触りやがって。おまけに歯の浮くような悔やみの手紙まで送ってきた。見ただけで吐きそうになるよ」

新聞の切り抜きを入れていた抽斗から、ブリジッドは手書きの手紙を取り出して、トビーに読めと押しつけた。

親愛なるブリジッド

ジェブに関する悪い知らせを聞いて、以前に喧嘩別れしたときと同じように、心から悲しく思っている。ジェブは最高の男だった。これからもそうだ。つまらない口論もあったが、そんなこととは関係なく、おれの記憶のなかで最高の男でありつづける。あんたにとってもそうだろう。それからブリジッド、もし少しでも金に困るようなことがあったら、ここに書いた携帯番号にいつでも電話してくれ。かならず送金させてもらう。あとブリジッド、手間をかけて申しわけないが、おれが貸していた二枚の写真を送り返してもらいたい。あれはおれ個人のものだ。返信用封筒《SAE》を同封する。

いまも悲しみに暮れるジェブの旧友より。おれを信じてくれ。

ショーティ

玄関ドアの向こうで激しい言い合いが生じる。ダニーが発作を起こしたように叫び、ハリーがなだめようとしているが、叫び声は止まらない。ブリジッドは写真を戻してもらおうと手を伸ばす。

「ぼくが持っていてはいけませんか」

「いけないに決まってるだろ！」

「コピーしてもかまいませんか」

「それならいい。コピーなら」彼女はまた一瞬のためらいもなく答えた。

ベイルートの男は大きな写真二枚をテーブルの上に並べ、ほんの数日前にエミリーにみずから与えた助言を無視して、ブラックベリーのカメラで写し取る。写真をブリジッドに返しながら、彼女の肩越しにショーティの手紙を見て、携帯電話の番号を手帳に書き留める。

「ショーティの別の名は何ですか」トビーが訊くうちにも、外の騒ぎはいっそう大きくなる。

「パイク」

トビーは念のため、その名前も書いておく。

「あの日、電話してきた」ブリジッドが言う。

「パ、イ、ク、が？」

「ダニー、い、い、か、げ、ん、に、黙、り、な、さ、い！　ジェブよ、ほかに誰がいるの。火曜の朝九時。ちょうどハリーとダニーが学校の遠足に出かけたあとだった。受話器を取るとジェブがいて、この三年で聞いたことがないような声で言った。〝証人を見つけたぞ、ブリジッド。考えられるなかで最高の証人だ。彼とおれですべてを書き記した決定版の文書を作る。ハリーは捨てろ。このことが終わったらふたりでやり直そう。おまえと、おれと、ダニーで、昔みたいに〟。そんな鬱状態だったわけ、数時間後に自分のくそ頭を吹き飛ばすような人がね、ミスター・ベル」

十年間の外交官生活でトビーがひとつ学んだことがあるとすれば、それは、あらゆる危機を正常で解決可能なものとして扱えということだった。タクシーでカーディフに戻る途中、彼の頭のなかは、キットやスザンナやエミリーに対する言いようのない不安で大釜のように煮立っていたかもしれない。ジェブを悼み、その殺害のタイミングや方法、警察による手のこんだ隠蔽について思い悩んでいたかもしれない。しかし、外見上は同じおしゃべりな乗客であり、グウィネスも同じおしゃべりな運転手だった。カーディフに着いて初めて、トビーは旅のあいだじゅう心の準備をしていたかのように活動に取りかかった。実際に準備をしていたのだ。

自分は監視されているか。まだされていない。だが、チャーリー・ウィルキンズの警告は憶えていた。パディントンでは、列車の切符を現金で買っていた。グウィネスにも現金で支払って、環状交差点でおり、また拾ってもらった。訪ねた先でも身元は明かさなかった。もっとも、無駄な努力であることはわかっていた。まずまちがいなく、ブリジッドの隣人の誰かが監視役を頼まれていて、警察に通報し、彼の風貌を説明しているだろう。ただ運がよければ、警察の非効率な組織のせいで、報告が伝わるまでにいくらか時間がかかるかもしれない。

想定していたより現金が必要な事態となり、支払機から金をおろすしかなかった。カーディフにいるのを宣伝することになるが、多少の危険は避けられないものだ。駅のすぐそばの家電店で、デスクトップ用の新しいハードディスクと、中古の携帯電話を二機買った。電話のひとつは黒、もうひとつは銀色で、プリペイド式のSIMカードと、フル充電保証つきのバッテリーも合わせて買った。大衆向け電化製品の世界では、この種の携帯電話は〝バーナー〟と呼ばれる。保安の講義で習った。持ち主が数時間使ったあとで捨ててしまう傾向があるからだ。

カーディフの失業者が贔屓《ひいき》にしているカフェで、コーヒーとケーキひと切れを買って、隅のテーブルに運んだ。流れている音楽が目的に適うことを確かめて、ショーティの番号を銀のバーナーに打ちこんで、緑の発信ボタンを押した。これはマッティの世界だ、自分ではなく。しかし、トビーはとにかくその世界の縁にいて、偽装の経験がないわけでもなかった。

呼び出し音が鳴りつづけ、ついに伝言サービスにつながったとき、喧嘩腰の男の声が吠えた。

「パイクだ。仕事中。なんの用だ」

「ショーティ?」

「わかったよ、ショーティだ。そっちは?」

トビー自身の声、しかし外務省の上品さは抜きで話した。

「ショーティ、こちらは《サウス・ウェールズ・アーガス》紙のピートだ。初めまして。いまうちの新聞で、先週不幸にも自殺したジェブ・オーウェンズの見開き記事をまとめようとしていてね。事件については知っていると思うが。〝埋もれた英雄の死〟という感じで。あなたは彼とかなり仲がよかったと聞いている。そうかな? つまり親友だった? 彼の脇を固めていたというか。さぞ悲しんでるだろうね」

「この番号をどうやって調べた？」

「まあそれは、いろいろ道があるから。わかるね？　さて、われわれ、というよりうちの編集長が考えているのは、あなたにインタビューができないかということだ。ジェブがどれほどすぐれた兵士だったか、親友から見たジェブ、そういう視点で。見開き二ページ。ショーティ？　聞いてるかな？」

「あんたの姓は？」

「アンドルーズ」

「オフレコってことだな。それとも記事にそのまま使う？」

「できれば記事に使いたい、当然だけれど。直接会ったうえでね。背景を深く調べることもできるが、そうするとつねに残念なことが見つかる。もちろん、秘密にしておきたいことがあれば尊重する」

また長い沈黙。ショーティが受話器を手でふさいでいる。

「木曜は？」

木曜？　誠実な外交官は心のなかでスケジュール帳を確認する。午前十時、部の打ち合わせ。十二時半、〈ロンドンデリー・ハウス〉で、他部門連絡担当者による昼食兼打ち合わせ。

「木曜でけっこう」偉そうに言い渡した。「場所はどこがいいかな。ウェールズまで来る気はないだろうね」

「ロンドンだ。ミル・ヒルの〈ゴールデン・カーフ・カフェ〉で。午前十一時に。どうだ？」

「どうすればあなただとわかる？」

「おれは小人だ、わかるだろうが。ブーツをはいても二フィート六インチ。ひとりで来いよ。写真は撮るな。あんたの歳は？」

「三十一」トビーは早く答えすぎ、しまったと思った。


パディントンに戻る列車のなかで、トビーはまた銀のバーナーを使い、エミリー宛てに最初のメッセージを送った――〝早急に要相談、旧番号は使えないので本番号に連絡乞う、ベイリー〟。

通路に移動して、念を押すために彼女の病院にかけると、診察時間外の留守番サービスにつながった。

「ドクター・プロビンに伝言をお願いします。ドクター・プロビン、こちらは患者のベイリーですが、今晩診《み》ていただきたいのです。この番号にかけてください。古い番号はもう使えません。よろしく」

その後一時間は、エミリーのことしか考えていない気がした。ジャイルズ・オークリーの離脱にしろ何にしろ、考えがどこかに向かうたびに、かならずエミリーがついてきた。

彼女の返答はそっけなかったが、想像しうるどんなものよりトビーの心を浮き立たせた。

〝真夜中まで勤務中。緊急治療かトリアージ・ユニットにいる〟

署名はない。Ｅのひと文字さえ。

パディントンで列車をおりたときには八時になっていたが、作戦に必要なものの新しいリストができあがっていた——荷造り用テープ、包装紙、Ａ５サイズのクッション入り封筒半ダース、ティッシュひと箱。駅のコンコースの売店は閉まっていたが、プレイド通りですべてを買うことができた。頑丈な手さげ袋と、バーナー用のプリペイドカードをひとつかみと、ロンドン塔護衛兵のプラスチックの人形も買い物に加えた。

護衛兵の人形は必要のないものだった。トビーが欲しかったのは、それが入っていた厚紙の箱だ。

彼が住むイズリントンの二階のフラットは、十八世紀にまとめて建てられた家の一軒にあった。同じ造りの家が一列に並んでいるが、玄関ドアの色と窓枠の状態とカーテンの品質だけがちがう。その夜は湿気が少なく、季節はずれに暖かかった。通りを挟んだ家の向かいの歩道を歩き、一度自宅のまえを通りすぎて、さり気なくあたりに目を配った。人がなかにいる停車中の車や、通りの角に立って携帯電話で話している通行人、つまらなそうに配電箱のまえにひざまずいて作業しているオーバーオールの男など、いかにもそれらしい監視者はいないか。いつものように、家のまえの通りにはそれらすべてと、ほかにもさまざまなものがあった。

家のあるほうに渡って、なかに入り、階段をのぼって、可能なかぎり静かにドアの鍵をあけ、玄関にじっと立った。暖房が入っているので驚いたが、火曜だったことを思い出した。火曜には、ポルトガル人の掃除婦のルラが三時から五時まで来るのだ。たぶんそのとき寒かったのだろう。

それでも、プロが家の隅から隅まで捜索していったとブリジッドが静かに断言したことは頭に残っていた。だから、部屋から部屋へ移りながら、何かいつもとちがう気がしたのも無理からぬことだった。知らないにおいを嗅ごうとしたり、あれこれものに触って、最後にどういう状態だったか思い出そうとしてあきらめたり、戸棚や抽斗を開けて何も見つからなかったりした。保安訓練の講義では、プロの捜索者は自分たちの作業を録画して、すべてのものをもとの場所に戻しておくと言われた。トビーは、彼らがそうしているところを想像した。

とはいえ、彼が心から戦慄したのは、三年前、母方の祖父母の結婚記念写真の裏にバックアップとして貼りつけたメモリースティックを回収しにいったときだった。額入りのその写真は昔のまま、玄関とトイレのあいだの廊下の目立たないところにかかっていた。長年、別のところに動かそうと思うたびに、そこより暗いか目立たない場所が見つからず、結局そのままにしていたのだ。

メモリースティックはまだそこにあった。工業用のマスキングテープで何重にも貼られ、一見いじられた形跡はないが、問題はガラスの埃が払われていることだった。ルラはこれまで一度もこのガラスをふいたことがない。ガラスだけではなく、額もきれいだった。さらに言えば、まわりの額だけでなく、小柄なルラが背伸びしても届かない額のてっぺんまでふいてあった。

椅子の上に立ったのか？　あのルラが？　過去のあらゆる習慣に反して突如、大掃除がしたくなった？　トビーは彼女に電話をかけようとして――己の誇大妄想を笑い飛ばすことになった。ルラはこのまえ急に連絡してきて休みを取り、今回は代わりに、身長五フィート十インチの堂々たる美人、しかもルラよりはるかに手際がいいティナが来ることになったではないか。そんなことも忘れていたのか。

依然として微笑みながら、トビーは骨折り損になるまえにやっておこうと思っていたことに取りかかった。マスキングテープをはがし、メモリースティックをリビングルームに持っていった。

そもそもデスクトップ・コンピュータが心配の種だった。いかなるコンピュータも、隠し場所として決して安全ではないのはわかっていた。それは宗教さながら頭にたたきこまれている。秘密の宝をどれほど深く埋めたと思っていても、いまどきの分析家は時間さえあれば掘り出してしまう。一方で、古いハードディスクをカーディフで買った新しいものと取り替えることにも危険がともなう。たとえば、何も書きこまれていない、まっさらのハードディスクがあることをどう説明するか。とはいえ、どれほど説得力のない説明でも、三年前のファーガス・クイン、ジェブ・オーウェンズ、キット・プロビンの話し合いより、ずっとまともに聞こえるだろう。〈ワイルドライフ作戦〉の数日前、ことによると数時間前に録音されたあの会話より。

まず秘密の録音をデスクトップの奥底から引き上げよ。トビーはそうした。それを二本のメモリースティックにそれぞれコピーせよ。それもした。次に、ハードディスクを除去。この作業に欠かせないものは、先端の小さなドライバーと、初歩の技術知識と、きれいな指。緊張しながらトビーはやりとげた。次いでハードディスクを処分。これには護衛兵の箱と、詰め物にティッシュが必要になる。宛先は愛するおばのルビーにした。ダービーシャーで事務弁護士をしているが、結婚後の姓を使っているので安全だと判断した。短い添え状をつけて――ルビーにはそれで充分だ――同封したものを命がけで守ってほしい、説明はあとでする、と伝える。

封を閉じて、ルビーに贈呈。

次に、もちろん起きてほしくないが万一の事態に備えて、クッションつきの封筒ふたつの宛先に自分の名前を書き、それぞれリヴァプールとエディンバラの中央郵便局留めにした。未来のどこかで逃亡しているトビー・ベルの幻像。息を切らしてエディンバラ中央郵便局のカウンターにたどり着く。すぐうしろには闇の力が迫っている。

三番目の、もとからあって誰にも託されていないメモリースティックが残っていた。保安の講義ではつねに〝探し物ゲーム〟があった。

〝さて諸君、きみたちの手元には不名誉な極秘文書があり、秘密警察がドアの向こうにいる。

きっかり九十秒後に、彼らがきみたちのアパートメントを荒らしまわりはじめる〟

最初に思いつく場所は使わない。つまり、貯水槽の裏はいけないし、はずれる床板の下も、シャンデリアのなかも、冷蔵庫の製氷室も、救急箱もいけない。紐で台所の窓の外に吊すなどもってのほかだ。ではどこに？　答え――思いつくなかでもっともあからさまな場所に、もっともあからさまな仲間といっしょに置く。いま箪笥のいちばん下の抽斗に、ベイルートから持ち帰って整理していないがらくたが入っている。ＣＤや、家族の写真、昔のガールフレンドからの手紙、そしてそう、プラスチックのケースに手書きのラベルを巻いたメモリースティックまで、ひと握りあった。そのうちのひとつがトビーの眼を惹いた――〝ブリストル大学卒業パーティ〟。そのラベルをはがし、三番目のメモリースティックに貼り直して、抽斗のほかのがらくたのなかに放りこんだ。

それからキットの手紙を台所の流しに持っていって火をつけ、灰を崩して排水口に流した。さらに用心を重ねて、ボドミン・パークウェイ駅で借りた車の契約書の控えも、同じように処分した。

そこまでの作業に満足すると、シャワーを浴び、新しい服を着て、ポケットにふたつの携帯電話《バーナー》を収め、封筒を閉じて手さげ袋に入れた。最初に来たタクシーには乗るなという保安部の陳腐な禁止事項にしたがって、二番目でもなく三番目のタクシーを呼び止め、スイス・コテージにある商店の住所を運転手に告げた。そこに夜間も郵便業務をおこなう窓口があることをたまたま知っていたのだ。

スイス・コテージで、トビーはふたたび鎖を断ち切るつもりで二番目のタクシーをつかまえてユーストン駅に行き、三番目のタクシーでロンドンのイースト・エンドに向かった。

病院が闇のなかに浮かび上がっていた。舷窓を燃え立たせ、船橋も階段も攻撃に備えた巨大な戦艦のように。坂の上の前庭は駐車場と、互いに首をからめた鉄の白鳥の彫刻に明け渡されていた。一階で救急車が赤い毛布にくるまれた怪我人を担架に移していた。その横に手術着の医師や看護師が立ち、煙草休憩をとっていた。屋上と街灯のすべてから監視カメラに見られていることがわかっていたので、トビーは外来患者を装い、わが身を気遣うように歩いていった。

担架のあとから、白く輝く玄関ホールに入った。そこはある種の出会いの場だった。ひとつのベンチにはベールをつけた女性たちが坐っていた。別のベンチにはスカルキャップをつけたよぼよぼの老人が三人、手に持ったロザリオの上に頭を垂れていた。そのすぐそばに、公式の礼拝に必要な十人以上のユダヤ教ハシド派の男性が集まり、ともに祈りを捧げていた。〈外来案内・連絡〉と表示された机があったが、誰もいなかった。案内板には、ヒューマン・リソーシーズ、人員設計、性的健康、児童預かり所が示されていた。どれもトビーの行き先ではない。貼り紙が叫んだ――〝待って！　A&Eに御用ですか？〟。だとしても、次にやるべきことを教えてくれる人はいなかった。いちばん明るく広い廊下を選んで、カーテンのかかった仕切り部屋のまえを堂々と歩いていくと、年配の黒人職員が机についてコンピュータを操作していた。

「ドクター・プロビンを探しているのですが」トビーは言った。白髪混じりの職員の頭が上を向かないので、「たぶん緊急治療ユニットにいます。トリアージかもしれない。真夜中まで働いていています」

老職員の顔には部族の模様が斜めに入っていた。

「名前は教えないことになってる」トビーをじろじろと見たあとで言った。「トリアージは左に曲がってふたつめのドアだよ。緊急治療はロビーに戻らなきゃならない。救急外来の廊下だ」トビーが携帯電話を取り出すのを見て言った。「電話はかからんよ。電波が遮断されてる。建物の外に出りゃ別だが」

トリアージの待合室では、三十人が坐って同じむき出しの壁を見つめていた。緑のオーバーオールを着て、首から電子キーをさげた厳めしい白人女性が、クリップボードを真剣に見ていた。

「ドクター・プロビンに会うようにと言われたのですが」

「緊急治療よ」彼女がクリップボードに言った。

悲しく白い蛍光灯の下で、さらに多くの列の患者が〈診察〉と表示のある閉まったドアを見つめていた。トビーは順番待ちのチケットを取って彼らと坐った。電光掲示板に、診察される患者の番号が示される。五分で順番が来る人もいれば、一分も待たない人もいた。突然トビーの番が来て、茶色の髪をポニーテールにまとめ、化粧をしていないエミリーが机の向こう側からトビーを見ていた。

彼女は医者だ、とトビーは午後早くからずっと自分に言い聞かせて、慰めを得ようとしていた。こういうことには慣れている。死を毎日扱っているのだから。

「ジェブが自殺した。きみの両親の家を訪ねる前日のことだ」前置きなしで切り出す。「拳銃で自分の頭を撃ち抜いた」彼女が何も言わないのを見て、「どこで話せる？」

彼女の表情は変わらないが、凍りついている。握り合わせた両手を顔に持っていき、親指の関節を歯に押し当てる。気持ちを立て直して、ようやく口を開く。

「だとすると、わたしはあの人を完全に誤解してたことになる。でしょう？」彼女は言う。

「父に対する脅威だと思ってたんだから。そうじゃなかった。彼自身に対する脅威だった」

しかし、トビーは考えている――ぼくもきみを完全に誤解してた。

「どうして自殺したのか、わかる人はいるの？」彼女は訊いた。平静を保とうと努力しているが、とてもそうはいかない。

「遺書も、最後の電話もなかった」トビーは答え、彼は彼で平静を保とうとする。「誰にも心の内を明かしていない、少なくとも奥さんが知るかぎり」

「結婚してたのね。奥さんもお気の毒に」ついに医師として冷静さを取り戻す。

「奥さんとまだ小さな息子が残された。この三年、彼は妻子と生きられなかったし、妻子抜きでも生きられなかった。奥さんが言うにはね」

「遺書はなかったと言った？」

「おそらくない」

「誰かを責めることもなかったの？　残酷な世界を恨むことも？　誰ひとり？　ただ自分を撃った、それだけ？」

「そのようだ」

「父と会って、なんであれふたりがかかわった事件に警鐘を鳴らす準備をするはずだった直前に、そんなことを？」

「そのようだ」

「とても理屈に合わない」

「合わないね」

「父は知ってるの？」

「ぼくからは言ってない」

「外で待っててもらえる？」

彼女は机のボタンを押して、次の患者を呼ぶ。


彼らは並んで歩きながら、意図的に距離を置いていた。口論したあと、仲直りする機会を探っているふたりの人間のように。彼女は話さなければならなくなると、怒りを爆発させる。

「あの人の死は全国ニュースになったの？　新聞とか、テレビとか」

「地元紙と《イヴニング・スタンダード》だけだ、ぼくが知るかぎり」

「でも、いつ話題になってもおかしくない？」

「だろうね」

「キットは《タイムズ》をとってる」そこでふいに思い出して、「ママはラジオを聞く」

施錠されているべきだがされていない門を抜けると、公共公園のみすぼらしい敷地に出た。犬を連れた子供の集団が木の下に坐って、マリファナを吸っている。両側を道に挟まれた恰好で平屋の建物があり、〈健康センター〉という看板がかかっていた。エミリーはその端から端まで歩いて、窓が割られていないか確かめ、トビーはあとからついていった。

「ここには麻薬があると若者たちが思ってるの」彼女は言った。「そんなものはないと彼らに言っても、信じようとしない」

ヴィクトリア朝ロンドンの面影が残る貧しい住宅地に入っていた。さえぎるもののない満天の星空の下、一棟二軒の低い煉瓦の家が何列も立ち並び、それぞれに大きすぎる煙突と、中央でふたつに分かれた前庭がついていた。エミリーは玄関前の門を開けた。階段が一階のポーチにつながっている。そこを上がった。彼もあとに続いた。ポーチの明かりで、前肢が片方ない醜い灰色の猫が彼女の足に体をこすりつけているのが見えた。エミリーがドアの鍵を開けると、猫は真っ先になかに飛びこんだ。彼女はそのあとから入って、トビーを待った。

「お腹が減ってるなら冷蔵庫に食べ物があるから」彼女は寝室と思しき部屋に消え、ドアを閉めながら言った。「この猫、わたしを獣医だと思ってるの」

彼女は両手で頭を抱えて坐り、眼のまえのテーブルの手をつけていない食べ物を見つめている。リビングルームは自己否定かと思われるほど、がらんとしている。最小限の台所が片隅にあり、古い松材の椅子が二脚、ごつごつしたソファ、仕事机を兼ねた松材のテーブルがある。医学書数冊とアフリカの雑誌が積んである。壁には完全な外交官の服装のキットの写真。大きな白い帽子をかぶったスザンナが見守るまえで、カリブ海の豊満な女性国家元首に信任状を捧呈しているところだ。

「これはきみが撮った？」トビーは尋ねた。

「まさか。宮廷写真家がいたの」

トビーは冷蔵庫からオランダのチーズとトマト数個を取り出し、スライスして冷凍してあったパンを焼いた。ボトルの四分の三残っていた古いリオハ・ワインを、彼女に断ってから緑のタンブラーふたつについだ。エミリーはゆったりした部屋着にぺちゃんこのスリッパという恰好だが、髪はまだポニーテールのままだ。部屋着は足首まできちんとボタンがかけられている。スリッパが平らなのに背が高いのでトビーは驚いた。歩きぶりもなんとしっかりしていることか。最初はぎこちないと思った所作も、よく見ればじつに優雅だ。

「本当は女医でなかったというその女医？」エミリーは訊く。「キットに電話をかけて、ジェブが生きていないのに生きていると言った人だけど。あれは警察も怪しいと思うんじゃない？」

「いや、いまの彼らの雰囲気では思わないだろうね」

「キットも自殺するおそれがある？」

「ぜったいにない」トビーは鋭く言い返す。ブリジッドの家を出てからずっと同じことを自分に問いかけていたのだ。

「なぜ？」

「彼が偽医者の話を信じているかぎり、誰にとっても脅威にならないからだ。それが偽医者の電話の目的だった。だからなんとしてでも、彼らには目的を達成したと思いこませておかなければならない。彼らが誰であるにしても」

「でもキットは信じてない」

すでに考えたことだが、トビーは彼女のために最初から説明する。

「たしかに大声でそう言ったけれど、ありがたいことに、もっとも身近な家族とぼくに言っただけで、電話では信じているふりをした。いまもそのふりを続けているにちがいない。たんに時間稼ぎができればいいんだ。数日、目立たないようにしてもらえれば」

「いつまで？」

「今回のことを告発する準備をしている」トビーは内心より大胆に言う。「パズルのピースはそろってきたが、もっと必要だ。ジェブの奥さんが写真を持っていて、役に立つかもしれない。コピーをとってある。彼女から、助けてくれそうな人の名前も聞いた。その彼とも会う約束をした。もともとの問題にかかわっていた人物だ」

「あなたももともとの問題にかかわった？」

「いや、ぼくはただの罪深い第三者だ」

「で、告発したらあなたはどうなる？」

「職を失う、まずまちがいなくね」トビーは言い、気休めに、この間ずっと彼女の足元に坐っていた猫をなでようとするが、猫は彼を無視する。

「朝、お父さんが起きるのは何時かな」彼は尋ねる。

「キットは早起きよ。ママは寝てるけど」

「早起きとはどのくらい？」

「六時とか」

「マーロウ夫妻はどうだろう」

「彼らは夜明けとともに起きる。ジャックは農場主のフィリップスのために乳搾りをしてるから」

「〈領主館〉は彼らの家からどのくらい離れてる？」

「近いものよ。敷地内に昔からあるコテージだから。なぜ？」

「キットにできるだけ早く、ジェブが亡くなったことを伝えるべきだと思う」

「ほかの誰かから聞いてカンカンに怒るまえに？」

「そう言いたければ」

「言うわ」

「問題は、〈領主館〉の電話にはかけられないことだ。彼の携帯電話にも。もちろんメールは送れない。これについてはキットも同意見だ。ぼくに宛てた手紙でも強調してたから」

トビーは間を置いた。エミリーが口を開くかと思ったが、彼女はトビーを見すえたまま、続けなさいよと無言で迫っていた。

「だから、明日の朝いちばんでミセス・マーロウに電話してもらえないかな。〈領主館〉まで行って、キットをコテージに連れてきてもらうんだ。ぼくではなく、きみ自身が知らせを伝えることが前提になるけれど」

「彼女にどんな嘘をつけばいいの？」

「〈領主館〉の電話が故障した。直接かけられない。あわてる必要はないが、キットにどうしても話さなければならない特別なことがある。あと、きみがこのどちらかを使えると思ったんだが、どうかな。こっちのほうが安全だ」

彼女は黒いバーナーを取る。これまで携帯電話を一度も見たことのない人間のように、考えこみながら、長い指でひっくり返している。

「多少なりともやりやすいというのなら、ぼくもここに残っていてもいいけれど」と言って、貧相なソファを慎重に示す。

エミリーは彼を見、腕時計を見る——午前二時。自分の寝室からアイダーダウンの羽根布団と枕を取ってくる。

「これじゃきみが寒くなる」トビーは反対する。

「わたしは大丈夫」彼女が答える。

6

頑固なコーンウォルの霧が谷に居坐っていた。この二日間、どんな西風も吹き払うことはできなかった。キットが事務所として使っている厩舎のアーチ形の煉瓦窓は、本来なら芽吹いてきた木々の葉で覆われているはずだが、まだ何もなく、屍衣のように冷たい白色に閉ざされていた。少なくとも、動揺して馬具室を歩きまわるキットにはそう思えた。三年前、ジブラルタルの呪わしい監獄の寝室でも、動員を待ってまさにこんなふうに歩きまわった。

朝六時半、彼はまだウェリントンブーツをはいていた。エミリーから電話だとマーロウ夫人に急かされて、果樹園を横切ったときにはいたままだ。〈領主館〉の電話がつながらないという偽りの言いわけでエミリーに呼び出されてした会話が――もし会話と呼べるなら――順不同であれ、いま彼の頭のなかにあった。一部は情報、一部は説得だったそのすべては、ナイフさながら彼の肺腑に突き刺さった。

そしてこれもジブラルタルのときと同じく、彼は厩舎でつぶやき、悪態をついていた。半分は声に出して――なんてことだ、ジェブ、まったくのナンセンス……うまくいくはずだった……すべて手に入るはず。それらの合間に、くそ、腐った人殺しの悪党ども、その他の罵《ば》詈《り》雑言《ぞうごん》がまき散らされた。

「しばらく静かにしてて、パパ。パパだけじゃなく、ママのために。それからジェブの奥さんのために。ほんの数日でいいから。ジェブの精神科医が何を言ったか知らないけど、それを信じて。たとえその人がジェブの精神科医でないとしても。パパ、トビーに代わるわよ。わたしよりうまく説明できるから」

トビー？　あの盗聴男のベルと朝の六時にいったい何をしているのだ。

「キット？　ぼくです。トビーです」

「誰が彼を撃った、ベル？」

「誰も。自殺でした。公式に。検死官も署名して、警察はもう関心を持っていません」

持つべきだろうが、まぬけどもめ！　しかし口には出さなかった。あのときには。何も言う気がしなかったのだ。せいぜい、ああ、いや、まあ、そう、たしかに、わかった、ぐらいしか。

「キット？」またトビー。

「ああ、なんだね？」

「ジェブの〈領主館〉訪問に備えて、文書の草稿を作っていると言っていましたね。三年前にあなたから見た事件のあらましを、あなたのことばで。そして、クラブで彼とした会話の覚書も。それにサインさせるつもりだった。キット？」

「その何が悪いのだ。聖書に誓って真実だ、徹頭徹尾」キットが言い返す。

「何も悪くはありません、キット。いつか転換点が来たときに、それがきわめて有用になります。どうか数日間、賢い場所に隠しておいていただけませんか。危険から遠ざけてください。金庫のなかとか、いかにもそれらしい場所はいけません。たとえば、どこか離れの屋根裏とか。あるいは、スザンナが何か思いつくかもしれません。キット？」

「連中は彼を埋葬したのか」

「火葬でした」

「早すぎる、そう思わんかね。誰の入れ知恵だろう。またしても不正のにおいがするな。まったく」

「パパ？」

「なんだね、エム。聞いている。どうした？」

「パパ？　トビーの言うとおりにして。お願い。もう質問はしないで、何もせずに、パパの作品の安全な隠し場所を見つけて。あと、ママをよろしく。トビーには、やりたいと思うことをやらせてあげて。あらゆる角度から今回のことを検討してるから」

いいだろうとも、盗聴男め——しかし、それはなんとか口にしないですむ。驚くべきことだった。不誠実なベルからああしろこうしろと言われ、エミリーがそれを全面的に支持し、マーロウ夫人が居間のドアに耳を当て、かわいそうなジェブが頭に弾を食らったとあらば、どれほどひどいことを口走ってもおかしくなかったからだ。

正気を保とうと努力しながら、キットはまた最初に戻る。

彼はウェリントンブーツをはいて、マーロウ夫人の台所に立っている。食器洗い機が動いていて、声がひとつも聞こえないからスイッチを切ってくれと夫人に言う。

パパ、エミリーよ。

エミリーだというのはわかってる！　大丈夫か？　どうした？　どこにいる？

パパ、本当に悲しいニュースがあるの。ジェブが亡くなった。聞いてる、パパ？　パパ？

なんてことだ。

パパ？　自殺だったの。ジェブは自分を撃った。彼自身の拳銃で。彼のワゴン車のなかで。

いや、ありえない。まったくのナンセンスだ。ここへ来るはずだった。いつ？

火曜の夜。一週間前の。

場所は？

サマセット。

そんなはずはない。その夜に彼が自殺したというのか。偽の女医が電話してきたのは金曜だぞ。

そのようね、パパ。

身元は確認したのか。

ええ。

誰がした？　まさか偽のくそ医者じゃないだろうな。

彼の奥さんよ。

本当に、なんということだ。

シーバがくんくん鳴いていた。キットは屈んで、慰めるようにたたいてやった。遠くを睨みつけながら、夜明けにクラブの階段のまえでジェブがつぶやいた別れのことばを聞いていた。

〝ときどき自分は見捨てられたと考えてしまうものだ。追放されたと。加えて、あの子と母親が頭のなかにずっといる。人はそうして責任を感じる。まあ、おれはもう感じないがね。だからよければ、クリストファー卿、握手しよう〟

そう言って、のちに自分を撃ったとされる手を差し出した。力強い、しっかりした握手だった。〝では水曜の朝いちばんに〈領主館〉で〟ということばとともに。私は簡単料理担当のシェフになって、彼が好きだというスクランブルエッグを朝食に出そうと約束した。

私のほうからキットと呼んでくれと言ったのに、決してそう呼ばなかった。クリストファー卿に失礼だと考えていた。そもそも爵位などもらうような人間ではない、と私は反論した。彼は犯してもいない怖ろしい罪のことで自分を責めていた。そしていま、犯してもいない別の怖ろしい罪、すなわち自害したことで責められている。

で、私は何をしろと頼まれている？　ゼロに等しい。文書の草稿をどこかの干し草置き場に隠して、すべてをあの不誠実なベルにまかせ、この愚かな口を閉じているだけだ。

もしかすると、いままでこの口を閉じすぎてきたのかもしれない。

思えばそれが私の欠点だったのではないか。屁のつっぱりにもならないことで大騒ぎしたがるくせに、答えにくい質問をいくつかすることはためらう。たとえば〝あの家の裏の岩で本当は何が起きたのか〟、あるいは〝私などより報われて当然の人が一ダースはいるのに、なぜ私が居心地のいいカリブ海の閑職を与えられたのか〟。

最悪なのは、若造ベルの差し金で、自分の娘から口を閉じていろと言われたことだった。ベルには同時にふたつの帽子をかぶって立ちまわる才能があるようだ――また腹が立ってきた――エムともうまくやって、電話で聞いたかぎりでは、あの子を説得してしまっている。何ひとつ知らないことに首を突っこむような無分別な子ではないのに。立ち聞きしたり、母親から引き出したりしたのかもしれないが、そんなことはすべきじゃなかった。

それに、はっきり言っておくが、もし〈ワイルドライフ作戦〉やそれに関連する事実について誰かがエムに話すとしたら、それは大臣にスパイ行為を働いたにすぎない不誠実なベルではなく、スザンナでもない。エムの父親である私が、みずから選んだタイミングと方法で話すべきだ。

そんなまとまりのない考えを頭のなかで荒れ狂わせて、キットは霧に包まれた中庭を大股で家に戻っていった。

スザンナの朝の眠りを妨げないように、これ以上不可能なほど静かにひげを剃り、暗めのタウンスーツを着た。あのくそクリスピンのためにまちがって選んでしまった田舎ふうのスーツはやめにした。今回のことであの男が果たした役割を、かならず白日のもとにさらしてやるつもりだった。たとえそれで年金と爵位を失うことになっても。

衣装簞笥の鏡で自分の姿を見ながら、ジェブに弔意を表して黒いネクタイを締めようかとも思ったが、露骨すぎるし、まちがったメッセージを送ってしまうと考え直した。最近キー・リングに加えたアンティークの鍵で副艦長の机の抽斗を開け、ジェブの薄っぺらな領収書を保管している封筒を取り出した。そしてその下から〝草稿〟と名づけた手書きの文書を収めている紙挟みを。

手を止め、頰に悲しみと怒りの熱い涙が流れていることに気づいて、安堵に近い思いを抱いた。が、文書のタイトルを一瞥して、気力と固い決意を取り戻した。

〝〈ワイルドライフ作戦〉第Ⅰ部：イギリス特殊部隊の現地指揮官からの情報を加えた、ジブラルタルにおける国務大臣代行者の目撃証言〟

〝第Ⅱ部：現地指揮官の目撃証言〟は永遠に未完となったので、第Ⅰ部がそれを兼ねる。

ダストシートの上を忍び足で歩き、眠っている妻をうしろめたくも惚れ惚れと見つめたが、起こさないように細心の注意を払った。台所に入り、家のなかで寝室から聞かれずに話すことができる電話のひとつにたどり着くと、不誠実なベル顔負けの正確さで仕事に取りかかった。

マーロウ夫人に電話。

声を低くして電話をかけた。もちろん、夫人は喜んで〈領主館〉で一夜をすごす、スザンナがそれを望むのであれば。それがいちばん大切なことですから。ちがいます？　ところで〈領主館〉の電話は直ったのですか。わたくしにはなんの問題もないように聞こえますけど。退屈だがやさしい友人であるウォルターとアンナに電話。

電話をかけてウォルターを起こしてしまうが、ウォルターにとって厄介すぎる問題など存在しない。もちろん、彼とアンナは今晩〈領主館〉に立ち寄って、たとえキットが仕事で明日まで戻れなくなっても、スザンナにひとり寂しい思いはさせない。ところでスザンナはスカイTVで『スニーカーズ』を見ているね？　いや、私たちも見ているものだから。

大きく息を吸って、台所のテーブルにつき、一度も止まらずに次の手紙を書く。編集も、訂正も、脚注その他もいっさいなく。

愛しいスキ

きみが眠っているあいだに、われわれの兵士の友人に多くのことが起き、その結果、急いでロンドンに出かけなければならなくなった。運がよければ、すべて片づけて、こちらへ戻ってくる五時の列車に乗れるが、そうならなければ寝台車に乗る、たとえ予約がいっぱいでも。

そこでペンが勝手に走りだしたが、走るにまかせた。

最愛のきみ、私はきみをどうしようもなく愛しているけれど、立ち上がって自分の価値を示すべきときが来た。もしきみも状況をすべて知ることができたら、心から賛成してくれるだろう。むしろ私よりきみのほうがうまくやれるかもしれないが、私としては、弾をよける代わりに、きみの基準を満たす勇気を示すべきときなのだ。

読み返してみて、最後の一文がほかと比べて垢抜《あか》けないと思ったとしても、八時四十二分の列車に乗るなら第二稿を書いている時間はなかった。

手紙を二階に持っていき、寝室のドアのすぐまえのダストシートに置き、色褪せたキャンバス地の道具袋から取り出した鑿《のみ》を重石《おもし》としてのせた。

書斎に入り、最後の赴任地で使ったA4サイズの外務省の封筒を見つけて、草稿をなかに入れ、まえの週に出した若いベル宛ての手紙と同じように、セロテープを大量に使って封をした。

月に照らされた吹きさらしのボドミン荒野《ムーア》を車で走りながら、キットは解放されて浮遊しているような心地よさを味わった。しかし、見知らぬ顔に囲まれてひとり、駅のプラットフォームに立っていると、まだ時間があるうちに家に引き返し、手紙をすぐさま回収して、まえの服に着替え、ウォルターとアンナとマーロウ夫人に、さっきの話はなかったことにしてもらいたいと告げたい衝動に駆られた。とはいえ、パディントン行きの急行列車が到着したところでそんな気分も消え、ほどなく座席に出される英国ふう朝食をたっぷりとっていた。ただし、飲み物をコーヒーではなく紅茶にしたのは、スザンナが彼の心臓を心配しているからだ。

キットがロンドンへの旅を急いでいるころ、トビー・ベルはしかつめらしく新しいオフィスの机について、リビアの最新の危機に対処していた。腰はエミリーのソファのおかげでほとんど末期的に痙攣《けいれん》していた。鎮痛剤《ニューロフェン》と、飲みかけの炭酸水のボトルと、エミリーのフラットでともにすごした最後の数時間の断片的な記憶で、なんとか持ちこたえていた。

最初、エミリーは枕と羽根布団を彼に渡して自分の寝室に引きあげた。しかし、すぐに同じ服のまま戻ってきて、トビーは彼女が寝室に入るまえよりいっそう眼が冴え、居心地の悪さを感じることになった。

エミリーは安全な距離を置いて坐ると、トビーのウェールズ旅行の話をくわしく聞かせてとうながした。トビーは渡りに船で説明した。エミリーは不快な細かい点まで知りたがり、彼はその要求に応えた――血が流れるはずのないところまで流れ、挙句に赤鉛であることがわかったが、じつはちがうかもしれないこと、ハリーがジェブのワゴン車をとにかく高値で売りたがっていること、ブリジッドが何かを形容するときに容赦なく〝くそ〟を使うこと。ジェブがキットとクラブで会ったあと、最後にブリジッドに電話をかけてきて、ハリーを捨てて自分の帰還に備えろと喜んでいたという不可解な話も。

エミリーは辛抱強く聞いていた。朝まだきの薄明かりのなかで、トビーが不安になるほど動かない茶色の大きな眼で。

それからトビーは、写真をめぐるジェブとショーティの諍いと、その後ジェブが写真を隠し、ブリジッドが見つけ、トビーにブラックベリーで撮影させてくれたことを話した。

エミリーにどうしても見せろと言われて、トビーが写真を見せると、彼女の顔は病院でそうなったように凍りついた。

「どうしてブリジッドがあなたを信頼していると思うの？」彼女は訊いた。トビーはただ、おそらく自棄になって信頼できると判断したのだろうと答えるしかなかったが、エミリーは納得していないようだった。

次に彼女は、トビーが当局からジェブの名前と住所をまんまと引き出した方法について知りたがった。それに対してトビーは、昔からよく知っている夫妻がいて、とチャーリーの名前は出さずに、夫妻の娘の音楽家にかつて便宜を図ったことがあると説明した。

「彼女は本当に末頼もしいチェリストのようだよ」ついでのように言い足した。

したがって、エミリーの次の質問はトビーにとってまったく理不尽だった。

「彼女と寝たの？」

「まさか、そんなこと！　ひどい話だ！」心からショックを受けて言った。「どうしてそう思った？」

「あなたは女性経験豊富だって母が言うから。外務省職員の奥様方に確認したんですって」

「お母さんが？」トビーは憤然と抗議した。「だったら、その奥様方はきみについて何を言ってるんだろうな、え？」

その切り返しにふたりは、ぎこちなくではあったが笑い、気まずい瞬間は去った。そこからエミリーが知りたがったのは、誰がジェブを殺したのか——殺したと仮定して——ということだけだった。トビーはそれに応えて、あいまいなことばで〝影の国家《ディープ・ステイト》〟を批判し、金融や工業、通商など非政府系の分野にいる内通者たちに非難の矛先を向けた。ひたすら拡大するその集団は、ホワイトホールやウェストミンスターの大部分にも知らされない極秘の情報をたやすく手に入れている。

しどろもどろのモノローグが終わるころ、時計が六時を打つのが聞こえた。トビーはもうソファに横たわっておらず、坐っていたので、エミリーがその横に取りすまして坐ることができた。ふたりのまえのテーブルには携帯電話《バーナー》が二機置かれている。

エミリーの次の質問には学校の教師のような響きがある。

「それで、ショーティに会って何を引き出したいと思ってるの」と訊いて、トビーが答えを考えているあいだ待つ。トビーにも答えはないので、これまでよりむずかしい。そのうえ、彼女を警戒させまいと、まずショーティにジャーナリストの危ういものまねで会って、その後正体を明かすことは話していない。

「相手の出方を見なきゃならない」さらりと言った。「本人が言うとおり、ジェブの死に腹を立てているのなら、進んでジェブの代役に立って、われわれのために証言してくれるかもしれない」

「もし進んでそうしなかったら？」

「たんに握手して別れるだけだろうね」

「ショーティがそれですむかしら、あなたから聞いたことを考えると」エミリーは厳しい答えを返す。

そこで会話が干上がる。エミリーは眼を落とし、両手の指先を合わせて顎の下に持っていき、考えこむ。これからマーロウ夫人経由で父親にする電話に備えているのだろう、とトビーは思う。

エミリーが手を伸ばしたときには、黒いバーナーを拾い上げるのだろうと思ったが、その代わりに彼女はトビーの手を取り、大事そうに両手で包みこむ。脈でも診るかのようだが、どうやらちがう。彼女は何も言わず、説明ひとつせずに、持っていた手を注意深く彼の膝の上に戻す。

「べつにいい。気にしないで」自分に苛立っている様子でそうつぶやく。それとも、トビーに苛立っているのか。よくわからない。

この危機にあってトビーに慰めてもらいたいのだが、プライドが高すぎて自分のほうから言い出せない？

あなたのことを考えていたけれど、やはり興味はないことに気づいたので手を戻した、とでも言うのだろうか。

あるいは、不安のうちに彼女がたぐり寄せたのは、現在か過去の恋人の想像上の手だったのだろうか――そんな解釈を弄びながら、外務省の二階の新しい机に生真面目についていると、上着のポケットに入れていた銀のバーナーが耳障りな音で鳴って、メールが届いたことを知らせた。

トビーはそのとき上着を着ておらず、椅子の背にかけていたので、うしろを向いてバーナーを探さなければならなかった。侮《あなど》れない直属の部下のヒラリーが部屋の入口に立って、いますぐ話したがっていることに気づいていたら、そこまで真剣に探さなかっただろう。しかし、トビーはあくまで探しつづけ、すまないねという笑みをヒラリーに送って、ポケットからバーナーを取り出し、慣れないボタンを見つけて押し、笑みは浮かべたままで、メールを読んだ。

〝パパはママにとんでもない書き置きを残して、いまロンドン行きの列車のなか〟

外務省のその待合室は窓のない地下牢で、チクチクする椅子と、ガラスのテーブル、イギリスの工業技術に関する読めたものではない雑誌が置いてあった。入口には、黄色い肩章つきの茶色の制服を着たたくましい黒人男性が人目をはばかるように立ち、机のうしろには同じ制服姿のアジアの女性監督官が無表情で坐っていた。キットと同様の抑留者のなかには、ひげを生やしたギリシャ人の聖職者や、ナポリのイギリス領事館で不当な扱いを受けたと苦情を申し立てにきた、怒れる同年代の女性ふたりがいた。かつての外務省上級職員、さらに外交団長でもあったキットがこんなところで待たされるのは腹立たしいことこの上なく、然るべき時期、然るべき部門にこの怒りをぶつけずにはおくものかと思っていた。けれども、パディントン駅で列車をおりたときに、キットはあくまで礼儀正しく、だが毅然《きぜん》とした態度をとろうとみずからに誓っていた。最後まで分別を失わず、大義のために、どんな石や矢が飛んできても耐え抜こう、と。

「プロビンという者だ」と正門で明るく告げ、確認が必要かもしれないので運転免許証まで提示した。「クリストファー・プロビン卿、元高等弁務官。まだ職員扱いしてもらえるかな。どうやら無理だね。まあいい。調子はどうだね？」

「お会いになりたいのは？」

「事務次官だ。最近では〝エグゼクティヴ・ディレクター〟と呼ぶようだが」鷹揚《おうよう》な態度でつけ加え、省の急激な企業化を心底憎んでいることを巧みに隠した。「大物を要求しているのはわかっている。予約もない。しかし、非常に繊細な扱いを要する文書を持参しているのだ。もし事務次官が対応できないなら、彼の秘書官をお願いしたい。極秘で、かなり緊急を要する案件だから」これらすべてを、防弾ガラスの壁にあいた六インチの窓越しに明るく伝えた。反対側では山形袖章の青いシャツを着た若者がにこりともせず、詳細をコンピュータに打ちこんでいた。

「キット。おそらく事務次官の周辺ではそう呼ばれている。キット・プロビンと。私が職員でないのはまちがいないかね？　プロビンのビのところはYだが」

卓球のラケットのような装置で体をたたいて調べられた。携帯電話を取り上げられ、正面がガラスでダイヤル錠のついたロッカーのひとつに入れられた。それでもキットはまったく動じなかった。

「きみたちはここでフルタイムで働いているの、それともほかの庁舎も担当している？」

答えはなかったが、まだ彼は目くじらを立てなかった。大切な草稿文書に彼らが触れようとしたときでさえ、断固拒否したものの礼儀は失しなかった。

「これはだめだ、どうしても。すまないね。きみにはきみの、私には私の仕事がある。この封筒を直接手渡すためにコーンウォルからはるばる出てきたのだ。だから渡させてもらうよ」

「X線にかけたいだけです」相手は同僚をちらりと見て言った。キットは彼らが大仰な機械を動かすあいだ愛想よく見守り、封筒をそそくさと引き取った。

「たしかエグゼクティヴ・ディレクターご本人に会いたいとおっしゃりましたね？」キットが皮肉ととらえてもおかしくない口調で、同僚が訊いた。

「そうだ」キットは快活に答えた。「いまもそう思っている。大将ご本人だ。先ほどのメッセージを階上《うえ》にただちに伝えてもらえれば、願いは聞き入れられるはずだ」

職員のひとりが小部屋から出ていった。残りはその場にとどまり、微笑んでいた。

「列車で来られたのですか」

「そうだ」

「道中は快適でした？」

「おかげさまでね。とても愉しかった」

「でしょうね。じつは家内がロストウィジエィの出身でして」

「すばらしい。正当なコーンウォル女性だ。偶然だね」

最初の職員が戻ってきたが、キットをどこといった特色のない部屋に案内しただけだった。キットはそこに三十分間放っておかれ、内心では怒りが煮えたぎったが、ぜったいに外には出すまいと決意していた。

そしてついに我慢が報われたようだった。小学生のようににやにやしながら、騒々しく近づいてきたのは誰あろう、緊急時兵站部以来の仲間であるモリー・クランモアその人ではないか。名札をつけ、電子キーの束を首からさげ、手を差し伸べて言った。「キット・プロビン、なんて素敵な、すばらしい驚き！」キットはそれに応えて、「モリー、なんてことだ、よりによってきみが出てくるとは。太古の昔に定年退職したかと思ったよ。ここでいったい何をしてる？」

「同窓会よ、ダーリン」彼女はうれしそうな声で打ち明けた。「昔の仲間が助けを必要としたり、挫折しそうになってたりするときには、それが誰でも会いにいかなきゃならない。あなたのことを言ってるんじゃないのよ。あなたは幸運な人、ここに仕事で来てるんでしょう。わかってる。さて、それはどういう仕事？　文書を持っていて神様に直接渡したいということだけれど。ちなみに無理なの。彼はいま白鳥に乗ってアフリカに向かってる。ついでに言うと、旅行に値する仕事は充分してるわ。本当に残念ね、あなたに会えなかったことを知ったら、頭から湯気を出して怒るでしょう。ところで、何に関する文書？」

「申しわけないが、相手がきみでも言うわけにはいかないのだ、モリー」

「それなら、わたしが預かって彼の執務室に持っていき、きちんと処理できる人を見つけましょうか。だめ？　途中でその文書から決して眼を離さないと約束しても？　それでもだめなの。なんとね」キットが首を振りつづけているのを見て言った。「その封筒には題名《カバー・ネーム》がついてるの？　二階の警報ベルを鳴らすような」

キットはその質問について心のなかで議論した。題名《カバー・ネーム》とは、読んで字のごとし、物事を隠《カバー・アップ》すためにある。だが、題名自体も隠さなければならないのでは？　だとすれば、題名を隠すための題名が必要になり、それが無限《アド・インフィニトウム》に続く。いずれにせよ、ギリシャ人の聖職者や怒れる女性ふたりがいるまえで、神聖な〈ワイルドライフ〉ということばを口走ることは、彼の許容範囲を超えていた。

「だったら、事務次官の正式な代理人のなかで最高位の人物と話さなければならない。そう伝えてもらえるかな」キットは封筒を胸に抱えて言った。

いよいよだ。

そのころトビーは、セント・ジェイムズ公園に本能的に逃げこんでいた。銀のバーナーを耳に押し当て、ちょうど三年前にジャイルズ・オークリーに懇願のメッセージを送って無視されたスズカケの木の下で、背を丸めていた。あのときには、架空の恋人ルイーザが出ていったことにしてジャイルズの助言を求めたのだったが、いまはエミリーの声を聞いている。彼女の声はトビーの声と同じくらい落ち着いている。

「彼はどんな服を着ていった？」トビーは訊く。

「完全装備。ダークスーツ、最高級の黒い靴、気に入ってるネクタイに、濃紺のレインコート。杖は持っていかなかった。ママはそれが不吉だと言ってる」

「キットはジェブが死んだことをきみのお母さんに話したのかな」

「いいえ、でもわたしが話した。とても取り乱して怯えてる。心配してるのは自分のことじゃなくて、キットのことよ。それでも、いつもながら現実的で、ボドミン駅に電話して確かめた。ランドローバーが駐車場にあって、パパはシニア割引の日帰り切符を買ったみたい。一等車を。列車は定刻にボドミンを出て、定刻にパディントンに着いた。ママはクラブにも電話した。本人が現われたら自宅に電話するよう伝えていただけませんかって。わたしは、それじゃ足りないって言ったの。彼が現われたら、クラブの誰かから直接連絡をもらわなきゃ。ママはクラブにもう一度電話しておくと言ってたわ。そのあとわたしにまたかけてくるって」

「家を出たあとキットからは連絡なし？」

「なし。携帯にかけても出ない」

「こういうことを以前にもしたことがある？」

「わたしたちと話すのを拒んだこと？」

「癇癪を起こしたこと、勝手に外出したこと、自分ひとりで片をつけようとしたこと、まあその類のことだ」

「わたしの愛すべき元カレが新しいガールフレンドとくっついて、わたしのフラットの半分の権利といっしょにいなくなったときには、怒って彼らのフラットに押しかけていった」

「そこで何を？」

「行き先のフラットをまちがえたの」

机に戻るしかなくなり、トビーはみずから勤める外務省の大きな出窓を不安げに見上げる。クライヴ・ステップスを往き来する、笑みのないダークスーツの公務員の群れに混じりながら、彼は三年前の春のうららかな日曜の朝、違法に録音したテープをこっそり取りにきたときと同じように、緊張による吐き気の波に襲われる。

省の正門で、計算ずくの危険を冒す。

「ひとつ教えてもらいたいんだけど」警備員に身分証を見せながら、「ひょっとして、この省を定年退職したクリストファー・プロビン卿という人が訪ねてこなかったかな」さらに丁寧に、「綴りは、P、R、O、B、Y、Nだ」

警備員がコンピュータで確認するのを待つ。

「ここにはありませんね。別の門から入ったのかもしれません。誰かと会う約束があったのですか」

「どうだろう」トビーは答えて、職場に戻り、部としてリビアのどの点に注目すべきかという検討にふたたび入る。


「クリストファー卿ですか」

「そうだが」

「エグゼクティヴ・ディレクター室のアシフ・ランカスターです。初めまして」

ランカスターは黒人で、マンチェスター訛り、十八歳に見えるが、それを言えば、このところキットの眼にはたいがいの人間がそう見えた。ただ、この若者にはたちまち好感を覚えた。外務省がついに世のランカスターたちに門戸を開いたのなら――となんとなく考えた――〈ワイルドライフ作戦〉とその後の措置について多少耳の痛い話をしても、昔より真面目に聞いてくれるにちがいない。

ふたりは会議室に入った。肘かけ椅子。長机。ディストリクト湖の水彩画。手を差し出すランカスター。

「ひとつ訊きたいんだが、いいかな」キットはここに至ってもまだ文書をあっさり渡したくなくて言った。「きみと職場の人たちは〈ワイルドライフ〉に関する極秘情報を扱える立場なのかな」

ランカスターは彼を見、封筒を見て、皮肉な笑みをもらした。

「そう言っていいと思いますよ」と答えると、もはや抵抗しないキットの手から封筒をそっと取り上げ、隣の部屋に消えた。

結婚二十五周年の記念にスザンナから贈られた金のカルティエの腕時計で、それから九十分後に、ランカスターがドアを開け、約束どおり上級法律顧問とその助手をともなって入ってきた。それまでに彼は少なくとも四回、姿を見せていた。キットにコーヒーを勧めたのが一度、持ってきたのが一度、本件はライオネルが担当で、ライオネルとフランシスは書類仕事を片づけたらすぐにこちらに来ると安心させにきたのが二度。

「ライオネル？」

「われわれの副法律顧問です。週の半分は内閣府、残りの半分はこちらで働いています。あなたがパリで商務参事官をしておられたときに、法務担当補佐官だったと言っていますが」

「ああ、あのライオネルか」キットは思い出して顔を輝かせる。押し出しがよく、どちらかと言うと舌足らずな、ブロンドの髪とそばかす顔の若者で、ダンスのときには部屋でいちばん地味な女性を誘って踊る男気を見せていた。

「フランシスは？」

「フランシスは保安担当の新しいディレクターで、エグゼクティヴ・ディレクターの配下にいます。法律家でもあります」笑み。「かつては民間の法律事務所にいましたが、世の中の真理を悟ってからは、われわれと幸せに働いています」

教えてもらってよかった。でなければ、キットにはフランシスが幸せであることがわからなかっただろうから。机の向かい側に坐った彼女の雰囲気は、喪に服しているように暗かった。黒いビジネススーツと短い髪、キットの眼を決して見ようとしない態度のせいで、なおさらそう感じられた。

対照的にライオネルは、二十年という時を経ながら相変わらず上品で、神経質そうなところもそのままだった。たしかにそばかすは肝斑《かんぱん》に変わり、ブロンドの髪はまだらの灰色に褪せていたが、無邪気な笑みは健在だし、握手も昔同様、力強かった。キットはライオネルがかつてパイプを吸っていたことを思い出し、おそらくやめたのだろうと思った。

「キット、また会えてこんなにうれしいことはありません」ライオネルは宣言し、興奮しているにしても少し近すぎないかとキットが思うところまで顔を寄せた。「退職後の生活は充実しているでしょうね。いや本当に、私もそうなる日が待ちきれない！　ちなみに、あなたのカリブ海のツアーもすばらしかったと聞いていますよ」そこで声を落として、「スザンナは？　あのほうはどうです？　上向きになっていますか」

「それはもう。まったくありがたいことだが、ずいぶんよくなったよ」キットは答え、あとで思いついたようにぶっきらぼうに言った。「正直なところ、これを早く終わらせてしまいたいのだ、ライオネル。私たちはふたりとも少々つらい思いをしたのでね。とりわけスキが」

「ええ、そう、もちろん、われわれもそこは完全に理解しています。時宜を得ていることは言うに及ばず、きわめて有用な文書を提出していただいたことに、心から感謝しています。

こうして、なんというか、船をあまり揺らさずに、事件の全貌に注意をうながしてくださった」ライオネルはもはや舌足らずではなく、机で落ち着き払っていた。「だろう、フランシス？　そしてもちろん」さっとファイルを開き、キットの手書きの草稿のコピーを取り出した。「心の底から同情します。どれほどつらい思いをされたかは想像するしかありません。スザンナもです、気の毒に。フランシス、きみも同じ気持ちだろう？」

だとしても、われらが保安担当ディレクターのフランシスはそれを外に表わさなかった。彼女もキットの文書のコピーをめくっていたが、あまりにもゆっくりと、真剣に読んでいるので、丸暗記するつもりではなかろうかとキットは思いはじめた。

「スザンナは宣誓書にサインしましたか、クリストファー卿？」フランシスが顔を上げずに訊いた。

「なんの宣誓書だね？」キットは、このときばかりは〝クリストファー卿〟の呼び方に不吉なものを感じて訊いた。「何にサインする？」

「公職守秘法の宣誓書です」彼女はまだ文書に没頭していた。「同法の規定と罰則を理解しているという内容の」そしてキットが答えるまえに、ライオネルに向かって、「それとも、彼の時代には配偶者や恋人には適用されなかった？　いつから適用になったのか、正確な時期を忘れたわ」

「ふむ、私もはっきりとは憶えていないな」ライオネルは興味津々という様子で答えた。

「キット、あなたはどう思います？」

「わからんね」キットは不機嫌に言った。「そういうものに家内がサインするのは一度も見たことがない。サインしたと聞かされたこともないね」長いあいだ抑えこんできた、胸が悪くなるような怒りがこみ上げた。「家内がサインしていようがいまいが、なんの関係があるのだ。彼女がいま知っていることを知っているのは、私の責任ではない。本人の責任でもない。家内は必死なのだ。私も必死だ。彼女は答えが知りたい。われわれみんなそうだ」

「みんな？」フランシスが青白い顔を上げてキットを見、冷たく警告するようにくり返した。

「そのみんなというのは誰かしら。この文書の内容を知っている人がほかにもいるということですか」

「ほかにいるとしても、私が言いふらしたわけではない」キットは憤然と言い返し、男性の救援を求めてライオネルのほうを向いた。「ジェブもだ。ジェブはおしゃべりではないし、規則を厳守する。報道機関に流すとか、その手のことはいっさいしなかった。厳密に関係機関内にとどまっていた。下院議員と連隊上層部に手紙を書いただけだ——ことによるときみたちにも」責め立てるように言いきった。

「ええ、すべてがじつに痛ましく、じつに不公平です」ライオネルが同意し、縮れた灰色の髪をなだめるように開いた手で繊細に触った。「ここ数年、この非常に物議を醸す、非常に多岐にわたって複雑な——なんと言えばいい、フランシス？——エピソードを根本から理解しようと、われわれはたいへんな努力を重ねてきたと言ってよかろうと思います」

「われわれとは誰だね？」キットは食ってかかったが、その質問は聞こえなかったようだった。

「そして、誰もがじつに前向きに協力してくれた――そう思わないか、フランシス？」ライオネルは話しながら手を下唇に移動し、そこもなだめるように軽くつまんだ。「たとえば、通常こういうことには頑なに沈黙を守るアメリカ人でさえ、当然ながら公式、非公式ともに地名に触れることはいっさいないものの、中央情報局《エイジェンシー》はいかなるかたちでも支援しなかったし、支援したというような仄めかしはすべて否定する、と明言したのです。われわれは当然それに感謝した、だったね、フランシス？」

　そしてまたキットのほうを向いて、

「もちろん、こちらも査問はおこないました。あくまで内々に、しかし正当な注意を払って。その結果、気の毒なファーガス・クインはみずからに剣を振るった。あのときそうしたのは、まちがいなく高潔な行為でした。きみも同意してくれるだろう、フランシス？　ですが、いまどきどこに高潔な人物がいます？　辞職して当たりまえなのにしていない政治家たちを思うと、気の毒なファーガスはまるで輝かしい騎士ですよ。フランシス、何か言いたいことがあるんだね？」

　あった。

「わたしが理解できないのは、クリストファー卿、この文書はいったい何なのかということです。告発ですか？　目撃証言ですか？　あるいは、誰かがあなたに話したことのたんなる議事録でしょうか。それを、受け入れるかどうかはこちらの自由という条件で、あなたとしてはなんら責務を負うことなく、報告なさった？」

「見たとおりのものだよ、失敬な！」キットは怒りの炎を燃え上がらせて言い返した。「〈ワイルドライフ作戦〉は大失敗だった。まぎれもなく。きっかけとなった情報は大嘘で、無実のふたりが撃ち殺され、関係者全員によって三年ものあいだ隠蔽されてきた――ここも含まれていることは疑いないだろう。そして、あえて口を開こうとしたひとりの男が不審なタイミングで死亡した。それについては真剣に調べる必要がある。きわめて真剣にだ」吠えるように言い終えた。

「そう、〝自発的に提出された記録〟ぐらいで処理できると思うよ」ライオネルが援護して、フランシスにつぶやいた。

だが、フランシスは納得しなかった。

「こう申し上げると誇張になりますか、クリストファー卿？　ミスター・クリスピンやほかの人々に対するあなたの証言は、ひとえにジェブ・オーウェンズがあなたのクラブで午後十一時から朝五時まで、つまりたった一夜のうちに語ったことにもとづいている、と。ジェブが奥様に渡したいわゆる〝領収書〟の件は別です。それは添付書類のようなかたちでつけ加えておられますね」

一瞬、キットはあまりの驚きに口も利けなくなったかに見えた。

「私自身の証言はどうなんだ、え？　私はあそこにいた、だろう？　あの丘の上に！　ジブラルタルに！　大臣の代理として現場にいた。大臣は私の助言を求め、私は助言した。あのときのやりとりを誰も録音してないなんて言わないでくれよ。あそこに突入する理由はなかった。私のことばが大きくはっきりと残ってるだろう。ジェブも私に賛成だった。みんなそうだ。ショーティも、ほかのみんなも。だが、突入しろという命令が出て、彼らはしたがった。それは彼らが臆病だったからではなく、心ある兵士ならそうするからだ！ いかに命令が馬鹿げていようと！ 実際に馬鹿げていた。くそ馬鹿だ。論理的根拠がない？ 知るものか。命令は命令だ」キットは言い募った。

フランシスはキットの文書の別のページを精読していた。

「ですが、あなたがジブラルタルで見たり聞いたりしたことのすべては、正確に言えば、作戦を計画して結果を知る立場にあった人たちの説明をあとで聞いて推量したものではありませんか？ あなたは明らかにそういう立場になかった。ちがいます？ 結果がどうなったか、まったく知らなかった。あなたはたんにほかの人に追従している。まず計画者に聞かされたことを信じた。それからジェブ・オーウェンズが言ったことを信じた。あなた自身がこうありたいと思ったことのほかに、確固たる証拠はない。わたしはまちがっていますか」

その問いに答える機会もキットに与えず、フランシスは次の質問を投げた。

「よろしければ教えていただけますか。問題の夜、クラブの寝室に上がるまえにどのくらいお酒を召し上がりました？」

キットはためらい、何度かまばたきした。いまいる時間と場所がわからなくなり、思い出そうとしている男のように。

「たいした量じゃない」彼は言った。「すぐに醒《さ》めたよ。酒は飲み慣れている。ああいう驚きがあれば酔いなどあっという間に醒める」

「眠りました？」

「どこで」

「あなたのクラブで。クラブの寝室で。その夜のいつか、あるいは早朝に。眠りましたか、それとも眠りませんでしたか」

「どうして眠ったりできる？　ひと晩じゅう話していたのに！」

「あなたの文書によると、ジェブは夜明けとともに出ていき、どうやったのかはわからないけれどクラブから姿を消した。ジェブがそうして奇跡のように消えてしまったあと、あなたは改めてベッドに入ったのですか」

「そもそもベッドに入っていないのだから、改めて入れるわけがないだろう。それにジェブがいなくなったのは、奇跡でもなんでもない。プロの動きだ。彼はその道のプロなのだから――だったのだから。あらゆる方法を知っていた」

「それで、あなたが目覚めたときには、アブラカダブラ、もういなかったわけですね」

「出ていったのだよ。そう言っただろう！　アブラカダブラなんてもんじゃない！　隠密行動だ。彼は隠密行動の達人だったのだ」浮かんだばかりの考えを、説いて聞かせるように。

　ライオネルが割って入った。上品なライオネルだ。

「キット、正直なところを教えてもらえませんか、その夜、あなたとジェブがどのくらい飲んでいたか。だいたいでけっこうですので。実際に飲む量については誰もがごまかすものですが、本件の真相を究明するには、すべての話を、悪いことも何もかも含めて聞かなければなりません」

「生温いビールを飲んだよ」キットは蔑んで言い返した。「ジェブはちょっとだけすすって、ほとんど残した。さあ、満足したかね？」

「しかし実際には」ライオネルは、キットというより、生姜色の毛の生えた自分の指を見ていた。「よくよく考えてみれば、二パイントのビールの話をしているわけですよね？　で、ジェブは、あなたが言うとおり酒を飲むほうではない――なかった、と言うべきか、気の毒に。すると、残った分はおそらくあなたが片づけた。そうですか？」

「たぶんね」

フランシスはまた自分のメモに話しかけていた。

「要するに、二パイントのビールに加えて、食事中やそのあとに相当量のアルコールを摂取していたし、さらにさかのぼると、クラブに行くまえにも、〈コノート〉でクリスピンと十八年物のマッカランをダブルで二杯飲んでいた。合算すると十八杯から二十杯分になりますか。夜勤のポーターを買収して用意させたビアグラスが一個だけだったという事実からも、なんらかの結論を導けるかもしれません。じつのところ、あなたはご自身のために注文していたのではありませんか。おひとりで」

「きみたちは私のクラブでいろいろ嗅ぎまわったのか。なんと恥ずべき行為！　もちろんビアグラスは一個に決まってる。自分の部屋に他人《ひと》がいることを、私がポーターに知らせたがると思うのか。ところできみは誰と話したのだ。あそこの事務員か？　聞いて呆れる！」

キットはライオネルに訴えていたが、ライオネルはまた髪の手入れに余念がなく、フランシスはまだ話し終えていなかった。

「いかなる隠密行動の達人だろうと、あのクラブの建物に忍びこむことはできない、という信頼に足る情報もあります。裏の通用口も、正面の入口も、常時ポーターと監視カメラによって見張られているので、侵入は不可能です。それに加えて、クラブの職員はみな警察による人物調査がすんだ人たちで、セキュリティにも万全の注意を払っています」

キットは口ごもり、息ができなくなり、明晰な思考と、無難な着地と、文句のつけようのない論理を求めてあがいた。

「いいかね、きみたち、ふたりとも。私を責めるんじゃないよ。クリスピンを責めてくれ。エリオットを責めてくれ。もう一度アメリカ人に話を戻すんだ。あの偽の女医を見つけるんだ。ジェブが本当は死んでいるときに、彼は具合が悪いと私に告げたあの女医を」つかえる。息をする。呑みこむ。「そしてクインを見つけてくれ、どこにいるのか知らないが。家の裏の岩場で本当に何があったのか、クインから話を聞くんだ」

言うべきことは言い終えたと思ったが、そうではなかった。

「そしてきちんと公式の調査をおこなう。あのかわいそうな母子の身元をたどって、親戚に賠償金を払ってやるのだ！　それが終わったら、ジェブが私の文書に証言を加えてサインすることになっていた日の前日に、彼を殺した犯人を見つけるのだ」そしていくらか支離滅裂になりながら、「とにかく、あのペテン師のクリスピンの言うことはぜったいに信じてはいけない。あれは爪の先まで大法螺吹きだ」

ライオネルは髪の手入れを終えていた。

「そう、つまり、キット、このことで大騒ぎはしたくないのですが、いざとなったら、あなたはきわめて危うい立場に置かれますよ、率直なところ。切望しておられる公式の調査は、まあ、あなたの文書から導かれる結論なのかもしれません。しかし、それはフランシスや私が想像している公聴会からはかけ離れている。ほんのわずかでも国家の安全に悪影響を及ぼしかねないことは――秘密作戦なら成功したか否かに関係なく、囚人特例引き渡しなら、たんに計画中かすでに実行されたかに関係なく、強硬な尋問手段であれば、われわれが使ったか、たとえばアメリカが使ったかに関係なく――すべて〝公務上の機密〟の箱に直行するのです、申しわけありませんが。その目撃者も全員引っくるめて」敬意をこめてフランシスに眼を上げた。それを合図にフランシスは胸を張り、まさにこれから空中浮揚するかのように、開いた紙挟みの上に両方の掌をのせた。

「わたしの職務として助言させていただきます、クリストファー卿」と宣言し、「あなたはいま非常に深刻な状況です。たしかに、ある極秘の作戦に参加されたことは認めます。当事者はあちこちに散らばっている。作戦の内容を文書化したものは、あなた自身が執筆したところを除いて継ぎはぎです。外務省内で閲覧できるファイルもいくつかありますが、そこに出てくる参加者の名前はたったひとつ、あなたの名前だけです。つまり、この文書にもとづいてなんらかの犯罪捜査がおこなわれる場合、現地にいたイギリスの上級代表としてあなたの名前が突出するということです。あなたはそれに然るべき対応をしなければなりません。ライオネル？」温かい表情で彼のほうを向いた。

「ええ、まあ、それは悪い知らせです、キット、残念ながら。いい知らせは、率直なところ、なかなかありません。いまは繊細な扱いを要する問題について、あなたの時代にはなかった新しい規則がひとそろいありましてね。一部はすでに施行され、残りもすぐにそうなるはずです。そして非常に不幸なことに、〈ワイルドライフ〉はその多くに該当する。つまり、残念ながら、いかなる調査も閉じた扉の向こうでなされることになるのです。そこで万一あなたに不利な結果が出て、あなたが訴訟で争うことを選んだ場合――当然そうする権利はあるわけですが――政府公認で選び出され、きわめて慎重な説明を受けた法律家の一団が、審理をおこなうことになります。彼らのうちの何人かは、もちろんあなたのために最善を尽くすでしょうが、そうしない法律家もいる。そして政府が判事に事件の内容を説明するあいだは、提訴者《クレイマント》――気まぐれにそう呼ばれているのですが――であるあなたは、遺憾ながら退廷を命じられる。あなた自身や、あなたの代表者が、政府の説明に直接異議を唱える不都合が生じないようにするためです。なお、現在議論されている規則のもとでは、審理がおこなわれたという事実そのものも秘密扱いになるかもしれません。その場合には、当然ながら判決も秘密扱いです」

さらに悪い知らせがあることとの先触れとして、悲しげな笑みを浮かべ、髪をもう一度なでて、ライオネルは続けた。

「それから、先ほどフランシスが正しく指摘したとおり、かりにあなたが刑事告発されることになった場合、訴訟手続きは、判決が言い渡されるまで完全に秘密裡に進められます。言い換えれば、残念ながら、キット」また同情の笑みを浮かべたが、思いやりの対象が法律なのか、キットなのかはわからなかった。「いかに厳しいと思われようと、あなたが訴追されているのかどうか、スザンナにはかならずしもわからないということです。もちろん訴追されたと仮定してですが。あるいは、あなたに有罪判決が下されるまでわからない――これももちろん、そうなったと仮定してです。審理にある種の陪審はたずさわりますが、当然ながら、そのメンバーは、選定に先立って情報機関がきわめて綿密に審査しなければなりませんから、被告にとって不利になりやすい。あなたについて言えば、ご自身にとって不利な証拠を見ることは許されるものの――少なくとも、大まかにです――もっとも近しい人たちにそれを教えることは、あいにくできません。ああそれから、内部告発したこと自体は、あなたの弁護にはまったく使えません。内部告発というのは、私の個人的な意見では永遠にそうだと思うのですが、本来的にリスクをともなうビジネスですので。私はいま、あえて手加減せずに話していますよ、キット。フランシスも私も、あなたに対してはそうするのが礼儀だと思っていますから。そうだね、フランシス？」

「彼は死んだ」キットは不明瞭につぶやいた。声に出していなかったかもしれないと思い、もう一度くり返した。「ジェブは死んだのだ」

「本当に不幸なことですが、そうです」フランシスがキットの発言を初めて受け入れ、同意した。「ただ、おそらくあなたが主張されているような状況ではありませんでした。病んだ兵士がみずからの銃で自殺したのです。残念なことに、いま増加傾向にある事例です。警察は自殺でないことを疑わせる証拠を見つけていませんから、素人のわれわれが彼らの判断に口を出すいわれはありません。ご提出の文書はこちらの記録に残しておきます、あなたの不利に使われることがないように。そのことにはご賛同いただけると思います」


大きな階段の下まで来て、キットはどちらの方向に行けばいいかわからなくなるが、幸いランカスターがそばにいて正門まで案内してくれる。

「きみの名前はなんだったかな？」キットは握手しながら尋ねる。

「ランカスターです」

「いろいろ親切にありがとう」キットは言う。


キット・プロビンがペル・メルの行きつけのクラブの喫煙室で目撃されたという情報が、またしてもエミリーの黒い携帯《バーナー》電話経由で、彼女の母親から聞いた話としてトビーに伝えられた。折しもトビーは四階の会議室の長机につき、リビアの反乱軍との交渉に入ることが望ましいかどうかを話し合うところだった。椅子から跳び上がって会議室から抜け出すのに、どういう言いわけをしたのかは思い出せなかった。みなが見ているまえでポケットから銀のバーナーを取り出し——そうするしかなかった——メールを読んで「なんてことだ。申しわけない」と言ったのは憶えている。そのあとたぶん、誰かが危篤《きとく》だというようなことをつぶやいた。ジェブ死亡の知らせがまだ頭から離れなかったせいだろう。

階段をのぼってくる中国の代表団とすれちがいながら駆けおり、庁舎からペル・メルまでの千何ヤードを走ったり歩いたりし、道々興奮してエミリーと話し合ったのも憶えていた。エミリーは即座に夕方の手術を放り出して、セント・ジェイムズ公園行きの地下鉄に乗っていた。おりるまえにトビーに報告したところでは、少なくともクラブの秘書は、キットが現われ次第スザンナに連絡するという約束はきちんと守った。キットのことならもう少し快く対応してくれてもよさそうなものではあったが。

「ママが言うには、まるでパパが逃亡中の犯罪者であるかのような話し方だったんですって。今日の午後、警察がクラブに来て、パパのことを根掘り葉掘り訊いたみたい。〝詳細人物調査〟にかかわることだと言って。どのくらいお酒を飲んだかとか、最近泊まったときに部屋に男を呼び入れたかとか。信じられないかもしれないけど。あと、夜勤のポーターを買収して食べ物や飲み物を運ばせたか。いったい何のつもりだったの」

トビーは過剰な運動であえぎ、銀のバーナーを耳に押し当てながら、エミリーに同意したとおり、キットのクラブの堂々たる玄関口につながる八段の石の階段の横に立った。突然、エミリーが飛んできた。それまで見たことのないエミリーだった。走るエミリー、解き放たれた乱暴な子供、レインコートを翻し、スレートの灰色の空を背景に黒髪をうしろになびかせている。

ふたりは階段をのぼった。トビーが先に立って。ロビーは暗く、キャベツのにおいがした。秘書は背が高くて干からびていた。

「お父様は図書室に入っておられます」と力なく鼻を鳴らしてエミリーに伝えた。「申しわけございませんが、女性はここから先に入れません。階下には行けますが、それも午後六時半をすぎてからです」そしてトビーのネクタイ、上着、それに合わせたズボンをしげしげと眺めて、「クリストファー卿のお客様ということであれば、あなたは入《はい》れますが、あとでご本人から確認がとれますか」

その質問を無視して、トビーはエミリーのほうを向いた。

「きみがここにいる必要はない。タクシーを呼び止めて、われわれが外に出るまで車内で待っていてもらえないか」

かび臭い本が並ぶ棚に囲まれ、薄暗い明かりに照らされた机について、白髪頭の男たちが酒を飲み、向かい合ってぼそぼそと話していた。その奥の大理石の胸像に占拠されたアルコーブに、キットがひとりでウイスキーのグラスを抱えるように坐っていた。不安定な呼吸のリズムに合わせて、両肩が震えていた。

「ベルです」トビーは彼の耳にささやいた。

「きみが会員だとは知らなかった」キットは顔を上げずに答えた。

「ちがいます。あなたの招待客です。ですから飲み物をお願いします、差し支えなければウォッカを。たっぷりと」そして給仕に言った。「クリストファー卿の会計でよろしく。トニックと氷とレモンも」椅子に坐った。「省で誰と話していたのですか」

「きみの知ったことではない」

「それはどうでしょう。行動を起こしたんですね？」

キットは頭を垂れ、スコッチを長々と飲んだ。

「たいした行動だよ」とつぶやいた。

「文書を彼らに見せたんですね。ジェブを待っていたときに作ったあの文書を」

信じがたいすばやさで、給仕がトビーのウォッカをテーブルに置いた。合わせてキットの伝票とボールペンも。

「すぐあとで」トビーは給仕に鋭く言って、彼がいなくなるのを待った。「ひとつだけ教えてください。あなたの文書にはぼくがちらっとでも出てきました――出てきます――か。ある種の違法な録音や、クインの元秘書官に触れざるをえなかったとか？　どうです、キット？」

キットの頭はまだ下を向いていたが、左右に揺れた。

「すると、ぼくはまったく出てこないんですね？　そうですか？　それともたんに答えたくないだけですか。トビー・ベルは登場しなかった？　どこにも？　書いたものにも、彼らとの会話にも？」

「会話だと！」キットは言い返し、耳障りな声で笑った。

「ぼくがこれにかかわっていることを明かしましたか、明かしていませんか。どうなんです？」

「明かしていない！　私をなんだと思ってる。密告屋の大まぬけだとでも？」

「昨日、ジェブの奥さんに会いました。ウェールズで。長い時間、彼女と話して、有望な手がかりをいくつか得ました」

ようやくキットの頭が持ち上がった。赤い両眼の端に涙がたまっているのを見て、トビーは困った。

「ブリジッドに会った？」

「ええ、そうです。ブリジッドに会いました」

「どういう女性だね、かわいそうに。まったく」

「夫と同じように勇敢です。息子もいい子で。ショーティを紹介してくれて、会う約束をしました。もう一度うかがいます。本当にぼくの話は出していませんね？　もし出していても、それは仕方がありません。ただ確認しておきたいんです」

「ノー、くり返す、ノーだ。いったい何度言えばわかる」

キットは伝票にサインし、トビーが助けようと差し出した手を拒んで、よろよろと立ち上がった。

「ところで、きみは私の娘と何をしている」意図せず向かい合ったときに、キットは訊いた。

「仲よくやっています」

「ごろつきのバーナードがしたようなことはするなよ」

「彼女はぼくたちを待っています」

「どこで」

いつでもキットを支えられるように構えながら、トビーが先に立って図書室からロビーへ進み、秘書のまえを通って階段をおりると、エミリーがタクシーのまえで待っていた。指示に反して車内には入らず、雨のなか外に立って、父親のために粛々《しゅくしゅく》とドアを開けていた。

「まっすぐパディントンに行くわ」エミリーはキットをタクシーのなかにきちんと坐らせて言った。「パパは夜行列車に乗るまえに何か食べておかないと。あなたはどうする？」

「王立国際問題研究所《チャタム・ハウス》で講義がある」トビーは答えた。「それに出席しろと言われていてね」

「じゃあ夜また話しましょう」

「わかった。しばらく状況を見る。いい考えだ」トビーは、タクシーのなかからキットの酔眼に睨みつけられているのを意識しながら、同意した。

自分はエミリーに嘘をついたのか。そうとも言えない。チャタム・ハウスで講義があり、出席しろと言われたのは事実だが、申しこんではいなかった。上着のポケットの銀のバーナーのうしろに収まっているのは——鎖骨に当たってチクチクする——いかにも一流の銀行の厚手の社用箋に書かれた手紙だった。その日の午後三時に外務省の正門に持ちこまれ、受領された。ワープロの太い字体で、いまから真夜中までのあいだにカナリー・ウォーフにある同行本店を訪ねられよとトビーに要求していた。

署名はG・オークリー、上級副社長。

テムズ川から冷たい夜風が立ち、偽のローマ式アーチやナチス時代ふうの入口のすべてに漂っていた饐えた煙草のにおいを、あらかた吹き飛ばした。チューダー朝を模したランタンのナトリウム光に照らされて、赤いシャツのジョガーや、頭から足の先まで黒い制服姿の秘書、クルーカットで、紙のように薄くて黒いブリーフケースを持った、大股で歩く男たちが、死の舞踏の踊り手のように音もなく互いにすれちがっていた。あらゆる街灯の下、あらゆる通りの角に、かさばるアノラックを着た警備員が立って、彼を見ていた。トビーはさしたる理由もなくそのうちのひとりを選んで、手紙のヘッダーを見せた。

「カナダ・スクウェアだと思うよ、たぶん。まだ自分もこの仕事について一年なんで」警備員の大きな笑い声が、通りを進むトビーを追ってきた。

歩道の下をくぐり、金時計、キャビア、コモ湖畔の別荘などを売っている終夜営業のショッピングモールに入った。化粧品店のカウンターに両肩を出したドレス姿の美しい娘がいて、トビーに香水を嗅いでみるよう勧めた。

「〈アトランティス・ハウス〉がどこにあるか、ひょっとして知らないかな」

「買いませんか?」娘は謎めいたポーランド人の笑みを浮かべて、やさしく訊いた。

眼のまえに高層棟があり、みな明かりがついて輝いていた。一階の入口は円柱に支えられた丸屋根。足元には金色のモザイクでフリーメイソンふうの星形。青い丸屋根のまわりに〈アトランティス〉の文字があった。奥に進むと、クジラの彫刻がほどこされたガラスの自動ドアがあり、トビーが近づくとシュッと音を立てて開いた。荒削りの岩でできたカウンターの向こうから、大柄でたくましい白人の男が、クロムのクリップがついたトビーの名前入りのプラスチックのカードを差し出した。

「中央のリフトです。ボタンを押す必要はありません。ご機嫌よう、ミスター・ベル」

「あなたも」

リフトが上昇して、停まり、ドアが開くと、そこはまるで星のまたたくローマの円形競技場で、白いアーチ道と、天上の精霊の白い石膏像があった。ドーム型の天空の中央から、明かりに照らされたたくさんの貝殻が吊り下がっていた。その下から、というよりトビーにはそのなかからのように見えたが、男がひとり意気揚々と歩いてきた。後光を背負ったその姿は、背が高く、威圧感を覚えるほどだったが、まえに進んでくるにつれ小さくなって、新たに企業幹部の栄光に包まれたジャイルズ・オークリーがついにトビーのまえに立った。成功者の厳めしい笑みと、鍛えられた永遠に若い体、黒々とした新しい髪に、完璧な歯並び。

「トビー、いやはや、いい、なんとうれしいことだ！　それに、連絡してすぐに来てくれたとは。感激だし、光栄だ」

「久しぶりです、ジャイルズ」

空調の効いた全面紫檀《したん》材の部屋。窓も、新鮮な空気も、昼も夜もない。祖母の葬式でまさにこういう部屋に坐って、葬儀屋と話した。紫檀の机と王の座。そして地位の劣る人間のために、眼下には紫檀のコーヒーテーブルと、紫檀の肘かけがついた革張りの椅子二脚。テーブルの上には年代物のカルヴァドスがのった紫檀の盆。壜の中身はいくらか減っている。ふたりはまだほとんど眼を交わしていなかった。交渉にあたってジャイルズはそうする。

「さて、トビー。恋愛生活はどうかな？」彼は明るく言った。トビーはカルヴァドスを断り、オークリーが自分のグラスに注ぐのを見ていた。

「そこそこです、おかげさまで。ハーマイオニーは元気ですか」

「偉大な小説はどうなった？　無事完成したかな」

「どうしてぼくがここにいるのです、ジャイルズ」

「きみがここに来たのと同じ理由からだ、まちがいなく」オークリーは無作法な会話の進行に不満げな顔をしてみせた。

「その理由とは？」

「三年前に夢想されたが、知ってのとおり慈悲深くも実行に移されなかったある作戦。ことによるとそれが理由かな？」オークリーはわざとふざけて尋ねた。

しかし、茶目っ気のある陽気さは消えていた。口と眼のまわりのよく動いていたしわは、永遠の拒絶で両端が下がっていた。

「〈ワイルドライフ〉のことですね」トビーは言った。

「国家機密を言いふらしたいなら、そう、〈ワイルドライフ〉だ」

「〈ワイルドライフ〉は実行されました。無実の人ふたりが犠牲になった。ぼく同様、あなたもそのことは知っている」

「私が知っていようが、きみが知っていようが、どうでもいいことだ。問題は世間が知っているかどうか、知るべきかどうか。このふたつの問いに対する答えは、眼の見えないハリネズミにも明らかだから、当然きみのような経験豊富な外交官にはわかるだろうが、非常に明確なノー、断固として永遠にノーだ。こうしたケースでは、時は傷を癒やさない。むしろ化《か》膿《のう》させる。毎年イギリス政府が公式に否定するたびに、人々の道徳的な怒りは数百デシベル大きくなる」

その華麗な修辞に満足して、オークリーは半笑いを浮かべ、椅子の背にもたれて喝采を待った。来ないのがわかると、カルヴァドスをひと口含み、快活に先を続けた。

「考えてみたまえ、トビー。不埒《ふらち》なアメリカの傭兵の群れが、偽装したイギリスの特殊部隊の助けを借り、共和党の福音主義右派から資金援助を受け、おまけに、いかがわしい民間防衛企業が陰で全体の糸を引いていて、そいつは、急速に解体しつつあるわが国のニュー・レイバー指導部の生き残りでいまだに気を吐くネオコンと結託しているだと？　で、配当は？　無辜《むこ》のイスラム教徒の母親と娘のずたずたの死体。それがメディア市場でどんな騒ぎを起こすことか！　他民族の住人たちが長く苦しんできた、小さく勇ましいジブラルタルについては、返還しろというスペインからの叫び声が今後数十年にわたって耳を聾《ろう》するほど響き渡るだろう。すでにそうなっていなければだが」

「それで」

「なんだね？」

「それで、ぼくに何をさせたいんです」

往々にしてとらえどころのないオークリーの視線が、火のような説得力でトビーを射貫いた。

「するのではないよ、きみ。やめるのだ。ただちにやめて永遠に再開しない。手遅れになるまえに」

「何が手遅れになるんですか」

「きみのキャリアだ。ほかに何がある？　探しても見つからないものを、ひとりよがりで探すのはやめたまえ。身を滅ぼすぞ。昔のきみに戻るのだ。それですべて赦される」

「誰が赦すと言っているのですか」

「私だ」

「ほかには？　ジェイ・クリスピン？　誰です？」

「ほかに誰がいようと関係ないだろう？　国益をつねに忘れない、賢明な男女の非公式の共同体だ。そう言えば満足か？　子供じみたふるまいはやめろ、トビー」

「ジェブ・オーウェンズを殺したのは誰です」

「殺した？　誰も殺していない。本人がやったのだ。自分で撃ったのだよ、かわいそうに。彼は長年錯乱していた。誰もきみに説明しなかったのか。それとも真実はきみにとって都合が悪すぎるのかね？」

「ジェブ・オーウェンズは殺されたんです」

「ナンセンスだ。扇情的なナンセンス。どうしてまたそんなことを？」オークリーの顎は挑むように持ち上がったが、もはや声にさほどの自信は感じられなかった。

「ジェブ・オーウェンズが頭を撃たれた銃は、彼のものではなかった。利き手も使わなかった。死んだのはプロビンと会うほんの一日前で、朝から希望に満ちていた。殺された日の朝、疎遠になった妻に電話をかけて幸せそうに話し、いっしょに人生をやり直そうと言ったほどだったのです。誰であれ彼の殺害を企てた人間は、二流の女優も雇って医師のふりをさせた。じつはすり替わった相手の医師は男性でしたが、あいにく彼女はそれを知らず、ジェブが死んだあとでいきなりプロビンの家に連絡して、ジェブは幸い生きているが、精神科病院で衰弱し、誰とも話したがらないというメッセージを残した」

「いったい誰がそんなふざけた話をしたのだ」しかし、オークリーの表情は口調よりずっと自信がなさそうだった。

「警察の捜査は、ロンドン警視庁から来た勤勉な私服警官が主導しました。真面目な彼らのおかげで、手がかりはひとつ残らず無視されました。検死もなく、お定まりの手順は一から十まで省略されて、遺体は異様な速さで火葬。それで一件落着」

「トビー」

「なんです?」

「かりにそれが真実だとしても、私はいっさい聞いていなかった。誓って言うが、まったく知らなかった。彼らが言うには――」

「彼ら? 彼らとは誰です? 誰なんです、え? 彼らに何を言われたんです? ジェブ殺害の件は隠蔽した、みな家に帰っていいぞ、とでも?」

「オーウェンズは鬱だかイライラだか知らないが、とにかくそういう気の毒な理由で自分を撃った。私はそう聞いている、昔もいまも。待て! 何をしてる。待たないか!」

トビーは戸口に立っていた。

「戻るんだ。早く。坐りなさい」オークリーの声は裏返りかかっていた。「うまく言いくるめられたのかもしれない。それはありうる。わかった。きみの言うことがすべて正しいと仮定しよう。議論のために。知っていることを話してくれ。正反対の議論もあるはずだ。つねにそうだ。本当に確実なことなど何もない。現実の世界では、ありえない。さあここに坐って。話はまだ終わっていない」

オークリーの懇願するような視線を受けてトビーはドアから離れたが、坐れという指示は無視した。

「もう一度話してもらおう」オークリーは昔の権威のいくらかを取り戻して命じた。「章も節もすべて。情報源はなんだね? すべて又聞きだろう、まちがいなく。まあいい。彼らはあいつを殺した。きみが大いに興奮して語る彼らが。そう仮定しよう。その仮定からどんな結論が導かれる？　きみに代わって言わせてもらおう」息を切らしてあえぐように、ことばが出てきた。「きみとしては、騎馬隊を断固退却させるべきときが来ているということだ。一時的、戦略的に、規律正しく、威厳を持って撤退する。時間があるうちにね。緊張緩和《デタント》だ。停戦して、双方が自分の立場を考え、頭を冷やす。きみは戦いを放棄して逃げるわけではない。それがきみのやり方でないのはわかっている。要するに、来る日のために弾薬を節約しておくのだよ。きみがもっとたくましくなり、権力と指導力を手にするときのためにだ。いま主張をごり押しすれば、残りの人生でずっとのけ者扱いされるぞ。トビー、きみがだ！　こともあろうに！　そうなる。切り札を早く出しすぎたのけ者に。きみがこの世に生まれたのは、そうなるためではない。私にはよくわかっている、誰よりもしっかりと。この国全体が新しいエリートを求めているのだ。切望している。きみのような人間、本物の人間、汚れなき本物のイギリス人、そう、夢想家でもあるが、ちゃんと地に足のついた人間を欲している。ベルは本物だ、と私は彼らに請け合った。理路整然と考え、心と体もそれについていっていると。きみは本物の愛情の意味すら知らないだろう。私のこの愛情が理解できない。無知だ。つねにそうだった。私は知っていた。そして受け入れた。それゆえにきみを愛した。彼はいつか私を求めてくるかもしれないと思った。だが、そんなことにはならないのもわかっていた」

しかし、すでにジャイルズ・オークリーは空っぽの部屋に話しかけていた。

闇のなかでベッドに横たわり、右手に銀のバーナーを持って、トビーは通りの夜の叫びを聞く。彼女が家に着くまで待て。夜行列車はパディントン駅を十一時四十五分に発つ。それは調べた。発車は定刻どおりだった。彼女はタクシーが嫌いだ。貧者が利用できないものは、どんなものでも嫌いだ。だから待て。

だがとにかく緑のボタンを押す。

「チャタム・ハウスはどうだった？」彼女が眠そうに訊く。

「行かなかった」

「じゃあ何をしたの？」

「古い友人を訪ねて、おしゃべりした」

「とくにくわしく話したことがあった？」

「あれこれね。お父さんはどうだい？」

「接客係にお願いした。向こうに着いたらママがおろしてくれる」

ばたばたと騒ぐ音がして、すぐに鎮まる。〝おりて！〟というくぐもった声。

「だめ猫よ」彼女は説明した。「毎晩わたしのベッドに乗ろうとするから、払い落とすの。誰だと思った？」

「あえて想像しなかった」

「パパは、あなたがぜったいわたしに下心を抱いてると思ってる。それは正しいの？」

「まあね」

長い沈黙。

「明日は何曜日？」彼女が訊いた。

「木曜だ」

「会うと言ってた人に会うんでしょう？」

「会うよ」

「わたしは病院に行かないと。午ごろには終わる。そのあと往診が二件」

「なら夕方だね」

「たぶん」長い沈黙。「今晩、何かよくないことがあったの？」

「友人のほうだけどね。ぼくがゲイだと思ってる」

「事実なの？」

「いや、ちがうと思う」

「でもあなたはあくまで礼儀正しかった？」

「記憶にあるかぎりでは」

「だったらいいんじゃない？」

いい、いい、話しつづけろ、とトビーは言いたかった。希望や夢を語る必要はない。話題はなんでも、ありふれたことでいいから。ジャイルズをこの頭から追い出してしまうまで、話しつづけてくれ。

7

寝覚めはひどかった。捨ててしまいたい感情があり、ただちに呼び戻さなければならない感情があった。エミリーがなぐさめてくれたにもかかわらず、目覚めたときには、オークリーの苦悩する顔と嘆願する声につきまとわれていた。

自分は娼婦だ。

知らなかった。

知っていて、彼に媚びを売った。

知らなかったが、察するべきだった。

自分を除いて、みんな知っていた。

そして、いちばん数多く聞こえたのは――ハンブルクからこのかた、自分はどうしてここまで愚かだったのか。人はみなそれぞれに欲望を満たす資格があると己に言い聞かせて、結局ジャイルズひとりを傷つけてしまった。

と同時に、オークリーが明かした情報、明かさなかった情報の損害評価もしていた。自分の何度かの遠出はどのくらい敵に知られたのか。もしオークリーの情報源が、チャーリー・

ウィルキンズか、警視庁のとある友人だとすれば――まずそれはまちがいないと思うが――ウェールズまでブリジッドに会いに出かけたことは知られている。

だが、例の写真は知られていない。ショーティに会うことも。コーンウォルに出かけたことはどうか。知られた可能性はある。警察かその筋の連中がキットのクラブにずかずかと入りこんで、おそらくすでに、エミリーが家族の友人をともなってキットを救い出したことを突き止めているだろうから。

その場合、どうなる？

その場合、ウェールズの記者のふりをしてショーティのまえに姿をさらし、内部告発者になってくれと頼むのは、もっとも賢明な行動とは言えないかもしれない。それどころか、自殺にも等しい愚行かもしれない。

ならば、なぜすべてを放り出して頭の上にシーツを引き上げ、オークリーの助言どおり何も起きなかったことにしてしまわない？

あるいは、単純な話、答えられない問いで自分を鞭打つのはやめて、ミル・ヒルでショーティに会えということだ。生き残って話をするつもりの証人がひとりいれば事足りるのだから。ショーティがイエスと言って、キットとジェブがやろうとしていたことをわれわれがいっしょに引き継ぐか、ショーティがノーと言って、ジェイ・クリスピンのところにいい子ぶって駆けこみ、屋根が落ちてくるかだ。

しかし、そのどちらが起きるにしろ、トビーはようやく敵に戦いを仕掛けることになる。

助手のサリーに電話。留守録につながる。好都合だ。苦難に雄々しく耐えている声音を作る。

「サリー、トビーだ。忌々しいことに親知らずが痛くなってね。一時間後に歯の妖精の予約が入っている。だからお願いしたいんだ。まず午前中の打ち合わせには出られない。それからNATOのパーティには、代わりにグレゴリーが出られるかな。悪いね、よろしく。また連絡する。申しわけない」

次は服装の問題だ。進取《しんしゅ》の気象に富む地方出身の記者は、ロンドンに出向くときにどんな恰好をするか。ジーンズ、運動靴、薄手のアノラックに落ち着いた。そして最後の仕上げのつもりで、ボールペン二本と記者用の手帳を机から取り上げた。

しかし、ブラックベリーに手を伸ばしかけてふと、ジェブの写真――ショーティの写真でもある――が入っていることを思い出した。

持っていかないほうがいい、と決断した。

〈ゴールデン・カーフ・カフェ＆パティスリー〉は目抜き通りのなかほどで、ハラールの精肉店とコーシャーのデリカテッセンのあいだに窮屈そうに収まっていた。ピンクの明かりに照らされたウィンドウには、誕生日のケーキや、ダチョウの卵ほどもあるメレンゲがたっぷりのったウェディングケーキが飾られていた。真鍮の手すりでカフェと菓子店が分かれている。トビーは通りの向かいからそこまで観察して、脇道に入り、駐車している乗用車や大型車、舗道にあふれる朝の買い物客の群れを気のすむまで確認した。

カフェと同じ側に渡ってまた店に近づき、最初のときと同じように、この時間にカフェのほうには客がいないことをもう一度確かめた。教官たちが〝ボディガードのテーブル〟と呼ぶ、入口のほうを向いた店の隅のテーブルを選び、カプチーノを注文して、待った。

真鍮の手すりの向こうの菓子店では、トングで武装した客たちが紙箱にケーキを詰め、カウンターに沿って横に進み、レジで代金を払っていた。が、どこにも身長六フィート四インチのショーティ・パイクらしき姿はない――〝だけど、ジェブが下にもぐりこんで膝に蹴りを入れ、がくんと倒れてきた相手の鼻を折ったのさ〟。

十一時が十一時十分になり、トビーは待ちぼうけを食わされたと判断した。彼らはショーティが健康上の害になると考えたのだ。ショーティは利き手でない手で自分を撃って、ワゴン車のなかにいるのだ。

禿頭で、オリーブ色のあばた面に小さな丸い眼のついた大男が、ウィンドウ越しに店内をのぞきこんでいた。物欲しげにまずケーキとペイストリーを見、トビーを見て、またケーキに戻った。まばたきもしない眼と、重量挙げ選手の肩。しゃれたダークスーツにノータイ。歩き去った。偵察だったのだろうか。それとも、たまにはクリームパンでも買おうとして、体型を崩してはいけないとあきらめた？　気づくとショーティが隣に坐っていた。カフェの奥の手洗いにずっとひそんでいたにちがいない。思いつきもしなかった。もっと考えておくべきだった。明らかにショーティは考えていた。

ショーティは六フィート四インチより高く見えた。たぶん、まっすぐに背筋を伸ばして坐り、とても大きな両手の指を少し丸めてテーブルにのせているからだ。てかてかした黒髪を頭の横とうしろで短く刈りつめ、映画スター並みに高い頬骨に薄ら笑いを刻んでいる。色黒の顔は、ひげを剃ったあと爪ブラシに泡を立てて磨いたかのように輝いていた。鼻のまんなかに小さな窪みがあるのは、おそらくジェブが残した印だろう。ぴしっとアイロンのかかった青いデニムのシャツの左右には、雇用主の服装規定どおり外づけのポケットがついていて、一方に煙草が入り、もう一方から櫛《くし》の先が突き出している。

「ピートだな、え？」と口の端から吐き出すように言った。

「ショーティだね。何を頼む、ショーティ？　コーヒー？　紅茶？」

ショーティは眉を上げて、ゆっくりと店内を見渡した。いつもこんなふうに芝居がかっているのだろうか。それとも、背が高くて自己陶酔しがちな男はみなこうなのか。

トビーはそんなことを考えながら、先ほどクリームパンを買おうか買うまいかと悩んでいた禿頭の大男が、またあからさまに無関心を装って店のウィンドウのまえを急ぎ足で通りすぎるのを眼の隅でとらえた。少なくとも、とらえた気がした。

「なあ、ピート」ショーティが言った。

「なんだい」

「正直言って、ここはあまり居心地がよくない。あんたも同じじゃないか？　もうちょっと人目がないところにしよう。こんなに人がわんさかいないところに」

「どこでもいいよ、ショーティ。そっちにまかせる」

「あと、小賢《こざか》しいことを企んでないだろうな？　たとえば、角を曲がったところに写真屋が隠れてるとか？」

「そんなことはいっさいないし、完全にひとりだ、ショーティ。好きなところへ案内してくれ」トビーは、ショーティの額に玉の汗が浮かぶのを見た。煙草を一本抜き取ろうと、デニムのシャツのポケットに持っていった手も震えていた。結局その手は煙草を取らずに、テーブルの上に戻った。禁断症状か？　たんに激しい夜遊びのあとだから？

「新しいワゴン車をそこの角に停めてる。アウディだ。必要になるかもしれないと思ったから、停めておいた。だから、そう、公園かどこかに行って、そこで話をすればいい。そういう場所なら人に気づかれない。見てのとおり、おれは少々目立つから。よく言うように、腹を割ってすべて話そう。あんたの新聞のために。《アーガス》だっけ？」

「そうだ」

「大新聞だな。いや、地元紙だったか。全国紙かな、その新聞は？」

「地元紙だが、オンライン版もあるから」トビーは答えた。「購読者数はかなり多い」

「ほう、それはいい。だろう？　ならかまわないな？」

「何が？」

「この店でなくても」

「もちろんだ」

トビーはカプチーノの代金を払いにカウンターに行った。しばらく時間がかかったが、ショーティは並んだ次の客のようにトビーのうしろに立っていた。いまや汗は彼の顔を流れ落ちるほどだった。

しかし、トビーが支払いを終えるなり、ショーティは用心棒さながら先に立ち、長い腕を体の横から持ち上げて、通り道を作りながら出口に向かった。

トビーが舗道に出ると、ショーティはすでに待っていて、人混みのなかを先導する気満々だったが、そのまえにトビーは左側をちらっと見て、またしても例の甘いものに目がない禿頭の大男がいるのに気づいた。今度は舗道で背中を向けて、同じくらい頑なにトビーの視線を避けようとするほかのふたりの男と話し合っていた。

トビーが脇目も振らず逃げようと考えた瞬間がもしあったとすれば、それはこのときだった。過去のあらゆる訓練でこう言われていたからだ――ためらってはいけない、古典的な罠に気づいたら、直感を信じてただちに逃げよ、そこから一時間以内に靴を脱がされ、部屋の暖房装置に鎖でつながれることになるのだから。

だが、事態を最後まで見届けたいという思いが懸念に打ち勝ったにちがいない。トビーはすでにショーティの案内にしたがって角を曲がり、一方通行の通りに入っていた。ぴかぴかの青いアウディが本当に道の左側に停まっていた。そのすぐうしろには、メルセデスの黒いセダンがあった。

トビーの訓練講師は、これもまた古典的な罠だと主張したことだろう。一台は誘拐用、もう一台は追跡用だ。アウディの一ヤード手前でショーティがリモコンのボタンを押してうしろのドアを開け、同時にトビーの腕をつかんだ手に力をこめ、さらに例の大男とふたりの仲間が角を曲がってきたときには、トビーの心に残っていたいかなる疑問も消え去ったはずだ。

それでもトビーは自尊心から、たとえ控えめにでも抗議せずにはいられなかった。

「後部座席に乗るのかい、ショーティ？」

「駐車メーターが三十分残ってるだろう。無駄にするのもね。せっかくだから、ここに坐って話さないか？」

トビーは当然ながらためらった。ふつうふたりの男が、ショーティの言う〝狂おしき群れ〟を離れて車のなかで内密に話す場合には、まえの座席に坐るはずだからだ。

しかし、彼はとにかく入った。ショーティが横に乗ってきたと見る間に、禿頭の大男が通り側から運転席に乗りこみ、四つのドアをすべてロックした。右のサイドミラーには、彼のふたりの友人が心地よさげにメルセデスに身を落ち着けるのが映っていた。

禿頭の男はエンジンをかけなかったが、振り返ってトビーを見ることもなく、小さな丸い眼をしきりにバックミラーにやって観察していた。一方、ショーティはわざとらしく窓の外の通行人を眺めていた。

禿頭の男はハンドルに両手を置いているが、エンジンもかけず、車も動いていないので、いかにも奇妙だ。力強く、非常にきれいな手で、宝石をちりばめた指輪をはめている。ショーティと同じく、この男も軍隊流の健康維持をしているという印象を与える。バックミラーに映った唇はピンク色で、しゃべるときにはあらかじめ舌で湿らさなければならない。やはりショーティと同じく緊張しているのだ、とトビーは思う。

「光栄にも、女王閣下の外務省に勤めるミスター・トビー・ベルをお迎えしたと理解していますが、それでよろしいですか」もったいぶった南アフリカ訛りで尋ねる。

「まちがいない」トビーは同意する。

「私はエリオットといいまして、ここにいるショーティの同僚です」暗唱するように言う。「サー――あるいは、もしトビーと呼んでよろしければそうしますが――われわれが誇らしく仕えるミスター・ジェイ・クリスピンから、あなたにくれぐれもよろしくとのことです。これまでご心配をおかけしたことがあれば、あらかじめお詫びしておくようにと。あなたを善意でもてなすと確約しております。どうぞくつろいでください。目的地に着き次第、建設的で友好的な会話ができますのでご期待を。いまミスター・クリスピンと直接話したいというようなことは？」

「ありません、ありがとう、エリオット。いまのままでけっこうです」トビーも同じくらい丁寧に答える。〝アルバニア系ギリシャ人の無法者、昔はエグレシアスと名乗っていた、南アフリカの元特殊部隊員。ヨハネスブルグのバーで人を殺したことがあり、療養のためにヨーロッパにやってきた、そういうエリオットだが？〟とオークリーが食後のカルヴァドスをちびちびやりながら尋ねている。

「乗車完了」エリオットが小型マイクに報告し、うしろの黒いメルセデスに見えるように、サイドミラーに親指を立てる。

「ジェブは本当に気の毒なことだったね」トビーはくだけた調子でショーティに話しかけるが、ショーティの関心はいっそう通行人に向くばかりだ。

ただ、エリオットがすぐさま応じる。

「ミスター・ベル、人にはそれぞれ運命というものがあります。それぞれの天寿といいますか。星に書かれていることは変えられない。そこから逃れることはできません。うしろの座席は快適ですか。私が思うに、われわれ運転手は気楽に運転しすぎることがありますから」

「じつに快適です」トビーは言う。「そちらはどうかな、ショーティ?」

彼らは南に向かっていた。トビーはそれ以上会話をしなかったが、おそらく賢明な判断だった。思いつく質問はすべて悪夢から出てきたようなものばかりだったからだ。たとえば〝ジェブにはあなたが直接手を下したのか、ショーティ?〟とか、〝教えてもらえるかな、エリオット、あの母親と子供の死体をどう処分した?〟とか。車はフィッツジョンズ・アヴェニューを南下し、セント・ジョンズ・ウッドのはずれの高級住宅地に近づいていた。もしかして、盗み出したあの録音のなかで、ファーガス・クインがクリスピンと卑屈に会話しながら触れたのは、この〝森《ウッド》〟だったのか。

〝けっこう、四時ごろ……森のほうがずっといいな……プライバシーがあるし〟

軍の兵舎がちらちら見えてきた。自動小銃を持ったイギリスの歩哨が見張りについていた。そのすぐあとに、アメリカの海兵隊員が警備する、どこといった特徴のない煉瓦の家が現われた。〝この先行き止まり〟と書かれた標識があった。五百万ポンドはする緑の屋根の邸宅が並んでいる。煉瓦の高い塀。花が満開のマグノリアの木。紙吹雪のように道路に散った桜の花びら。二対の緑の門がすでに開きかけている。右のサイドミラーには、ぶつかるくらい近くに迫った黒いメルセデスが映っている。

トビーはこれほどの白を想像していなかった。砂利敷きの車寄せは、白く塗られた石で縁取られている。彼らの車が停まろうとしているのは、飾りのような芝生に囲まれた、屋根の低い白堊《はくあ》の家のまえだ。白いパラディオ様式のポーチは家のわりに壮大すぎる。木々の枝から防犯カメラが彼らを見おろしている。両側には遮光ガラスのサンルームがある。アノラックにネクタイという恰好の男が車のドアを開け、ショーティとエリオットがおりる。トビーは意地を張って、ドアが開けられるまでおりないつもりだったが、やはりみずから外へ出、気楽な様子で伸びをする。

「〈カースル・キープ〉へようこそ」アノラックとネクタイの男が言う。トビーは何かの冗談だと思うが、ふと見ると、玄関ドアの横に真鍮の盾が飾られ、チェスの駒に似た城《カースル》と、その上に交叉した二本の剣が象《かたど》られている。

トビーは階段をのぼる。ふたりの男が申しわけなさそうに身体検査をして、ボールペン、記者の手帳、腕時計を取り上げ、金属探知機のアーチの下をくぐらせたあとで、「チーフとの面会が終わるまでお預かりしておきます」と言う。トビーは気持ちを切り替えることにする。自分は誰の囚人でもない。自由な人間として、スペインのタイルが敷かれ、ジョージア・オキーフの花の絵の写真がかかった美しい廊下を歩いているのだ。廊下の両側にドアがあり、いくつかは開いていて、そこから愉しげな声が聞こえてくる。エリオットが彼の横についているが、教会に向かうかのように両手を敬虔に背中のうしろにまわしている。ショーティは見当たらない。裾の長い黒いスカートをはき、白いブラウスを着た可愛い秘書が廊下を走っていく。エリオットに「ハイ」と挨拶するが、笑みはトビーに送り、自由人であることを貫くトビーは笑みを返す。白いガラスの天井が斜めに走る白いオフィスの机に、おとなしそうな灰色の髪の五十代の女性がついて坐っている。

「ああ、ミスター・ベル。よくお出でになりました。ミスター・クリスピンが待ちかねております。ありがとう、エリオット、チーフはミスター・ベルとふたりきりで話したいと思います」

トビーもまた、チーフとふたりきりで話したい。断固そう思うことにする。だが悲しいかな、クリスピンの広々とした部屋に入ったとたんに感じるのは、幻滅だけだ。三年前に味わった拍子抜けの感覚を思い出す。あの夜、ブリュッセルとプラハから彼につきまとっていた謎の人食い鬼が、腕にミス・メイジーをぶら下げてクインの執務室に乗りこんできたときと同じだ。うつろにハンサムな顔、歳の頃は四十いくつかで、テレビに出てきそうな幹部クラスのビジネスマンが、いまこのときも椅子から立ちながら、喜び、驚き、腕白小僧のような困惑と、男同士のよき友情がうまく混じり合った表情を浮かべている。

「トビー！　なんと、こんなかたちで再会するとはね。しかし、気の毒なジェブの死亡記事を書く田舎出の三流記者に扮するなんて、奇妙奇天烈と言わざるをえないな。たしかに、ショーティに外務省と言うわけにはいかなかっただろうがね。言えば恐怖に震え上がっただろうから」

「ショーティから〈ワイルドライフ作戦〉の話が聞ければと思っていたのです」

「まあ、そうだろうな。ショーティはジェブのことで少し気落ちしていた、当然ながら。ここだけの話、彼らしくないことだ。ただ、きみにはあまり語らないだろう。本人のためにならない。誰のためにも。コーヒーは？　カフェイン抜き？　ミントティーは？　もっと強いものがいいかな？　私も毎日、国の優秀な人材をさらってくるわけではないのでね。どこまで行った？」

「何がです？」

「調査だよ。その話をしていたと思ったが。きみはプロビンに会った。未亡人にも。彼女がショーティを紹介した。エリオットにも会った。それで手元に何枚のカードが残った？　きみの肩越しに見てみようか」クリスピンはうれしそうに説明した。「プロビン？　使い古しだ。本人は何も見ていない。あとは人づてに聞いたことばかり。法廷では通用しない。未亡人？　夫を失い、被害妄想で、ヒステリック。話にならない。ほかに何がある？」

「あなたはプロビンに嘘をついた」

「きみだってそうしただろう。あの状況では仕方がなかった。古き良き外務省でそういう嘘は聞いたことがないと言うつもりかね？　きみの問題は、もうすぐ職を失うことだ。そのあと、さらにひどいことになる。助けてあげられるのではないかと思ってね」

「どうやって？」

「そうだな、手始めに保護と、別の仕事ではどうだね？」

「〈倫理的成果〉の？」

「はっ、あんなのは過去の遺物だ」クリスピンは、トビーがたまたま口にするまで〈倫理的成果〉のことなどすっかり忘れてしまっていたかのように笑った。「いまの商売とはまったく関係ない、ありがたいことにね。早々と店じまいだ。椅子をテーブルの上にのせて、すべてオフショア市場に移った。いまの株主が誰か知らないが、彼らが法的義務を引き受ける。いまの〈カースル・キープ〉とは、眼に見えるかたちであれ、なんであれ、いっさいかかわりがない」

「ミス・メイジーももういない？」

「とうの昔にね。彼女に祝福あれ。最後に聞いた噂では、ソマリアの異教徒に聖書をばらまいているそうだが」

「あなたの友人のクインは？」

「ああ、そう、ファーガスも気の毒に。だが聞くところによると、権力の座から追われた党のほうは、彼を呼び戻したくて必死らしい。閣僚経験者は値千金《あたいせんきん》だとか、そういったことでね。もちろん、ニュー・レイバーとその実績すべてを否認すればだが、ファーガスは喜んでそうするだろう。われわれと契約したがったこともあったのだ、ここだけの話。ほとんどひざまずかんばかりに嘆願した。しかし残念ながら、きみとちがって、彼はこちらの要求する基準を満たさなかった」昔を懐かしむ笑み。「このゲームを始めるときには、かならず決定的な瞬間がある——作戦を危険にさらして飛びこむか、尻込みするかだ。訓練をすませ、戦いたくてうずうずしている傭兵はすでに雇い入れた。五十万ドル相当の情報も手に入れ、財務も滞りなく、成功すれば支援者から莫大な金が入ることになっていて、時の権力者からひとまず言いわけに使える程度の青信号は出た。だが、そこまでだ。たしかに、われわれの情報源に不満の声はあがっていた。そもそも不満が出ないことがあるかね？」

「それが〈ワイルドライフ〉だった？」

「まさにそうだ」

「巻きぞえ被害については？」

「胸が痛むよ。つねに。まちがいなくこのビジネスの最悪の部分だ。私は毎晩ベッドに行くたびに、そのことを考える。とはいえ、ほかに選択肢があるかね？　プレデター無人偵察機とヘルファイア・ミサイル二発を与えてくれれば、本物の巻きぞえ被害がどういうものか見せてあげよう。庭を散策したいかな？　こんな天気の日に陽光を無駄にするのは忍びない」

ふたりが立っている部屋はなかばオフィス、なかば温室という感じだった。クリスピンは外に出た。トビーもついていくしかなかった。庭は塀に囲まれて長く、東洋ふうで、玉石の径や水落石《みずおちいし》や池が配されていた。客家《はっか》の帽子をかぶった青銅の中国人女性が、魚籠《びく》をさげて釣りをしていた。

「〈ローズソーン警護サービス〉というささやかな企業について聞いたことは？」クリスピンが少し振り向いて訊いた。「アメリカドルで時価総額三十億ドルほどだが」

「ありません」

「学んでおくといい。私は学ばなければならない。彼らの子会社なのでね、当面は。ただ、いまの成長率でいけば数年以内に買い戻せるだろうが。せいぜい四年で。われわれが世界全体で何人雇用しているか知っているかね？」

「いいえ、あいにく」

「フルタイムで六百人だ。チューリヒ、ブカレスト、パリに事務所があり、あらゆるものを扱っている。身辺警護から家の防犯、暴動鎮圧、企業スパイ調査、浮気調査まで。われわれがどういう人材に金を払っているかは見当がつく？」

「いいえ、教えてください」

クリスピンはさっと振り返り、ファーガス・クインを思い出しながら、トビーの眼のまえで数えはじめた。

「海外の諜報機関に五人、うち四人はまだ現役だ。イギリス情報部の元幹部が五人、全員いまも古巣と契約を結んでいる。そして数えきれないほどの警察署長や副署長。加えて、副業で小遣い稼ぎがしたいホワイトホールのはみ出し者や、数十人の上院議員と下院議員。ほぼ最強の手札だろう」

「そうですね」トビーは丁寧に応じながら、クリスピンの声にある種の感情が入りこんだことに気づいた。それは大人の感情というより、子供じみた勝利感だったかもしれないが。

「きみの外務省でのすばらしいキャリアが終わったということに、まだいくらかでも疑問が残っているなら、ついてくるといい」クリスピンは上機嫌で続けた。「どうする？」


彼らは録音スタジオのような窓のない部屋に立っている。壁には厚い麻布が張られ、平面型ディスプレーがいくつか置いてある。クリスピンは、トビーが盗んだ録音テープからの抜粋を大きな音量で再生している。クインがジェブに圧力をかけるところだ。

〝……私が言っているのは、こういうことだ、ジェブ。Dデイに向けてカウントダウンがわれわれの耳で鳴り響いている。女王の兵士であるきみと、女王の大臣である私と……〟

「もういいかね？　もっと聞かそうか」クリスピンが訊く。答えはないが、とにかくスイッチを切り、操作盤のそばのきわめて現代ふうな揺り椅子に腰をおろす。トビーはティナを思い出している。急に休みを取ったルラの代わりに、臨時で掃除を頼んだポルトガル人のティナ。背が高く真面目で、祖父母の結婚記念写真の埃まで払っていったティナを。もしこれが海外赴任中だったら、彼女が秘密警察の下働きでないと考えることなど決してなかっただろう。

クリスピンはブランコに乗った人のように椅子を揺らしている。うしろに揺れ、まえに揺れて、両足の靴を分厚い絨毯の上にそっとおろす。

「くわしく説明しようか」と尋ねて、とにかく説明する。「古き良き外務省に関して言えば、きみはすでに肥溜めのなかだ。私がこの録音をあちらに送ったが最後、きみは放り出される。〈ワイルドライフ〉とそれなりの声で言ってやりさえすれば、あの哀れな連中は膝ががくがくしてくるのだよ。愚か者のプロビンが苦労した末にどうなったか見てみたまえ」

クリスピンは揺り椅子を止めて、くつろぐのをやめ、わざとらしく中空を見つめた。

「さて、会合の第二部に移るとしようか。建設的な部分だ。きみのためにパッケージを用意したから、取る取らないは自分で決めるといい。こちらには企業内弁護士がいて、標準的な契約はあるけれども、そこは柔軟に対応する。われわれは愚か者ではないから、それぞれのケースで価値を見きわめる。わかるかな？　その顔つきからはなんとも言えないが。当然ながら、きみのことはすべて知っている。フラットを所有し、お祖父さんからいくらか遺産を受け取っている。好き放題できるような大金ではないが、腹を空かせる心配はない額だ。外務省の給与は五万八千ポンドで、どこかでしくじらなければ来年には七万五千に上がる。大きな負債はない。ゲイではなく、遊べるときには遊び、きみを縛りつける妻子はいない。それが続くといいな。ほかにわれわれの気に入りそうなことがあるかね？　健康の記録は申し分なく、アウトドアの活動を愉しみ、体も丈夫で、しっかりしたアングロサクソンの家系。

生まれは貧しかったが、ここまで努力して階級をのぼってきた。三ヵ国語を話し、わが国の公館に勤めたすべての国でAクラスの人脈を作った。われわれはまず、女王がいま払っている額の二倍の給与を約束する。上級副社長になったその日には、祝儀として一万出そう。好きな車を社用車にしていいし、ありとあらゆる福利厚生がつく。健康保険、ビジネスクラスでの出張、交際費。何かもれていることがあるかな？」

「ええ、あります」

おそらくトビーの視線を避けるためだろう、クリスピンはきわめて現代ふうな揺り椅子を横にぐるりと一回転させる。しかし、もとに戻ってもトビーはまだそこにいて、彼を見すえている。

「あなたはなぜぼくを怖れているのか、理由をまだ話していない」トビーは相手に挑むというより、不思議に思っている口調で不満げに言う。「ジブラルタルの大失態の責任者はエリオットだったけれど、あなたは彼を馘《くび》にせず、監視できる場所に置いておく。ショーティが事を公にしようかと思いはじめると、あなたは彼も雇い入れる、あのとおり頭が空っぽであるにもかかわらず。そしてジェブは本気で事を公にしたがり、雇われることも拒んだので、ああして自殺をさせられるしかなかった。しかし、ぼくの何があなたにとって脅威なんですか。何もない。ならどうしていま、拒めない提案を受けているのか。わけがわからない。あなたにはわかりますか」

クリスピンに胸の内を明かすつもりがないようなので、トビーは続ける。

「ぼくが想像するあなたの状況はこうです。ジェブの死は遠すぎた橋だった。誰か知らないが、あなたをいままで守ってきた人物は、今後もあなたを守ることに二の足を踏んでいる。あなたがこの件からぼくをはずしたいのは、ぼくがかかわっているかぎり、あなたの身に危険が及ぶからだ。ぼくとしては、それだけでも充分この件にかかわりつづける理由になる。だから、いまの録音は好きにすればいい。だがたぶん、あなたは何もしない。なぜなら、怖くてたまらないから」

世界がスローモーションになった。クリスピンにとっても？　あるいはトビーにとってだけだろうか。クリスピンは悲しげに、まったくちがう、見当ちがいもはなはだしいと断定する。だが、恨みに思うわけではない。きみにもあと何年かすれば、現実世界の仕組みがわかるだろう。ふたりは気まずい握手を避ける。家まで車で送らせようか？　いいえ、けっこうです。歩きたい気分なので。そしてトビーは歩く。オキーフの飾られたタイルの廊下を引き返し、半分開いたドアの向こうで、彼と同世代の若い男女が坐ってコンピュータを操作していたり、受話器を抱えこむようにして話しているまえを通りすぎる。入口にいる礼儀正しい男たちから、腕時計、ボールペン、手帳を返してもらい、敷石の車寄せを横切り、守衛の詰所のまえを通って、開いた門から外に出る。エリオットも、ショーティもおらず、連れてこられたときのアウディも、追跡車も見当たらない。彼は歩きつづける。思っていたより時間がたっている。午後の太陽はやんわりと温かく、この時期のセント・ジョンズ・ウッドではつねにそうだが、マグノリアの花はこの上なく美しい。

続く数時間をどうすごしたかは、そのときにも、あとから考えても、はっきりと思い出せなかった。時間の感覚も失われていた。それまでの人生を振り返ったのは言うまでもない。セント・ジョンズ・ウッドからイズリントンまで歩いて帰る人間がほかに何をするというのだ。愛、生と死、自分のキャリアが終わる可能性について考えた。もちろん、刑務所のことも。

エミリーはまだ手術中だろうから、電話をかけるのは早すぎると思った。かけたところで何を言えばいいのかわからないし、いずれにしろ用心のために銀のバーナーは家に置いてきた。たとえ公衆電話が使えるとしても、まったく信用する気にはなれない。

だからエミリーには連絡しなかった。あとで本人に確認したところ、やはり電話はなかったということだった。

パブに何軒か立ち寄ったことはまちがいないが、たんにふつうの人との会話を求めてのことだった。危機や絶望に陥ったとき、彼はあえて酒を飲まない。そういう状況でこそ、生きているという実感が湧いた。あとでアノラックのポケットから出てきた領収書を見ると、チーズを増量したピザを買ったようだが、どこでいつ買ったかはわからず、食べた記憶もなかった。

こみ上げる嫌悪感と怒りを、いつもながら制御可能なレベルに抑えこもうと固く心に決めて努力しながら、ハンナ・アーレントの悪の陳腐さという概念について彼なりに考え、クリスピンがその枠組みにどう当てはまるか自問自答したのは確かだ。クリスピンは、本人の意識の上では、たんに社会の忠実な僕《しもべ》であり、市場の圧力に屈しているだけなのだろうか。彼はそう思っているかもしれないが、トビーはちがった。トビーに言わせれば、ジェイ・クリスピンはどこにでもいる根なし草で、道徳心を持たず、口だけは立ち、教育は中途半端、物腰は柔らかだが冷酷な青二才だ。注文仕立てのスーツを着て、金と権力と名声に対する欲望はかぎりなく、手当たり次第に得ようとする。そこまではよし。トビーはそれまで赴任したあらゆる国のあらゆる職業で、やがてクリスピンのようになる人間を見てきた。小さな戦争で商売を成功させたそのなかのひとりを、今回初めて見ただけのことだ。

クリスピンを擁護する言いわけを、さして気乗りもせず探しながら、トビーは、根本のところであの男はただの馬鹿ではないかとさえ思った。ほかにあの〈ワイルドライフ作戦〉のような大失敗を説明する方法があるだろうか。思考はさらにたゆたい、人間の愚かさは神が戦って敗れたものであるという、フリードリヒ・フォン・シラーの大げさな箴言《しんげん》を吟味《ぎんみ》しはじめた。トビーの意見では、それは正しくない。戦うのが誰であろうと——神でも、人でも——同じことだ。神と理性的な人すべてが戦って敗れたのは、愚かさなどではなく、純粋に残酷で忌まわしい、他者の利益への無関心と自己利益だけの追求である。

わかっている範囲で、そんなことをぼんやり考えていたときに、トビーは家に入り、階段を自分の部屋まで上がり、ドアの鍵を開けて明かりのスイッチを入れた。と突然、濡れた布の塊を喉に押しこまれ、両手を背中のほうにねじ上げられてビニールテープで縛られ、おそらく囚人に使うような目隠しの袋を頭にかぶせられ――というのも、見ていないし、あとで実物が見つかったわけでもなく、せいぜい膠《にかわ》のようなにおいがしたという記憶しかないので確信が持てないのだ――それを皮切りに、想像しうるなかで最悪の暴行が始まった。

あるいは、これもあとで気づいたことだが、袋をかぶせたのは、そこだけ攻撃の対象からはずすという目印だったのかもしれない。つまるところ、体のなかで唯一危害を加えられなかったのは顔だけだったからだ。そして攻撃の指揮をとっていた人物について、そのときであれ、あとであれ、もしなんらかの手がかりがあったとすれば、それは知らない男のどこという訛りのない「このくそ女《あま》に跡は残すな」という声、自信たっぷりの軍隊調の命令だった。

最初の攻撃が、疑いの余地なく最大の苦痛と驚きをもたらした。攻撃者に羽交《はが》い締めにされたときには、トビーは背骨が、次に首が折れるのではないかと思った。彼らがトビーを絞め殺そうとした時間もあったが、最後の瞬間に考えを変えたようだった。

そのあと胃、腎臓、股間、また股間と雨霰《あめあられ》のごとく打擲《ちょうちゃく》が加えられ、永遠に終わらないかと思われた。おそらくトビーが気を失ったあとも続いていたが、それも例の知らない男の声が、同じ命令口調で彼の耳元でこうささやくまでのことだった。

「これで終わったと思うなよ。これは前菜だ。憶えておけ」

彼らはトビーを廊下の絨毯の上に捨て置くか、台所の床に放り投げたままにすることもできた。が、何者かはわからぬものの、決まった手順を持っていて、葬儀屋の敬意あふれる手つきでトビーをベッドに横たえ、靴とアノラックを脱がし、ベッド脇の小箪笥の上には水差しとタンブラーをきちんと置いていた。

腕時計は五時を指していたが、しばらくまえからそうなので、殴られているあいだに時計も巻きぞえ被害に遭ったのだろうと思った。日付はふたつの数字のあいだで止まっていた。ショーティと会う約束をしていて、そのまま車に乗せられ、セント・ジョンズ・ウッドに連れていかれたのが木曜だったのはまちがいないから、今日はおそらく金曜。もちろん自信はないけれど。とにかく金曜だとすると、助手のサリーはそろそろ、親知らずがこれほど長いこと痛みつづけるものだろうかと思いはじめる。カーテンのかかっていない窓が暗いから夜になっているのだろうが、ほかの人にとっても夜なのかどうかは予断を許さなかった。ベッドには吐いたものがこびりつき、床にも落ちていた。古いのも新しいのもある。なかば転り、なかば這うようにしてバスルームに入り、便器に吐いた記憶もあった。怖れ知らずの登山家たちが彼より先に発見していたとおり、行きより帰りのほうがつらかった。

窓の下から聞こえる人や車の音が小さくなった。しかしこれも外の世界全体がそうなっているのか、自分にかぎられたことなのか、わからなかった。かりに夜だったとして、聞こえてくるのは夜の喧騒というより、こもった音なので、合理的に考えればいまは仄暗い夜明けまえで、自分はおそらく十二時間から十四時間ほどこの部屋に寝ていて、眠りに落ちたり、嘔吐《おうと》したり、たんに苦痛に耐えたりしていたのだろう。時の経過に関係なく、苦痛に耐えるのには全精力が必要だった。

それやこれやで、ようやくトビーはベッドの下でわめき立てているものの正体にゆっくりと気づき、徐々に場所を特定しはじめた。銀のバーナーが大声で呼びかけていたのだ。ショーティに会いにいくまえに、ベッドのスプリングとマットレスのあいだに隠しておいた。なぜ電源を入れたままにしていたのかは、またしてもわからないが、バーナー自身にもわからなかったようで、大声からだんだん自信が失われてきた。もうすぐ叫ばなくなる。

だからトビーは残った力を振り絞って、ベッドから床に転げ落ちなければならなかった。心のなかだけかもしれないが、しばらくそこに死んだように横たわり、次にベッドのスプリングをつかんで、指をしっかりと引っかけ、左手で力いっぱい体を引き上げながら、感覚がなく骨折しているかもしれない右手であちこちバーナーを探し、見つけて胸に押し当て、同時に左手を放して床にまたドスンと倒れこんだ。

あとは緑のボタンを押し、あたうかぎりの明るさで「やあ」と言うだけだった。何も返事がなかったので、我慢できず、というより待つための力が尽きて、言った。

「大丈夫だ、エミリー。ちょっと疲れすぎたが、それだけだ。どうかここへは来ないで。お願いだから。ぼくは有害だ」それによって多くのことを伝えたつもりだった。自分を恥じており、ショーティは結局はずれで、一生分殴られたこと以外に成果はなく、自分も彼女の父親と同じようにへまをしでかし、おそらく家は監視されていて、彼女が医者だろうとなんだろうと、ぜったいに訪ねてきてはいけないことを。

電話を切ったあとで、どちらにしろ彼女は訪ねてこられないことに気づいた。住所を知らないのだ。イズリントンとしか言ったことがないし、イズリントンは家々が密集した何平方マイルもの地域だ。よってトビーは安全だった。本人が満足するかどうかは別として、エミリーも。これでこいつの電源を切って眠れると思い、実際にそうした。ところが今度はバーナーではなく、玄関のドアをバンバンたたく音で起こされることになった。人の手ではなく、何か重い道具を使っているのではないかと思うほどの音だったが、それがやむなり、エミリーの大声が聞こえた。母親そっくりの声だった。

「ドアのまえにいるの、トビー」言うまでもないことを二度、三度と言っていた。「すぐに開けてくれないなら、階下《した》の人に頼んでこのドアを壊してもらう。わたしが医者だってことは知ってるし、天井から重い音が何度も聞こえたと言ってるから。聞こえる、トビー？　呼び鈴を押してるんだけど、鳴ってるのがわからない」

彼女の言うとおりだった。呼び鈴は、げっぷのような耳障りな音を発しているだけだった。「トビー、お願い、ドアのところまで来てくれる？　答えて、トビー。力ずくで入りたくないの、本当に」間ができた。「それとも、誰かいっしょにいるの？」

一連の質問のなかで最後のそれだけには耐えられなかったので、トビーは「いま行く」と答えた。ズボンのまえのチャックが閉じているのを確かめてから、またベッドを転がり、なかばよろめき、なかば這いながら――比較的痛みの少ない体の左側を下にして――進んでいった。

ドアまで到達すると、ひざまずく恰好まで体を引き上げ、やっとのことでポケットから鍵を取り出して鍵穴に差し、左手で二回まわした。

台所に険しい沈黙がおりていた。ベッドのシーツが洗濯機の中で静かにまわっていた。トビーはドレッシングガウンを着て、ほぼまっすぐに坐り、エミリーは彼に背を向けて、買ってきた缶詰のチキンスープを温めていた。それといっしょに薬局で薬も見立ててきた。

エミリーは一度トビーの服をはぎ取り、彼の裸体をプロらしく冷静に洗い流し、ひどく腫れ上がった性器を無言で観察していた。心音を聞き、脈を取り、腹部を触診し、骨折や靭帯《じんたい》損傷がないか確かめた。彼らがトビーを絞め殺そうとして考えを変えたときにできた、首のまだらな裂傷のところでは手を止め、傷に氷のパックを当て、痛みには鎮痛剤《パラセタモール》を与えた。トビーの左腕を自分の首のうしろにまわし、彼の右腰に自分の右腕を添えて、廊下を引きずるようにして歩かせた。

しかし、ふたりが交わしたことばは、「お願いだからじっとしてて、トビー」とか、「ちょっと痛いかもしれない」、もっと近いところでは「鍵を貸して。わたしが戻ってくるまで、いまの場所から一歩も動かないで」といった程度だった。

ついに彼女はむずかしい質問をしはじめた。

「誰がやったの」

「わからない」

「ど、う、し、てやったかわかる？」

前菜として、とトビーは思った。近づくなと警告するために。詮索好きだったことを罰し、今後は詮索させないために。しかしどの答えもあいまいで、情報を与えすぎると思ったので、何も言わなかった。

「まあ、誰がやったにしろ、ナックルダスターを使ったにちがいないわ」エミリーは業を煮やして言った。

「指輪をたくさんはめてただけかもしれない」トビーは車のハンドルを握っていたエリオットの手を思い出して言ってみた。

「警察に通報するまえに、あなたの許可がいる。通報してもいい？」

「意味がない」

「なぜ」

警察は解決策ではなく、問題の一部だからだ。しかし、これもきちんと伝えるのはむずかしいので黙っておこうと思った。

「脾臓《ひぞう》が内出血している可能性が高いの。命にかかわる場合もある」エミリーは続けた。

「病院に行ってスキャンしてみないと」

「大丈夫。まだやれる。きみは家に帰るべきだ。頼む。やつらが戻ってくるかもしれないんだ。本、当、に」

「大丈夫じゃ、な、い、でしょう。治療が必要よ、トビー」エミリーは厳しく言い返した。埒《らち》の明かない会話がいつまでも続きそうだったとき、頃合いを見計らったかのように、呼び鈴が彼女の頭上の錆《さ》びたブリキの箱を妙な音で鳴らした。

エミリーはスープを混ぜる手を止め、箱を見上げて、どうしようとトビーを見やった。トビーは肩をすくめかけて、思い直した。

「出ないで」彼は言った。

「なぜ。誰なの？」

「誰でもない。善人のわけがない。頼む」

それでも彼女が水切り台から家の鍵を取り、台所のドアに向かうのを見て、

「エミリー、ここはぼくの家だ。勝手に鳴らしておけ！」

呼び鈴は鳴りつづけた。二度目の妙な音は、最初より長く。

「あなたの彼女？」エミリーは台所のドアのところで訊いた。

「彼女なんていい、いるわけない！」

「隠れるのは無理よ、トビー。わたしは恐怖を抱えて生きていけない。もしあなたが元気で、わたしがここにいなかったとしたら、出る？」

「きみは連中のことがわかってないんだ！　こっちを見て！」

だが、エミリーは聞こうとしなかった。「階下の人があなたの具合を尋ねにきたのかもしれない」

「エミリー、頼むから！　善き隣人の話をしてる場合じゃない！」

だが、彼女はいなくなっていた。

トビーは眼を閉じ、息を殺して、耳をそばだてた。

鍵がまわる音がした。エミリーの声が聞こえた。そして、それよりはるかに穏やかな男の声も。あたかも教会のなかでのささやきのようだったが、トビーがどれほど真剣に聞いても、知人の声ではなかった。そうあるべきなのに。

玄関のドアが閉まった。

エミリーは相手と話すために外に出ていた。

いったい誰なのだ。彼女を外に引っ張り出したのか？　彼らが謝りに戻ってきたのだろうか。逆に、とどめを刺しに来た？　あるいは、手ちがいで殺してしまったかもしれないと心配になり、クリスピンに命じられてそれを確かめに来た？　彼を鷲づかみにした恐怖のなかでは、あらゆる可能性があった。

まだ外にいる。

彼女は何をしている？

自分は不死身だと思っているのか。

連中は彼女に何をしたのだろう。数分が数時間に感じられた。ちくしょう！

玄関のドアが開く音がする。また閉まる。ゆったりとした足音が廊下を近づいてくる。エミリーの足音ではない。断じてちがう。どう考えても重すぎる。

あいつらは彼女を捕らえ、今度は自分を捕まえにきたのだ！

しかし、それは結局エミリーの足音だった——病院にいるときのように明確な意図を持ったエミリーの。彼女が戻ってくるまえに、トビーは椅子から立ち上がり、テーブルで体を支えながら台所に入って、抽斗から肉切り包丁を見つけ出していた。振り返ると、彼女が当惑顔で部屋の入口に立ち、紐で縛られた茶色の小包を持っていた。

「誰だった？」

「わからない。あなたにはこれが何かわかると言ってたけど」

「そんな馬鹿な！」

トビーは小包をつかみ取るとエミリーに背を向け——もし爆発が起きたときに彼女を守りたいというむなしい願いからだった——起爆装置やタイマーや釘といった、とにかく彼らが最大限の効果をもたらすために思いつきそうなものを懸命に手探りした。キットの夜中の手紙を開封したときとよく似ていたが、危機感は今回のほうがはるかに上だった。けれども、長々と時間をかけたにもかかわらず、手に触れたのは紙の束とダブルクリップだけだった。

「どんな男だった？」トビーは息つく間もなく訊いた。

「小柄で、服の趣味がよかった」

「歳は？」

「六十ぐらい」

「なんと言ったか教えてくれ。彼のことばを」

「〝友人で元同僚のトビー・ベルに小包を持ってきた〟。それから、ここは正しい住所だろうかといったようなことを――」
「ナイフがいる」
エミリーは彼が手を伸ばしかけたナイフを渡してやった。トビーはキットの手紙を開封したときとまったく同じように、横の部分に切れ目を入れて小包を開封し、黒と白と赤で保安上の警告の入った、外務省の文書の汚れたコピーを取り出した。表紙を開き、ふと気づくと、ダブルクリップで留められたひと束の紙を信じられない思いで見つめていた。そこにあったのは、過去八年間、彼がどこに赴任しようとついてきた、見まちがえようのない達者な手書きの文字だった。そして、そのいちばん上に添え状として、ヘッダーのない便箋が一枚ついていて、同じ見憶えのある文字で次のように書かれていた。

わが親愛なるトビー
私が理解するところ、きみはすでにプレリュードを体験したが、エピローグには至っていない。いささか恥ずかしいことながら……

トビーはそれ以上読まなかった。便箋をそそくさと文書のうしろに押しこみ、最初のページを貪るように読みはじめた。

〝ワイルドライフ作戦――影響と提言〟

そのころにはトビーの鼓動はあまりに速くなり、呼吸は乱れ、このまま死んでしまうのではないかと思うほどだった。エミリーも同感だったのか、彼の横にひざまずいた。

「きみがドアを開けたとき、何が起きたんだ？」トビーはつかえながら言い、狂ったようにページをめくった。

「わたしがドアを開けると」エミリーは彼を喜ばそうと、穏やかな口調で言った。「あの人が立っていた。わたしを見て驚いたみたいで、あなたはいるかと訊いた。あなたの元同僚であり友人で、あなたに渡したい小包があるって」

「それできみはなんと？」

「ええ、います、と答えた。でもいま具合が悪くて、わたしは診察に来た医師です、本人はそっとしておくほうがいいと思うのですが、わたしではお役に立てませんか、と」

「それで彼は？　続けて！」

「どんな病気なのだと訊いた。私は、申しわけありませんが本人の許可なしに教えるわけにはいきませんと答えた。でも、ここでできるかぎり快適にすごしています。とはいえ、さらに精密検査を受けなければなりません。すぐに救急車を呼ぶつもりです。本当に呼ぶつもり。聞いてる、トビー？」

聞いていたが、同時にコピーされたページを猛烈な勢いでめくっていた。

「それから？」

「ちょっと混乱してる感じで、何か言いかけて、わたしをまた見て――そう、腹に一物ある感じで――わたしの名前を知ってるかもしれないって」

「彼のことばを教えてくれ、正確にどう言ったのか」

「なんなのよ、トビー」しかし、とにかく伝えた。「〝失礼にあたるかもしれませんが、あなたのお名前をうかがってもよろしいか〟。これでどう？」

「で、きみは名前を告げた。プロビンと言ったのかい？」

「ドクター・プロビン。ほかにどう言えばいいの」トビーの視線を受け止めて、「医師はオープンなの、トビー。本物の医師はきちんと名前を言う。本当の名前を」

「それで彼はどう言った？」

「〝医師を選ぶ際の趣味のよさに感心したと彼に伝えてください〟と。そういうことばは意外な気がしたけれど。そしてこの小包を渡されたの、あなたにって」

「ぼくに？　彼はどう言った？」

「〝トビーに〟よ。ほかにどう表現しろっていうの」

　コピーの文書のうしろにまわした添え状をトビーはあわてて抜き出し、残りのメッセージを読んだ。


……結局、企業生活は私には向かないことがわかった。きみは聞いても驚かないだろうね。自分への褒美《ほうび》として、遠い赴任地で長くのんびりすごすことにする。

敬具

ジャイルズ・オークリー

追伸　文書と同じ内容が入ったメモリースティックを同封する。きみはすでに持っているのではないかと思うが、そこに加えてくれ。G・O

追追伸　もうひとつ提案しておく。どんな行動をとるにしても、急いだほうがいい。きみより先にほかの連中が動きそうな兆候が、至るところにある。G・O

追追追伸　外交官の古き良き習慣にしたがって、ここでまた最高の敬意を捧げるのはやめておく。聞く耳を持たないだろうから。G・O

たしかに、ページのいちばん上に透明なプラスチックのカプセルが貼りつけてあり、達者な文字で〝同じ文書〟と表示されたメモリースティックが入っていた。

トビーは台所の窓辺に立ち、どうやってそこにたどり着いたのかわからないまま、首を伸ばして通りを見おろしていた。エミリーが横で彼の腕に手をかけて支えていた。何もかも中途半端で終わらせながら、ついにここですべてを明らかにした外交官のジャイルズ・オークリーの姿は、どこにもなかった。それにしても、通りのほんの三十ヤード先の向かい側に停まっている〈クイック・フィット〉のワゴン車は何をしているのか。あのプジョーのまえのタイヤを交換するのに、どうして屈強な男三人が必要なのだ。

「エミリー、ひとつお願いしたいことがある」

「あなたを病院に連れていったあとでね」

「あそこの箪笥のいちばん下の抽斗から、ぼくのブリストル大学卒業パーティのメモリースティックを見つけ出してくれないか。頼む」

彼女が探しているあいだに、トビーは壁に手を突きながら自分の机まで行った。動くほうの手でコンピュータのスイッチを入れたが、何も起きなかった。ケーブルとメインスイッチを確認し、ふたたび起動させてみた。やはり何もなし。

エミリーの捜索がようやく報われた。見つけたメモリースティックを高々と掲げていた。

「出かけなきゃならない」トビーは言って、感謝もせずにそれをつかみ取った。

また鼓動が速くなってきた。吐き気もしたが、頭は冴えて正確にものが考えられた。

「聞いてくれ、お願いだ。カレドニアン・ロードに〈ミミ〉という店がある。〈ディバイン・キャンバス〉というタトゥー店とエチオピア料理店の向かいだ」どうしてあらゆることが明確に頭に浮かぶのか。自分は死ぬのだろうか。こちらを見ているエミリーの顔つきからすると、そうなのかもしれない。

「あったらどうだというの？」彼女は訊いた。しかし、トビーの眼はまた通りに戻っていた。

「まず彼らがまだいるかどうか教えてほしい。三人の男が用もないのにだらだらしゃべっている」

「通りにいる人たちは、いつもだらだらしゃべってるわ。〈ミミ〉の店がどうしたの。ミミって誰？」

「インターネット・カフェだ。靴がいる。やつらはぼくのコンピュータを壊した。アドレスはブラックベリーに入ってる。机の左上の抽斗だ。あと靴下。靴下もいる。男たちがまだ外にいるか確かめて」

エミリーがアノラックを見つけてきた。しわくちゃだが、あとは無事だった。彼女はその左のポケットにブラックベリーを入れ、トビーが靴下と靴をはくのを手伝い、男たちがまだいるか確かめた。いた。エミリーは「無理よ、トビー」と言うのはもうあきらめ、廊下をよろよろと進む彼に手を貸した。

「こんな時間にミミが店に入れてくれるのは確かなの？」彼女は少しでも明るくふるまおうと尋ねた。

「とにかくいっしょに階段の下まで。そのあときみは行ってくれ。きみは何から何までやってくれた。本当にお世話になった。めちゃくちゃなことになってすまない」

階段でエミリーがトビーの先に立つか、あとについていくかについて、ふたりの意見がまとまっていれば、おりるのも多少楽だったかもしれない。エミリーがトビーの上から足の運び方を指示するか、トビーの下にいて彼が落ちてきたときに受け止めるか。トビー自身は、彼女が下にいるのは馬鹿げているという見解だった。彼の体重を支えられるわけがなく、折り重なって下まで転がり落ちるのはわかりきっている。一方エミリーは、彼が落ちはじめたときに上から叫んでも止められないではないかと反論した。

そうして激しく言い争いながらも、エミリーはともかく彼を抱きかかえるようにして階段をおり、通りに出た。そして——今度はふたりとも——どうして制服警官がクラウデズリー・ロードの角にいるのだろうと考えた。このところ、親切そうな警官がひとりで通りの角に立っているところなど見たことがない。それに——これはトビーが考えた——少なくとも見た目は〈クイック・フィット〉のあの連中は、なぜいつまでもタイヤを交換している？　真相はさておき、トビーはエミリーを安全な場所に遠ざけなければならなかった。きみ自身のために、このことすべてから離れてくれ、頼む。エミリーを巻きこんで共犯者にすることは、どうしても避けなければならない。そのことを彼女にもはっきりと、時間をかけて説明した。

だからコペンハーゲン通りに入って、そこから一気に坂を駆けおりようというときに、エミリーがまだそばにいるだけでなく、彼の誘導までしているのに気づいて驚いた。エミリーは女性らしからぬ力でトビーの前腕を握りしめ、もう一方の手を彼の背中から腰にまわして鉄のようにしっかりと固定し、ほとんど彼を持ち上げて動かしていた。それでも傷のあるところは巧みに避けている。考えてみれば、彼女はもはやトビーの体の隅々まで知り尽くしているのだった。

交差点に来たところで、トビーははたと立ち止まった。

「くそっ」

「何がくそ？」

「思い出せない」

「だから何が思い出せないの」

「ミミの店が右だったか、左だったか」

「ここで待ってて」

エミリーはトビーをベンチに坐らせ、彼がめまいを覚えて待っているあいだに、急いで偵察に出、ミミの店がすぐ左にあることを確かめて戻ってきた。

だが、まずトビーに約束させるのが先だった。

「これが終わったら、まっすぐ病院に行くのよ。いいわね？　さあ、どうしたの」

「情けないけど金がない」

「わたしが持ってる。たくさん」

まるで老夫婦の口喧嘩だ、とトビーは思った。まだお互いの頬にキスをしたこともないのに。つい声に出していたにちがいない。エミリーが店のドアを開けながら微笑んでいたから。

店内は小さいが掃除が行き届いていた。入ってすぐに、人がついていない大きな合板のカウンターがあり、奥にはコーヒーなどの飲み物を売るバーがあった。壁に貼られたポスターは、PCのアップグレードと健康チェック、喪失データの復元、悪質なウイルスの除去を売りこんでいた。そのポスターの下にコンピュータのブースが六つあり、六人の客がおのおの背筋をまっすぐ伸ばしてストゥールに坐っていた。四人は黒人男性で、二人はブロンドの女性。ブースに空きがないので、どこかに坐って待つしかない。

そこでトビーはテーブルについて坐り、待っているあいだにエミリーが紅茶を運んで、店の支配人と話をした。戻ってきてトビーの向かい側に坐り、テーブル越しに彼の両手を握っていると——医学的な理由だけからではないとトビーは思いたかった——やがて男性のひとりがストゥールからおりて、ブースがひとつ空いた。

トビーの頭はくらくらし、右手の指はひどい怪我だったので、最終的にメモリースティックのデータを取り出したのはエミリーだった。トビーはブラックベリーからアドレスを呼び出して、彼女に伝えた——《ガーディアン》、《ニューヨーク・タイムズ》、《プライベート・アイ》、リプリーブ、チャンネル4ニューズ、BBCニューズ、ITN、そして最後に——冗談としてではなく——イギリス外務省報道情報部。

「わたしの父にもね」エミリーは言い、諳《そら》んじているキットのメールアドレスを打ちこんで〝送信〟をクリックした。キットが相変わらず部屋で落ちこみ、メールを見ていない可能性も考えて、母親にもコピーを送った。そこでトビーは遅まきながら、ブリジッドがブラックベリーで写し取るのを許してくれた写真を思い出し、エミリーにこれも送ってくれと頼んだ。

エミリーがその作業をしているときに、サイレンの音が聞こえ、トビーは最初、救急車が迎えにきたのかと思った。自分が聞いていないところで彼女が呼んだにちがいない。たとえば、フラットでオークリーと話すためにドアの外に出たときに。

しかし、呼んだのなら彼女はかならずそう言ったはずだと思い直した。エミリーについて確実なことがひとつあるとしたら、それは骨に一オンスの狡猾さも持ち合わせていないことだ。もしエミリーが「ミミの店で仕事を終えたら救急車を呼ぶ」と言ったなら、救急車を呼ぶのはそのときであって、一秒たりともそのまえではない。

次にトビーは考えた。やつらの狙いがジャイルズだったとしたら、ジャイルズはもうバスのまえに飛びこんでいる。ジャイルズのような男が、心がばらばらになった状態で、自分への褒美として遠い赴任地で長くのんびりすごすことにすると言えば、聞くほうは好きなように解釈することができるからだ。

続いてこんな考えが湧いた。メールアドレスを確かめ、ブリジッドの写真を送るためにブラックベリーの電源を入れたことによって、適切な装置を持つ者なら誰でも彼の居場所を知り——そこでトビーはまた束の間ベイルートの男になる——その気になれば発信元にロケット弾を撃ちこんで、不運な所有者の頭を吹き飛ばすことができる。

サイレンの数が増えて、ますますうるさく威嚇的になった。当初は一方向だけから近づいてくるように思えたが、合唱がひとつの遠吠えとなり、外の通りで車のブレーキが次々と甲高い音を立てると、トビーには——誰にとっても——エミリーにさえ——それらがどの方向から来るのかわからなくなった。

謝辞

次のかたがたに感謝したい。ジブラルタルでの調査に活気を与えてくれたダニー、ジェシカ、カラムに。医学に関連する事柄について助言してくれたジェイン・クリスピン医師、エイミー・フロスト医師、ジョン・ユースタス医師に。軍事的な知識を惜しげもなく授けてくれたジャーナリスト兼ライターのマーク・アーバンに。末期のニュー・レイバーの事情を解説してくれたライター、活動家、かつ〈オープンデモクラシー〉創設者のアンソニー・バーネットに。そして、実施ずみであれ計画中であれ、われわれの自由に対するイギリス政府の最近の攻撃について教えてくれた慈善団体〈リプリーブ〉のクレア・アルガーと彼女の同僚たちに。

イギリス外務省の元職員で、非営利団体〈インディペンデント・ディプロマット〉の創設者兼取締役のカーン・ロスには、とりわけ感謝しなければならない。権力者にデリケートな真実を伝える際にともなうさまざまな危険を、みずからの例で示してくれた。その例と、彼の簡潔明瞭な助言がなければ、本書はもっと内容の乏しいものになっていただろう。

訳者あとがき

スパイ小説の巨匠と呼ばれて久しいジョン・ル・カレの静かなブームが続いている。『ナイロビの蜂』、『裏切りのサーカス』（原作はスマイリー三部作の第一作『ティンカー、テイラー、ソルジャー、スパイ』）、そして『誰よりも狙われた男』と、作品で映画化されたものがいずれ劣らぬ傑作ぞろいだったことも大きかった。『われらが背きし者』の映画も今秋に本邦公開予定、一九九三年の作品『ナイト・マネジャー』も本国BBCでドラマ化され、この春放映された。

もしかすると世界情勢の変化で、かつての冷戦期と同じように、ル・カレの作品群がいっそう切実に人々の心に響くようになっているのだろうか。本来個人のためにあるはずの体制や大義が個人を蹂躙するというル・カレの一貫した問題意識が、いまのわれわれに現実味をともなって迫ってくるのだとしたら、作家の慧眼には感心するけれど、社会としてあまり喜ばしいことではない。

長篇二十三作目となるこの最新作、『繊細な真実』（原題 *A Delicate Truth*）の一大テーマは、イギリスの公職守秘法で守られた〝秘密〟である。小説の終わり近くで、イギリス外務省の法務担当官が法律の適用範囲を丁寧に説明するのだが、なるほどこれは取り締まる側がその気になれば、そうとう恣意的な運用ができそうだと改めて考えさせられる。ちなみに、わが国でも二〇一四年十二月に「特定秘密の保護に関する法律」が施行され、まさに本書の事案に当てはまる「テロリズムの防止のための措置又はこれに関する計画若しくは研究」が特定秘密として指定されている。

『繊細な真実』は、イギリスが英領ジブラルタルでおこなったテロリスト捕獲作戦で幕を開ける。大臣命令でそれに駆り出された初老の外交官は、現地での強引な作戦遂行に戸惑い、終了時には大成功だったと伝えられるものの、不審に思う。

三年後、妻の故郷のコーンウォルに隠退した彼は、ふとしたことで件の作戦の指揮官と再会して、ますます疑いを深め、当時の大臣の秘書官に連絡をとることにする。将来を嘱望されたその若い秘書官も、じつは上司の大臣の行動を訝るあまり、ある違法行為を犯していた。そうしてふたりは、ジブラルタルの作戦の裏にひそむ〝真実〟の解明に乗り出す。

今回の舞台はほぼすべてイギリスで、作者自身が長年住んでいるコーンウォルも話に彩りを添えている。内容はいつものル・カレ・クオリティと言っていい。『誰よりも狙われた男』で、この作家のリーダビリティが一段と高まった気がしたが、本作のページを繰らせる勢いもそれに劣らない。数多ある書評を引用していると切りがないが、作品の内容に触れたものをいくつか紹介してみよう。

新しい世代が彼の小説に初めて接するようになった現在においても、ル・カレはこの分野の頂点に近い作品を書きつづけている……（『繊細な真実』は）エレガントでありながら、囚人特例引き渡しや、アメリカの福音主義的右翼の過剰な行動、戦争の企業化に対する怒りの告発でもある。ほのかにきらめく愛の物語と、騒々しい結末。ル・カレは、ほんの一、二行で登場人物のすべてを描写する筆力を失っていない。

——《ニューヨーク・タイムズ・マガジン》誌

スパイ小説の達人から力強いパンチが返ってきた……『繊細な真実』はわれわれが待っていた小説だ。暗くて多様、秘密主義でマフィア的な今日の政治経済界への探検行。それが権力にまつわる痛烈で大胆なコメディに仕立てられている。

——《レ・ザンロキュプティーブル》誌

一作家の生涯分の文学的技術と国際分析を必要とする一冊の本とともに、フルパワーのル・カレが戻ってきた。自分の時代の表と裏の歴史を——政治家にとっては無慈悲に、しかし読者にとってはスリリングに——これほど克明に描き出した作家はほかにいない。

——《ガーディアン》紙

未読のかたの興趣をそがないように、このくらいにしておく。あとは本篇を読んで愉しんでいただければうれしい。訳して驚いたのは、ここに至ってル・カレがまだ文体実験のようなものに挑戦していることだ。この作品では、名詞句や副詞句だけでぽつんと終わっている文がやたらと多い。昔から十八番の動詞の現在形についても、以前は文法上の〝歴史的現在〟らしく、少なくとも段落単位でまとまって現在形を使っていたのだが、この本では段落の途中でもくるくると現在・過去が入れ替わる。一種の無我の境地で書いているのだろうか。ともあれ、こうした飽くなき探究心がル・カレの驚くべき若さの秘訣なのだろう。あとひとつだけ私的な感想を述べれば、登場人物のトビー・ベルには、ディック・フランシスの主人公につうじるタフさをちょっと感じた。

八十四歳という、いつ執筆をやめてもおかしくない年齢ではあるが、うれしいことにこの秋、自身の回顧録 *The Pigeon Tunnel: Stories from My Life* が出版されることになっている。邦訳もできるだけ早い時期にお届けしたいと思っているので、いましばらくお待ちください。

二〇一六年七月

グローバリゼーションと無関心と闘い続ける巨匠の矜持

作家
真山　仁

ベルリンの壁が倒され、ソ連が消滅し冷戦構造が崩壊した時、スパイ小説は死んだと言われた。闘う敵がいなくなったからだ。

現実社会でも、アメリカではCIA不要論まで飛び出し、当時の長官は「これからは、経済戦争の裏舞台で、真価を発揮する」と明言。当時、熾烈な貿易交渉を行っていた日本を「仮想敵」と名指ししたこともあった。

スパイ小説での敵の喪失は大きく、巨匠は作品を書きあぐね、若手の登場が激減した。

だが、そんなカオス状態にあって、一人独自の「敵」をいち早く見つけた人物がいた。ジョン・ル・カレだ。

ル・カレと言えば、全身から不幸と灰色のムードを漂わせるジョージ・スマイリーという不世出の主人公がいる。ソ連を中心とした敵との非情な戦いだけではなく、裏切り者や官僚主義の歪みまでもが作品に織り込まれ、ル・カレはスパイ小説の王道を描き続けた。

それだけに、ル・カレにとっても冷戦の終焉は大きなショックだったのは間違いない。それは、冷戦後もコンスタントに発表された作品にも現れていた。時に、冷戦時代のノスタルジーに振り回され、ロシアの新興財閥《オリガルヒ》だったり、武器商人だったりと「敵」を探す旅は続いた。

そして、ついに新たなる敵を見つけたのが、映画化もされた『ナイロビの蜂』だ。ル・カレが辿り着いた新たなる敵とは、イスラム過激派でも、ソ連復活を願う元ＫＧＢでも、中国でもない。

グローバリゼーションというシステムだ。グローバリゼーションという言葉は、幅広く用いられる。広辞苑によると「社会的あるいは経済的な関連が、旧来の国家や地域などの境界を越えて、地球規模に拡大して様々な変化を引き起こす現象である」と記されているが、ル・カレの敵はもっと端的だ。

すなわち、国境を瞬時に飛び回り、到達した国の政府から国民までをも欲望の坩堝《るつぼ》に落とし、腐敗させる「ドル」だ。

冷戦時代までは、各国で最優先されたのは、国益だった。国境はその国益と国民を守るために厳然と存在していた。

スパイ活動は、その国益を盗み取ろうとする輩から自国を守るために行われたのだ。

ところが、ＩＴとインターネットの普及によって、国際通貨の一つだったドルは、瞬時に国境を越えて、国際的ビッグ・ビジネスを成立させた。

この新たなシステムは、既に自国内では成長が見込めない先進国には福音だった。市場が地球規模に広がったからだ。

一九九〇年代から爆発的に広がったグローバリゼーションの浸透は、世界市場を膨張させ、新たな市場や工場を生み出し、地球全体が豊かになるという勘違いをもたらした。

このシステムによって、国家間が国益を争うような紛争は減少し、経済的な意味で国境は存在しないに等しい状況となった。

その象徴が、EUだった。

また、国際経済や金融が滞りなく巡るためには、世界は平和である必要がある。そのため、グローバリゼーションが実現すれば、世界から戦争は消えるという幻想も蔓延《まんえん》した。

しかし、その言葉が持つ明るく幸福そうな響きとは裏腹に、グローバリゼーションは、多くの人が不幸になる可能性を孕むシステムなのだ。

経済が地球規模で爆発的に拡大したことで、一握りの権力者や富裕層に富が集中した。多国籍企業が力を持ち、国益よりも企業益をひたすら追求するのが当たり前になった。

何より、企業や金融関係者が、母国を意識することが薄れた。創業し育んでくれた母国に利益を還元する意識は薄れ、儲かるのであれば、本社はどこにあってもいいと考えるようになった。

それによってもう一つ重大な「異変」が起きた。国家の存在も希薄になったばかりか、本来、企業の欲望をセーブする役割を果たす国家が、企業に媚びるようになったことだ。

住宅購入に際して、様々なリスクヘッジを設けていた国の規制を撤廃して、本来住宅ローンなんて到底組めない人にまでローンを可能にしたサブプライムローンは、その最たる例だ。

こうした流れによって、政府も政治家も官僚も、自国の国益をキープするという大義名分の下、優先的に一部の大企業の便宜を図ることに躊躇しなくなったのだ。

かつて、ジョージ・オーウェルが、『一九八四年』で描いた管理社会よりもはるかに巧妙で一見善意に満ちたようにカモフラージュされたグローバリゼーションのシステムが、人々から財産や自由を奪い去っていく社会が、いつのまにか誕生してしまった。

ル・カレは、その怖さと不条理に、いち早く気づいたのだ。そして、グローバリゼーションの美名の下に、人を苦しめるシステムの実像に光を当てた。

それが鮮明に現れたのが、『ナイロビの蜂』だ。

貧困と医療の劣悪な地域が多数存在するアフリカを舞台に、多国籍企業が人の命を救うふりをして犯してきた犯罪的行為に真っ向から挑んだ。

この敵との闘いは、手を替え、品を替えて続けられている。『誰よりも狙われた男』のように、従来のスパイ小説の色が濃いような作品でも、背後に厳然と存在するのは、経済的合理性を最優先する各国の体たらくぶりだった。

また、グローバリゼーションの怖さを訴えながら、ル・カレはもう一つ大きな「敵」を見つけたのではないかと私は考えている。

それは、無関心という敵だ。

そもそも国際社会なんて、一般人が気にすることではない。戦争が起きるのは困るから、冷戦時代には、それなりに誰もが世界平和や国際情勢にも気を配った。

しかし、もはや世界大戦が起きる危険性はなく、先進国で暮らす人は皆、自分の生活のことだけを考えるようになる。

ましてや、グローバリゼーションは、ある程度の生活水準を持つ人にとって、豊かな生活を維持するために歓迎すべきシステムだと思っている。

だから、政治や国際情勢、さらには各国の政治力がマネーの力に駆逐されるような事態が起きても、気にしない。

しかし、この無関心こそが、戦争をひき起こしたり、取り返しのつかないディストピアを生み出してきたのだ。

だから、本当はもっと多くの人が、一見明るく豊かに見える世界の狭間の闇に関心を持つべきなのだ。

ル・カレは、この無関心という名の敵の怖さも十分理解している。

というのは、『ナイロビの蜂』以降、作風が大きく変化したからだ。

何より読みやすくなった。さらに、エンターテインメント性が高くなった。そして、老若男女の登場人物の瑞々しさが際立っている。

これらは、本来、巨匠と呼ばれる円熟期の作家が目指すものとは真逆のものだ。しかも、ル・カレは、随分長い間、「分からない者には分からなくてよし」という超然とした態度で作品を発表し続けてきたのだ。

なのに、円熟期に入ってから、従来の作風をがらりと変えて、誰もが理解し楽しめ、そして作品に込められた重大なメッセージを汲み取れる作品に仕上げるようになったのだ。

まずはエンターテインメントとして小説を楽しんでもらった上で自らのメッセージを伝えたいと、ル・カレは考えたのではないのだろうか。

さて、本書『繊細な真実』でも、ル・カレは、またもやその二つの敵と果敢に闘っている。

特筆すべきは、従来、あまり描いてこなかった毒にも薬にもならない外交官を陰謀に巻き込んだことだ。その上、上昇志向の強い今時のエリートをカウンターに据え、冷戦時代よりもはるかに高圧的で杜撰《ずさん》になった国家のインテリジェンスを浮かび上がらせている。

もちろん、グローバリゼーション批判も忘れていない。おそらく、今までの中で最も怖く強いシステムの存在を浮き彫りにした。

奇しくも今年二〇一六年、英国は国民投票の結果EUから離脱する決定をした。

もしかすると、これはル・カレが訴え続けるグローバリゼーションへの警鐘を、国民が受け止めた結果なのかも知れない。

本来、政治的な決断であるにも関わらず、英国のEU離脱は経済的視点でしか語られない。

それがいかに異常なのかは、本書を読んでみると腑に落ちるかも知れない。

二〇一六年八月

本書は、二〇一四年十一月に早川書房より単行本として
刊行された作品を文庫化したものです。

訳者略歴　1962年生，東京大学法学部卒，英米文学翻訳家　訳書『誰よりも狙われた男』ル・カレ，『レッド・ドラゴン〔新訳版〕』ハリス，『三つの棺〔新訳版〕』カー，『春嵐』パーカー，『ミスティック・リバー』ルヘイン（以上早川書房刊）他多数

HM=Hayakawa Mystery
SF=Science Fiction
JA=Japanese Author
NV=Novel
NF=Nonfiction
FT=Fantasy

繊細《せんさい》な真実《しんじつ》

〈NV1393〉

二〇一六年九月二十日　印刷
二〇一六年九月二十五日　発行
（定価はカバーに表示してあります）

著者　ジョン・ル・カレ
訳者　加《か》賀《が》山《やま》卓《たく》朗《ろう》
発行者　早川　浩
発行所　株式会社　早川書房
郵便番号　一〇一‐〇〇四六
東京都千代田区神田多町二ノ二
電話　〇三‐三二五二‐三一一一（大代表）
振替　〇〇一六〇‐三‐四七七九九
http://www.hayakawa-online.co.jp

乱丁・落丁本は小社制作部宛お送り下さい。送料小社負担にてお取りかえいたします。

印刷・精文堂印刷株式会社　製本・株式会社明光社
Printed and bound in Japan
ISBN978-4-15-041393-4 C0197

本書は活字が大きく読みやすい〈トールサイズ〉です。